U0614226

新时代精品朗诵诗选

山那边的风景

缪顺义　著

线装书局

图书在版编目（CIP）数据

　　山那边的风景 / 缪顺义著． -- 北京 ：线装书局，
2023.8
　　（新时代精品朗诵诗选 / 凌翔主编）
　　ISBN 978-7-5120-5577-3

　　Ⅰ．①山… Ⅱ．①缪… Ⅲ．①散文诗－诗集－中国－
当代 Ⅳ．① I227

　　中国国家版本馆 CIP 数据核字（2023）第 143291 号

山那边的风景
SHANNABIAN DE FENGJING

作　　者：缪顺义
责任编辑：崔　巍
出版发行：线装书局
　　　　　地　址：北京市丰台区方庄日月天地大厦 B 座 17 层（100078）
　　　　　电　话：010-58077126（发行部）010-58076938（总编室）
　　　　　网　址：www.zgxzsj.com
经　　销：新华书店
印　　制：三河市中晟雅豪印务有限公司
开　　本：787mm×1092mm　1/16
印　　张：19
字　　数：338 千字
版　　次：2023 年 8 月第 1 版第 1 次印刷

线装书局官方微信

定　　价：89.90 元

自 序

缪顺义

    用耕耘沃土的双手接过笔墨芬芳的爱恨情愁，在文字与音符的土壤里游离奔走。纯属娱乐或是感性的一点坚守，漫无边际且无所企图。

    总是在路上不停地行走，断续地捡拾些平常的文字，记录一程漂浮在云霄中的思绪情愁，只一介农夫而已的感受。读了二十余年的书，考了二十多年的试，都与文艺无关，风吹日晒雨淋已成习惯，误入笔墨间耕耘纯属偶然，写诗作歌只为情愿，天地间行走无刻意追求，不图些许的稀罕，不求芳草流云的星光灿烂。

    我是农民的儿子，本来也是学农的，凡夫俗子土得掉渣的莽汉，没有过多的顾盼，随和的内心也少有波澜，只凭偶尔的稍许冲动，写些无油无盐无味的相关。

    我当过知青，干过农活，进过大学，坐过机关，知道些农事方面的奔波，农民播种是为了收成，我的写作却不为收获，或是闲得无聊的瞎扯，希望宁静的文字有所寄托，也许一事无成，只为幸福的沉默，只求心中快乐，只是简单的生活。

    一个时代人的命运相差不远，特别是现在，我又拾起了往日的爱好，无所谓难堪，搞农业我还凑合，搞文化就深感力不从心了，关键是造诣不够，修养不足。所以出个诗集，是想把内心冲动的东西归纳一翻，当然也真的是惶恐不安。

    写作完全是缘于热爱，写些歌词，也顺便写些歌曲，多是一种休闲的随性，也是因为，长期生活在西部边疆的这片草原，这片厚重的土地，处处给予我养分与温暖，有一种原始的冲动在对我呼唤。虽身强体壮，却大脑简单。

    写作多是由于偶感。写些风马牛不相及的东西，没承想竟然有不少朋友喜欢，这也常常让我脸红流汗。我也热爱生活崇尚自然，表面清冷内心火热，所以随性地写写，源于景、写于情、止于心，无欲无求、重情重义，我把名利看得很淡。因此也比较超脱。所以写得也比较自由散漫。无拘无束，随性地叙述，记录抒发对象就是田野、草原、高山河流及这片土地上发生的人和事。词曲或者诗词创造，自己感觉不成体统都是闹着瞎玩。大家比较喜欢的代表作有：歌曲《最爱伊犁》《兵团农场我的家》《可克达拉更加美丽》《在你飘扬的地方》《梦中的乔尔玛》。诗词《我在伊犁等你》《感谢生命中有你》《行走在伊犁的路上》《知青战友你还记得吗》等。都是聊表心绪、讴歌草原、热爱土地、热爱新疆、赞颂兵团和团场的。其中《知青战友你还记得吗》等作品还被多家媒体转载。

我只是生活中的普通热爱者、学习者和追逐者，也是幸运者。比较喜欢独立思考，我认为，文艺的独特魅力就在于，即使背景迥然相异的人，也都会被那激情的文字、舞动的音符所感染，都会在冷峻的文字中找到沸腾的感觉，并为之所打动。

音乐与文学，都是可以启迪灵魂的东西，让你的内心更丰富、更纯净、更纯粹，让你的生活更充实饱满，因而心也走得更远。

尤其在一个浮躁的或者是功利心都比较重的环境中，我们就更需要音乐与文学来安抚人心、满足意愿、愉悦生活。

我喜欢这些还是因为，我认为：凡是有人类足迹的地方，就有音乐。凡是有人群的地方，就会有文学。文学与音乐一样，差不多都是无处不在、无所不有，是陶冶情操最好的方式之一。它们与人生紧密相连，与我们的环境息息相关。

无论是大众文学、流行音乐，还是高雅艺术、阳春白雪，都能以一种适合的载体，浸侵到我们或空荡或充盈的内心世界。

所以我说，每个人的一生都离不开这些。我们从来没有离开，它们也永远不会走远。它是你生活的一部分。

其实，每个人都是作者，音乐也好诗词也好，只要你学习，你喜欢，并坚持不断。新时代告诉我们创造不需要很高的门槛。历史上影响了我们一代人的作家，高玉宝、路遥、陈忠实、高尔基，例如，奥地利作曲家弗朗茨·约塞夫·海顿，被誉为近代交响曲之父。他创作了《伦敦交响曲》，还收贝多芬为学生。还有中国的汪昱庭，琵琶曲《十面埋伏》的作者都是很贫寒的；还有瞎子阿炳的《二泉映月》。这些都是现实的写照。记录好写下来就行。只不过别人走上层高端，我们行路在草原。

当然，学习更重要，不断地向身边的人群和书本学习，不断地提高自己，让真、善、美意识形态的东西存于内心。学习让我学会了审美，学会了平和，学会了爱憎分明，懂得了人心向善，并逐渐提高了自己思维的独立性，使自己更理性，心理和生理更趋完美，益于社会，利于家庭，利于思维敏捷，意志坚定，情感深沉。生活的理想和方向更加清澈。

其实，音乐也好诗词创作也好，写作本身就是学习，也是在对人生进行着一次次的思考，学习对磨砺自我、完善自我，起着潜移默化的影响作用。

例如，音乐本身就是人生的思考。和声学或者合唱，就要求各声部间的协调，将个性与整体完美地融合，因而形成至真至诚的和声美。这种美是协调是奉献，有宽容大度的整合，各声部才能坦然地融合，甚至是浑然一体。我们需要的是特性与共性的统一，讲究的是协调，完整。诗词也是，也要讲究韵律、讲究意境等等的协调。

这不正是人生吗？我们每个人在社会群体中都是独一无二的，但融合在这个社会群体上，我们难道不需要有这种"和声"与协调的精神吗？有时候为了共性而付出自我。

有人说音乐也好诗词也好，都只是一种娱乐形式，不是万能的，但是，你不可否认，它们的确有疗伤作用，当你在悲伤、痛苦时，在情绪低落时，音乐诗词都是最好的陪伴。它们可以减轻负面的情绪、提醒我们要有平常心。哀伤的作品释放了悲伤的情绪，安静的作品让你有了一个放松心情的港湾。同时，这些东西还有励志和鼓舞人心的作用。它影响着我们、改变着我们。

所以我的生活与工作都离不开音乐和诗词。让它鼓舞我们前进，它还影响着我们的性格养成，甚至是世界观、人生观，价值观。

试想一个人如果没有正确的三观，总是在悲愤，总是在抱怨，能有好人生结局吗？生活自然也灰暗。

我年轻时候，就喜欢这些东西。然而，我是个内敛的人，可能与生活环境有关，父母都是普通职工一员，家境一般，从小在外面长大，与一群比我大些的孩子们一起成长，且远离父母，所以，比较谨小慎微。爱好只是埋藏于心里。近年，由于工作相对放下了些，因而也就把一些东西拿出来了。我也很担心作品不够饱满，特别是缺少文化底蕴的陪伴，特别怕被骂被批评批判。当然，总体上我认为，我写的东西应该还是积极正面的，应该是反映人心真善美的，应该是鼓舞人益于人的。喜欢写作，也是因为喜欢这个群体里的人。这一类人群，有个共性：就是单纯，尽管他们内心很丰富，某个方面造诣很深，是因为他们爱学习，他们的大部分时间都用在这些方面，所以他们专业方面很强，但他们的心里都非常单纯，专业很饱满。在如今的环境里，这个群体的人就显得很简单、很纯粹。而且，他们的特长都是我学习的偶像。无论音乐还是诗词。

我赞成毛泽东在延安文艺座谈会上的讲话精神，双百方针：百花齐放，百家争鸣。我们的文学艺术是为人民大众的，首先是为工农兵的。

我更欣赏习近平同志在中国文联第十次全国代表大会上的讲话精神：胸中有大爱，心中有人民，肩上有责任，手上有乾坤。他还说，文化兴国家兴，文化强民族强。习主席在文艺座谈会还说：人民的实践、人民的生活，是文艺作品的源头活水。面向人民、服务人民，是文艺工作的神圣使命。是否能在这个高度上进行创作，决定了一部作品的思想性、艺术性，进而决定了它的传播力和美誉度。作为普通的人，可能我们没有这么高的思想境界，但我们完全应该学习理解这些。

我们的新疆也好，兵团也好，这是养育我们的热血山河，当今遇到了一个发展的大好机遇。目前，我们的建设已初具规模，这些都是我们创作的源泉。自己也向往创作一些好的作品奉献于这片土地，无愧于四师和伊犁的土地。

所以，我必须努力学习，让我们站位更高、望得更远。我认为，学习的程度、界的宽度、心灵的深度，决定着我们作品的高度。我现任新疆兵团音乐家协会会员、兵团群众原创音乐学会副会长、四师音协副主席秘书长，多是基于鼓励我们去努力地干。

此书捧奉给各位的，大约400余首诗，30余首歌曲。多年不修边幅的沉积，仍然满面蒙尘杂乱不堪，许多东西羞愧难当，自己都不忍再看。经过一段时期的整理，收录到计算机中，终于完成筛选拿出了主干，感谢各位给予我不断的鼓励。请你多批评也请你海涵。

在此，致以深深的敬意。

2020年1月2日

写诗作歌只为情愿

亚　楠

　　早就听朋友说缪顺义是一个多才多艺的人，诗歌、音乐多个领域都颇有建树。那天，当我在朋友聚会上听他清唱由自己作词、作曲的《最爱伊犁》时，真的就被他澎湃的激情与才艺所折服。整首歌以"最爱"贯穿始终，情感丰沛、意象饱满，那种一气呵成的情感和气韵，使整首歌曲具有很强的穿透力：最爱伊犁蓝蓝的天／最爱伊犁洁白的云／最爱伊犁河水弯弯／最爱伊犁青青草原／最爱伊犁高高的雪山／最爱伊犁树林浩瀚／最爱伊犁牧歌悠扬／最爱伊犁薰衣草花香／最爱伊犁会飞的骏马／最爱伊犁散步的牛羊／最爱伊犁醉人的美酒、／最爱伊犁高高的白杨／最爱伊犁年轻的心／最爱伊犁浪漫的城／最爱伊犁多情的人／最爱伊犁未了的情。

　　"蓝蓝的天""洁白的云""河水弯弯""青青草原""高高的雪山""森林浩瀚"，以及"牧歌、薰衣草、美酒、白杨、会飞的骏马、散步的牛羊、年轻的心、浪漫的城、多情的人、未了的情"——缪顺义用这些最具有伊犁典型特征的物象与词汇，以绵延无尽的心绪洞穿其中，仿佛一串晶莹、温润的宝石，彰显出优美的情愫。缪顺义在他的诗集《自序》中说："写作完全是缘于热爱，写些歌词，也顺便写些歌曲，多是一种休闲的随性，也是因为，长期生活在西部边疆的这片草原，这片厚重的土地，处处给予我养分与温暖，有一种原始的冲动在对我呼唤。"并意识到"音乐与文学，都是可以启迪灵魂的东西，让你的内心更丰富，更纯净、更纯粹，让你的生活更充实饱满，因而心也走得更远"（《自序》）。

　　这便真实地袒露了他在内心深处埋藏已久的心声。显然，这正是我们解读缪顺义诗歌创作的一个捷径。

　　断续读完了缪顺义的诗集，就觉得他是一个有着古道热肠的人。他行走在伊犁大地上，内心柔软温润，就像一块未加雕饰的璞玉，充满着阳光般的暖人气息。"总是在路上不停地行走，断续地捡拾些平常的文字，记录一程飘浮在云霄中的思绪情愁，只一介农夫而已。""用耕耘沃土的双手接过笔墨芬芳的爱恨情愁，在文字与音符的土壤里游离奔走。纯属娱乐或是感性的一点坚守，漫无边际且无所企图。"（《自序》）……这是一种自白，也是他现实生活的写照。从中我们不难发现，缪顺义已经能够在精神上自觉皈依文学艺术，并试图在这条道路上释放出自己的独特能量。为此，他把一种热爱变成内心需要，把感触和思绪反复打磨，从而锻造出属于自己的文学艺术作品。

多年以来，缪顺义生活、工作于兵团第四师，曾做过多年分管农业工作的部门领导。由于这个原因，他的足迹遍布伊犁山山水水。高山大河、森林草原、农区牧场都曾留下过他忙碌的身影。缪顺义不仅熟悉这一片土地上的山川地理，也熟悉它的历史文化、风俗民情。这缘此而萌生的朴素情感，就是支撑他文艺创作的原动力。所以，当我们阅读缪顺义那些质朴纯真的诗歌作品时，就很容易被他率真的情感所打动——那一首首源自内心的呢喃和倾诉，就如同荒野里的篝火，总是在不经意间温暖日渐麻木的人心。

"我来时骑着一匹天马／来到了你的脚下／伸手摘了一朵白云／披在了身上／从此我的心就被这里收纳"（《阿勒马力我来了》）。这是缪顺义的一首早期诗作，近乎口语的表达，清新自然，没有任何技巧，却能够在白描般的演绎中可亲可近，从而让读者有一种身处其境的在场感。缪顺义在《自序》中说："我也热爱生活崇尚自然，表面清冷内心火热，所以随性地写写，源于景、写于情、止于心，无欲无求、重情重义，我把名利看得很淡。因此也比较超脱。所以写得也比较自由散漫。无拘无束，随性地叙述，记录抒发对象就是田野、草原、高山河流及这片土地上发生的人和事。"应该说，他的这些表白是真实可信的。反复阅读诗作，我们不难发现，那充斥其中的皆是山水草木，以及一道道岁月逗留的印痕。他从大自然中获得灵感，又不断地在生活中捶打，经过一次次思想淬火，终于获得了属于自己的果实。

在缪顺义的诗歌创作中，我比较喜欢那些发自内心、饱蘸大自然芬芳、又充满时代张力的作品：春天来了／守候在春天的尽头／迎着春天的风雨漫步行走／你像一只布谷鸟跟在我的身后／抢在最好的时节／你我一起开动隆隆的机器／在春风里一起怒吼／……（《春天的问候》）。黄渠岸边的人家／小日子伴着奶茶／深深院落果蔬飘香／儿女欢笑在树荫下／一渠清水哗啦啦／到处都是鸡和鸭（《黄渠岸边的人家》）。把点点希望／寄托在春天的早上／沉浸着晶莹的汗珠／陪伴着烈日骄阳／当一粒一粒的种子／严实地埋进土壤尽一支香烟的火焰／把整个黑夜照得通亮／汗流浃背／任风吹干衣裳／起早贪黑／情注每一颗苗床／像自己孩子一样／盼风盼雨／盼望着星星月亮（《老农》）。应该说，读着这样的诗句，不知不觉中就能唤起我们对往事的回忆。那些不加雕饰的诗句，来自泥土，也来自作者的切身感受和体验。

缪顺义在他的《自序》里说："农民播种是为了收成，我的写作却不为收获，或是闲得无聊的瞎扯，希望宁静的文字有所寄托，也许一事无成，只为幸福的沉默，只求心中快乐，只是简单的生活。"……我以为这种生活，乃至为人、为文的态度是积极可取的，这是因为，在我们这个充斥着竞争与虚荣的尘世，喧嚣简直就是内心浮躁的代名词。人们总希望通过某种既得功名攫取个人利益，以此满足自己那可怜的虚荣心——就这个视角来看，缪顺义诗歌的价值已得到了彰显。

我一直都认为，假如一个人能够真正做到淡泊名利，以寻常人的心态工作和生活，那他的内心就少了许多不能承受之重。而这恰恰就是一个写作者最宝贵的财富。通观缪顺义的诗作，完全能够看出他就是一个心态平和的人。面对纷繁的人与事，他内心淡定、目标确凿，在一条他喜爱并希望一直走下去的小路上，默默守望，上下求索。当他手捧着沉甸甸的果实，终觉自己就是一个充实而幸福的人。无疑，这都源自他对脚下这片土地的深爱。

还是让我们回到缪顺义自己的表述吧："人生本是一程路或是一本书，一程路记载我们的经历，一本书讲述我们的故事。路的沿途有绮丽的风雨，书中多是遇见的记忆。我们把路上的点滴汇集，就成了一本书；书本所有记录整理，就是那一程路。"（《后记》）

诚然，对缪顺义来说，这些诗作既是记忆，也是慰藉。

2021 年 1 月于伊犁

《山那边的风景》序言

蒋晓华

缪顺义是我的同事、我的朋友、我的兄长。他与我敬佩的随笔大家张鸣老师一样，农机专业出身，做过我所在单位的农机局局长、农业局局长、科协主席、科技局局长。他不仅做官，还打乒乓球，爱好声乐，吹竹笛，吹萨克斯，作词作曲，还写诗、新诗、自由诗。

兴许是擅长创作歌词，喜欢音乐的缘故，他写的自由诗几乎都是押韵的，行数、节数一般都比较多，基本上没有二十行以内的短诗，太短了抒发不尽他澎湃的感情，大都一韵到底，部分作品转韵，以免以韵害意，也有一些押得不大好，或是没有押上。四百多首作品呢，难免有些顾及不到之处，说是瑕疵也行。

新诗诞生至今，不过一百来年的历史，还远远谈不上成形、成型，一切还都在摸索、探索。周涛的新边塞诗业内业外评价都很高，他自己却来了个全盘否定。20世纪80年代是特例，几乎全民读新诗，随后就萧条了，直至今天。说哪些人是著名诗人，恐怕也仅局限于圈子以内，名气几乎没有超过写顺口溜的汪国真、写"穿过大半个中国睡你"的余秀华的。自由诗也就是新诗若出现不了李白、杜甫、苏轼这样的大诗人，诞生不了《将进酒》《茅屋为秋风所破歌》《念奴娇·赤壁怀古》这样的佳作，走进不了老百姓的日常生活和精神世界，恐怕就很难说是成熟的。新诗向何处去，一切都还在尝试（第一部新诗集就称之为《尝试集》），一切结论为时过早。从徐志摩的新诗近百年来持久的生命力来看，读者对自由诗的评价内心深处还是有一个尺度的。以徐志摩为代表的"新月派"诗人对艺术都是十分虔诚的，绝不粗制滥造。他们努力实践闻一多先生"建筑美，音乐美、绘画美"的"三美"主张，创作出了《再别康桥》这样的经典作品。当然押韵未必是新诗的充分必要条件，但是既然是诗歌，还是要讲究内在韵律的。郭小川、贺敬之、闻捷、北岛、舒婷等众多新诗人在这方面都付出了艰辛的努力，我们新疆已故老诗人屈直的实践也备受称道。

缪顺义显然受这些诗人、这些诗作的影响较深，多年来的写作形成了自觉或是不自觉的追求。让他创作不押韵的诗恐怕是件非常艰难的事，他会无所适从，他会不知所措，他会"拔剑四顾心茫然"，哪怕一行、一节也写不出来。这也是一种写作惯性，一种难得的惯性。对这种惯性，我十分尊重。面对当今有些所谓的诗人写诗像喝凉水一样随意、一样不知所云的现实，我更赞同缪顺义的写作态度。

当然，诗歌也要与时俱进，无论是形式还是内容。押韵能出好诗，不押韵也能出好诗，外在的押韵并不是衡量好诗的标准。近些年兴起的朗读热中，缪顺义的诗的确备受众多朗读爱好者的欢迎。除了内容的贴近性，不可否认，与押韵、朗朗上口是绝对分不开的。许多不押韵的优秀新诗的确不大适合朗诵，譬如昌耀的诗，那是要反复阅读、反复咀嚼的。而朗诵艺术是一次性的艺术，就在耳朵、脑海里过那么一次，思虑那么一次，内容不宜晦涩、深奥。这样缪顺义的诗歌就能大显身手，有用武之地了。

这是缪顺义诗歌的长项，同时也是短项。好在他对此有清醒的认识。好诗的标准不仅在于形式，更在于情感，在于思想，在于艺术的深度、情感的深度和灵魂的深度。诗有诗独特的语言，独特的表达方式，独特的文本特征，独特的存在价值。从这个意义上说，作为诗人的缪顺义，还有很长的路要走。

缪顺义很谦虚。他从来不标榜自己是一位诗人，他就是一个文学爱好者、诗歌爱好者，喜欢，爱写，开心。收录在这部诗集中的几百首诗，内容包罗万象，充分反映了他的生活轨迹和精神世界。他根本不去考虑所谓的内容合理配搭，想到就写，有感情就写，有冲动就写。仅仅是为悼念追忆自己年仅四十九岁就早逝的小妹，他就在不同时间里写下了《天堂的小妹啊》《我好想念你呀我的小妹》《我亲爱的小妹》《寄给远方的小妹》《想念小妹》《原谅哥哥吧我的小妹》《小妹真的走了》《小妹你是否还那样匆忙》等多首诗作，情深意切，催人泪下。他的大多数作品都是写给脚下的这片土地的，《我在伊犁等你》《行走在伊犁的路上》《可克达拉更加美丽》等不少佳作，都在伊犁读者中广为传播，雅俗共赏，老少咸宜，产生了良好的社会效果。他走的是更接近于白居易的路子，"文章合为时而著，歌诗合为事而作"。有感而发，家乡特色，草原气息。

在这个文学降温的年代，有些很大的机关和单位也找不出几个喜爱文学之人，大家都一窝蜂地奔仕途了，而文学似乎天然与做官相悖，我自己就有这样的亲身经历。当年在党委办公室、工商联等部门工作，因为痴情于业余文学创作，总是被一些同志认为是不务正业，其实我只是把他们忙于喝酒应酬与领导搞好关系的时间用在了写作上。只要有哪位部门领导爱好文学，有些同志就会认为他兴许到文联工作更合适，我就是这么最后被领导安排到文联工作的，当然这也是我的荣幸。缪顺义曾先后在农机局、农业局、科协、科技局任职，在繁忙的工作之余，居然能坚持自己的业余爱好，实属难得。我在想，毛泽东主席当年日理万机，还创作出了那么多优秀的诗歌，讲话稿也多半是自己动手写的，朱德、董必武、陈毅、叶剑英等党和国家领导人忙里偷闲，经常吟诗作对，我们的党就是在这般"风流人物"的领导下走过来的，我们该发扬光大才是。什么时候读书写作的光荣传统恢复了，官场的良好风气就会形成。

缪顺义的诗歌无论内容还是形式，都有自己的风格，都有独特的价值，他为新诗做出了积极的尝试。当然还不够成熟，一些作品过于直白，形象思维不足，诗味不浓。一些作品语言文字推敲不够，还有生硬之处，缺乏弹性和张力。作为一位业余诗人，有些不足也是难免的。但只要去正视、去弥补，总会有所进步、有所提高。有这么多读者喜爱，足以证明这些作品存在的价值。

行文至此，不由联想到鲁迅先生在《白莽作〈孩儿塔〉序》中对这部诗集的评价，"这《孩儿塔》的出世并非要和现在一般的诗人争一日之长，是有别一种意义在"。"一切所谓圆熟简练、静穆幽远之作，都无须来作比方，因为这诗属于别一世界。"

以此转赠缪顺义，因为他与《孩儿塔》的作者白莽（殷夫）一样，都在努力创作出自己心目中的诗歌。

是为序。

2021 年 1 月

目　录

行走在伊犁的路上（一）

丢下工作的匆忙，背起远足的行囊，乘上风儿的翅膀，一路向祖国西北的方向，远点再远一点，找到一个清静清凉的地方。

行走在伊犁的路上，你会结伴高山草原河流牧场，你会感受到那拉提白云的轻吻，你能感受到喀拉峻蓝天的拥抱，你能品味到唐布拉奶茶的滚烫，你能闻到昭苏牧草的芬香。

行走在伊犁的路上，走过一处又一处让人总想流泪的风光，去过一个又一个纯粹得叫人心碎的牧场，寂静山林的小河淌水松涛林海高山蠢昂，这些都有你双脚亲自丈量的悲壮，这丢不下、忘不了的经历让你不再怕孤独荒凉。

行走在伊犁的路上，在高原幽兰的天空里感到心里好舒畅，你的心情一定很放松一定很清亮，你不再会为成败得失而耿耿于怀，你会把一切都看得很淡很轻不再去多想，你不再会枉费心机追名逐利懂得了朴实善良。行走在伊犁的路上，起伏婉转向上向上一直朝着前方，汗流浃背精疲力竭这都十分平常，走过艰辛走过无助看似毫无希望，当你登上山顶回望身后的过往，你会在人性的光辉中看到耀眼的光芒。行走在伊犁的路上，你总能饱受到伊犁美酒的醇畅，在山后的牧场遥望炊烟升起的点点毡房，你会见到遍地撒落的牛羊，你会感受到伊犁人的大方和豪爽，你会想起生活的远方树起新的希望。

行走在伊犁的路上，你能体会到一处一处建设的辉煌，一条条天路缥浮在群山草海云端之上，你能隐约地感到自然的壮美人间的力量，你能体会到不一样的西部景象，你不再会只顾眼前一棵树而丢了远方的向往。行走在伊犁的路上，你不再会为生活的琐碎轻易把眼泪流淌，你不再会为那片心里的荒芜而感到悲凉，你会被这里的姹紫嫣红击中，云雾妖娆后看绚烂辉煌见东方曙光，你总会感觉到朋友就在你身旁。

行走在伊犁的路上，你能遇到雨后彩虹映照的骄阳，走在理想的道上气宇轩昂豪情万丈，你总能找到不期的邂逅，你不再会有许多牢骚愤慨感伤，你会觉得山高路很长、水长情更长。

行走在伊犁的路上，你会感受到伊犁人的浩气与坦荡，你总能感受到伊犁人的真诚与豪爽，离别已久但没有人忘了你的模样，或许你还年轻或许你已两鬓添霜，在伊犁你会不忘初心坚守信心理想。

行走在伊犁的路上，你总能感受到温润和煦的景象，感到像雄鹰一样在蓝天上翱翔，感到与骏马一起飞奔在山冈，你会看到灿若云霞的牛羊，你会看到蜿蜒到天边的河水，你会重新点燃生命的火焰照亮新的希望。

行走在伊犁的路上，你会在天地之间的草原上，看牧场如歌牛羊如云森林宽广，领略蓝天洁净群山起舞大河浩荡，在放牧的云端觅视一抹斜阳，辽阔的土地让你激情澎湃热血飞扬。

行走在伊犁的路上，虽路途遥远但处处是风光，旅途吃点苦你明白了什么是刚强，在寂静美丽中思考懂得了世事沧桑，你不再会有无名的空虚彷徨，你会把一切困难当责任扛着肩上奋勇直闯。

行走在伊犁的路上，你会感到从春到秋只是瞬间的时尚，你会感到从夏到冬也不过如此漫长，你不再会计较那些鸡毛蒜皮的不羁，你一定会寻找远方的那座高山任风帆荡漾，你一定会披星戴月风雨兼程地去追赶遥远的星光，放开心胸把目标锁定去迎接明早的天亮。

行走在伊犁的路上（二）

行走在伊犁的路上，翻大山越长河穿过一片繁红绮绿，那边有田野、是庄稼、是如织的美丽，有工厂有村庄有学校有孩子们的嬉戏，你会感到这里人民的勤劳善良与和气，走进毡房有奶茶，即使身无分文也没有关系。行走在伊犁的路上，或平坦或崎岖，或云中或雾里，不管背负多么承重的行李，走出艰难的境地靠的是坚忍不拔的毅力，在大自然的怀抱里才能领略生命的意义，面对困境不畏艰辛我们顶天立地永不言弃。

行走在伊犁的路上，你会从乔尔玛军人遥远的记忆里树起崇敬的坚毅，你会在生生不息的牧民生活里看到脚踏实地，你会在烈马嘶鸣中听到格登山远古的气息，你一定会在淡泊明志、宁静致远的心境中，永保生命的活力和勃勃的生机。行走在伊犁的路上，衣裤行囊都浸染雨水泪痕汗渍，饱含腥风苦雨的一段经历，会成为你最难忘的记忆，你会把坚强友谊责任深深地留在心中，你会懂得什么是惊天动地什么是生命的奇迹。

行走在伊犁的路上，在果子沟的山路、在尼勒克的云梯、在风中雨里，路上虽然艰辛愉悦却在心里，你会找到生活的真理：其实那算什么"压力"，看巩乃斯河的潮落潮起懂得了只争朝夕，你会耐得住寂寞守得住清纯坚守精神的高地。行走在伊犁的路上，你会记住伊犁十万里山河巍峨壮丽，融入伊犁的血脉走进伊犁的山川，把伊犁装进你的心里，波澜壮阔的雪山巍然挺立，姣美温馨的草原浩瀚无比。行走在伊犁的路上，你会记住伊犁河三千里的奔流不息，你会记住汗腾格里峰云端下的森林雪山草地，会把这片草原长长久久地留在心中，你会把这里的人们深深印在心底，你会更加热爱西部那片热烈的生命神奇的河川壮美的山脊。

创作灵感：在伊犁生长生活，走过伊犁的每一条河，去过伊犁每一座山，每一条路每一个地方，都让我无比的震撼，爱伊犁的河山与草原，自然要写一些随感，因而有了这篇小段。诗言志词咏情，都源于景写于情至于心。我是个情感丰富的人，特别容易被感染，感动着伊犁的每一处灿烂，将景化于文字，即是如此这般，庆幸为此点过的灯，为此坐过的车、耗过的油，为此流过的汗。希望能够勾起一点往事的回忆……也希望朋友们喜欢。

山一程水一程的追赶

在河水弯弯的山路，我在永不停歇地追赶，我知道前路漫漫，我知道距离遥远，但请你相信，没有什么可以阻拦，我们的坚定与勇敢。在风霜雨雪的小路，我在昼夜兼程地追赶，我知道风雨如晦，我明白险阻困难，但是我必须，沿着那条崎岖的小路，迎接风雨过后的阳光灿烂。

在困难重重的险路，我在信念执着地追赶，我知道前路茫茫，我明白奋勇向上，请妈妈相信我，在追逐光明的道路上，到处都有鲜花芬芳的璀璨。不要述说你有多么艰难，看看一条河一座山，看看沿途的人和事，哪一个生命没有风寒，你用不着低头自己抱怨。

我在山一程水一程地追赶，我在追赶自然的温暖，我在追赶祖国的强盛，我在追赶幸福的安宁，我在追赶星光的明暗，我的身边到处是祖国山河的幸福温暖。

深深地铭记南昌八一军旗

还是四月属于春季，我在南昌考察学习，面对八一纪念广场，我仰望着八一军旗，昂首挺胸双脚并立，默默地敬了一个军礼。住的宾馆叫京西，旁边的广场叫八一，它特别值得我记忆，因为南昌的起义，就诞生在这里，它奠定了中国红色的军旗，从此中国人民开天辟地，向黑暗势力发起了攻击。一支队伍在这里崛起，迎接着一个新的晨曦，志士们抛头颅洒热血，愤怒的枪声杀向顽敌，从此为中华儿女，写出了建军的光辉履历。起义的枪声正急，呐喊的声音来自心底，敌人疯狂的反扑，献血染红了大地，谁能想到，日后就是这支队伍，就是这支燎原的星火，为中国的钢铁长城奠基。

老一代革命人，真的有骨气，他们坚实的足迹，我们不该忘记，历尽磨难艰苦崎岖，终于在二十余年后，宣布中华人民共和国成立。多少风雨急，山河知道你，多少鲜活的生命，化作了奇迹，才让今天的中国，洗刷了百年屈辱，才让中国人民顶天立地。耳边回响着枪弹的密集，眼前是广场招展的红旗，我再一次面向军旗挺立，深深地铭记深深地敬礼。南昌是英雄的故里，英雄就值得我们永记，英雄的八一军旗，永远的南昌圣地，中国人民不会忘记你。中华民族向来不折不屈，什么都无法阻拦，华夏儿女的延续。曾记否？江畔的滕王阁序。不坠青云之志遇千年不朽的威屹。

什么是"大家"

能成为"大家"的，一般均是大师，这样的人，都有特质，他们有天分很勤奋，著书立说是导师，教书育人有特色，这样的人，多是专心致志，在某一领域独树一帜。我尊敬崇拜，那些堪称"大家"的人，首先是大写的"人"，因为他们热爱事业，因为他们满腹学识，因为他们谦虚谨慎，因为他们造福人世，他们把天下的事，当作自己的身体一样爱惜，关键是他们也特别有本事，大官大咖不一定都是"大师"。

凡"大家"者，都应受到尊敬，因为他们用才智济世，他们对事业忠诚执着，他们的情感真挚，他们对待生活真实，因而，他们是人民英雄，他们是国家的脊梁，他们是真正的学师，社会应当把他们当成真正的勇士。我所熟悉的陈学耕院士，就是这样的大师，他来自基层，脚踏泥土，他来自人民，非常朴实，他把文章写在大地，他把学问如同春风春雨，留在了老百姓的心底，他不事张扬脚踏实地，他用他的坚守，在农机方面创造了中国奇迹。

在扭曲的时节，那些大师，常常被忽视，但我相信，随时代发展，没有什么，可以挡得住他们的卓见真识，他们才是真正的明星，他们应该备受我们的珍视。

我反感个别不入流的所谓大师，夸夸其谈虚张声势，口若悬河好为人师，用几个所谓的材料，搞几个头脸装点门面，看似红红火火，瞒天招摇过市，其实那算不上什么大师，或者说是假大师。

真正的大师，不是神秘兮兮"绅士"，他们多是勤勤恳恳，也都坚持科学的真理，但，他们的分量，足以改变世界，他们的价值，终会被世界证实被人民广泛地认识。

生命的意义

我常想，什么是生命的意义，是少时的幸福无比，是青年的安安逸逸，是生活的吃喝玩乐，是享受中的舒服快意，是巧取豪夺的随心所欲？我以为，什么是生命的意义，是少年的青色奋发，是青年的挥汗如雨，是壮年的勤恳努力，是老年不息的进取，是留给别人的一段记忆。我以为，什么是生命的意义，是读书的分秒努力，是工作的倍加珍惜，是生活的平平常常，是生命的精彩绚丽，是对周围的一片春风绿意。

什么是生命的意义，是不断地充实与丰富自己，是不断厚实的内涵和心里，是在于对他人和社会的奉献，是在于你所创造的价值，是你能够给他人的点点滴滴。我以为，生命的意义，是在于，你给家庭的奉献欢喜，是在于，你给予社会留下的什么东西，是你所创作的外延，是你给社会做出的点滴成绩。我们都是一般的人，没有什么惊天动地，人不仅只是生命的躯体，需要有血有肉灵魂高地，那么我们，为何不能脚踏实地，奉献自己的一点体力脑力，只要利于社会就是我的实绩，不需要和谁去比。

种一棵树撑起一把伞，栽一片花创造一个美丽，即使是一滴水也可以湿一方土地，即使是一棵苗也要结几颗谷粒，即使一株小草也有一点绿意。尽其所能创造是最好的意义，尊重自然热爱一年四季，对待自然，完全可以少点怨言多点和气，成就他人和悦自己，也不能不说是生命的真谛。

我不相信那些伪真理，那些昧着良心一心为己，贪婪的眼光，散发着绿气，把自己吹捧得像个上帝，而肮脏的心身都是个人的利益。我崇敬那些，心里装着他人和社会，踏实苦干乐于奉献的人和群体，他们才值得我们高举。

神奇的喀纳斯

我徜徉在祖国的西北边陲，寻着忧思情绵的小路山锥，驱车蜿蜒步履行思在，阿勒泰崇山峻岭的一片深邃。松涛林海有白桦树点缀，一汪清流与我紧密相随，引来一池碧透圣洁的湖水，那就是喀纳斯吧，如同群山之中的玉石翡翠。

葱绿的草原倒影的毡房，红花朵朵迷雾茫茫，蓝天白云下竟有如此的心醉，神秘的喀纳斯，就是这样有韵味，让我体验了人生的第一回。

小船逆流而上，雪山深情面对，我寻思着，这到底是在神话的梦里，还是在人间的轮回，我不敢相信，世间竟然有如此的神奇与俊美。

层峦叠嶂云蒸霞蔚，简直是，仙雾迷蒙天来的神水，拾阶而上快步移腿，骆驼峰山的观鱼台，让我领略了，大千世界的游人情痴与心碎。

是谁唤来的这方秘境，是谁拨动的五彩琴弦，是谁唱起的悠扬牧歌，波光粼粼百转千回，我在一望无际的遐想中，找到了神灵赋予我的神器宝贝。

浪花飞舞着千年的追随，金光闪烁着情人的眼泪，我的身体与情思，早已被湖畔的美女搅得梦莹魂飞，我不知道这里有没有湖怪，我也不知道这样的美景，天宫到底会派哪个神仙来守卫。

生活的路上

生活的路上，谁都会经历风霜，无须叫苦不要绝望，人在苦旅必须要坚强，既然老天，给我一双翅膀，必须起飞才有翱翔，绝不放弃最初的梦想。

生活的路上，崎岖有鸟语花香，有梦就有希望，请把火炬点亮，不要问，路上会怎样，要靠自己拼闯，没人是你的救世主，你的力量在手上，你的双脚就是方向。学会思考，必须激情高昂，不要祈求，谁的奢望，不停地行走，没有谁能把你阻挡。

生命中的好朋友

人生有多少朋友，我也说不清楚，有些朝夕相处，有些默默在幕后，但是我相信每一个朋友，与我都有一程不一样的邂逅，有些与我成长有关，有些来自不同的小路。

我有少儿时期的朋友，如同一棵小树，成长在我家的房前屋后，他们与我一生相拥，即使多年不见依然如故人心的问候，那是知根知底的相守。

我有中学时期的朋友，他们是我天缘的携手，我们走过了花季的时候，不用太多的礼仪，却总能时时驻足。我有大学时期的朋友，年轻的我们意气风发，天南海北在工作以后，无论你在做什么事业，我们都知道彼此的成就，时不时地一个祝愿就足够。

我相信每一位朋友，都是上天赐予的手足，工作中的朋友，情如姐妹兄弟，共住一方水土，我们一起艰难地奋斗，我们走过阳光的午后。

生活中的朋友，来自不同的情趣缘由，一次旅行一次学习，一次经历的特殊，也许一次陌路，就奠定了我们一生的保留，快乐时的分享问题时的相助，让彼此的情谊越加深厚。能成为朋友不需要理由，人海茫茫有多少个回头，有多少人可以成为好朋友，有多少好朋友，能与我们默默地走到最后，唯有一颗真诚的心相通相投。

有多少好朋友，一个转身就再也没有回首，留下多少故事在我们心头，有多少好朋友，和我们不离不弃的牵手，成为我们一生相思情愁。

真正的朋友，是一次次的风雨旅途，是灵魂的伴侣的坚守，懂爱恨情愁的分忧，是生活生命中的大度，是漫漫人生风霜雪雨的长路。

诗人

如今比比皆是的诗人，一个比一个时尚，都是学习的对象，他们内心丰满充盈，是我崇高的向往，而我更喜欢那些，朴实无华的好文章，平铺直叙娓娓道来，身边的故事平平常常，把生活的点滴跃然纸上。喜欢内容含蓄，且有丰富含义的宽广，喜欢大气磅礴的气场，喜欢气吞山河的力量，也喜欢小桥流水委婉，喜欢大河浩荡的奔放。

喜欢浓烈的阳光，喜欢天边的月亮，喜欢徐徐清泉的流淌，也喜欢深沉抑郁的感伤，喜欢杨柳飞花的悠扬，也喜欢高山巍峨的雄壮，喜欢一个动人的故事，当然也喜欢歌声里的鸟语花香。

这些都是诗词的写作对象，都是世上美好事物的展望，一路述写一路书香，记录的是美好的心灵，留下的是一程美好的时光。

不断学习积极向上，激发内心的渴望，把足印留给大地，大地送来泥土的笔墨芳香，把内心植根于生活细微之处，朋友为你点赞，为你修身补缺为你喝彩捧场。

学习诗人，汲取他们好文笔，学习他们的正能量，我比不了诗人，心里始终是惶恐和敬仰，脚下是泥土，心中有阳光，有草原的滋润，有雨露的滋养，有朋友在身边，有亲人在身旁。到山上去，伸手摘朵云披在身上，到田野去，那里始终有一颗太阳，到草原去，追逐百花的芳香，到沙漠去，不为追寻灿烂辉煌，只为仰天看到耀眼的星光。

到河边去，看河水静静地流淌，到荒野去，听一滴露水托起的荒凉，看一株小草的叶脉，打磨岁月的风尚，虽然我不是诗人，我却总是把诗人，作为楷模装着心上欣赏，因为它们总给我力量。

因为我也喜欢，在诗行里徜徉，偶尔用清浅的文字，讲述黎明的光亮，在光阴的足迹里，有我淡雅诗行的悲壮，拈一朵小花于手心，捡几粒石子入行囊。

只为心里的那份，洁净清凉与安详，为心安的思绪，为灵魂的方向，都是快意里的收藏，不必在意别人怎么讲，也不在意笑谈中，轻快的赞扬与诽谤。

诗人与沙漠

世人都说，沙漠很荒凉，你却把沙漠写成了天堂，你说那里是神仙栖居的地方，那里有山有水似江南水乡。常识告诉我，沙漠里少有生命迹象，你把沙漠里的生命写得热血飞扬，你说沙漠里的生命粗犷高昂，你说沙漠里的灵魂纵情悲壮。

有人说沙漠没有浪漫，而你笔下的沙漠好似情网，娇艳的生命热烈地绽放，多情的种子浪漫地飞翔，沙漠里的浪漫大胆抒情夸张。有人说沙漠缺少水分，而在你的沙漠，水似明镜那般一汪一汪，水似小溪一样快乐流淌，让过路的行者打扮梳妆，你让沙漠里的生命，如画如梦一般地畅想，你让沙漠里的水，像一幅仙境飞云的气象。

有人说沙漠里没有诗意，你告诉人们，沙漠不仅诗意葱茏，而且如云似画悠扬，美得让你奋不顾身，情不自禁地热血贲张，沙漠里的诗意叶茂根壮，且温馨温柔且盎然而舒畅。

有人说，沙漠里缺少灵性，你笔下的沙漠灵秀端庄，且看沙漠里的红柳，且看沙枣花的纷香，且看大漠里的胡杨，诗情画意一路芬芳，沙漠是生命的天堂，沙漠的生灵圣洁茁壮，总给人力量令人向往。

沙漠里的生命，顽强得像一首歌，书写着壮丽与辉煌，沙漠的生命，像梭梭红柳胡杨，舒展着幸福与吉祥。你总是把沙漠的灵性，写得那么长发飘飘，那么的悠然滚烫，那么的荡气回肠，诗人告诉我们，未来沙漠无限可望，是诗人让我们对沙漠充满了理想。

来生，我也想做一个诗人，去沙漠里看一看闯一闯，划上一块地盖上一间房，养上几只幸福的牛羊，来生我也想去沙漠，骑上一匹骏马，在沙漠里畅马游缰，让身躯在沙漠里自由飞翔，让灵魂在沙漠看潮落潮涨。来生，我想像一个游子那样，到沙漠里游荡，与有情人在沙漠里重逢，与有趣的灵魂，在沙漠里碰撞与惆怅。

我想带上一顶帐篷，在沙漠里住上几个晚上，我想带上一个相机，去沙漠与胡杨林拥抱，与沙枣树胡杨林一起合影照相。到沙漠里的一棵树下，铺开地毯一张，让一壶老酒穿过胸膛，任热血在沙草地膨胀，或在黄昏或者夜晚，与有情人相拥而坐，结伴与一棵胡杨，寂静地遥望天空与远方，我想敞开自由的翅膀在沙漠翱翔，我也想写一点关于沙漠的感想。

时光如梭岁月悠长

时光如梭，转眼一段远去的风光，梦醒时分，尚岁月悠长，每个生灵，都怀揣梦想，逐梦前行，谁说不是远航，但愿山高水长。不知道，有没有一首歌，如梦如痴，点亮我的希望。不知道，有没有一首诗，如沐春风，赋予我生命的时尚。

总有一些故事，告诉我一些迷茫，总有一些鼓励，时时给我力量，当放下拖累，携手新风，将前程展望，奋勇激流生命自强。仰望天空的太阳，感谢同路的奖赏，尽管时光似水，鬓已成霜，谁说芳华不再，照片泛黄，只要心中有方向，何惧大海汪洋。

朋友欢聚一堂，纵酒淋漓醋畅，草原任我驰骋，风起云涌山冈，向朋友们学习，个个都是好榜样，农业战线显身手，文化大路好宽敞，不负天地不负梦，不负山水不言忙，大漠孤烟沙海茫茫，千里边关千里畅，不负生命的好时光。

时间去了哪里

瞬息之间，又是一年，仿佛还是昨天，故事却是从前，故事中的你我，已不是从前的容颜。我等你等得挺苦，四季交替，只一个眨眼，一个转身，仿佛半个世纪的时间，不记得了吧，我还在那里，守候着那时候的心愿，初心不改草原无边，昨天的记忆，还在眼前。

莫问来时的路，不论有多险，有心的日子都很甜，虽天各一方，都是一片蓝天，摘下一朵白云，作为永远的思念，时间都去了那里，似水的流年，已是回不去的从前。

从今天开始，学会珍惜，放下手中的工作，忙里偷闲，灵魂需要救赎，万千寂寥挥笔写长天。

做做想做的事，常想想心思的人，在繁忙中学会思念，在思念里珍惜时间，让心儿也晒晒太阳，让时间也等等昨天，让今天更加坚实，山重水复天地人间，世界永远在变，我心却是永远。

世间万物皆有因果

世间万物皆有因果，云雾相间的草原，有蓝天白云的相佐，高耸入云的雪山，引来一条大河的欢歌，荒漠中的土地，是缺少雨露滋润的结果，香绕百年的古寺，是千年不变的雕琢，山有根水有源，债有主恨有渊，世间万物皆有因果。

不要羡慕别人的成就，不要嫉妒别人的成功，那是因为，别人辛勤付出的比你多，世间的事谁也无法说，善有善报恶有恶果，因果关系终有所得，不要说人不如我，莫担心前路坎坷。你的善良，为你注定了一条吉祥的河，会为你带来幸福满坡。

有"果"必是有因，有"因"皆会有果，"因"是你前世今生，播在心田的那些种子，"果"是你今生和前世，或是未来将有的收获，播种善良的"因"吧，终会有吉祥的"果"，幸福就是善良的花朵。

世界挺奇妙

宇宙很大世界挺奇妙，许多东西真的说不好，你亲眼看到的东西，未必都是真的好鸟，也曾经见到，绿油油的庄稼，秋天的收获，却是一包野草。会捉老鼠的东西，也不一定都是猫，最不堪的是，往往好人没有好报。

还有老鼠追着猫跑，善良总被恶人欺，好马总是被人骑，真理总被歪理搞，真假难分无人晓，那些西装革履者，人模狗样，高台之上满嘴放炮，振振有词做报告，堂而皇之乐逍遥。

金光灿灿的金属，未必都是黄金，深埋旷野的一枚顽石，未必不是珍宝。我相信，乌龟王八挺霸道，一条毒蛇拦大道，只用一把猎枪，即可完全清除掉，庄稼地里有野草，害虫的对手是农药。

不要被假象，所冲昏了头脑，不要为虚伪，所迷倒，那些伪君子，也只能一时地热闹，只是时间未到，你看人世间，那些恶贯满盈的家伙，哪一个能跑掉？

世间有大爱，人间有公道，是非曲直终将会有报，黑暗的东西，总会见太阳的光照，宇宙乾坤浩浩荡荡，哪有恶魔不被天烧，世界总是，风清气正阳光灿烂山水妖娆。

是你

是你砸碎了千年的铁索，是你撑起来华夏的嘱托，是你让中国人挺起了腰杆，是你让中国走出了苦难与坎坷。是你让五星红旗在蓝天闪烁，是你让东方巨龙不再沉默，是你让中华民族把自己命运掌握，是你才有了顶天立地的新中国。

是你让工农拿起了刀枪，是你带领中国人民翻身解放，是你让中国人看到了希望，是你让中国迎来了新时代的曙光。从此，万里长城红旗招展，长空万里银光闪烁，蓝色海疆任我驰骋，北疆边陲白云哨所，从此，神州大地翻天覆地，中华儿女龙腾虎跃，长江黄河气势磅礴，世界东方高奏凯歌，东方红太阳升，共产党引领新中国。

谁说不会忘记

你说不会忘记，那只是你，个人的情谊，笔墨太浓易偏倚，伤心过度会哭泣，不必为此劳神费力，该忘的就忘，该记的就记，不要伤了，身体与和气，其实，没有什么东西，是不会被忘记，世界的事，本来就很有趣，莫为浮云折望所抑郁。

该走的，终归要走，该去的，终将离去，没有什么，可以阻滞，自然运动的步履与规律。反正，那一座山还在那里，反正那条奔涌的河流，浩浩荡荡一路不息，你应该慢慢去理解什么是真理。

人不必太刻意，什么是记住，什么是忘记，与自然界相比，我们甚至算不上，湖水里的涟漪，我们还不如一颗沙粒，生命本来就是前赴后继，没有什么是永远的东西。

虚拟的东西，都在云里雾里，切莫过高地评价自己，泥巴可以养心，汗水可以肥田，关键要脚踏实地，膨胀的算计容易失去。只有山川河流，只有沉默的大地，还有月亮星辰，它们才是这个世界真正的主人，它们的存在谁也无法忘记。

谁说日落不是最美的风景

谁说日落，不是最美的风景，你看日落前的天边，总是一片锦绣的红云，太阳渐渐地，把最后一缕光华放尽，迎接他天幕后的是月亮星星。太阳累了，总该有个清静，世界都需要休息，给夜行的生命，一点欢喜清心，因为不久，又是一个全新的清晨。

谁说落日的晚霞不是最美最灿烂的风景，送去的是晚霞，次日凌晨，顷刻间，朝日一轮，将把新世界唤醒。原来朝晖与晚霞，联系得很紧很紧。

水之歌

世界上，最昂贵的东西，有人以为是黄金，有人以为是钻石，却没有人认为是你，生命中，最不可或缺的东西，有人以为是金钱，有人以为是大米，却没有人把你顾及。你就是这样的普通，普通的如此的随意，你就是这样的平常，平常的很少有人顾及，没人懂你珍贵的含义。

你来自云间天意，占据地球表面 70% 好几，你来自高山，山高水长到处是你的情谊，如果沙漠没有你，就没有生命的痕迹。你来自地球内部，一口一口泉源的井里，你把生命奉献给了大地，世间上生命起源，都是因为有了你。

你十分朴实，总向低处而去，你汇聚成河一泻千里，你非常平素，不在意谁的眉高眼低，你无形无惧，什么形态都可以，你看似无力，似乎没有奇异，但是你的力量却无与伦比。

你如同空气，也如此平淡无奇，其实这个世界上，你才是最重要的东西，只是你不会装扮自己，致使很多人不懂得珍惜。

一条大河美丽无比，两岸的生命无限生机，湖泊大海是生命的奇迹，岸边的生灵欢天喜地，即使沧海一粟，你也浪花一朵，有河有水的地方，总是鸥鸟成群鱼翔浅底。

水是无所不能及，可以洗刷一切，就是不洗及自己，水是无私的，可以孕育所有，却不在乎有谁对你在意。可，世间上最有力量的东西，可能就是你。

劈开万重山从来不质疑，世间上最低调的东西，可能还是水，总向最低处无论千万里，无形无色无味，却让世界沉浸在你的滋润，人离不开水，一切生灵都因你而起，机器离不开水，农民更离不开有水的土地，水浇灌着万顷良田，从来不惜所有的力气，匍匐在地里总是不声不息，哺育的生命是世界奇迹。

田野百花盛开，树木高耸云里，高山因为你壮美，土地因为你而灵气，天空因为你有五彩云霞，自然才有了你四季交替，人是因为你创造的奇迹，因此我们必须敬畏你。感激水的洁净，感谢水的无私，感谢水的滋养，感激水的恩赐，学习水的无声无息。

一滴水能滴穿一块岩石，一滴水能拯救一个生命，一滴水能折射一个太阳，一滴水能滋润一块地皮，有水天空才有风霜雪雨，有水的土地才有精彩绚丽，世间上水才是最珍贵的东西，没有什么可以与水相比，即使你总是低调不言不语，却谁也没有办法把你贬低。

说起捡石头

走遍伊犁山水，农区牧场，山川河脊，免不了双脚沾满了泥，偶尔一块顽石映入眼帘，于是弯腰弓背屈膝，将它慢慢拾起，看看图形质地，左右翻看，寻找其中的奥秘，不时还用水冲洗，于是，日积月累，捡的石头堆了一地。

总是默首含蓄，很少把头颅，高高地昂起，总是在遥望，静观远方的风雨，总是在田野的荒地，看似漫无目的，其实我也有心思，我在默默地思虑，捡石头，倒也成了我的乐趣。

捡石头的过程，非常有意义，一增加了运动量，二沐浴阳光锻炼了身体，三走出城市的高楼林立，四到山野呼吸新鲜空气。

走过不少路，淋过不少雨，也看过不少风景，看似捡石头，其实自己也心旷神怡，在这个过程中，了解了社情民意，也懂得了老百姓的不易。

捡石头好玩，但却又不是目的，因为石头里，包含着许多定义，有的像鱼有的像鸟，各种想象随心所欲，自己捡的石头，未必都是好质地，没有店铺光泽，也没有经过处理，但是，每一块石头，都有不同的意义，每一块石头后面，或有一段有趣的经历。所以石头又是故事，又是美好的记忆，他收藏在心中，是许许多多难忘的回忆。

石头不值钱，但它有情谊，许多石头，还深藏着一些秘密，有些石头放久了，几乎被忘记，当哪一天你再翻起，仔细琢磨后突然醒悟，噢，那是啥时候去的某地，遇见的某人，想起的某事，有些浪漫，有些惊喜，有些苦涩，有些猎奇，真的有不少难忘的奇遇。

许多故事都隐含进了，一块普通的石头里，或许将随时间推移，我们都慢慢地老去，但故事走了石头还在那里。

有几块石头，颇有些来历，有几块石头，我送给了朋友和亲戚，也有几块石头，是朋友送给我的，我把它们，深深埋进心底，难忘那些珍贵的友谊，小小顽石，却包含不少真谛，石头没有温度，石头却有纹理，石头没有生命，却饱含历史磨砺，看似平常的石头，却在一片荒芜沉睡万年，看似简单的石头，却在一个河道翻滚千里，它承载着多少，曲折与颠沛流离，苦隐了多少磨难，有多少大山大河的阅历，石头告诉我们，风雨沧桑是人生经历，艰辛的磨难才出真理。

为了捡石头，登过不少山，走过不少河滩，也吃过不少饭，晒过不少太阳，特别是流过不少汗，市面上，捡石头的人很多，但真正能够，离开价值的有多少，别人家的石头，磨得锃亮，是为了向钱看，而我捡的石头，冥顽不堪，只为心中的怡然。

因为我捡石头，不为风花雪月，只为壮美河山，我捡石头与价值无关，只为生活的阳光灿烂，只为心里喜欢，只为安然无恙的壮美河山。

说说自己

从来未曾想做个诗人，农业农民是我的本意，父辈们世代就在农村，我继承了他们朴实的骨气，偶尔写诗作词作曲，皆是闲来顺手悲天悯地，缺少了很多含义，只有我心里明白，虽写了点东西，也是平铺直叙，常常都不能原谅自己。

我的写作，皆闲来之笔，纯属文字游戏，东拉西扯字词堆砌，总是词不达意，错处此伏彼起，宣泄了情绪，对你实表抱歉不成敬意。外表的粗犷，代表不了心里，于是我将含蓄的文字，做了分行的整理，如此一般心力，让你见笑了毫无文学功底。

其实我是自然的宠儿，谁的路上没有点涟漪，我的幸福来自心底，那是我比较心静，都是因为你给予我的鼓励。感谢上苍让我遇见了你，我时常为书写而感激，但愿我的无聊，不要冒犯你的礼仪，原谅我吧，一双农民的大手满身的牧民气息，写了些无趣无味无序无油无盐的心里笔记或是记忆。

思念母亲

我来到这个世界，正是寒冬腊月，母亲，吃尽了苦头把我养大，生命如云岁月如花，转眼之间，母亲容颜已去霜染白发，母亲爱儿女也爱家，一生总在无边的牵挂。60余年的恩情，我未以报答，我不知道，为什么总是木讷，当一个人离开后，才渐渐清醒了，母亲生在春天，桃花盛开的刹那，母亲离开这个世界，正是六月的仲夏，母亲含痛而去，我却无能为力而她，只能默默地泪如雨下。

我痛恨自己，不能为母亲做点啥，母亲走得很留念，总有许多的心事放不下，她是那样的不舍，还有那么多要说的话，然而一切都随云而去了，即使今天，我再怎么思念也白搭啊，我只能无助地，无助地看着母亲倒下，漫漫地熬到了终点，将生命在自然中升华，母亲啊母亲，我只想在梦中与你对话，我知道，你的情你的爱，能把一座雪山融化，孩儿今生今世已无法报答，但愿来生吧，来生还做母亲的儿子，来生还承欢在母亲膝下。

母亲已去，地陷天塌，天山也悲情，伊犁河水也泪花，如今母亲已是西边的云霞，谁还在伊犁河上泛舟，谁还会在草原上写诗作画，谁还能为母亲唱首悲歌，什么能把我的痛苦容纳，但愿母亲在天国依然美如夏花。

思念无边

你走了，走得憔悴，无边无界的远山近水，走出了我的视线，走出了我的视界再也无回，我静了，静得很苦，无影无踪令我心碎，我在相思的苦海飘坠，苦思冥想着风中飘去的玫瑰。

你走了，你在追谁，我不知道你是不是太疲惫，风雨缥缈世界喧嚣，不知你是否还在追风追雨地后悔，时间就是那样，一旦走远谁也无法追回，孤寂的时候谁还能把我陪，即使一切还是原样，我也找不到过去的那种回味。

你走了，带走了那么多的眼泪，不知道你是否寂寞，星星月亮沉浸你的心醉，希望你在新的地方，不要有伤悲。你很完美，光阴的故事里，我们总在奋起直追，不知现在的你是否孤单，请你不必追求瞬间的光辉，我的思念在慢慢地老去，你的雄心是否渐渐地枯萎。

不曾意识到，人的情感也是要咀嚼，经过磨合才慢慢地品味，我痛楚的心随落叶飘坠，云也思念月也思念，风也有情雨也有情，不变的诺言任日月轮回。你走了，即便十万八千里，我也要找到你，即使九百六十万，怕天涯断，我也终不悔，不曾想思念也挺累，我永远等着你身旁的依偎，莫忘记了故乡的那方山水。

送快递的小哥哥

不是没有着落，而是追求生活，平常的心态，快步的摩托，穿行于大街小巷，把一件件快递，送达于每一次穿梭。送快递的小哥哥，性情不温不火，长得还挺腼腆，工作风驰电掣，寒来暑往不停地奔波，每一次出发，都是向着太阳的收获。

身披朴素的衣着，受着世俗的冷漠，风吹雨打从不退缩，一路星光一路欢歌，即使最朴素的微薄，依然还是快乐，人间冷暖我最懂温热。

送快递的小哥哥，个个都是帅小伙，谁的青春没有苦涩，谁言日后你不是大哥，汗流浃背寡言沉默，奏向城市的一抹旋律，辛勤奋斗的一份执着，送快递的小哥，祝你激情似火收入多多。

岁月悠悠

还有多少岁月，任你挥霍的自由，转眼之间已白了少年头，人世间的事有谁能说清楚，哪一桩一件不是因为你而挥手。少一点抱怨吧，多一份眼前与身后，与快乐自信携手，做世间有意义的事，多一些关爱给亲朋好友，乘着年轻去努力奋斗。

人的命运有多少缘由，有谁可以说清楚，几许错过几许问候，一缕春风荡漾心头，醉在春天里的一壶老酒，激起万千我过往的情愁。请珍重那每一次的邂逅，来来往往都是天意，缘分的东西不可强求，只要心诚就已足够，像往日告别，作别昔日的一个轻松握手。

于是，坚定地拾起一支毫笔，敞开风华云雨的桌椅，向着更高更远的山路，去迎接那凶猛的风狂雨骤。情也悠悠思也悠悠，莫问前路向何渡，不为无名的纷忧，去默默地祝福吧，花开花谢岁月悠悠，牵挂友情善良天长地久，天地不会辜负你的应有。

所谓的文人墨客

文人墨客自负多，满腹经纶爱瞎扯，文笔尖酸有点辣，以为世界独属我，偶尔几篇露过脸，又会标榜又会说，辛辣尖刻自为是，疾世愤俗我是哥。

文人墨客多掮客，歌功颂德著新册，粉墨登场颇有主，混迹江湖巧抉择，说过几次违心话，做过几次朋上客，红旗飘飘迎风展，高屋建瓴我来过。

有一些文人墨客，笔下生花赚口舌，信口雌黄登高车，胡编乱造没廉耻，颠倒黑白无良德，攀龙附凤说瞎话，几篇伤痕抖啰唆，自我感觉有大学。

文人墨客多坎坷，几篇杂文惹的祸，当过几天地方官，见过不少大江河，读过几篇大文章，写过几首激昂歌，天南海北全知道，云消雾散荒草棵。

世间诸事多颇折，天下文章不吝啬，你写东来我写西，妙笔生花有几个，自负清高立山坡，自诩当代有风格，唯我独尊俯天下，转眼之间成蹉跎。

曾听过，文人相轻把酒言和，转瞬间，相互诋毁台下踢脚，曾记否，大堂明镜高朋满座，忽然间，一阵清风流沙成河，飘飘黄叶纷纷错落。

几篇酸楚的文章，自视清高著书立说，宣纸厚厚一摞，一阵雨，一把火，付之东流皆无索，到头来都是慢滑坡。大千世界，泰斗几何，有多少文人，为世间墨客的集大成者，古往今来，芸芸众生，见过多少文人成当代文豪令世人敬慕。

剖析自我，所谓的文人墨客，看似满腹经纶，写的激愤盎然坎坷，用心用情颇多着墨，洋洋洒洒东西挺多，有多少人读过，笑看百年废纸成篓，风吹纸飞都是曾经的摆设。

塔什库尔干并不遥远

要说最远的县城，莫属塔什库尔干，塔吉克县域，地处帕米尔高原，县城不大缺氧干旱，人口不多漂亮精湛，塔吉克族居民，在这儿世代相传，个个朴实善良热情能干。

六月的塔什库尔干，时令还气冷天寒，田野丰华似春光灿烂，杏花儿绽放于大河两岸，耕田放牧牛跃马欢，一台小型拖拉机，行进在大路的主干，古老的石头城坐落于，一片历史遗迹的远端，县城的博物馆，述说着千年的灿烂。

卡拉库里胡水，蓝得让你情醉心颤，你只想膜拜，黙向一座高山，塔合曼温泉，暖得让我流汗，慕士塔格的雪峰，雄伟而浩瀚，他是昆仑骄傲，屹立于天地之间的巍巍群山。最难忘的是红旗拉普口岸，一群青年的士兵，黙守于这片高原，面对一座高得不能再高的山，对面是我国的邻居巴基斯坦，国门威严矗立远山在呼唤，哨所的红旗迎风招展，飘扬在一片寂静的天蓝。

精致的塔县，昆仑山间，我住了两晚，处处都是人情的温暖，一群年轻的生命，无视生命的挑战，告别父母亲人，不畏路途遥远，只身挺进了高原，任爱情之花璀璨，让青春在这里，生根开花结果，发热发光流汗。一壶老酒浑身释然，我泪流满面久久难缓，为了这片古老的土地，为了那高原的美丽之花，为那里的坚定勇敢，我为他们热烈的生命而感叹，我情不自禁地为这片高原称赞。

心中有爱问心无憾，塔什库尔干并不遥远，那夜我做了一个梦，梦里我和有缘人乘上了一座风帆，我在神话般的世界里尽情高原。

唐布拉的眷恋

若不是亲眼所见，我真不会相信，这世间竟然还有，这样的一片清亮的蓝天。若不是亲耳聆听，我真不会明白，这人间竟然还有，这样的一片温馨的绿色。若不是置身其中，我真不会了解，这么美妙的天籁牧歌，就来自草原发生在我的眼前。若没有切身感受，我真不以为，这就是我灵魂的宿舍。是这片天堂草原的切身体验，所以我明白了，我向往的心灵深处，我灵魂的站立高点，竟然是一片绿意斐扬的旷野空间。所以我知道了，一座高山一片草原，一条河流一个毡房，隐约芳草的林涧，完全可以融化我的心是我生命不竭的源泉。

啊，唐布拉，除了唐布拉，谁还能让我如此眷恋？啊，唐布拉，除了唐布拉，谁还能让我如此挂牵？除了唐布拉，谁还能永留我的心间？

天山红花

你，一朵一朵地开，一枝一枝地艳，一片一片地红，一点一点地燃，燃烧了整个山川，席卷半边草原，大地山花醉，山河皆灿烂，牧民心花怒放，牛羊满山，路人满目惊讶，不知所然。

你用一朵羸弱，打开了初夏的门栏，你用一枝娇艳，牵引我流连忘返，你用娇艳的花蕊，让我为之心颤，你用一片一片的红，在草原呼喊，让我欲罢不能不知所以然，你用草原的故事，让我动情地为你感叹，你用牧歌在我耳畔呼唤，我也呼唤着近水远山。

我简直崩溃，为你的嫣然，我因你失陷，就为你的花滩，我想流浪，这是我情种的意愿，我的心很痛，痛得舒坦，我不想离开你的灿烂，我流泪了，为你绽放的纯洁惊叹，为你绯红的那座山峦。

那风舞草地，那近旁的羊圈，那绸缎的衣裙，那远处的雪山，我哪里都不想去了，就想住在这里把你陪伴，我也会清醒的，这是当然，多么壮美的河山，这是千万年遗传，如今的时代，需要多少人实干，我们的目前，还仅仅是在发展，我们绝不可蛮干。

我反感那些投机钻营者，口惠而心不善，口蜜腹剑榨取人民的血汗，削尖脑袋欺上瞒下只想往上蹿，不如一枝天山红花的简单。

天山红花的气象

花开一条线，花展一片天，一望无际，百里风光，婉转起伏无尽无边，烟雨之后丽日妖娆，红花尽显俏丽时尚，风姿绰约生命顽强，乘着蓝天白云，延绵几十里，逆流而上，染红了路，染红了田，染红了坡，染红了一片峡谷，染红了整个山梁，染红了大草原，染红了伊犁，染红了好儿好女好山冈，染红了地，染红了天，染出了伊犁，大河俊美的浩荡。

高原风光，浩气大方，西部的生命，固执顽强，天山红花开了，红透了原野，红透了山庄，像血液的殷红，红到人的胸膛，沁透了爱恋的土地，如同伊犁人那样，爱高原爱家乡，不论富贵高低都是一样。裹着草原上的兰花飞舞，携着地面上绿茵花黄，在袅袅炊烟深处，在悠闲的牛羊其中，花儿像鸟一样在空中飞翔，一群灰鹤落入花丛，在云雾的花海徜徉，发出阵阵鸣叫仰天长望，天山红花让草原血管贲张。

干涸的荒原，泛红起生命鲜艳的血样，分不清红花还是红海，分不清是红地还是霓裳，红霞挽着红花，铺向天空的方向，在天地间，漫卷成无限联想。

伴着初升的太阳，红霞红云映照红花，铺天影地好似仙界的图画，好似烈焰燃烧，好似星光鸣唱，红霞最先把山尖雪峰引亮。

红花的烈焰，在大地燃起火苗，在河谷山坡滚起波浪，那是红花与天地对望。红花绽放的景象，好似万亿彩蝶在奔忙，红花的雨露，滋润着草原的小伙姑娘，它唤醒了草原的憨厚，沉睡千年的荒原，一派大气磅礴粗犷的形象。

天山红花热烈而奔放

天山红花开了，他不择土地贫瘠，即使多年的干旱，他也不声不息，纵然几年不见开花，种子深埋地里，一旦时机成熟，雨露滋润，红花种子将纵身跃起，破土发芽迎风展叶，比肩妩媚斗艳争奇，

只要有阳光的地方，只要雨量充沛，绝不吝啬一次绽放，用短暂的生命，把一方伴靓，即使不那么高大，即使没有多么粗壮，也要挺起纤细的枝干，纵情地为草原摇曳歌唱，把痛与苦深深埋藏，不问身后的悲凉，留给世界的，都是美丽与灿烂的阳光。

天山红花，花期还算长，嫣嫣几十天，花朵红艳艳，红花开了，草原的夏

天来了，红花纵情绽放，这是伊犁大美的景象，红花盛开，精彩绚丽惊艳无比，相映相衬着，草原特有的清香，为绿色的草原，平添了红色的波浪，多了一层，云飞花舞的气象，红花缓缓地弥撒，把绿色的原野，三笔两笔就涂成，红红的一抹华彩，深情的一缕芬芳。

天山红花开了，红花盛开，向来热烈奔放，高原的生命，像燃烧的火，高原的灵魂，就是这样高亢，五月的草原，红花盛放，一波接一波，滔滔不绝，一浪盖一浪，铺天盖地，重重叠叠，清风荡起千层吉祥。

天山红花开了

伊犁的盛夏，绽放天山红花，鲜艳的花朵，裹着小草的嫩芽，在绿意葱茏的草原，红花烂漫到极目远处，挽起天边眷恋的云霞。羞涩在枝头，绯红了笑脸，汽车在路上走，牛羊在云端下，花海中的人群，如歌如梦，葱绿的草原，如诗如画，谁也无法分清，这究竟人间仙界，还是梦里的神话。

天山红花，是大地的精灵，是天山的奇葩，她含情脉脉，是无语的情话，寄天水间的相思白云，将思念隐在心里，托明月清风，送你红尘中的牵挂，等你在花开最美的那季，携手与你望断天涯。

天山红花，哈萨克族称"莱丽喀扎"，俗称：虞美人，学名：野罂粟，即自由不断迁徙的花，述说爱情的故事，是开在草原人们心中的花。

天山红花，名声远扬，花开沸腾的时候，红似烈火一样，预示今年，年景一定很好，风调雨顺，水肥草美，牛羊一定肥壮，伊犁的地域，确有特色和异样。

欧亚大陆腹地中央，三条河流，来自不同方向，穿山越岭汇聚伊宁，一条大河，向西奔涌流淌，走出一个，三千里的浩荡，然而有了，一个花开的别样，塞外边疆的疯狂，誉满新疆，伊犁是新疆的"湿地"，造就了高原，无限的俊美风光。

且不说伊犁有多么美丽，塞外的冬季大雪覆盖云飞扬，瑞雪覆盖的伊犁却初寒乍暖，秋天的伊犁果实累累，看红叶黄叶满山，伊犁的春夏紧密相连，堪比内地或江南，是"塞外江南"名归众望，伊犁河谷的坡地整齐平坦，总是最先沐浴太阳。

每到夏日，不知从哪天开始，积雪渐融小溪欢唱，滋润着，砾石相伴的土壤，草原的春夏就这样，悄悄地来与去，不声也不响，合着习习的春风，伴着和煦的暖阳，迎着大雁，秋去春来回北方，含着一场，接一场雨水细柳拂杨，不为什么缘故，天山红花，在人们不经意间，点缀起了绿色的山冈。人们渐渐地渐渐地，看见了一点一点的红，一串一串的绿，一株一株的蓝，一朵两朵的花，一场雨后一场绿，一个晴日一场新，雨后加一个骄阳，那星星点点的红，缓缓在绿地上，显出一片一片娇艳的海洋。

天山红花开了，从眼前的一小块一小块，渐渐变成一小片一小片，进而演变成一大片一大片，还有一簇一簇的，蓝色与黄色花朵镶嵌，蔓延到了渐远的地方，慢慢的一片草原，默默的一个山谷，静静的一座山坡款款地整个河谷。

花开弥漫，到轰轰烈烈一望无际，循着红色放眼望去，直抵无尽的天边上，红花随风摇曳轻风荡漾，风姿绰约娇艳明朗，引来无数的凤蝶和游人匆忙。

天山红花开了，从察县金泉到霍城三宫乡，从伊宁县的北山坡，再弥散到东巴扎国道旁，从巩留的广袤农家田野，到尼勒克的大小山坡，舒展到新源路上的木斯乡，天山红花开得肆意开得舒展，卷起草原阵阵红色的清波细浪，身临其中像似丢了魂似的舒畅，管他什么荡漾，我的心在远方。

天堂的小妹啊

我天堂的小妹，你在天上好吗，你是否寒冷，你是否寂寞，你是否知道，我对你有多么的念想，我天堂的小妹，你在那里好吗，你是否欢喜，你是否忧虑，你是否知道，想念你的心有多么的悲伤。

我天国的小妹，你是否还在匆忙，你是否还在牵挂，你是否知道，我们都把你在心里装，天上人间并不遥远，天地之间应该好相望。

我天国的小妹，你为什么，轻轻地来静静地走，把各种困难委屈都自己扛，你看似坚强，但我知道你很忧愁感伤，只是我们，没有能力好好地为你疗伤。

我天国的小妹，你的星空，是否还是那么亮堂，你是否还喜欢美丽，你是否知道珍惜自己，你是否，不再为事业为家庭日夜奔波，你是否，有了许多的满意，你是否，能够听到亲人们对你的述说，你是否接受了我的歉意，四十九年的生命并不算长，但四十九的思念，让我尝尽了人间的痛和伤。四十九的泪水，却让我无法回望，四十九年很短暂，但你留在人间的真情，一直温暖在我的心上，你的真情大爱，谁能谁能相忘，你把情缘传到了很远很远的地方。

轰然然坍塌的一棵树

是一棵硕大榕树，生长美丽的南方，根深叶茂，生命力极强，硕大无比，气宇轩昂，独木成林，撑起一片景秀风光。北方好事者看上，于是高价收购移栽，交往过程可以想象，几经转载，终于到了北方再北的地方。一棵不寻常的榕树，就是这样，成了一种风尚，在北方，绝对是至高无上，迁徙艰难无比，移栽超级荣光。榕树安家的位置，可是经过严格挑选，设计为，一个最显赫的高岗，也利于吸收水分阳光。

榕树备受呵护，找到了自己的方向，在大水大肥的伺候下，得到了超级营养，粗壮有力健硕威猛，长得格外异常，成为一方霸主，傲视凌然大漠苍穹苍凉。

因此，在异地的榕树，也备受宠爱与礼拜，成为当地一景，备受游客赞赏，这棵大树也被视为，现代成功的经验和力量，它活得名声在外，活得云雾飞扬，可惜好景不长，北方地域太不一样，尽管春秋间足量绽放，虽然冬季，也穿足了防寒衣裳，这棵榕树，还是没有经历住，北方短暂时间的辉煌。

第三年的一个晚上，大树轰然倒下，卷起周边一片尘土飞扬，大榕树，就这样坍塌了，陪伴它的还有，家乡带来的一些土壤。有心细人琢磨发现，榕树先是空了心，后是烂了根，倒下去的是一棵树，而带来的却是，无尽的悲伤与空旷，它来得不易，走的又是那么太匆忙。

一棵备受宠爱的榕树，在那个遥远的北方，走尽了生命历程，就这样，带着对故乡的眷恋，倒下了，倒的是那么的悲壮，倒的是那么的难忘，倒的是那么义无反顾，倒的是那么豪情万丈。

它走的，出乎许多人的意外，没有任何征兆，走的时候，席卷起一阵惊涛巨浪，拍打着近旁的一个水塘，尘土飞扬，但不失器宇轩昂与雄风浩荡。

就这样走了，只有几年短暂的风光，谁不感慨激昂，谁能不为之落泪，谁不痛苦与凄凉，最为悲伤的是，那几棵鲜亮的野草，就长在它的身旁，一日便失色失光，悲悯苍茫，据说大树走时，带走了一些小秘密，还有一些相伴的意味深长，一切是那样的美好，充满了无限的美好希望。

真没有想到，那棵巨大的榕树，却如此悲壮，倒在一个春寒的夜晚，那夜的天空泛着寒光，是谁让这棵榕树，饱经了如此的风霜。看似那么的雄壮，长得那样势不可当，怎么会突然间坍塌，摔成了几节，匍匐在一片荒凉的水塘。

那棵榕树倒了，是那样的凄惨悲苍，死得再没了生命的迹象，死得不明不白甚至荒唐，只过了半年自然一切如常，在它原先生长的地方，栽种了一棵白杨，白杨自然挺拔成长茁壮。

后来的人才知道，这棵来自南方的榕树，在北方，也有过威武与苍凉，可有谁记得，曾经的呼啸山庄，再后来，已没有人记住，它原先的模样，再也没有多少人为之向往，只有当事者，还记得它家乡的景象。据说，它倒的那个晚上，刮了一夜大风，坍塌的树木，砸倒了几株小草，还有几只小虫的仓皇。

据后来明白人讲，即使大树的生长，也分南北地方，再美的大树，也要分土壤，不同的纬度地域，有不同的植物生长，再好的植物迁徙，也需要驯化与既往，不是所有的植物，能够适应所有的气场。它走以后，那片建造的高冈，依然泥土芬芳，一切安然无恙。

几年之后，还有多少人，会记得它曾经的模样，有谁把它真正记在了心上，那棵新栽的杨树，却展现出一片繁荣的景象。有些事情无法想象，有些让人们铭记的，未必是外在形象，可能更多的，是它的内涵与思想，大榕树的坍塌，带给我的是无限感伤，夜深沉费思量，你也许，看过西安古城的辉煌，但你可知道，北平古城今夕的悲壮。

我还听说过，万里长城今犹在，不见当年秦始皇，日有所思，夜有所梦，今日的浩荡，未必是真情实况。梦里的繁华多是假象，西北边疆，长风浩荡，唯见一棵千年不倒，根系裸露的胡杨，同样是悲壮，但是胡杨生命力顽强。

白杨一样挺拔茁壮，白杨遮风挡雨，依然会，担当起叶茂根深的风光。但愿后来的人们，记住了远方哨所的一棵白杨，也记住了，一棵曾经的大榕树，记住了，榕树曾经生活过的土壤，记住那儿，大榕树一时无限的悠扬，还有那儿的尘土飞扬。

吐尔根的春天

三月底四月初，吐尔根的大路，已风光景秀，杏花悄然绽放在枝头，山野的杏花，把一座大山映透，绯红了一片田野，绯红了一座山坡，满山红粉田野碧透。

杏花含苞待放，姑娘风摆衣袖，喜鹊林中飞舞，牧民笑得合不拢口，游人如织，镜头追逐，牧民喜悦于，在望的丰收，起伏的山坡，纵横的田畴，小草青青色，麦苗绿油油，纵马弹琴的小伙，放牧着幸福的羊牛，远远可见细水长流。

春风几度，杏花红袖，杏花绽放的时候，吐尔根人最忙碌，游客来了，我炖好羊肉，你若有情，我有好酒，游客们收获的是，满山遍野的图片，牧民们收到的是，歌舞翩跹的富有，弹琴的小伙急红了眼，姑娘的心思，谁也猜不透。吐尔根的春天，杏花雨的枝头，山舞水跃，一片草原的灵秀，吐尔根的春天，满山杏花含羞，一片绽放的丰收，春色满园春雨分忧，吐尔根的风光世界仅有。

吐尔根的山花烂漫

乍暖初寒，阴雨绵缠，几日不见的太阳，终于，浴出东方茫然的群山，照得山野一片金光灿灿。

白云挂在天边，牛羊在山坡游玩，草原露出了青绿，牵着我的双眼，带着灵魂的欲愿，向一望无际巩乃斯河够探。

吐尔根的杏花，就是这样绽放与精湛，个性十足韵味幽渊，一夜之间天空湛蓝，杏花飞羽沸腾了整个群山。

杏花含苞待放，喜鹊俏丽枝头，羞花闭月撩人心醉情酸，艳丽的景色让人心软眼馋，耳旁全是相机快门的一闪一闪。不知谁的镜头，对准了山坡的另一端，几个漂亮的姑娘，花裙飞舞笑声弥漫，把一群帅小伙的心搅得稀乱。

吐尔根总是这么的悠然，山乡牧场低调自然，小小的村落炊烟袅袅，纯朴的百姓生命简单，然而，初春的巩乃斯草原，满山含苞的杏花却让世界惊叹。

晚成的大器
——献给老年朋友

人生风雨趋同经历，但每一个生命，都有不同的出场顺序，有的少年得志春风得意，有的大器晚成也一番惊喜，不必在意，也不必惊奇，你的每一点学习，都是人生的积蓄，由少年青年到老年，都是你才情丰裕的聚集，一样的人生不同的风雨，真正的成功是你的能力，不是所有青春都闪烁金光，不是所有的成功都在一隅。

不是所有的英雄都身披斗篷，不是所有的王子都白马承袭，登高行远靠的是毅力，不要为了眼前把理想放弃，年老不是问题，青年也当继续，高能才决定行程的距离，天地之间往往水深流缓曲高和寡，阳春白雪未必都是被理解的东西。

不要太多不用太急，轻装上阵游刃有余，静待花开顺其天意，一旦登场竭尽辉煌，且看治理天下的一部论语。莫为年老而自暴自弃，我们的生命同样有意义，我们同样在创造着价值，和风细雨未必都要惊天动地。

万里长城
（居庸关遐想）

万里长城挽青山，雄关高耸白云端，扼守要塞数千年，敌寇胆敢来侵犯。高山之巅哨楼远，滴滴血泪见青砖，挡住北风挡住雨，挡住风沙挡住寒。

万里长城万里山，举世无双任人叹，风霜雨雪千年远，唐宋元明自秦汉。胡马边关人未还，历史喧嚣烽烟散，不见当年秦始皇，可见今日举国欢。

铁马边关春风暖，皮革裹尸美名传，万里雄风天地立，朗朗中华环球展。今日中国无敌敢，铁血雄军世界胆，五千年文明大中华，昂首东方金光灿。

长城的历史已远，孟姜女故事泪已干，雄关万里人震撼，春风万里玉门关，千年巨龙人未老，中华民族天地宽。

万里长城长又长

嘉峪关漠风古道愁肠，千年的驿站默守夕阳，残破的长城荒原挺立；道不尽秦皇汉武继往，浑圆落日戍边的忧伤。风雨缥缈夯土的城墙，傲视苍穹千年的风霜，残垣断壁望春秋大漠，述不完长天烽烟浩荡，悠悠岁月的驼铃声响。

胡天归雁萧关孤烟黄，数千年不绝世事苍茫，古老的长城还在那里，汽车穿行于一片悲壮，只是我的心一直在想。什么时候我们的边疆，乘上时代快车的浩荡，跟上时代发展的步伐，披上霓虹飞彩的衣裳，书写万里边关景秀的文章。

谁说西出阳关无故人，不老的西部，遥远的边疆，看我辈之辉煌，万里长城长又长，西部是我父一辈又一辈的家乡。

忘不了
（写给玛依托拜草原）

忘不了你含蓄的心缘，忘不了你纯洁的心愿。忘不了你漫天的画卷，忘不了你千回的呼呼。忘不了你的起伏，忘不了你的婉转，忘不了你云雾山涧的舒展。

忘不了你的秀色，忘不了你的青蓝，忘不了你云杉迷蒙的侧畔，忘不了你的云朵，忘不了你的花团忘。忘不了你清清的溪流，忘不了你山峦的深远，忘不了你无尽的温暖与灿烂。

忘不了你啊，玛依托拜草原，你是我前世千年的祈祷，你是我今生百年的祝愿，你是我心灵落脚的夙愿，你是我幸福修心的家园。

一个如约而至牵手，我就被你定格在了，那片含情脉脉的草原，那条小河近旁的花毡，那个星光点点歌声缠绵的夜晚。

危急来临的时候

危急来临的时候，百姓被安排在平安守候，而你却冲向了生死关头，危急来临的时候，孩子们被关照得风雨无忧，你却奔向了前线的战斗。

危急来临的时候，你把人民冷暖举过肩头，你一腔热血冲进了风狂雨骤，危急来临的时候，你从来就没有退缩溜走，你用双手擎起了摩天大楼。

危急来临的时候，大地在燃烧世界在颤抖，你汗水浸透衣背艰困磨破了双手，危急来临的时候，唯有你独具风流，人民感谢你啊我亲亲的战友。

为什么我的判断常常失真

大千世界芸芸众生，蜂拥嘈杂天地运行，有来自不同的声音，有好有坏有旧有新，日月对半好坏均匀。但是不知道为什么，我们的所见所闻，以至于我们所以的，判断每每逆流而行，独树一帜鹤立寡行。难道是世界的偏见，难道自然的不平衡，或许天体对我们不公，或许是我们智商缺斤。我终于发现了一点音讯，是电波信息渠道的风情，是大地磁场风向偏引，是我们受讯的系统太纯。

世界的信息是全频，我们只接受了等份，天地运行走走停停，我们没有去伪存真，有趣的声音都很天真，自己的心中缺少天平。总是把色彩调得很艳，以至于迷幻了我们的视听，以至于我们判断决策往往走形，不对称的东西，也可以找到重心，自然科学告诉我们，世界空间是多维运行。

看来，世界比我们想象的更渊博精深，看来，我们的耳朵眼睛未必都是全频，看来，我们还需要加强修为本身。不至于我们脱离世界太远，不至于我们环境很紧四海不宁，既然老天爷给了我们，鼻子耳朵眼睛，就要用对他的功能，判断失真容易误导我们自身。

为什么我总是这般难忘

为什么我总是那般匆忙，因为我生长在这个地方，我的心就在你的身上，我对这片土地爱在胸膛。

为什么我总是心里发慌，因为这儿就是我的家乡，我的一切源于你的血脉，我的情就连着故乡的上壤。

为什么我总想在草原流浪，因为我是农民的儿子，你的血液在我的身上流淌，千回百转我离不开你的方向。

为什么我总是这般难忘，因为你总在我的心上，无论做什么我总是向往，你是我永远不变的热望。

天下再美我无心徜徉，世界再大我无心品尝，一颗透明的心在这片草原，只是一腔的爱在你热血的身旁。在你的身旁，每一滴水，都是我舒心的太阳，每一片云彩，我都知道来自何方，你的雨水来自阿尔卑斯山脉，是风儿带来的，巴尔喀什湖那片无边的迷茫。

为什么伊犁河畔总是风景如画

为什么伊犁河畔总是风景如画，因为伊犁的草原如诗如画，伊犁有条美丽的河，河畔盛开着无数娇艳的花。为什么伊犁河畔总是风景如画，因为伊犁的高山雄浑挺拔，英雄的山川冰雪融化，灌溉着万顷良田养育了各族人民，孕育了悠久的草原历史与文化。

为什么伊犁河畔总是风景如画，因为三千里的伊犁河水，奔流成了西部那片原野最美的佳话，肥沃的土地幸福的人家，让诗和远方在这里安了家。

为什么伊犁河畔总是风景如画，因为伊犁有温带草原独特的气候，冬季不太冷，冬雪还挺大，春天草原绿百花开牛羊满天涯，接着就是清凉安适的秋天与盛夏。

为什么伊犁河畔总是风景如画，因为美丽的伊犁盛产天马，天马在草原飞奔雄鹰傲视天下，那里的牛羊自由洒脱灿若云霞，你在伊犁总感到放松不用想啥。

为什么伊犁河畔总是风景如画，因为伊犁的男人英俊潇洒，女人们个个貌美如花，各族儿女们亲如一家，花与美女装点的伊犁当然美若图画。

为什么伊犁河畔总是风景如画，因为伊犁高山雄伟森林浩瀚，雄浑壮阔的草原地灵人杰，总有一批卓越的生命在支撑他。为什么伊犁河畔总是风景如画，因为伊犁山清水秀不惧塞外大漠风沙，万顷良田碧波荡漾还有遍野烂漫山花，多样的风采由一群杰出的灵魂点缀着他。

为什么伊犁河畔总是风景如画，因为伊犁的山美水美人更美，多情的伊犁儿女总是热情似火，来到这里就会被这里的热情融化。

为什么伊犁河畔总是风景如画，因为浪漫的伊犁有温暖的人家，这里民风淳朴儿女善良，谁到这里谁知道，谁置身其中谁都不想再走了。

为什么伊犁河畔总是风景如画，因为伊犁总是让人忘不了丢不下，伊犁草海无边，蓝天白云，毡房点点，伊犁的人总是情意绵绵，伊犁的风雨总是温情有加，一段情一路相牵思念无边，一条路情意绵绵让你望断天涯。为什么伊犁河畔总是风景如画，因为伊犁总是令人向往令人牵挂，因为这片土地优秀的儿女们，美丽智慧勤劳善良豪爽而豁达，伊犁风景尽显亮丽的风采与绽放的芳华。

为什么伊犁河畔总是风景如画，因为伊犁河畔总是清风徐徐映日红霞，因为这片土地上，还有一群貌美如花的企业家，他们有能力有担当是伊犁河谷的精华。

为什么伊犁河畔总是风景如画，因为伊犁的灵魂圣洁高雅，伊犁的生命顽强挺拔，伊犁的老酒回味绵长，伊犁的草原宽广博大，伊犁的河畔如云似梦，伊犁的牧歌辽远旷达，天山深处盛开着美丽的雪莲花。

为什么紫苏丽人，在商海茫茫中会异军突起，惊艳群芳，如此灿烂，貌美如花，是因为他有一个品质卓群的企业家。为什么紫苏丽人，在人海苍茫里会出类拔萃，如此辉煌，圣洁高雅，是因为这个企业有真情有品位有内涵有思想，所以有那么多的神圣力量在支持着她。

紫苏丽人，把伊犁河水的温馨，酿成了酒制成了蜜，熬制出了草原儿女，最喜爱香甜可口的奶茶。

紫苏丽人，把东方古韵一个久远的故事，变成了丝绸之路上美丽的神话，把那段远古的史诗，栽成了一棵美丽的树，在西部广阔的原野上，绽放生命的紫嫣红花。

紫苏丽人，让伊犁河畔的紫色漫卷到天边誉满华夏，一个新的传奇，将在伊犁河谷竖起一座高高的丰塔，挽起世界芳香的精湛和繁华。紫苏丽人，用一颗心一片情，酿成了一壶老酒一首牧歌，凝结成了一首诗一幅画，让我们在这里，把美丽盛展把激情挥洒，他会让世界铭记这个炽热，铭记这个亮丽的盛夏。

紫苏丽人，让紫色的芳香浪漫天涯，让伊犁儿女的心贴得很近，让伊犁与祖国连接得亲密无瑕，紫苏丽人聚集的优秀儿女们，伊犁是我们温暖的家，每一个精彩刹那，都是一段佳话，是你们精彩让伊犁充盈着浪漫如诗，是你们妩媚多姿点亮了伊犁壮美山河，岁月如歌，江山秀丽，伊犁风景如画。

写作背景：我即将从北京启程回伊犁，2017 年 6 月 28 日接到紫苏丽人法人优秀女企业家杨建新的邀请，希望参加一下他们女企业家的年度活动。

我略了解杨总，曾是某大型企业中高职，改制后她矢志不渝，奋勇激流，我理解每一个企业家的艰辛与不易，我佩服杨总的坚韧与能力，有幸参加他们的活动我很珍惜。

总该做点什么才好，于是心血来潮 2017 年 6 月 29 日夜写成了这点东西，赶在 30 日上午活动现场奉上。以示对伊犁女企业家们的敬意。

总是这般难忘

我常想，是怎样的一个地方，让我这般的难忘，是那首不老的牧歌，是那个热血的胸膛。我常想，是怎样的一个城市，令我如此的念想，是大雁落脚的远方，是那里的小伙和姑娘。

一座年轻的城，一身秀美的戎装，林草昌盛牧歌悠扬，五湖四海国色天香，浪漫的花朵纵情绽放。

可克达拉，青色朝阳连着我的心，沸腾的旋律令人向往，我要朝着那个方向，寻山高路远的在水一方。

未来

如不开始，何谈未来，都在憧憬着美好的未来，都在呐喊中焦虑地等待，却不问，风儿将把你带向何方，却不知，什么时候才有雾散云开。

如不行动，哪是未来，当灰烬铺满了你的前台，当叹息弥漫了你的脑海，任凭风沙，无情地淹没你的朝露，任凭枯枝败叶，打落你满心向往的风采，只有意志坚定者，才有美好的未来，将失意和痛轻轻丢下，抖落一身风尘与悲哀，拾起春风的信念，将一双手作春雨的信赖，弓身埋首深耕泥土，挥汗如雨激情澎湃。

不要让泪眼迷失了前路，不用太多的同情与期待，热爱生命珍惜当下，挺起腰杆的豪迈，用承重的双肩，在奋力沉默中等待，一条阳光灿烂的路，一个丰富苍茫的未来。

有那么几个人，不可能有未来，纸醉金迷利欲熏心，苦心钻营削尖脑袋，个人利益急不可待，挥霍自由的慷慨，骑着人民的气派，欺上瞒下的能耐，迟早的毁灭，将是他最终的未来。

与未来结伴的是，坚韧的气概，与未来相依的是，宽阔的胸怀，与未来有缘的是，善良的情愿，那些将人民利益，举得很高的人，将深受人们的热爱，高山沉淀的未来，是尊严崇拜，云杉挺拔的未来，是敬仰爱戴。

温暖的家

仰望你的星空，是一幅美丽的图画，手捧一朵鲜花，凝成了你温馨的脸颊，总是在思念里跋涉，把爱的雨水结成了雪花。哪里是家啊，因为那儿住着，我的父母，他们是慈祥的活菩萨，那里住着我的亲人，住着我的爱人和娃娃。

家中的温暖似团火，家里的明亮像灯塔，家里的故事有老屋，家中的故土有牵挂。家是一杯温馨的茶，家是亲人的知心话，家里的饭菜特别香，家里没有人嫌我傻。在家轻松有人夸，在家看电视躺沙发，在家穿拖鞋满地走，在家可以穿大裤衩。家很平常温馨似画，家很舒适儿女似花，家有书房笔墨书香，家无顾忌可舒坦地讲话。

世界最温暖的是家，家的温暖朴实无华，过年包饺子挂年画，鞭炮来上个两三挂，全家围坐在一起看春晚拉家常话，想问什么就问啥，大家一起笑哈哈。家中的老人念孩子，家里的孩子想爹妈，家里有情又有爱，有爱的地方就是家。祖国山河佳天下，游子万里皆想家，如若心中有大爱，何处不是儿女的家。

文友蒋晓华

着情的一支笔，改变着一方天地，也改变了自己，首先是缘于热爱，勤奋不止努力学习，皆是因为写作，工作不断调整变移，从教师到机关，直至文联主席，这才找到了正确位置，这才满足了自己的本意。

佩服你的才华与笔力，几十年前的东西，你展现得历历在目，现实的各种题材，你抒发得挺有哲理，篇篇文章全凭你的记忆，闪现着你灵魂深处的涟漪，也饱含了你读书学习的功底。

兴趣广泛光彩熠熠，历史专著读书笔记，一篇篇短文充满着情谊，一片片真情还都是连续，哪一个激文，都显现着你深厚的功力，期待你的阅读与续集，好友正义凛然的晓华兄弟。

文友刘晓娟

要说口才没人能比，要论文笔瞬间即起，要说才情，那是个绝活，能写能导才华横溢。其实你学的是医，医护工作的本性，你不差分厘，爱憎分明颇有正义，对人对事你充满了爱意。

从一个短剧联系，每一个角色有序，举重若轻青山着意，不用费太大的力气，在晚会的舞台上，你春风化雨彰显能力，呈现出一片掌声连续，所有的演员那是喜天欢地。

每一个生命都是唯一，晓娟将人生轻描淡写，成为一首精美乐曲，女流之辈却丈夫豪情，为人处世幽默风趣，谁有个难事，她绝对伸手相依，自己的小日子过得诗情画意。

真诚善良，大方豪气，质朴纯真，诗画伊犁，感谢一路有你，真正的友情不需要面具，真正的朋友可以走进心底。

文友诗人亚楠

提起文友亚楠，必然心中灿烂，他用一颗素心，书写了草原的伟岸，他用真诚树起了，新疆文界携咏的一帜标杆。接触不用太深简简单单，但可以感触到他的，低调豪情与温暖，文笔犀利却风情水岸，个儿不高圆形脸盘，镜片后面是谦和的风范，并非高不可攀因为灵魂高远。

一本本诗集都是他的心传，把内心世界喧嚣的风云波澜，自然他的文字比较富贵高端，感谢你的每一本诗卷，不知浸住了多少血汗情感，每每读起来都是感叹，我体验着诗人，内心丰富的情缘。

向亚楠学习是当然，学习他为人的朴实清淡，学习他文字的渊远深瀚，写作的旅途亚楠属里程碑，在文学的路上亚楠就像一座高山。

我爱新疆

你可能还不了解新疆，他在很远很远的地方，你可能没有来过新疆，他真的是个好地方，你可能以为新疆很远，他与你只有几个小时的距离，他就在你家的边上，你可能不知道新疆，来看看就知道他同样很棒，我爱新疆他有不一样的景象，我爱新疆戈壁沙滩瓜果飘香，我爱新疆大沙漠里的胡杨，我爱新疆是多民族幸福的天堂。

我爱新疆，我爱新疆人的浩瀚粗犷豪爽大方，我爱新疆人棱角分明的模样，我爱新疆浪漫如歌美丽如画的风光，我爱喀什噶尔姑娘漂亮的衣裳，我爱新疆少年琴声的张扬，我爱新疆那拉提骏马的飞翔，我爱新疆吐鲁番的葡萄像珍珠一样，我爱新疆喀纳斯神秘气象，我爱新疆大巴扎金碧辉煌，新疆新疆那里真是好地方，新疆新疆这里真的很漂亮，我爱新疆瓜果飘香牛羊肥壮，我爱新疆人民团结幸福安康。

我爱新疆，我爱新疆赛里木湖水荡漾，我爱新疆伊犁河水滚滚西去浩浩荡荡，我爱新疆坎儿井灌溉的哈密瓜比蜜还甜，我爱新疆博斯腾湖畔迷人的景象，我爱新疆塔里木河的绵长，我爱新疆一样的祖国不一样的情况，我爱新疆一样的美丽不一样的漂亮，我爱新疆姑娘的小花帽黑眉毛，我爱新疆小伙帅气的高鼻梁，我爱新疆烤肉抓饭奶茶油馕。

我爱新疆，166万平方公里的宽广，我爱新疆各族人民勤劳朴实善良，我爱新疆与祖国心连心手牵手奔小康，我爱新疆我们的新疆在西部蓝天的边上，我爱新疆我们的新疆美丽的边疆，我爱新疆天山的宽广博大，我爱新疆冰山雪峰的高昂，我爱新疆雪山边上的云杉林海，我爱新疆胡杨林的坚毅和生命的坚强。

我爱新疆，草原的秀丽大沙漠的沧桑，我爱新疆莽原的浩瀚戈壁雄浑的力量，我爱新疆红柳的顽强沙枣花的芬芳，我爱新疆薰衣草紫色浪漫的悠扬，我爱新疆男子汉英雄本色一般的雄壮，我爱新疆女人有葡萄酒一样的柔美情长，我爱新疆云彩白的像天上飘浮的绵羊，我爱新疆湛蓝湛蓝的天空太阳更明亮，我爱新疆田野村庄到处都是高高的白杨，我爱新疆羊脂玉、墨玉、戈壁滩的石头海洋。

我爱新疆的骆驼，我爱新疆圆圆的馕，我爱新疆英俊的小伙漂亮的姑娘，我爱新疆的沙漠与胡杨，我爱一条条天路连着北京，通向无边的四海八方，我爱新疆棉花白煤炭多石油滚滚像河水流淌，我爱新疆，我的祖国我的父母，新疆是我们出生成长的家乡。

我从来都没有忘记

走过风走过雨，走过高山走过平地，无论走多远，我从来都没有忘记你，你就是那座理不清的高山，你就是那片剪不断的土地，也许有太多的经历，也许见过太多的风雨，世界太大想看的太多，但我从来走不出你的记忆，因为你就是那里的山峰，值得我用一生去珍惜。

世界很繁华，天地那么大，有许许多多东西，虽然已经离我们远去，但是在我的心里，你一直在我的眼前，时时给我向前的激励。在时光的隧道，我们各奔东西，有些人和事早已失去，留下的都是唯一，你是那最留念的风景，沉淀着我最初最深的情谊。

人生的道路，各不尽相异，历史变迁，抹去了许多东西，唯有真情难移，即使岁月的风云，早已远远地飘去，然而你却成了，我莽原中永恒的记忆。无论世界有多少奇迹，也不管路上有多少风雨，那峥嵘的岁月，那少年青年的崎岖，那青春的一程足迹，我无论如何也难以忘记。

重温那时候的风花雪月，那时候的音容笑貌，还是那般如梦的鲜活，那是我最美的相遇，一段时光的情缘，任岁月慢慢老去。我不在乎什么样的结局，我一直在寻找少年的你，有些事早已远去，但有些人，却一直在我的心底，我的心没有走远，我从来都没有忘记。我不知道你现在去了哪里，我相信你还在那儿屹立。

那天我从伊犁河边走过

一辆旧车载着疲惫的我，那天从伊犁河边走过，一座大桥连接着两岸，居高临下看大河向西，波涛奔涌气势磅礴，一条大河冲击着我的眼窝，弯弯的河水挽着密密的清波，和着春风在我耳边响起一首老歌，我亲爱的伊犁河。

伊犁河是新疆最大的河，发源于天山的冰川雪坡，特克斯河巩乃斯河喀什河，汇成了三千里的一幅画，九十九座山九十九条河，流出了伊犁河的雄浑壮阔，将千年的岁月酿成了蜜糖一样的情歌，伊犁河的岸边长满了绿树，杨柳依依随风飘舞那边有大河的辽阔。

汽车从杨树林中穿行而过，小湖边满是芦苇和各种水草，鸟掠水而飞鱼儿在湖中游跃，远处河面不时可以看见黄鸭野鹅，两岸的河堤上建成了观光的大道，还有栈道让人们行走，还有几十公里的公园，供四面八方的客人玩乐，汽车开进河边非常方便洗车。

伊犁人特别休闲，人们特别喜欢河边游玩，约几个朋友到河边一起坐坐，当然主角是漂亮的姑娘和小伙，伊犁河的天空白云一朵一朵，天蓝得让你想流泪，这样的风景让你想都没有想过，湿地公园里同样热络，吃饭的人们一桌又一桌。

拉起琴跳曲舞喝起酒，歌声此起彼伏太阳下山琴声不落，不知疲倦的伊犁人热爱生活，对朋友真是古道心肠特别心热，劝人喝酒的办法是一摞一摞，会劝你大碗喝酒大块吃肉，来到了这里就是要学会放松不要心急上火，死了就在麻扎里悄悄睡觉，活着就在巴扎上喝酒唱歌，干什么整天的闷闷不乐。那一天我开着一辆旧车，从伊犁河边走过，伊犁河是新疆人民的母亲河，伊犁河是各族儿女幸福的歌，站一个高处看飘飘的河湾，或走进河岸看路上的景色，你似乎顿时会精神矍铄，静观大河的浩荡，静看天上的云河，大河岸上生机勃勃。

一弯河水波澜壮阔，草原油绿青山巍峨，常到河边转转非常值得，到河岸上静静地坐坐，一颗心会顿时清澈见底，一口气会顿时顺畅很多，大河浩荡岁月如歌，不需总是妄自菲薄，不要总是失魂落魄。自古高原多浪漫，伊犁河畔喜事多，大好山河气势磅礴，一条河流追着太阳向西奔去，你能够感受到远方的那个，云霞中世界好美丽呀，感恩我们今天生活，看看前辈们的艰辛开拓，我们还有什么话不好说。奋发努力积极向上，用双手创造未来好好干活，好日子还在等着你和我，享受一下伊犁河边的景色，紧张的心也有了着落，我真想像小鸟一样，在伊犁河畔的树上搭个窝，真羡慕伊犁河畔上的那些水鸟和天鹅。

我的根在农场

我的根在农场，渐行渐远的连队村庄，是我的根，我在那里茁壮地成长，门前的小河，田野的花香禾苗与庄稼，以前的食堂，还有那个消失的猪场。哪里种的是西瓜，哪儿种的是高粱，哪儿盛满了我稚嫩的理想，我甚至认为，那就是我的天堂，那里的一切我都很熟，父母在那里辛勤地劳作，把一身都献给了那片苍茫。那里有我许下的心愿，我也像他们一样，像那里的土地一样坚强，我从那里走出，我在那里向往，那里是我最安适的地方。

特别享受农场旧日的景象，我的梦在那里飞翔，忘不了那自由的河边，忘不了在那夜空的仰望，忘不了那青色的草地，忘不了那小小的路上，忘不了过去的容颜，忘不了东西南北的方向，我在那里游玩，在那里长大变强，即使很辛苦我也感觉很舒畅。那时候的我，表面清冷，却也少年轻狂，沸腾的血液总在盼望，尽管山乡很小心也呼唤远方，向往远处的一座高山，凝视一棵不着边的胡杨。

不安分的心灵，时常都有寂静的空旷，如今，早已离开了那个地方，幸福的城市，高大的楼房，霓虹阑珊华灯彩放，然而心里却总是回想。思念远去的父母，思念连队的风光，思念那儿的营房，思念那口老井，甚至感觉那儿田野的风也很香。时间可以冲淡一切，农村却让我无法遗忘，是不是，只有走出大山的人，才会像我这样迷茫，是不是没有出息的人，才会有我这种心肠。任时光慢慢老去，看岁月风华把影子拉长，任凭风雨变幻，任你长出高飞的翅膀，青山未变溪水还长。我依然平平常常，子一辈父一辈，我的血管里，涌动着父母一代农民的血浆。

我还是想念，当年的那些人们，不知他们现在过得怎样，我还是想念，当年的那个老地方，还有那往日平素的时光，不管多苦多累，能够激起你的思念，那才是幸福的边疆，思路放逐的路上，大雁归来的吉祥，我的灵魂，该在哪里安放，只有在这里，我的心才不会流浪。但愿我们今天的发展，改变贫困，改变落后，改变观念，不要改变山河秀美的模样，不要改变孩子们无限的向往。

我的回族兄弟

哎，朋友，你认识我吗，我是你的回族兄弟，我爱说爱笑爱喧个谎，爱交朋友，饭菜做得亚曼的香。哎，朋友，你认识我吗，我是你的回族兄弟，我爱玩爱闹爱把歌唱，爱跳舞爱热闹，吉他弹得亚曼的棒。哎，朋友，你认识我吗，我是你的回族兄弟，我爱学习好心肠，平时就爱交朋友，各民族的话我讲得响当当。哎，朋友，你认识我吗，我是你的回族兄弟，我热情大方好脾气。我见了朋友爱帮个忙，有了困难你找我，保你满意不商量，回族兄弟好榜样，有情有义有担当，回族兄弟挺仗义，做人豪爽又奔放，回族兄弟真开朗，手风琴拉得特别爽。

哎，朋友，你认识我吗，我是你的回族兄弟，交个朋友没麻达，感情真的不一样，没事来家喝个茶，咋么个高兴咋么讲。

我的家在遥远的边疆

我的家在遥远的边疆，一条河挂在天上，一条路走到尽头，山那边一个小村庄，一幢小屋就住着爹娘。我的家，在遥远的边疆，一条界河在屋后流淌，耕种一片土地，放牧一群牛羊，一面国旗，高高悬挂在哨所的旗杆上。我的家，就在远方的边界线上，青青绿草长满山冈，天山脚下放牧站岗，锦绣的田园是我双手创造，房屋后面是边界的铁丝网。

我的家，就在远方的界河边上，那里天高路远，那里山高水长，那里有我们种田的守望，我们与星星月亮相伴，白云故里是我可爱的家乡。我的家，就在边防站旁，高山之巅云海之上，青松为伍雪莲芬芳，边关的明月伴我成长，一个家就是哨所，一个人巡逻如哨兵在瞭望，我把戍边的责任深深扛在肩上。我的家，就在遥远的边疆，草原深处大漠边上，五月的边疆，到处是沙枣花香，界河边上，有我和民族兄弟携手的情深意长。

我的汝明兄弟

好友闫汝明兄弟，着情得令我佩服不已，论专业，财会方面无与伦比，论爱好，诗词歌赋真是五体投地。早前的一本诗集，《礁石的执着》，有幸面赠到我的手里，逐渐交往越多，畅快十年有余，你款款走进了我的心底。

逸仙是你的寓意，对诗词的热爱，浑然天成于一体，侠肝义胆真情仗义，结八方的来客，聚天地之财气，一首首诗词信手拈来，那是你才情的志意，与平时的累积，古诗盛韵篇篇深读，激情朗诵颇有韵律，毫不夸张从不吝啬，你的名片，就是四海宾朋口中的赞誉，只是希望好友保重身体，希望病痛远远离你而去。

我的写作心絮

写作这个东西，我是直表心绪，我常常把它视作，农民手中的园艺，家里的自留地，一切要仔细，要靠自己精心培育，要靠自己刻苦创意。要靠自己真情驱使，全凭双手精细管理，每写一件作品，如同花匠的工艺，整体设计构思主题，整形修枝要有思绪，云天万里风霜雪雨，逐字逐句，追求真情实意，从而奋笔疾书，一气呵成亭亭玉立，而后稍加处理。

我常常把自己，当作了园艺师，在地中在田里，不停行走与寻觅，写的东西，有许多的随机，却倾注了我，对孩子般的心机，不图造诣，都是心灵对话，将心灵，与作品连在了一起，当看着一树花开，满心都是欢喜，因为我完成了，一程心路经历，因为这是我劳动成果，因为这是我创造的收获，因为我此时即可休息。

虽缺乏文艺，但都是我的随笔，视角不同青山着意，写出的文字我也很珍惜，不同层次的人，有不同的解意，也许每一首诗，都不尽人意，但都是我真情记忆，经过了我的心里，其实我也爱学习，我也尚努力。每一个读书人，都有自己的主义，都是我的老师，感谢你给予我的鼓励，每一篇文字，都经过了特别护理，双手都是我的精心，双脚都沾满了黄泥，我常常沉浸在，自己的故事里。满心喜悦欢喜。把精力，都用在了一块花田，一棵小草，一片绿色一缕芬香，走走看看写写停停，玩着写着纵情快意，轻松如云轻风细雨，不用有什么目的。

我的心中有一条河

我的心中有一条河，从天上飘进我的心窝，千回百转三千里，一路向西一路歌，田园锦绣风光好，青青牧场好宽阔。伊犁河我生命的河，哺育草原哺育了我，无论天涯海角，我的心儿贴着你的脉搏，无论千里万里，我的心儿为你赞歌。

我的心中有一条河，从梦中流过我的心窝，千里万里流不尽，追着太阳唱新歌，高原风光无限美，劳动创造好生活。伊犁河我生命的河，哺育了草原哺育了我，无论天涯海角，我的心儿贴着你的脉搏，歌唱母亲伊犁河，歌唱母亲我的祖国。幸福歌声永不落，歌唱母亲我的祖国。

我多想

我多想做一只小鸟，穿越时空飞到母亲的家，把我所有的思念带给她，让天上的妈妈，少点怨恨不要再牵挂。我多想乘一艘风帆，载一船的爱，包裹着莲藕糯米糍粑，在母亲的面前磕几个头，为母亲捋捋一头的白发。我多想登上高山，采一朵离天堂最近，开在崖畔上的雪莲花，捧一朵鲜艳到母亲面前，寄托着要对母亲说的话。我多想骑上一匹，草原上最矫健的快马，飞奔到母亲的膝下，为母亲唱唱歌，陪母亲聊聊天说说话。

我多想手捧一盆，天山的清泉，那是高山积雪的融化，携满我的悔我的爱，跪在母亲的跟前，为母亲擦去泪花。我想如果来生，还做母亲儿子的话，我一定会珍惜，一家人好好在一起，多交流多为家里做点啥，即使再忙再累敲断骨髓，母亲叫干啥就干啥。望着一张张照片，母亲是那么的慈祥，还是那么的芳华，如今母亲已经走远，让我失去了温暖的家，我很后悔咋就那么地傻。水在轻轻地流，雨在丝丝地下，唯独不见我漂亮的妈妈，你就这样静静地走了，走得好幽怨吧。

在母亲的面前，孩儿永远没有长大，难道非要花言巧语才可以报答，如今的我痛苦像决堤的坝，我能做的，只有静静地烧香磕头把泪洒，痛苦悲伤哀愁悔恨，如同小草在我心上发芽，我真想拔一树的鲜花，在母亲膝前叫声妈妈，妈妈呀妈妈我也爱你呀，我实在无能为力，我确实没有办法，只能让痛苦一直在我心里种下。

我好想好想

我好想好想，生在草原上，像草原上的马牛羊，自由自在地在草原游荡，什么都不用去想。我好想好想，在草原流浪，与青山做伴，有绿树相依，无边无界地在草原上痴想，什么都不用匆忙。

我好想好想，醉在草原上，在草原放牛在草原放羊，在草原结一个亲戚，一代一代地就在草原生长。我好想好想，在草原上有个毡房，怀抱一只羔羊，照耀着温暖的阳光，带上我的爱人，欣赏着她身上漂亮的衣裳。我好想好想，把我的孩子也带上，住在草原的一棵大树旁，给心灵放一个长假，静看一朵白云飘在天上。

我好想好想，在草原的小河边，盖上一个小木房，携手亲朋好友，在家中喝着奶酒看月亮，一起品味草原上的生命绽放。我好想好想，躺在草原的一个山坡上，任流云从面前飞过，让眼泪痛痛快快地流淌，尽情地思念遥想，不再去痛苦忧伤，不再去匆匆忙忙，不再无休无止地，争取生活的什么辉煌，不再有那么多的悲情难忘，在草原中任思绪闲逛，去寻找生命的光亮，草原会让你变得坚强，在绝望中找到新力量。

我好想念你呀——我的小妹

我好想念呀想念，才去天国的小妹，你今年才49岁，我们在同一个家庭长大，我们是一奶同胞的兄妹，我们同享快乐的童年少年，我们一起学习思考，我们一同喜怒哀乐疲惫，我好思念呀思念，我那远去的小妹，仿佛昨天还在一起，今天却让我无法面对，你走得好远好远呀，如今的我，真的心里很累。我不知道天有多远，我不知道，你是否还在流泪，你给我的帮助太多太多，你总是关爱我们每一位，你从来都是为别人着想，你从来都是让自己卑微，我们都在享你的福呀，父母你照顾非常到位，你是双肩承受得太多，汗水浸透了你的身背。

我不知道是否有天堂，我不知道天堂的你，是否还和人间一样美，但我懂得你的爱，留在了亲人的心中，你的故事在我的心中有一堆。我好思念呀思念，我那远去的小妹，我们总是得到你的关爱，而给予你的，只有少得可怜几回，而你却从来没有责备。我没有尽到做哥哥的责任，我一直优柔寡断，没能在你重病期间，给你任何的安慰，没能在你最需要的时候，留在你的身边，为你减去一丝病痛，没有好好拉着你的手，好好和你聊聊天，和你一起谈谈人生的进退，我知道你很想念我们，而我因为工作，却没能及时到你的身边，为你捶捶背为你搓搓腿。

我好后悔呀，满满的全是后悔，我真的痛彻心扉，在天堂的小妹，我不知道，广寒宫里的你，是否有欢乐的储备，我不知道，夜空的寒星，是否是你双眼的智慧。我也不知道，人间是否就是天堂，你的天堂，是否还与人间一样光辉，我愿与小妹，永远相依相望相偎，手与手相牵，心灵与心灵守卫。我为你伤心，我为你流泪，我为你祈祷，天上的繁星里，应该有我永远思念的小妹。

我好想好想约你到伊犁

我好想好想约你，不必惊奇，也不必惊喜，我想约你一路向西，约你到一个小城去看看，他的名字叫伊宁。西部边陲一个古老的湿地，历史沧桑一个充满诱惑的传奇，好想在春天约你，约你一起看伊犁，冰雪消融的小溪连着小溪，一层一层的花此伏彼起，一场一场的绿，从山坡一直蔓延到心里。吐尔根的杏花初放大约在三月底，新一年的花季好像从这里开启。我好想在夏天约你，约你看伊犁河水，泛起的波光粼粼，看一座小城的婉约而稀奇，看薰衣草的紫色的香气，听听高原上的浪漫歌曲。我好想在秋天约你，杨树在秋风里风卷云起，满目金黄红叶铺天盖地，野山杏野酸梅在向你致意，满山的彩叶喜在心头醉在心里。

我好想在冬天约你，冬天的伊犁雪很大，却并不是寒风凛凛，大雪让伊犁裹在白色迷蒙里，大地披银装素裹河水冒着热气，蓝蓝的天让你感动得只想哭泣。我想在晴天约你，约你看草原上的白云飘逸，我想在阴天约你，约你看雨雾蒙蒙的绮丽，我想在早晨约你，约你看伊犁河的晨曦。我想在傍晚约你，约你看落日的浑圆，约你去河边看华美的婚礼，我想在你疲惫时约你，约你抖去一身的尘泥，我想在你心花怒放时约你，约你看花约你听雨，约你一起住在一个毡房，来一个轰轰烈烈的欢天喜地。

我想约你一个突然的惊喜，我想约你一个欢天喜地，我想约你一个稀里哗啦，我想约你一个噼里叭叽，我想约你一个惊天动地，我想约你一个昏天暗地，我想约你在汉人街看珍稀，我想约在喀赞其喝格瓦奇，我想约你一起去跳民族舞蹈，我想约你去啤酒屋在一个歌厅相遇。

我想约你草原上来个心灵碰撞，我想约你在夜市的餐桌旁，我想约你看看伊犁河的月光，我想约你听听夜色朦胧的伊宁景象，我好想约你在年轻的模样，我好想约你在丰富的想象，我好想约你在浑身的力量，我好想约你在美好的希望，我好想约你在快乐中的迷茫。

我想约你策马草原上的山冈，我想约你开车去云海上飞奔直闯，我想约你徒步去云雾中穿行，我想约你在牧场的马背上闲逛，我想约你看天山红花那个起伏的荡漾，我想约你赛里木湖畔的浪漫馨香。我好想约你在回家的路上，约你合作把一首诗词朗诵，我想约你到山上的一个林场，我想约你静卧在一个车厢，我想约你一起看看山坡的牛羊，我想约你去山里把伊犁的马奶酒尝尝，手卷一支莫合烟，把一壶老酒痛痛快快地喝个精光，我想约你在久违的日思夜想，我想约你在那个期许的木头房，我想约你不只是一个愿望，我想约你或许是一个奢望，我想约你不再是充满幻想。

我想约你不再是趾高气扬，我想约你去换几套衣服照照相，我想约你一个痛快的淋漓酣畅，约你在清晨的阳光，约你在傍晚的月亮，约你在草原夜色的琴声，约你在一条涓流的轻淌，我想约你住在我家的牧场，世俗装不下太多的行囊，优柔寡断只会浪费美好时尚，我好想好想约你，携手一个激情张扬的碰撞，追赶一个崭新的朝阳。不期待那么多的故事发生，没有那么多的童话故事好讲，只有一往情深的草原，一往情深的牧场风光，一往情深的星星月亮，一往情深的白云山冈。相约吧，相约在一个叫伊宁的地方，高原儿女从来都多情，莫辜负青春的激情飞扬，莫辜负草原上清凉的梦想，年轻的心永远不荒唐，再不邀约何时相望。

载一车的梦和理想，来一个早早地起床，相约你去赛里木湖畔梳妆，相约你去那拉提草原流浪，相约你去托呼拉苏峡谷疯狂，相约你去库尔德宁林中游逛，相约你去唐布拉的牧区草场，相约你去喀拉峻的云端之上，相约你去乔尔玛放牧牛羊，相约你去昭苏看油菜花开的海洋，相约你去霍尔果斯享受购物的天堂，开上你的车来伊宁吧，带足心情带好行囊加满油箱，不留遗憾不管四季变换，穿云搏雾享受伊犁的美好风光，不图海枯石烂只为生命灿烂辉煌。

我好想好想约你，到一个叫伊犁的地方，放松一下心情不必太紧张，其实有些东西完全可以放一放，该是怎么样的终归是怎么样，我只想约你在打靶的路上，我只想约你把子弹上满膛，我只想约你来个云雾起伏的疯狂，约你来伊犁好好住上几个晚上，看一条长河西去追赶着太阳，还有一个又一个舒心的清晨霞光。

我会把你深深地珍藏

静听一缕秋风沙沙作响，沿着声音的方向，我来到那片草原，原想寻找记忆中的那点印象，却收获了一片金黄的浩荡，默望一枚红叶在天空飞舞飘荡，寻着红叶的芬芳，原想仅看看那片霜重的秋林，恰逢一枚透红撞在了我的心上。凝视一条大河在深秋澄澈的模样，驱车疾驰逆流而上，原想沿着河岸随便逛逛，却被一派秀美的风光搅得我近乎疯狂。

秋天的景色，让我如醉如痴的心慌，从不承想会有这般的幸运在我身上，从不敢奢望这是美景还是在梦里他乡，但我知道美丽能净化心灵，朴素大方善良能把心融化，即使你像钢铁一样的无比坚强。

命运却让我在那个深秋，把迷恋留在了那条河上，让我珍尝和亲收了最美的秋色迷茫，让我感悟了秋天那个最舒心的芳香，那是一个触及灵魂深秋，就是那个醉人的清唱，小河在静静地流淌，星星在天空闪亮，那里才是最美的人间天堂。啊，那个深秋的意外，那个河畔上迷人的秋林，那个叫尼勒克的村庄，我会把你深深地在心底珍藏。

我们常常看不清自己

明明是自己愚昧，却总在取笑别人累赘，明明自己也是鼠辈，却在嘲弄别人太卑微，明明自己也是小人物，却总在标榜自己无上的高贵。明明自己啥都不是，却总在愚弄别人啥都不会，明明自己也是俗人，却总在述说别人俗不可忍，明明自己也很一般，却总在探讨别人如此这般琐碎。

明明自己是普通群众，却总是说别人是乌合之众，明明自己也非什么文学大家，却总在谈论别人的写作稀里哗啦，明明自己只有几篇豆腐块的文字，却总在议论别人的文章的稀疏松垮，明明自己也是一般境况，却总在数落他人的凄惨景象，明明自己只有三斤，却总是数落别人不足半斤八两，明明自己也是皮肤蜡黄，却总在冒充自己是西洋和尚，总带着一副趾高气扬的洋人风光。

明明自己的锤子就一拃长，却总把自己拟作西方，脖子伸得比锤子要长得更长，明明自己就是东方人种，却总瞧不起自己东方的父母高堂，明明自己也是普通人家，却总是把普通老百姓说成是流氓。明明自己就是瘪三，却说别人什么都算不上，明明自己什么都算不上，却自我感觉良好什么都看不上。明明自己也在不幸之中，却拿自己悲惨的不幸命运，去欺负践踏别人的痛苦悲伤，明明自己也是一点皮毛的学识，却把自己装扮成一种学者的高昂。

总在炫耀，总想风光，总是那般的势不可当，总是一副盛气凌人的模样，其实自己啥也不是，其实你已病入膏肓，其实别人也很目标，其实别人啥也不讲。真正的富有，未必是蓝天丽日的辉煌，或许是一个人宁静的胸膛，真正的事实是，人民群众最有力量，其实人民的眼睛，才真的是雪亮，不要总是企图自己去标榜。好为人师者，最可悲的就是，不知道自己有几斤几两，我最愤慨的是，那些忘记祖国培养，背叛人民的厚望，数典忘祖，背弃自己的土壤，还常常趾高气扬地辱骂父母爹娘。

我们从来不曾忘记

我们虽然不常联系，但是从来没有忘记，虽然我们分别已久，但是我们常常惦记，或许联系不多，但你一直就在我心底。见面很少好似不太熟悉，但是我们从来就不陌生，也许我们好似初次相见，可是我们从来就没有分离，一条河是我们永远的纽带，一座山挡不住相望的期遇。

一座雄伟的高山，一条滋润的山脊，一湾秀美的河流，养育着一方热血儿女，伊犁河畔那片多情的土地，纵然相隔于八千里路云和月，即使是离别于千里万里。

其实只要心中有你，无须在乎平常的联系不联系，其实最深厚的情意，却从来都是心中最深的记忆，联系是因为惦记，不联系也未必就没有牵挂和感激，心与心的相连，从来就不需要虚情假意，世间许多事都无从说起，情意相连血脉相牵这是真理。

我们都是过客

生命苍茫风雨漂泊，问世间我们都算不了什么，充其量微尘一颗，甚至不如一片雪花云朵，不要轻看自己，即使没有什么着落，我们仍然是，世间的独一无二，我们同样可以风风火火，因为生命的精彩。不在于你越过多少山蹚过多少河，也不要过于乐观，盲目的魂不守舍，忘情时的卿卿我我，常常容易迷失方向对错，因为我们看不清自己曲折，切不可把一时的荣耀，都当成了永远的野心勃勃，谁知道什么时候会伤痛欲绝。

我们都是匆匆的过客，不要无情无义的执着，无论在做什么，多想想正确的抉择，请高抬贵手为身边的贫弱，我们都是过客，没有什么东西，由你永远所得，起起伏伏风风雨雨，顺顺利利坎坎坷坷，有欢愉有寂寞，那都是叫生活。

当我们，过得好的时候，万事都不要太过，多想想，别人的日子也不好过，其实世事皆有因果，不要你过分地去琢磨，多用良心称称人世的后果，用真诚善良把自己的名字铭刻，宽容是解开世界的钥匙和锁。

我们远去的家园

城市的发展，摧古拉朽地覆天翻，时空碎片记忆稀烂，把岁月切分成了若干小段，我们享受着，现代化的怡然霓虹流岚，我的思念却停留在了，老家那片温情的农家小院。如今城镇化追赶，农村多有变换，小院也悄悄走远，已辨不清回乡的路，不知哪儿，还有听到当年亲切的呼唤，哪儿还能让我找回儿时的伙伴。

哪儿还能，让我忆起乡愁的灿烂，哪儿还有，我寻得见河流望得见山，尽管走远却无法冲淡，我们逝去的年华，我们远去的家园。

我亲爱的小妹

我亲爱的小妹，你的亲人们心里好痛好痛，你的同事们为你惋惜，你的好友为你感叹，你的父母整天为你哭泣，你的孩子丈夫，你的亲人们心里在滴血呀，我们已接过你温暖的传递，把你要的天地顶起，放心地休息吧小妹，我相信天上繁星中有你。

我心爱的小妹，我的心里好难平息，孩子失去了母亲，丈夫失去了爱妻，父母丢失了孩子，同事朋友失去了知己，亲人们少了挚爱呀，爱你的人全都泪落如雨。

你为人正直一身正气，你热爱工作努力积极，你爱岗敬业非常珍惜，你为人平和温暖习习，你尊重师长团结同志，关心体贴从不利己，亲朋好友都在想念你，愿天地有缘相扶相依。

我亲亲的博尔塔拉

爱意迷蒙的天山脚下，有我亲亲的博尔塔拉，银色的草原望穿眼底，赛里木湖水誉满华夏。边境新城幸福的人家，有我亲亲的博尔塔拉，阿拉山口连接着世界，夏尔西里风景美如画。

我爱的人你现在哪儿，我亲亲的博尔塔拉，金杯银杯盛满了真心，长空大雁捎去我的情话。这儿有我永远的牵挂，我亲亲爱恋的博尔塔拉，我把初心留在了这里，我的生命在这儿绽放鲜花。

我去南疆找你

春风化雨，南疆早已花红柳绿，亲哥哥我已启程，到南疆去，去南疆找你，该是播种的季节了，隆隆的机器轰鸣，响彻南方那片土地。

春潮如熙，南疆已是春风十里，亲哥哥我已上路，到南疆去，到了再与你联系，追赶一场春的花季，不用太浓的言语，年轻就该播种春风春雨。

我去南疆找你，正是勃勃生机，我去南疆找你，那里热烈无比，亲哥哥我去南疆找你，创造生命的珍奇。

原创感言：向南发展是新时期，新疆及兵团的战略决策，兵团音协动员各地音乐工作者为此创作歌曲。2019 年，与兵团歌舞团刘娜合作获得兵团文联原创歌曲二等奖。

我深爱脚下这片土地

我深爱这片土地，脚下的这片土地，许有点神秘，据北京上海千里万里，天山山脉横亘其中，两大沙漠世间奇迹，他博大却也很贫瘠，然而我却发自内心地把他爱在心底。

我深爱这片土地，北方的干旱多风少雨，西伯利亚的寒流无情来袭，西部荒漠尽是莽原戈壁，百里荒原稀有人烟，更少有生命旺盛的痕迹，可能没有一处让你喜欢，你只是希望有那么一次经历，然而我却深爱他的粗犷和坚毅。

我深爱的这片土地，的确也有那么点神奇，或许还有那么点"俗气"，大漠沧桑有顽强的胡杨挺立，茫茫沙漠有绿洲湿地的涟漪，而且他的宝藏都深埋地下，庆幸我就生长在这里，是你让我有了山一样的性格，大漠骆驼胡杨般的耐性秉气。

我深爱这片土地，古老而沧桑的大漠，宽广的河流蜿蜒的山脊，我爱这片土地的浩瀚与壮丽，世间上没有一个地方可以与之相比，他的壮阔、166万平方公里，他的雄伟，天山昆仑昂首矗立，他的博大、56个民族和睦相处，他的真诚、予一点水分阳光，他就用甘甜的果实回报你。

我深爱这片土地，除了大漠胡杨黄沙戈壁，还有森林草原绿洲雪山的威仪，还有风吹草低遍地的牛羊，当然还有个地方，他的名字叫伊犁，一条大河奔流向西，最美的草原总是让你心旷神怡，你可能不会理解这样的爱意，然而我会告诉你，祖国大好河山这儿数第一，世界最幸福的宝地是这里无疑。

为什么总是舍不得离开这块土地，因为他已经融化在了我的血液里，为什么我总是哪儿也不想去，因为我与这里已经惺惺相惜，在这里生活绝对让你神魂颠倒，这里的山水绝对让你五体投地，遥远的西部边疆，诗情画意的伊犁，灵魂在这里安家，幸福在这里等你，深深地爱恋脚下的这片土地。

这片土地赋予我青春的色彩，赋予我漫漫成长的足迹，赋予我生命理想的乐谱，赋予我西部热血的标记，他的恩情，是一个个的音符，是一行行的诗句，他的每一个符号，即使我无论怎么努力，也绝对偿还不起，除了爱还是爱，只有爱，爱这片土地的丰腴，也爱他的贫瘠，爱这片土地的沧桑，也爱他的草地，爱他的博大，爱他的朴实，爱他的勤劳善良，爱他的真实美丽。

爱他的一草一木，爱他的每一条清溪，甚至超越天地，爱他的毛发，爱他的肌肤，爱他的胫骨，爱他的血脉，爱他舒展的光华，沐浴红霞朝阳的整个躯体。

我深情地爱着我的伊犁山河

（此文被用于 2019 年伊犁州国庆音乐会）

1. 我深情地爱着，我的伊犁山河，你云淡风轻草原辽阔，你大河浩荡雄峰巍峨，各族人民团结善良，我骄傲在你的怀抱幸福像花儿般生活。

伊犁河水挽着浪漫一路欢歌，脉动的心脏澎湃着千年的脉搏，塞外江南诗画伊犁，边疆儿女的心贴着伟大的祖国。

2. 我深情地爱着，我的伊犁山河，我的血液里涌动着黄河般的浪波，黄色的皮肤印着祖先留下的颜色，五十六个民族亲如一家，三十六万平方公里与祖国不可分割。

乔尔玛、那拉提风景如画如梦，夏塔、喀拉峻草原如诗如歌，霍尔果斯链接世界各地，新时代的伊犁、盛满了祖国的嘱托。

3. 我深情地爱着，我的伊犁山河，万里边疆到处是春风雨露，无惧风雨迎接清晨星光的闪烁，天马在草原上奋勇驰骋，汗腾格里峰树起英雄的气魄。

赛里木湖黑色的眼睛，洋溢着谦逊的笑窝，好山好水好风光尽显天山的品格，你的儿女们正创造着辉煌的历史，你的歌声在大江南北的祖国响彻。

4. 我深情地爱着，我的伊犁山河，你富饶的土地养育了各族儿女，你壮美的山河俯瞰历史的疯狂雨落，我自豪你明媚的阳光，我自信你继续前行的气势磅礴。

你抵内忧外患勇闯岁月蹉跎，你悠久的历史数千年狂风不折，树起天山的信念把今天的责任紧握，你血脉连着祖国你的锦绣时刻温暖着我的心窝。

5. 我深情地爱着，我的伊犁山河，你大河奔涌千里腾浪不惧波折，你长风万里蓝天浩荡朝气蓬勃，任凭风吹浪打寒风掠过，你浩气长存沧桑颠簸从容不迫。

你的浩瀚、你的博大、你的秀美、你的婀娜，你温暖的怀抱、你起伏的轮廓、盛满了我所有的爱恋与向往，无论在哪里我都坚定地紧挽你臂膊。

6. 我深情地爱着，我的伊犁山河，新时代的春风吹绿了每一个角落，你撑起祖国的希望、行进着新的开拓，你用团结、稳定，你用发展、开放，创造着西部边陲草原上新时代的传说。你美丽的风光让这里扬名四海，你魅力灿烂的文化吸引着世界各国，我爱你人民勤劳善良，我爱你河岸的土地肥沃，我爱你高山挺拔性格坚忍执着。

7.我深情地爱着，我的伊犁山河，你的每一寸土地、每一只花朵，你的每一个故事、每一朵漩涡，都融着我的爱、都融着我的情，我豪迈地告诉祖国的亲人，在伊犁工作生活很快乐。

我要用我的汗水，我的智慧、我的勤劳、我的奋斗、我的激情、我的拼搏，为你的景色增光增色，为你的繁荣富强增添火热。这片神奇的土地令我幸福许多。

8.敬爱的祖国啊，我亲爱的伊犁山河，无论我走到哪里，我都会向你述说，无论我干什么，我的心都连着你的脉搏，你是我的家，你是我的爱，你是我忠贞不变的相濡以沫。

9.时代的春风吹响了新的号角，春风化雨唤醒了拂晓的沉默，各族儿女已起航于新的征程，迎来一个又一个朝霞满天的星火，祝愿伊犁、祝愿祖国、祝愿草原春天万紫千红的花朵、祝愿河谷儿女金光灿灿的收获、我深深地爱着你伊犁。

我深深地爱着你，伊犁。是这里的土地把我养育，是这里的高山任我壮丽，是这里的人民让我幸福，我在这里快乐地成长学习。

我深深地爱着你，伊犁。是这里的草原把我托起，是这里的河流让我挺立，是这里的朋友给我鼓励，我在这里的生活幸福无比。

我深深地爱着你，伊犁。爱你的草原秀丽，爱你的山川富裕，爱你的大河奔流，爱你的故事传奇，我是你的儿女，我的一切都属于你，无论我在哪里，即使千年万年千里万里，我的心都在你的怀抱里。

我是大山的儿子

人生旅途总在逐愿，有过许多期盼，也见过不少灿烂，然而我却发现，我的生命本属于一座大山。是来自命运的使然，还是因为生活的追赶，当我走进大山，我才知道什么是生命的精湛。喜欢大山的昂然，热爱大山的高远，总爱登上一座山眺望，向往大山深处的怡然。

原来我的生命，本就属于大山，我能从大山的心颤，感受到他洁净的一尘不染，大山让我真正领略了，来自天际的光芒与雷鸣电闪。大山告诉了我一个人的渺小，大山告诉我什么是生命的强悍，大山让世界多了许多神秘，大山让我们明白了，什么是富贵与高远。

喜欢大山岩石挺立的骨感，喜欢大山高俊雄浑的浩瀚，喜欢大山不屈不挠的刚劲，喜欢大山云雾妖娆的谜团。我是大山的儿子，我的灵魂属于大山，在大山腰身的一片森林，有我的朋友与家眷，有我放牧的牛羊，有我的小溪潺潺，有我居住毡房里，飘来的白云婉转，我身心在大山里的一片草原，我们每一个生命，都来自于自然。与自然界相比，即使无所不能的人，也相差甚远，大地隆起的高点是大山，而这个高点，却让我懂得了遗憾，给予了我属于生命的灵感。

我是大山的儿子，我的一切，皆属于有风有水的大山，是大山给予了我的向往，只有在大山梦幻中我才能找到，生命的归宿与生活的璀璨。

生于斯长于斯的是大山，父母的爱与大山一样伟岸，一个人除了物质的东西，实际上更需灵魂深处的一片湛蓝，更需要像一座独立的山峰那样宁静望远。

我是一棵薰衣草

朝霞燃烧在地坪线上，百灵鸟在尽情地歌唱，一首牧歌牵动着迷人向往，薰衣草花铺向原野的山冈，白云在蓝天上飘荡，骏马在原野上飞翔，谁在远方行走忘了回家路，薰衣草花散着紫色的清香。

我是一棵薰衣草，静静地在草原上纵情绽放，芳香弥漫着伊犁河的浪漫，尽情享受西部热烈的太阳。我是一棵薰衣草，默默地守望着天边远方，静听着伊犁河水轻轻地流淌，愿我的芳香印在你的心上。

请你记住草原记住薰衣草的浪漫，请记住开满山冈上薰衣草的花香，请记住蓝天云朵里薰衣草的眷念，请记住紫色的牵挂薰衣草的情长。

我想带你去远方

你总是想去远方，总说不知道方向，我想带你在路上，你怕生活很清苦，那要不要住在我的梦乡，我想告诉你，山水路上长，不是谁都那么坚强，我怕你一路紧张，坚持不到天短寒长，就看不到雪莲的盛放，你要去遥远的地方，就不要怕迷失方向。

　　花开是景花谢有情，当遍体鳞伤的时候，当你失去了所有的欲望，也许那就是诗和远方。总是匆匆忙忙，总让好奇心疯长，路过时没放在心上，走出了风景才觉得迷茫，我们总在惋惜过去，却未把握今天的每一寸时光。

　　好风景都在远方，好心情是因为在路上，到伊犁去吧，到伸手可摘到白云的地方，那里草原辽阔，那儿牧场悠扬，放眼长河西望，看花海闻草香，让心灵与草原，来一场轰轰烈烈的碰撞。

我想定居伊宁了

　　走遍海角天涯，见过无数的铅华，赴一场小雨的呼唤，远方那迷人的初夏，我想定居伊宁了，穿越南北中华，一样美景如画，让心自由地飞吧，随风儿去高原发芽，我想定居伊宁了。

　　我想定居伊宁了，清晨去河边散步，夜晚听星星说话，听风听雨看晚霞，细品伊犁河的浪花，我想定居伊宁了，房屋不需要太大，这里人都和气，这里的草原可美了，这里到处是鲜花。

　　我想定居伊宁了，告诉我的爸爸妈妈，带上我所有的行李，到伊宁落户安家，把日子过成诗和画。

我想陪你去草原

　　当春风飞舞的时候，我想陪你去草原，陪你去看花陪你去听雨，陪你去闻草原的山花烂漫。当炎炎夏日的时候，我想陪你去草原，陪你看牛羊陪你骑飞马，陪你登上远远的一座雪山。

　　当秋山璀璨的时候，我想陪你去草原，陪你去探云陪你去寻水，陪着你去山中静观空旷的怡然，当冬雪覆盖的时候，我想陪你去草原，陪你去赏雪陪你去孤单，陪你领略洁白世界的松林风寒、

　　我想陪你去草原，看天上云朵的婉转，看地面小河的清欢，看落花满肩看云崖歌暖，看草原湛蓝天空的浩瀚。我想陪你去草原，陪你风花雪月的祥云，陪你秋夜空山的宁静，陪你积雪浮云的祈祷，陪你山一程水一程的祝愿。

　　我想陪你去草原，不为城市喧嚣的遗憾，不为进退得失的抱怨，只为拾起

往日的惆怅，只为心灵深处的那份柔软。我想陪你去草原，陪你追风追雨的疲倦，陪你逐云逐月的艰难，陪你看皓月的星空，陪你去看林海雪原。

我想陪你去草原，陪你风吹草浪的感叹，陪你日出日落的灿烂，陪你朝朝暮暮的遐想，陪你草原尽头的河水弯弯。我想陪你去草原，陪你找回失去的记忆，陪你无边无界的思念，陪你无忧无虑的漂泊，陪你看春夏秋冬的风云变幻。陪你一条小路肩并肩地呼唤，陪你白云朵朵手挽手地追赶。

我向往

我向往，我向往做一缕春风，伴在你过往的路上，吹散你抑郁的寒霜，温润你心田的土壤。我向往，随一场场春雨，滋润你秧苗田野的风光，丝丝细雨草原馨香，让绿色的山峦起伏飘荡。

我向往，做天空的一朵云裳，把你的呼唤带到更远方向，给孩子们更多的念想，让农民多打些口粮。我向往，做一座高山，任人们攀下攀上，给年轻人更多的信心，登到山顶向远处仰望。

我始信，各种困难中的坚强，让远行的人们，坚定而有力量，任人立在那个高处的山冈。我向往，做这样的一棵树，长在你家门边路旁，热天支一片绿荫，供你歇脚纳凉，夜晚和星星一样，伴着你梦中的理想。

我向往，做一缕阳光吧，供给你热量，促进你生长，让河水舒心地奔淌，任鸟儿尽情地歌唱。我向往，我爱的人更好，爱我的人更棒，写诗作画笔墨留香，心中有主张，生活更敞亮。我向往，山上的花儿，开得更美更旺，草滩上的牛羊，自由自在地淌漾，牧民们丰衣足食，小狗小马皮毛锃亮，人们不再为，生活所迫找不到牧场。

我向往，我们生活的世界，公正和平向上，人们日出而作，日落而息身体健壮，守着一片洁净的土地，为春季播种秋季收获而奔忙。我向往，土地上的植物，随心所欲地生长，生灵活得潇洒而漂亮，不打不斗不挣不抢，愉悦的精神丰收的希望。

我向往，或许还有更多的向往，亲人们健健康康，朋友们热情奔放，生活更加悠扬，住房更加宽敞漂亮。我向往，我的祖国更加强大，我的故乡更加富强，我的土地更少地污染，我的牧场更加宽广，不要坑蒙拐骗丧尽天良。

我向往，我的朋友们更加务实，我们的生活更加粗犷，不再为上不起学着急，不再为看不起病急慌，不要太多的空想，不要太多的奢望，让青山绿水源远流长。我只是一个庸人，无须悲壮，不用假装，天地苍茫，只需有一颗纯洁的心，朴素真诚，简单善良。

依然还在那里

风走了雨走了，随着风雨你也走了，然而，我依然还在那里，在那里等风等雾，在那里看云看雨，在那里守着，故乡老去的一棵大树，他乡飞来的一袭红衣。

云走了花谢了，随云随花夏草也枯了，然而，我依然在那里，在那里等秋云愁水，在那里看满目红叶，在那里候着，候着哪一天，精疲力竭回心转意的你，候着那一年，春天故事不变的风雨。

即使山走了水走了，我也不走了，因为这里有我所有的希冀，我已把自己交给了这片大地，诺言不变青山不移，粉身碎骨矢志不渝。

我有一匹骏马

我有一匹骏马，我要送给我的朋友，让她的生活幸福如花，只要她高兴，我就心满意足了。我有一匹骏马，我要送给我的朋友，愿她的笑脸美丽如画，只要她快乐，我就啥也不说了。我有一匹骏马，我要送给我的朋友，愿她的歌声誉满天涯，只要她愿意，我来遮挡风吹雨打。

我有一匹骏马，他伴我长大，他体格健硕快步如飞，草原上，到处都有他的步伐，他健步能飞过山峡。我要把他送给我的朋友，让他骑马走天下。

我有一匹骏马，是天山的精灵，他和雄鹰一起长大，他健硕的体魄，什么都不在话下，只要我的爱人骑上他，保你远飞天涯。我有一匹骏马，他天下无价，他心中有雪山，他眼里是鲜花，只要我的爱人骑上它，保你想啥有啥，保你前程似锦，保你岁月风华，保你永远会，想着这里蓝色的草原，想着这里的河川山峡，想着这里蜿蜒的情缘，想着这里的松林白桦，想着我的深情也想着他。

我原想捧着一颗赤诚的心

我原想，捧着一颗赤诚的心为你献上，你却手挽一往情深把我拥在胸膛。我原想，捧着一腔嫣红的血为你的荣光，你却将全部的热血用在我的身上。我原想，俯下身子把你的苦难扛在肩上，你却用双肩双手把我举在头上。

我原想，竭尽全力把你诚挚的爱揣在心口，你却把所有的爱给了我，并为我流血流汗把眼泪流淌，我的父亲母亲啊，我的祖国，我该怎样才能够报答你给予我的生命及荣光。

我愿化作天山红花

在天山红花盛开的地方，我愿化作红花的形象，你燃起激情的火焰，融化你心里的冰霜，我愿化作一匹骏马，陪你去海角天涯走四方，我愿像汽车的录放机一样，为你天天起舞为你歌唱。

我愿在草原上为你敬香，祝你健康长寿幸福安康，祝你五谷丰登，祝你前程似锦，愿你的心中更加明亮，有天山红花做伴，祝你的长路无限风光，让你生命的灿烂尽情绽放。

我愿做你近旁的一株小草

朗朗乾坤浩浩荡荡，古木参天雄峰威昂，我情愿做一株小草，静静地陪在你的路旁，没有山峰的威武雄壮，少了大山的烈火金刚，然而我却毫无怨言，默默地凝望你的方向。

路旁的一株小草，简简单单清清爽爽，不与花儿争娇宠，不与大树争高强，在冷漠的荒原，在贫瘠的山冈，到处都是，小草野花绽放，不需太大的地方，就可尽情地生长，只需要一缕春风，就荡起春潮的理想。如此简单，如此平常，却用短暂的生命，尽力在原野把伟大释放。

平平凡凡，从不空想，不动声色竖起顽强，将生命喧嚣的荡气回肠，轻轻起舞在河边，纵情讴歌好春光，随春雨佛起一片绿地，旷野因而不再荒凉，我愿做，你近旁的一株小草，抚慰荒原里的悲怆。英雄辈出的时代，需要小草点缀的高尚，小草生命力极强，从来不事张扬，平常可见高贵的品格，真正的高贵都看似平常。

用一身的娇嫩，用绿色的时装，用摇曳的璀璨，将大地扮得锃靓，如常的弱小里，我可以看到，看到你的信仰，看到你不屈的力量。

路旁的一株小草，托起牧场的风光，托起日月星辰，托起牧民的希望，托起满天的朝霞，托起明天的太阳。

我在苦苦地寻找

还记得母亲温暖的怀抱，好似还像少年梦的小鸟，昨天的故事，还在蓝天飞跃，却不知早已不是少年的烦恼。曾经是那么的风华叶茂，多少不息的活蹦乱跳，永不枯竭的精力，向往无边的烦扰，转眼之间像一片，落叶在风中飘摇。

光阴就是这样寂静而轻悄，在不知不觉中静静地溜掉，一程烟雨似水的年华，那些走过的日夜喧嚣，已静无声息地把我抛向了九天云霄。我在岁月的深处咆哮，那个多雨春季，我在田野追风一路小跑，那个大雪的严冬，我在雪原撒欢不用穿棉袄。

我在时光的静处推敲，尘封的日记，那多情无尽的纷扰，那个花开的时节，我热血沸腾，在花间飞似的寻找，懵懂的年龄啥也不知道。我在小校的桌前歇脚，问校园的小道，绿荫树下，是秋虫的鸣叫，少年不知愁滋味，烦心的事从来不屑。

追风追雨总是没完没了，我在河边寻找，问河边的青草，河水弯弯波光闪耀，一路芬芳一路咆哮，鱼儿也说我痴情，鸟儿也拿我取笑，碎石扎破了鞋袜，河水打湿我的双脚。我向青山打探青山，抿嘴微，严冬告诉我，冰封的口了，把喧嚣埋掉，冰融雪消，将是又一个，青山绿水的环绕。

我在苦苦地寻，我在沉静地找，寻找春天，寻找盛夏，寻找深秋，寻找四季的光照，他们默不作答，头也没回地走了。那些日子，那时候的热闹，在什么时候悄悄地溜掉，那些过去该是多么美好，陈年旧事纷扰煎熬，虽有些苦涩，也不知道地厚天高，却像春天的布谷那样地鸣叫。

我在故乡寻，我在泥土里找，我在残垣断壁中寻，我在发黄的日记里找，我在儿时的梦里寻，我在故事的经年里找，我还要到山里到草原去寻找。

找到的只有饱经风霜，找到的只有蜕皮的树梢，找到的只是碎片那边的荒草，岁月的年轮，总是有些酸楚的味道，寒来暑往，还有多少故事，在指缝间抖落，还有多少人值得回忆，还有多少难忘的春宵，还有多少繁华与热闹。

秋天来了，红叶黄叶的山坳，云淡风轻，山河依旧，绿水长流，誓言有靠，秋山告诉我，不要轻言垂暮衰老，青山在人未老，长河在情未了，我该到哪里去停靠。

无论如何，我也要把你找到，与你深情地拥抱，拥抱苦涩拥抱成熟，拥抱轻松拥抱疲劳，你悄悄地来，再也不让你悄悄地走掉。

我在兰州过中秋

月到中秋，我在兰州，细雨濛，秋风羞，甜在心中，乐在眉头，千里共婵娟，满眼绿意携风流，落叶知秋，残荷还有。

漠然回首，又是中秋，人依旧，情依旧，捎去一声轻问候，落叶不知愁，情谊还如酒，来自天南地北的祝福，满满的都是朋友。

祝福很短，天高地厚，也祝福你，亲爱的好朋友，无论在哪里，感情跟着走，月圆人长久，健康快乐伴我游。

我在坡马的那个晚上

夜晚的坡马，静得如同，梦里的神话，闪烁的繁星，似神话中的精灵，月亮穿行在云朵，像梦里的白莲花，唯有我的梦境，怎么也走不出，这浩瀚苍穹，星光点点，夜空之下的坡马。

谁奏起了琵琶，打开了画夹，诵起了诗词，原来皆是梦境，飘浮的云霞，抑或是，天山盛开的雪莲花，山里的妹妹呀，我久久不能入眠，是为了这片，远得不能再远的草原，是为了这座，高得不能再高的大山，是为了这方，绿得让人落泪的草原，是为了这儿，恬静的人和心碎的花。

我泪眼蒙眬，不是为这里的风沙，我深深地动情的，是因为这里的，军垦戍边人家，是因为这里的寂寞清冷孤独遥远，是因为那，静得不能再静的草原，冷得不能再冷的明月，蓝得不能再蓝的天啊，坡马的山水似幅油画，坡马的牧场映照红霞，坡马远远的倩影，边关弯弯的月牙。

夜空下的坡马，静得能把岁月融化，我的心啊，怎么也无法表达，我已融进了，这片夜空宁静的山峡。岁月无情，历史的风沙，不知淹没了多少，喧嚣的刹那，谁也无法挽留，那座城堡的坍塌，唯有那座山在挺立，那条河依然飞流直下。

坡马的夜晚，静怡肃穆清雅，静得可以听见，远古嘶鸣的战马，静得可以听见，纳林河畔，山风呼啸的天涯，可以望见，今日拓荒者，在远古草原上耕耘的图画，可以闻得到，月儿星星捎来的情话，今夜我在坡马醉了。手挽着与我有情的人，不知道说了些啥，然而这一切，也终将在这里，如我的未来一样，静静地默然倒下，一切终将，无名无姓地融入夏塔，如同这里土堆大墓，还有那，多情的黑土泥巴。莫名的伤痛，不知道是为了啥，那无垠的田野，那纯朴的脸颊，那忧伤的云朵，那飘逸的长发，还有边防线上，寂静松林的哨塔，界河边上，孤独的放牧人家。

夜晚的坡马，静得心清手冷，静得神圣，静得地老天荒，静得天地在升华，今夜我失眠了，窗外的清风，明月上的桂花，默默广宇之下，我揽谁入怀，谁携我入梦，我能挽起，谁的手臂探海寻画，谁为我擦去，腮边眼角的泪花，谁伴我，促膝长夜慢话，谁解我心乱如麻，无尽的雪山草原，奔流不息的浪花，墨色无边的松林，茫茫无眠的夜色，天上布满的星星，云中穿行的月牙。

从远古传来的信息，由天界唤来的风雨，由远及近，飘来的是谁身形，今夜我在坡马，无界的忧心忡忡，我思念着，漂浮不定的她，我眼角的泪花不想擦，我真的很心碎，请不要问我，我也说不清楚，这究竟是为啥。

一代代兵团儿女，就是这样，守着清贫谈富有，远离闹市不言愁，种田放牧守边关，赤胆忠诚报国家，将生命，在这里无悔地渲染，辛勤的汗水，只为这片草原挥洒。

在离天最近的山峡，在白云的故里，在彩虹的故乡，一代代军垦战士，就是这样，在这里耕耘，在这里播种，在这里戍边，在这里描摹天涯，在这里，把寂寞与苦难吞下，挥洒青春诺言，守望忠诚在天涯，不用渲染不用表达。

他们在这里，默默地繁衍生息，视边疆为故土，前赴后继生命如花，在这里娶妻生子，守卫着漫漫的边防线，在这里安了家，而且他们终将化为，这里的泥土高山，这里的青松山花，这里的风景如画。这一切，难道不是为他们竖起的一座塔。

我在琼库什台遇见你

曾经梦境过神山，曾经梦境过草原，唯独没有梦见过你的委婉，遇见你是我梦中的期盼，曾经遇见过云船，曾经遇见过圣峦，唯独没有遇见过你的身段，遇见你是我千年的呼唤。

人生有许多偶然，世界有许多流传，唯独不曾想过有你的陪伴，遇见你是我多年前许过的愿，琼库什台有我祈福的经帆，那儿有我梦境中的灿烂。琼库什台有我的草原，那儿有我挥之不去的祝愿，琼库什台有我的春天，那儿有我今生今世的永远。

新年的祝福

我亲爱的朋友，无论去年咋样，好也罢差也罢，新年之际，我在这儿祝福你，祝福你，天天有份好心情，年年都有好收成，无论去年咋样，今年将会更好，祝福你，新一年，好山好水好风景，顺风顺水顺人意。

无论你在哪里，远也好近也吧，新年之际，我在这儿祝福你，祝福你，生活快乐爱情甜蜜，工作顺心收获友谊，上班多吉利，下班多奇迹。

无论你过得如何，风一程雨一程，我在新年祝福你，祝福你，日出身体好，日落休息好，朝霞满天看风景，落日黄昏好梦境，祝福你，抬头望天有前景，低头看路梦成真，晴天好上大路，雨天喝些好酒，无论有什么想法，山一程水一程，我在新年祝福你，祝福你，月缺是诗，月圆是画，年年岁岁有佳话，祝福你，城里有车有房有好工作，山里有牛有羊有好气象。

无论未来有啥希冀，天也长地也久，我在新年祝福你，祝福你，春风春雨好播种，秋高气爽好晒谷，祝福我所有的亲戚都和睦，祝福我所有的亲人都进步，祝福我所有的亲朋好友，在新一年里有福气有运气有财气，身体好收入好新年更好，云雾晚霞有风光，初升朝阳有方向，一年四季精神爽，三百六十五天好舒畅。

我在伊犁等你

我在伊犁等你，你是否还有赛里木湖的记忆，你是否还怀揣果子沟穿行的雨季，你是否还记得六月薰衣草紫色的花季，你是否还记得我在伊犁等你。

我在伊犁等你，你是否还能想起伊犁河水挽着浪漫一路向西，你是否还能想起晚霞中看那华美的婚礼，你是否还能想起河畔上清风的惬意，你是否还能想起在这里相遇有多么的惊喜。

我在伊犁等你，你是否忘记了我们一起翻过的日历，你是否忘记了我们喝酒的豪气，你是否忘记了我们豪迈的诺言，还有你温暖的怀抱和我宽阔的双臂。

我在伊犁等你，等你专注歌声里的沉寂，等你忘情时候脉动的舞艺，等你醉酒时孩子般的稚气，等你的诗词朗诵等你的激情洋溢。

我在伊犁等你，等你自由洒脱的肆意，等你热情浪漫天真不羁，等你快乐活泼的纵情随意，等你草原上无拘无束的柔情蜜意。

我在伊犁等你，等你看花开花落的四季，等你看缘起缘落的七夕，等你一起把悠远的往事追忆，等你前行路上手挽手的砥砺。

我在伊犁等你，等你看长河西去雨雾缥缈中的迤逦，等你一起去看白云悠悠听青草凄凄，等着与你不期的邂逅和不约的惊奇，等着与你分享这里的宽广和那温馨的美丽。

我在伊犁等你啊，我在伊犁等你，望着熙熙攘攘的人群，可是没有一点关于你的信息，我在伊犁等你，你在哪里？这里有你热望的情谊，这儿有你热恋的土地，和那一往情深的姐妹兄弟。

我在月夜回忆

静静的月夜，坐在托乎拉苏的草地，满心都是过去的回忆，风清的夜空一望无际，我沉浸往事里，那时候的月夜你在哪里。

天上的明月啊，我在凝望你，风在轻轻地吹，云在慢慢地移，不知道你是否还记得，还记得我们曾经的彼此，那时候你我的月夜是多么的美丽，月夜还是那个月夜，草地还是那个草地，只是不见当初的我和你，早已天南海北，尽飞南北东西，悄悄地一别竟是千里万里，只有眼前月光下的一弯小溪。

我问白云我问圆月，请你告诉我从前的人儿，你去了哪里，我想请你，请你也告诉他，那个毡房还在，还是那个月明星稀，我在这儿，在这儿的月夜等你，静静的月夜，满是我的回忆，回忆那时候，星星点点的几个毡房，回忆那一夜的春风细雨，回忆那时不多的几群牛羊，回忆那个清风相伴的云杉。

回忆那时候，草原花开空寂无边的甜蜜，还是那个温情的星光，还是幸福的默望无语，不见当初的牛羊，不见当初牧民去了哪里，草原的月夜，静得可以听见彼此的呼吸，我的脑海全是你的信息，你的温柔芬香，我的热烈豪气，还有电闪雷鸣的欢喜。

今晚，我在月夜中孤单地等你，愿星星点亮整个天际，愿今晚的你一样清风习习，我想告诉你，走地再远也不要忘记了故里，别忘记故乡的灯火，别忘了曾经的小溪，别忘记了故乡的情意，如今的你我，即使再好再不如意，我相信那个月夜，住进了你我的心里，我在月夜回忆。今夜，你将住进我的梦里。

我真的好想

我真的好想，把你带在身旁，陪伴我远走他乡，我真的好想，把你装在心上，让你的歌声一直在耳畔回荡。我真的好想，把你的纷飞放进行囊，无论在哪都有你的鸟语花香，我真的好想，把自己和你一起留在牧场，总有你的笑脸和洁白的毡房。

我真的好想，放下一切在草原上流浪，有你的地方就是我的天堂，我真的好想，不再远走他乡，就住在草原，让草原的河流一直在身边激荡。

我真的好想，把草原当作故乡，不再为琐碎奔忙，把思念化作草原上的牛羊，我真的好想，不再劳神费劲，从此不再忧伤，让你的笑声温暖我的心房。

我真的好想，像草原上的雄鹰那样，俯瞰你的辽阔，在你的心空飞翔，我真的好想，任灵魂在草原上飘扬，从此不再彷徨，把爱恋化作一个山冈。

我真的好想，做一颗春天的炸雷，唤起春天的希望，让那些浑浊无处躲藏。把草原早早唤醒，把那些污浊全都焚烧埋葬。

我真的好想，化作蓝天的一缕阳光，带给草原百花盛开，带给草原幸福吉祥，我真的好想，唤起春风缓缓地吹，唤起小草快快地长，让草原更加绿色苍茫歌声回荡。

我真的好想，每天能看到你的身影，看见你在林中散步，看见你在河边梳妆，歌像风一样轻轻地响，舞像云一样静静地摇，思绪像河水一样，清清地流淌，把梦交给天上的流云交给远方。

我真想

我真想，做一粒生命的种子，自由地撒向湿润的土地，一缕春风便从泥土里顶起，在阳光里纵情歌唱，在雨露中肆意伸屈，迎接一个又一个晨曦。

我真想，做一棵无名的小草，生长在一望无际的草海里，与远处的青松做伴与白云相依，在牛羊的欢叫里摇曳，在牧民的炊烟中呼吸，装扮着草原让牧人和牛羊欢喜。

我真想，做一只自由的小鸟，伴着星星睡觉迎着霞光早起，用歌声唤醒草原的晨曦，在土地上踱着慢步走，在云空中感受新鲜的空气，想飞就飞想跳就跳一切随意。

我真想，做一只快乐的牛羊，与宽宽的草原生活在一起，白云披在身上太阳暖在心里，快乐地在草地上吃草，自由地在草地上拉稀，想站就站想卧就卧心灵在休息。

我真想，做一匹洒脱的骏马，快意地在山坡草地，奋力地跑静静地走，伴着草原上的花和牛羊，随手可摘一朵云彩，合着清风飞奔向远方，我真想，做一个安逸的牧民，随日出而作日落而息，支一座土灶在林草间，放牧云朵在高山上，小河流过洁白的毡房，草原有我年年的希冀。

我真想，在草原上流浪，不需要太多的理想，只要清风雨露与阳光，不需要太多的奢望，只要草原森林和牛羊，把身边的那些远大放一放。

我真想，醉倒在我爱的草原上，不需要太多的陪伴，只想你陪在我的身旁，相依相伴埋头看草仰首看云，让心飘在天空俯视苍穹，灵魂在山林中无拘无束地游荡。

我真想，邀三五个知己，随意铺个毯子在空地上，合着太阳喝酒抚摸月亮歌唱，饮一壶老酒仰天吼，合一首牧歌述衷肠，谈天说地吹牛放屁尽欢畅。

其实人生，不需要太多奢望，生活中需要宽阔的胸膛，有能力做大事有条件做善事，把手边事亲人好友多掂量，名利钱财没有那么疯狂。

不必高谈阔论，不必钻营算计，高尚的情怀使人心里更舒张，淳朴自然真诚善良，这是永远的风向，今天你追求的价值，或许明天没有了分量，其实，谁都可以离得开你的肩膀，谁都不是谁的上帝，要懂得珍惜美好的时光，洁净的心里，灵魂的圣地，简简单单充实的心里，还谈什么诗与远方。

我知道你很忙

生活好似杂乱无章，没有休闲的时光，紧张地扫视着工作，一目十行匆匆忙忙，浑身上下，没有一个完整的地方，是的，七下八上，我知道你很忙，我想说的是，不要对世界报太满的希望，太满太大其实都很荒唐。

学会静下心来，把事情放一放，让心静下来，让身体歇息躺一躺，要懂得，休息正是为了明天着想，真正事业，不在乎你的瞎忙，无序的紧张，没有好的结果分享，所以请你务必，停下匆忙的脚步，经常把心，放在阳光下，静逸的地方晾一晾。

让心变得宁静，让胸变得宽广，调整好自己的方向，忙中不乱那才是担当，让心完全静下来，听一首歌曲，念一首诗词，看一篇舒心的好文章，那里能够让你的心情舒畅，那里，能够让你找到正确的目标和方向，那里，会让你的眼光更加敞亮，那里，有携咏俊美的好风光。

我挚爱的伊犁

我想你，是因为你一直连着我的心，你一直在我的梦里，我念你，是因为你一直连着我的情，你一直在我的心底。我爱你。是因为。我爱你的呼吸与空气。爱你滋润的肤色与肌理。我也恨你。是恨我的爱不够深，恨我的情不到底，恨我把你的爱，渗透到了骨子里，恨我无法离开，血脉相连的你，你是我的一切啊，我的梦中全是你，无论天涯海角，我就是不能没有你。

你是我的天，你是我的地，大河不息，生死相依，千里万里，矢志不渝，千年万年，青山不移，我们心心相印惺惺相惜。

除非天崩地裂，你我永不言弃，除非海枯石烂，你是我的唯一，我的心中，不能没有你，我的命中无法离得开你，离开了你，我的生命还有什么意义。

爱我的人，千言万语，我爱的你，顶天立地，你让我的生命和血液，紧紧地与你连在了一起，你是我的蓝天白云，碧草千里，绿水长流，牛羊遍地。

你就是那片我热恋的土地，你就是那个，令人难忘令人痴迷，让我永远也无法抹去的记忆。

我总是喜欢

我总是喜欢，秋天山野泛起的黄色红色，我总是喜欢，老旧马车走在乡间土路上的感觉，我总是喜欢，一块旧布所带来回忆的苦涩，我总是喜欢，箱底洗得泛黄那件旧衣服的皱褶。我总是喜欢，那口老井水是那样的甘甜解渴，我总是喜欢，麦场上晚风的轻轻掠过，我总是喜欢，一群旧友在一起的星光的夜色。

我总是喜欢，那条老街及田野里的风花雪月，我总是喜欢，老友告别时候的恋恋不舍，我总是喜欢，老屋门前群飞的那些麻雀。

我总是喜欢，老家门前那条清冽的小河，我喜欢怀旧，怀旧是年老的心里折射，当然我也喜欢，新老朋友们相聚那个秋风瑟瑟。

不忘旧念，莫忘来路的曲曲折折，是为了新生活的龙腾虎跃，而今迈步从头越，亲朋好友幸福和悦，不求完美不求卓越，只求心中的溪水长流千回百折。

不断地学习，不断地充电，即使是新的东西，我也要知道个大略，有空与朋友联系联系，虽不紧密也不需情感打折的拉拉扯扯。

无奈（一）

其实生活中，有许许多多的无奈，面对一条河的无法，面对一座山的无助，面对一件事的无能，面对一个坎的无力，面对一个亲人故去的无济。我们常常感到力不从心，我们常常觉得爱莫能助，我们常常叹息始料未及，我们常常哀怨无法启及，我们常常处于无所作为的境地。

或许有些是人为的，或许有些是自然的，或许有些是天灾人祸的，或许有些是无法抗拒的，或者有些是难以想象的。

既然这就是人生的实实在在，我们为何不坦然地接受无奈，既然无奈并不是人生的全部，我们为何不给时间一个等待，既然生活中有那么多的无奈，我们为何不能给命运一个安排。

无奈（二）

　　生活中除了无奈还有期待，命运中除了顺境也有逆时袭来，诸事皆有时好时坏，尽其所能顺其自然不必感慨，谁能料想下一个不是崭新的精彩。

　　人生不过生生死死，生命不过世世代代，岁月就是起起伏伏，命运就是好好坏坏，生命的轮回就是去去来来。

　　有弯弯曲曲的水，有重重叠叠的山，有沟沟坎坎的路，有千千万万的难，我们没有必要感叹悲哀，没有登不了的山，没有过不去的河，过不去的事轻轻摆一摆，细水长流青山还在，乾坤白昼总是对半开，不用怕，今天的风雨，正是明天草原上的百花盛开。

无奈（三）

　　面对无奈，我们应该学会顺势而为，我们应该学会时不我待，我们应该学会从容应对，我们应该有宽大的胸怀，我们理应从无奈中看穿一切皆有可能的未来。

　　我们应该学会携手规律，该去的让他去该来的自然来，是福不是祸是祸躲不过，该去的让他去该有的终归有，地下有阴影是天上有太阳，我们尊崇自然带来的厚爱。

　　百味人生不会没有障碍，没有上不去的山，没有过不了的坎，没有走不通的路，没有散不了的云，天若有情天亦老，人间处处有真爱。

无奈（四）

　　一座又一座山，一个又一个的无奈，其实没有什么奇怪，沉下心静一静莫责怪，沟沟坎坎或许让你激情澎湃。山的那边最美，云的尽头最好看，山重水复疑无路，天高云淡情更暖，沉船侧畔千帆过，病树前头万木春，别遗憾。

　　山有山的巍峨，水有水的豪迈，江南有江南的美丽，沙漠有沙漠的浩瀚与气概，不要因为一棵树，放弃了远方的森林，不会因为一座山丘，迷失了远方的大海，向前向前沿着一条悠远的路，天地之间的事，信步那无边无尽的河流山脉。

喜欢草原夜空的月亮

同样是星空里的月亮，同样是挂在天上，只是草原的月亮，比城市的月亮更有欲望，更有不一样的景象，不一样的感觉风尚，不一样的心灵碰撞，不一样的心里分量。

城里也看月亮，多是在街道或楼上，伴着城市的灯火，伴着喧嚣嘈杂的奔忙，伴着城市发展的灯火辉煌，心里自然少了点什么名堂。城市的天空没有那么清晰，月儿也没有那么明亮，几乎没什么深刻的印象，几乎没有时间静下心来赏月，更谈不上思想上的碰撞。

喜欢草原夜空的月亮，草原的夜空格外清爽，空天星光流云，地面牧草芬香，几处灯火几处牛羊，几处星星点点的毡房，天地间的夜静得空灵，这儿看银河看夜空，看云中穿行的月亮，自然多了几分，情趣和遐想，不同的意境，想到不同的地方。

静夜晴空银河波光，还有星星相伴的流云，似水一样地流淌，风中穿行的月亮，心里多了一份安祥，仰望星空却连篇联想，从牛郎到织女，从玉兔嫦娥到吴刚，一直回到尽头的草场，牧民幸福生活，全在自己的手上，远方的亲人，不知道此刻怎样，自己的心可以飞到更远的天亮。

喜欢草原夜空的月亮，草原的夜空特别空旷，因而月儿也特别有模样，亮得舒心亮得通畅，亮得激情满怀，亮得热血飞扬，亮得可以望得见，远处的亲人和家乡，亮得对未来充满了憧憬与希望。

清风梦境中的草原，灵魂深处的月亮，几滴雨点，悄悄落在了脸上，星空，值得我们静下心来，或静坐或漫步游荡，默默地思想，静静地仰望，不要总是，让喧嚣搞得迷茫，不知道，为什么我有点忧伤。

草原上的夜很黑天很凉，草原的人心特别的清亮，在草原上你的心也很放松，只是远行莫忘多带几件衣裳，

喜欢秋天

我喜欢春天，喜欢春天暖暖的朝阳，喜欢春天的美好希望，喜欢春天的激情四溢，更喜欢春天的鸟语花香，然而我亦喜欢秋天，喜欢秋天的长空浩荡，喜欢秋天的金色满仓，喜欢秋天大雁排成的长阵，喜欢秋天一粒种子落入的

土壤。

因为我知道，生命的四季都不尽一样，因为我知道，人生的四季，何不是与自然一样绵长，所以，我更加热爱，秋天带来的空旷，我更加珍惜，每一个秋天，为我们留下的丰收欢畅，秋天的景色是清爽，叶已红草已黄，天更蓝水更凉，天地之间更舒畅，同样的激情似火，昂然的热血飞扬。

不用为秋天感伤，其实秋天，值得我们去品尝，秋天一样，更值得我们用心去欣赏，当我们懂得去欣赏的时候，也许你的心智才真正变得坚强，不是每一朵花，都是在春天绽放，每一枝花的绽放都有不一样的灿烂，都有不一样过往的风光。

花开是风景，花落是传承，花开花落皆寻常，秋天登高远望，眼前是风光胸襟在天上，看长空的雁阵多么浩荡，不用为春天的花开而疯狂，也无须为秋天的红叶而悲壮，秋天的生命纵情奔放，秋天的牧歌悠远绵长，秋天是一首不老的歌，秋天是一幅精美的画，秋天是一座幸福多彩的山庄，秋天是一首完整而华美的诗词篇章。

人生最美的相遇，未必都是春天的时光，也不一定都是在路上，来自秋天心底的相遇，才值得牵挂与珍藏，请你为秋天也放声清唱，让纯净的歌声在蓝天回荡。

喜悦的婚庆人

满心的喜悦，深深的祝愿，将 A 家喜庆的责任承担，使尽十八般武艺，将欢乐的气氛渲染，不是宾客，比宾客还灿烂，不是主家，却胜似主家的期盼，用激情热情，将一桩幸福的故事远传。

喜悦的婚庆人，幸福的传递者，把一桩桩喜事承担，把一片片真情呼唤，笑脸真情在，创制舞台的心，让主办方满意，让参与者舒坦，哪一桩不是在你手中美传一段，尽管出再多力流再多的汗，都心甘情愿。

寄给远方的小妹

我总是在，寂静的夜里遐想，遥想天空里云向，不知道是否还有，比天空更加美丽的地方，我问蓝天，我问白云，我问星星，我问月亮，我的小妹，是否把我们遗忘，我问风问雨问雪，问天上的太阳，妹妹现在的地方，是否和人间一样。

我常常听见，小鸟在歌唱，我望得到，小河在流淌，我闻得见，草原的芳香，也看到了，深秋的一片金黄，可却总是，见不到小妹现在的模样，小妹呀小妹，你的温暖，一直印在了我的心上，你总在我眼前萦绕，令我煎熬，我忘不了你生前的模样，想念你的泪水一直流到海洋。

相逢在赛里木湖的雨季

为了追赶，春天的一场花季，我们相逢，在赛里木湖畔的雨季，没有邀约也无须结局，毡房点点绿草如茵，雪山倒影清风细雨，湖面波光粼粼，洋溢在你脸上的是，眉宇间暖暖的春意。

百花盛开芳草萋萋，一湖静水心灵相惜，无须太多的言语，一个微笑足矣，幸福的花儿融进彼此心里。

相逢在赛里木湖的雨季，不问南北东西，浸在风雨弥漫的琴声里，两个人在湖边默默无语，眼中有湖，湖中有你，遥望随风指向那无尽的天地。

享受孤独

其实所谓孤独，静水流深，心底清透，是内涵高贵富有，是人生最大的享受。习惯了匆匆忙忙，那是你在努力地奋斗，习惯了风风光光，那是因为你高高在上头，习惯了前呼后拥，那是因为你还算优秀，习惯了热热闹闹，那是你应酬的虚荣感受，习惯了大鱼大肉，那是你有较好的胃口。

走惯了大路上小路，住惯了闹市住牧场，退去了光彩在家里守候，换换口味，真的还有点意味和嚼头，这样的待遇，真是可遇不可求，朴朴实实没有忧愁，平凡的日子快乐的方舟。

一个人上路在河边，静静地眺望远方，一个人开车向远去，孤独地坐立一个山冈，一个人宅在家中计算机在闪闪发亮，抽支烟品口茶，发挥自己的想象。

心灵，在星辰之外的路上，享受宁静，这样的孤独，何不是最美好的享受，风清云淡水深流缓，一张白纸把世界看透。

喜欢这样的感受，喜欢这样的静怡和孤独，乐了淡然一笑，苦了尽情书写，高兴时听一首歌，困了睡会儿觉，痛了，可以悄悄地把泪水流，或燃起一支香烟，或独酌一杯小酒。总是愤懑不平，那是你没有完全成熟，普通的生活最棒，世界很大，不归你完全所有，天空很宽，不影响老百姓的追求。

心灵纯洁情趣高雅，性格开朗高尚的富有，这难道还不足够，享受孤独不是人皆均有，孤独正是精神最高的享受，应该学会，享受满足享受孤独，不要总是在忙碌，该放手就要放手，尽量少些无为的应酬。

电话簿里的人很多，但谁能与你风雨同舟，路上车水马龙，谁能与你分解忧愁，不要太在意饭前酒后，不必过求歌舞中的风流，谁能与我们走到生命尽头。

灵魂高处是圣地，高贵的生命皆是寂寞与孤独，学会孤独喜欢孤独，享受孤独，孤独才是真实的充盈与富足。

想念老师

当春风吹绿大地，我想念老师，在老师的教诲里，我走过了人生最美的花季，当大地丰收在即，我想念老师，有老师的辛勤中，我度过了生命最难忘的学期。

老师啊老师，我怀念学校的那些桌椅，老师啊老师，我怀念学校的那片草地，老师啊老师，我怀念你站在讲台上的模样，老师啊老师，我想念你伴我走过的风雨，老师啊老师，我想念你批改作业的真情实意，老师啊老师，我想念你给我的默默鼓励。

如果这个世界上，还有什么东西最纯洁，那一定是老师的心里，如果这个世界上，还有什么叫高尚，那一定是老师耕耘的足迹。如果世界上，有什么最崇高的职业，那一定是教师辛勤的敬业，如果这个世界上，有什么工作最伟大，那一定是老师教书育人佳话，如果这个世界上，还有什么东西最令人崇敬，那一定是老师的奉献精神。

老师最简单，老师最无私，老师最圣洁，老师最崇高，孩子们，通过老师那里得到知识，学校让孩子们幸福成长，是老师的努力，才有孩子们的起飞翱翔，而老师，总是默默奉献不声不响，把情和爱留给了学生，总是把自己悄悄地遗忘。

创作灵感： 每个人都有自己的老师，教师是人类最神圣而崇高的职业。老师陪伴我们走过的人生经历是最难忘的记忆，许多老师一直存留在我的心底。应该感谢老师，是他们的默默奉献才有了我们的今天。我常常怀念我的老师，他们付出的一切，从不图感谢。怀念他们给予我的种种鼓励。一篇短文容不了太多的情意，只此作为敬意。

想念那个春天

想念那个暖意缠绵的时光，让我沐浴在拂面的春风里，和草原一起绿意盎然激情似海洋，想念那个温情脉脉的春色骄阳，照在心里特别的舒畅，像田野桃花盛开杨柳飘絮般的荡漾。

想念那个沁人心脾的春雨，干涸的土地遍野的戈壁，因为你而充满了勃勃生机，想念那个春天，让我在那个最美好的时节，遇见了最美的风景遇见了最美丽的你。

想念那个春天，让我碰到了，最正确的相遇，撞见了最圣洁的花季，想念那个春天，让我遇见了奇迹，你是春天的化身，你是草原的雨露，你是暖阳下秀美的花季。

春风一样的人儿，谁是你灵魂的伴侣，你让复苏的田野，响彻了隆隆播种的机器，春雨一样的人儿，谁让你凭栏而依，你让草原芬芳无比，你让我的心也绿满山脊，你让草原上的牛羊幸福遍地。

想念那个叫托乎拉苏的草原

就是那一次相见，你就定格成了永远，就是那一次相见，你柔情似水的颜面，就让我永生的相恋，虽是初次相见，却好似等了千年，延绵起伏的草原，茫茫云海的缠绵，那次相见，竟是我千年不变的诺言。

草原一望无边，雪山近在眼前，一条峡谷几个毡房，遍地的牛羊，袅袅的炊烟，松林花海，云雾相间，还有那太阳的忽隐忽现，就是那次，若隐若现的相见，就再也难忘你的容颜，如同草原上的闪电，在我心中刻画出了，一道深深的眷恋。

天地那么大，托乎拉苏草原的云雾花间，是让我一生的云梦相牵，人生有若干的遇见，最美的遇见是源自心田。

想念那片草原

想念那片好远的草原，那里的天空湛蓝湛蓝，白云像羊群在天上行走，一条小河一直流向云端，是谁的歌声那样的忧伤婉转，牵着我的心在旷野上弥漫。

想念那个迷人的夜晚，天上的星星一闪一闪，想念那晚的风那晚的云，那片草原真的好温暖，奶茶喝了一碗又一碗，那迷人的歌声传来阵阵呼唤。

想念那片草原的遗憾，你是那般的温情灿烂，我能听出你歌声里的迷茫，我真的想把你永远陪伴，我知道你的心在天边，留下的只有我忧郁与孤单。

想念那里的云舒云卷，一条路能把天涯望穿，想念那个白色的毡房，想念草原春日的风寒，我知道你已渐渐走远，留下的只有我苦苦的伤感。

想念那片好远好远的草原。想念那座白色的毡房，想念那个迷人的夜晚，想念月光下的行只影单。

想念小妹

花儿开了又谢，草儿绿了又黄，不知我的小妹呀，你在天堂怎样，你是否回来看过，你是否早已把人间遗忘，我的心在滴血呀，天国的妹妹，你让我忧思断肠。

秋天去了又来，月儿缺了又圆，只是不见你呀小妹，让我怎能不悲伤，小妹，我一直在为你祈福，希望你永远幸福，不要像我一样，忧伤惆怅，希望你更加美丽快乐，幸福地生活在遥远的天上。

想牵着你的手

想牵着你的手，那是因为你俊美优秀，想牵着你的手，那是因为你善良温柔，想牵着你的手，是因为你大方智慧，想牵着你的手，是因为你体贴端庄独具风流。

然而我不能，只能仰视你背影，并肩一段路，结交一程的心，这就足够足够，因为有些情是欠不得的，因为有些债是还不清的，有些理是永远也不需要点透。

远远的一段距离，默默地一路祝福，这样或许是最好的理由，感谢你一次一次的招手，感谢你从不间断的问候。真正的朋友心有灵犀，真正的友情不一定牵手，在我的心里只有远方，只有云雾霞光里的一座山头，路上挺苦挺险挺累有忧愁，风霜雪雨的路上，无法向你说温柔，我只能独自承受。

向往日告别

他静静地死了，就立在那里，终将成为，一个一棵枯树老丫，也将在，原野轰然扑倒，什么也没有留下，直至淹没他的风沙，无论一棵树，还是一枝花，他的命运，都不会，有太多的相差，终将是生生死死，都或是，上上下下，等待轮回他的风吹雨打。

唯有人，他思想就在那，有高贵的灵魂，如同不朽的灯塔，即使倒下，意志尤可，亮一片黄沙，而他就，一直就站在那里，风儿吹起他的秀发，不惧怕风吹雨打，他的身躯，如同他的思绪一样挺拔，他的容貌，如同他智慧一样的高雅，他不会离我们远去，在我们心中，他会定格为一首诗一幅画，古今中外，哪个仁人志士，不是如此的豪迈与潇洒。向往日告别吧，带着雨露朝霞，午夜就开拔，朝着新的高度律动，向更广的深度纬度进发。

像农民那样

拥有耕地的农民，心情很舒畅，耕田是要到头到边的，不想浪费寸土风光，因为农民要靠土地打粮，自己的土地，要靠辛勤的汗水浇灌，要想好的收获，还必须用双脚，把每一寸土地丈量。

同样的思维，用在不同的地方，都是应该一样，无论要做好什么，都需要勤奋的汗水，都需要把梦想扛在肩上，都凭着自己艰辛的臂膊，写文章估计也是这样，要让文字插上翅膀。

没有独到的思想，没有敏锐的目光，这样的作品会没有几个读者，这样的世界就没有了什么名堂，脚上有多少泥土，手中才会有多少好文章。追寻一个目标，要有一个思想，不能人云我云，首先要有一个方向，特立独行，也不可失去善良，要考问灵魂的来路，身躯不仅是皮囊，这样看来干什么，都与农民耕田差不了几丈，把文章写在大地上，把成果放在百姓的家中，让生命有高度维度，用文字把土壤的生命点亮，用激情燃烧起大地的光芒。

笑意弥漫

那一天，春日悠闲，好友相约，去了一个山涧，草原温馨白云蓝天，松林鲜花遍地尽绚，铺开一个方垫，尽享音乐盛宴，摄影登山骏马飞燕。

偶遇一路人马，要与我们相连，原来都是同路人，没有那么多的界限，携来好酒好肉，丽日春风一片，纵情美酒劲舞翩翩，一曲曲优美的旋律，在山谷回旋，大家开心得笑容满面。

那天我醉得不浅，一直摸不到琴键，据说被一个，不相识的憨女，拥入山间，带出了视线，也不知道过了几点，引来笑声一年，我知道那是胡编。

该说的都说了，只是没有兑现，倒是我方的一个美女，情注与对方的青年，故事的发展可以预见，当成全就成全。

人讲究投缘，坦诚是你最好的名片，有胸襟的人，在哪里都是神仙，善良不负青天，好友情留一线，曾记否那笑意弥漫的山间。

写给春天的太阳

春天来了，有风有雨，有绿叶新装，有小鸟歌唱，有草原葱绿，有野花芬香，我却要写，给春天的太阳，是的，是春天的太阳。

因为有了你，才有了温暖明媚的风光，才有了春雨丝丝的招摇，才有了春风唤醒的舒畅，才有了绿意葱茏的飞扬，都是因为你，才有了冰雪的融化，小河的奔淌。

写给春天的太阳，是你，唤起了青春的燃烧，是你，点亮了年轻的向往，是你，让年轻人早起，读书学习追赶时尚，一双明亮的眼睛，透过迷雾丛林，透过雪山牧场，撑起了戈壁荒原，浩瀚坚韧的力量。

因而就有了，男人和女人的春心荡漾，就有了，绵绵不绝的生命畅想，就有了自然界的生命繁衍，沙枣花开的迷茫，青松竖起的挺拔与高昂，牧场的花香，河流的欢唱，高山的矗昂。

万物的生长，森林的茂盛，大海的宽广，牛羊的肥壮，孩子们的健康，哪一个不是因为太阳，是春天的太阳，让雨露滋润，让大地披上了新绿，让草原的花朵，延伸到了遥远的山冈。

因为春天的太阳，把世界的星空点亮，从此世界就有了，温情的拥抱盎然的向上，无限生机和勃勃的希望，愿我们的生活充满阳光，愿春天的太阳永远明亮。

与读书同行

循着伊犁河水，涌起的清浪，踏着河畔上，细雨蒙蒙，绿色葱茏的芬芳，在贝西公园，惬意的湖边徜徉，与女企业家朗协会员们，一起感受着浓浓的书香。

伴着缓缓的诗行，音乐轻轻地作响，在世界读书日之际，我感受着读书的时尚，好似求知的孩子，也如同获奖一样，与读书同行，沐浴秀美的芬芳。

企业家与书一起成长，读书与行路，心中腾起一股暖阳，清风徐徐大厅宽敞，天也顿时敞开一线光亮，人生不能没有书的方向，生活必须有书的华章。

与读书同行，同智者贴心交往，让伟人的智慧，携手陪伴身旁，在轻歌曼舞中，体验诗意人生，有诗书的相伴，无论路有多远多长。

可以肯定，心中都有鸟语花香，旅途不再荒凉，书香随智者的思想，在心海中回荡，灵魂有了栖息的方向，在细雨绵绵的伊犁河旁，享受着读书带来的舒畅。

愿企业家们，有诗书的相伴，事业如同，伊犁河水一样，流向更远的地方，愿朗协会员们，有诗书相伴，生活一定会，像幸福的花儿那样，那样优雅地绽放。

愿书香与诗行，永远相伴你花香的路上，做有品质有内涵的人，诗书相伴心明眼亮，通达知礼温婉善良，如此人生怎能不幸福辉煌。

谢谢您最平凡的人

您可能是工人，也可能您是医生，您可能是军人，也可能您是农民，也可能，您是一名普通的警察，也可能，您是公务员中的一名。

亲爱的朋友，我都要谢谢您，谢谢您，无处不在奉献的真情，谢谢您为城市带来的洁净，谢谢您为环境带来的卫生，谢谢您为社会带来的安宁。

　　谢谢您给我们带来的便捷，谢谢您给我们创造的宁静，我们都是，这个世界上最平凡的人，我们都安分守己，我们都乐于助人，我们都真情守候，我们的每一份付出都很用心。

　　虽然我们不是特别富有，也许我们并不是大款明星，但是我们的付出同样重要，我们是真情换来的真心，我们都是社会机器，不可或缺的那枚螺丝钉。

　　谢谢您最平凡的人，大千世界芸芸众生，我们都是最平凡的人，我们都有一颗平常的心，谁也离不开我们的付出，我们也同样需要别人。

　　当我们享受着，今天幸福的生活的时候，是否还记得，去感谢我们身边最平凡的人，谢谢您最平凡的人，您同样是我们的山，您同样是我们的水，同样是我们宽阔的街道，同样是我们生活的明灯。

　　谢谢您最平凡的人，谢谢您为我们挡风挡雨，谢谢您与我们风雨同行，谢谢您为我们带来的每一份健康，谢谢您为我们带来的每一个清晨。我真诚地谢谢您，我身边每一个最平凡的人，是你才让我们的生活云淡风轻。

心若近，远在天边又何妨

　　心若近，远在天边又何妨，情若远，近在眼前又怎样，人生本来就不容易，需要好好地维护与珍惜，心若静了看什么都是美的，不必太多地把小事介意，善良的人总是天宽地广。心静了路平了一切都看淡了，修得平常心看淡世间事，心中有爱眼里有景，腹中有诗笔下有情，命里有的终归有，命里无时有还失，不要感叹自己的命，不必羡慕他人的情，只见今日得奖的主，挖金都是埋金的人。

　　多做善事多助人，善恶回报终分明，好花好景好时节，好风好雨好景色，高原四季风光好，杏花红来桃花白，好山好水好季节，好天好地好山色，伊犁河谷风光秀，河青草绿人欢悦。

星光灿烂

哪一朵花都想璀璨，每个花园都很灿烂，既然都是生命的轮回，与其他的东西都不相干，花有花的浪漫，树有树的伟岸，世间的生命不尽相同，还有风光无限的草原。每一株小草都不孤单，每一朵花儿都有伙伴，都有使命的呼唤，都是生命的传承延展，人生何不是如此简单，我有你的幸福花园，你有我的寂寞缺憾，谁都没有必要相互比攀。

夜空的月亮浑圆，夜空的星光灿烂，每一颗星星，都是一朵小花，你我都是，自然界的一段，从长远看，没有谁在意你的光环。一朵花不遗憾，一株草不落单，一颗砾石你莫小看，一块板砖托起巍峨与浩瀚，所有的一切，终将化为泥土，都将在阳光风雨后，化作自然风光里的美谈。

任何生命都有葱茏，每一个人都有饱满，即使你再一般，也会有你的舒展，即使你再怎么绚烂，也切莫把自己摆上了高坛，我向往世界的花红叶繁，我追求生活的平平凡凡，无所谓别人灯红酒绿，也无意那些无味的相关。

把日子过得清清淡淡，这难道不是岁月的精湛，谁说这不是阳光斑斓，一切都无法超脱自然，自然法则，是一切生命的最终审判，别说你是天生的不一般，别说你的命运就是永远，山里多百年的树木，谁见过百年不变沙做的棋盘。

杏花绽放

十里春雨，十里柳浪，十里杏花，引来十里芬香，十里春风，十里春光，杏花村里，迎来八方匆忙。春风十里，不及笑面姑娘，杏花柳浪，不及姑娘的衣裳。

喜鹊枝头，杏花绽放，雨雾缥缈，山野绿装，粉彩起伏的山谷，喜在游客的心上，杏花绽放，春风荡漾，乐了牧家的小伙，醉了害羞的姑娘，忙坏了山间的牧民，幸福了一个山庄。

伊犁的春天，细雨飞扬，蓝天白云间，杏花绽放，从一片田野，到一个个山庄，从弓月古城，到一个叫吐尔根的地方，杏花节的故事，传遍四面八方，很留恋吐尔根看杏花的那些往事，和杏花村的那个毡房，还有那个醉人的晚上。

雄鹰和麻雀

爱麻雀因为长得好看，小巧玲珑，羽毛整洁光亮，细密的小花舒张，小嘴里巧舌如簧，整日里叽叽喳喳鸣唱，鸣叫出愉悦的声音，像悦耳的乐器一样，成群结队飞舞招摇，落下来铺天盖地，起飞时一阵风生水起，轰轰作响。

麻雀的确也很棒，于是有人就试想，像麻雀一样自由，高飞在了天上，像麻雀一样唱歌，处处喳喳叫响，飞起来像云像雾，落下地一片金光，彰显着一只鸟儿，生命的美丽绽放。

喜欢麻雀，然而，我却更加喜欢，山中的一只雄鹰，静时，孤立在一座山巅，注视着远方一声不响，动时，翱翔在蓝天之上，时常在山峦边滑翔，偶然奋力展翅，时而盘旋张望。

雄鹰体格较大，也很笨拙，飞行的时候，不太振动翅膀，借助气流借助风向，俯视在蓝天里，仰慕在白云上，不需要太多的动作飞翔，也少有叽叽喳喳的合唱，显得稳健有力，总是不急不慌，孤家寡人一个，寂守一方，草原的蓝天之上，从来不需张扬，也不事标榜。

其实我挺向往，像雄鹰一样，有鸟儿自己的希望，没有必要，装扮得那么漂亮，没有必要，一派风光的模样，没有必要，整日慌慌张张，人们看重的，不一定都雷同，不是所有的鸟儿，都像麻雀一样。

高原上还有，还有雄鹰，那样的大鸟在翱翔，在山巅，在云顶，在蓝天上，展示着生命的悲壮与顽强。

快乐无边的心灵自由，宽广无界的精神高昂，境界不同感受相当，莫笑话我的想象，高飞的雄鹰，不一定孤独寂寞，他的眼界更远，他看到的可能更宽，他的心胸可能更广，他的内心可能更舒畅，他去的地方，麻雀们可能想都不曾想，一眼望穿千里，一跃即千年的豪情万丈。

学会欣赏

世界的事也很荒唐，天地之大近乎疯狂，我们不是万能的，不一定要什么都强，世界给每一个关口，都留有一扇窗，学会保持安静的模样，那样的确厚道还慈祥，生活有多种多样的美好，需要我们懂得去欣赏。

每个生命，都是一道光亮，每个人，都有不一样的地方，每一个个体，都有自己的强项，比比皆是我们的榜样，何必去比较不对称的当量。

心怀感激与善良，去体味人生的风尚，少一点埋怨，多一份品尝，原来世界那么美好，原来好风景都在路上。

原来沿途有那么多的故事，原来学习别人也需要胆量，谁的人生都会遇到风霜，如果没有阳光，我们就直面风雨的清凉，如果没有花朵，我们就感受泥土的芬芳，流云的飘荡，经年的风霜，我们懂得了意志如钢。

我们明白了，要提高自身的修养，不要过高地奢望，好为人师是标榜，无须冷水凉风，也不用太多捧场。

只要一点点赞扬，一份来自内心的欣赏，原来静静地欣赏，是来自心底的鲜亮，懂得让别人释放，也是一道亮丽的风光。

雪莲芬芳

当我第一次遇见你，我就知道，你是我的唯一。当我第一次遇见你，我就明白了，你是世界上最美的神奇。当我第一次遇见你，我就相信，这是生命的奇迹。当我第一次遇见你，我就懂得了，世间没有什么珍贵可以与你相比。

你比天上的月亮还美，你比世间所有的花香，你是草原上的精灵，你是雪山生命的守望，你山里生山里长，冰山雪水育你苗壮，你风里来雨里去，纯洁的心闪烁耀眼的光，很难见到你，那是因为你的低调含蓄，总想遇见你，那是因为你高雅大气，总是想念你，想念你的坚毅，你总把自己的芳容，隐约在山崖的一隅，带给我的是满心记忆。

不忍多看你一眼，那是怕，怕你含羞地悄悄别去，不忍抚摸你，那是不舍，怕惊扰到你宁静的休息。一朵芬芳的雪莲，开放在雪坡的草地，一朵芬芳的雪莲，在雪山上傲然挺立，雪莲芬芳生命顽强，你是雪山的珍宝，即使捧在手中，我也怕你悄悄离去，你是我生命里最美的相遇。

薰衣草不要流泪

告别遥远的西方，普罗旺斯已是过往，植根于天山西部，伊犁河畔挽起紫色波浪，经历了多少风雨，走过了哪些冰霜，没有人知道你苦涩，只见到你妖娆的芬香。

美丽的薰衣草姑娘，不要流泪不要悲伤，伊犁有你的亲人，这儿就是你的家乡，谁说这里不是天堂。曾记得种花人的向往，他已经默默地远去，伊犁山水有你俊俏的模样。

薰衣草花开了你在哪里

薰衣草花开于，六月的伊犁，芬芳的紫色，迷人的香气，凝望向远方的那方田野，心头涌起一段深情的记忆。六月是伊犁，是最美的花季，你一袭轻纱，与花田相趣，晚风轻拂，没有太多唏嘘，夕阳映照于那红霞飞絮。

琴声曼妙歌舞即起，你赋感怀，予一首温情的小诗，我乘酒力，诵一首豪迈的歌曲，紫色浪漫沉浸于一望无际，又是，薰衣草花开的细雨。

车来车往，花田人海茫茫，依然蜜蜂飞舞，游客云集，就是看不见多情善感的你，你常说，伊犁美过世界各地，你总想放下辛勤，休闲于伊犁，花开花落，却没有你的身姿，薰衣草花开了你在哪里。

其实心若有情，何须山高路远，无须太多的柔情蜜意，相遇于一个人在于缘分，情趣相通没有距离，只需一个眼神足矣，一程路，要靠一生去行走，一段情，只能用心去铭记，每个相遇，皆是重逢的开始，真情来自碰撞的诚谊。

你总是忙碌，时间安排总是很急促，不知现在的你，是否还称心如意，你是诗一般富含深意，你还是那么扑朔迷离，伊犁的，薰衣草花又开了，但愿你，还是浪漫如昔，但愿你，还是神采奕奕。远方有一个地方叫伊犁，那里有薰衣草花开的美丽，那里有雪山草原长河向西，那儿有你常惦念的姐妹兄弟。

薰衣草不会忘记

在伊犁，你可见到薰衣草的花季，他的芳菲引来游人如织，但你可知道他的来历，他来自法国，一个叫普罗旺斯的圣地，那是军垦战士双手创造的奇迹。

在伊犁，闻得见薰衣草的香气，他的芬芳弥漫千里，那是军垦战士，用50余年的努力，将一生的辛勤，与薰衣草紧紧地结合在了一起。

现如今，薰衣草已不再神秘，他是日化的原料基地，他将中国的香料产业，带入了一个新的高地，他让世界认识了伊犁，让伊犁芳香走进了世界各地。循着六月的花季，伊犁的山水，让世人着迷，蓝天白云毡房点点，牧场辽阔大河向西，伊犁旅游业，当然有薰衣草默默的功绩，他紫色浪漫风靡全国，伊犁的美丽薰衣草从不缺席。

但是，你可知道薰衣草的故事，你可知道，藏在薰衣草后面的秘密，历史没有走远，薰衣草就在那里。然而你可知道，当年的种花人在哪里。

相信，今天的人们不会忘记，当你沉浸在浪漫的花雨，当你感受着芳香的着迷，当你花前月下合影的时机，你是否记得，是否忘记了，薰衣草芳菲来袭，伊帕尔汗没有忘记，伊帕尔汗那片芳香的草地，薰衣草不会忘记，薰衣草开放在六月的伊犁。

亚麻开花

纵览天下，四海为家，却因亚麻开花，竟让我，如此不能自拔，那是，开在昭苏盛夏，七月流火热浪翻滚，高原的七月却幸福如家。

要好的朋友，相约赏花，却在一片油菜花海，相遇一片亚麻，那是一片，紫色的碎花，一枝枝纤细，摇曳着风华，紫花绿浪，涌向天边的芳草天涯。

感谢好友，为我下榻，烹牛杀羊，美酒佳话，朋友相聚快乐脱洒，人世间，有许多真情，其实都在刹那，友情能把一切容纳。

七月的高原，碧草如画，簇拥的亚麻，花开誉满华夏，假如只有一枝两枝开花，可能就没有什么意思了，我终于明白了聚集的嘉华。

唯一枝枝的簇拥，芳华的亚麻开花，竟然让我如此不能放下，故事已经久远，不知山那边的朋友还好吧。

仰望一座山的巍峨

仰慕一座高山，还是幼年的期盼，就喜欢登高望远，透过田野，透过一望无际的林带，甚至屋顶的高攀。一直想象着远方的那座高山。

他就在我的前端，可望而不可即的地方，地平线接壤在一片云帆，我幻想着，是不是可以走近他，走到他的跟前，或在可以登上他的峰峦。

我好羡慕大人们的瞎侃，总是那么不经意，而故事里的远山，时常对我招手，天高地远，什么时候我能够有机会，坐上马车或者拖拉机，到有高山的地方看一看。

伊犁真是个好地方，到处可见长长的河流，泉水清凉水流潺潺，一望无际广阔的田野，草原绵绵不断，有风有雨还有干旱，当然还有远处的雪山。

仰慕一座高山，不是因为他的娇柔，不是因为他的虚幻，而是恢宏浩瀚，因为他所带给我们的仰视，带给我们的无限遐想，带给我比这些更多更远，仰慕一座高山，给我幼小心灵，带来了许多的呼唤，仿佛一个目标总在我的前方，在对我招展。

他牵着我的手扶着我的身，督促我不要停歇不要偷懒，叫我心中总有一点事干，朝着一个方向马不停蹄地追赶。

仰慕一座高山，因为圣洁与伟岸，因为神圣而梦幻，因为冰峰洁白高耸云端，因为他高昂顶天立地，无边的山脉无比浩瀚，崇拜他的挺立，崇拜他的风云变幻，崇拜他的傲然。

随年龄增长，我走进了大山，以至于穿越，我终于，认识到了，其实山连着的还是山，一山高过一山，懂得了山的高昂与博大，懂得了山是让人敬仰的，我还认识到了，山的伟大和神圣不可侵犯，知道了山上的河川，明白了山中的宽广，明白了山里的森林草原宝藏，走出大山更加认识了自然。

小时候高山就是我的全部，幻想着他，高山仰止让我望而却步，走近了才发现，高山如同慈父一般伟岸，感觉他不可接近，走近才知道我目光浅短，小时候以为山上很荒凉，走近才发现里面很繁华，走进了大山，我的心却飞向了更远。

平原的孩子，特别崇拜高山，即使找个土堆，也以为是高山，那年我也登了一次高山，六个小时，白石峰来回如我所愿，居高临下，一望无际群山博览，他的险峻逶迤，让我也切实感受了一次，天外有天山外有山。

当然，我也登临过一些名川大山，峨眉锦绣华山天险，让我更加深刻领悟了，山的强悍与壮观，大山普普通通看似简单，平凡中藏着的东西，那才是无比震撼，爱山里的风爱山里的雨，爱山里林木爱山里的草原。

再高的高山也来自自然，我相信世事沧桑天地轮转，即使一座高山也终会坍塌，也终会沧海桑田，被日光晒成像流沙一样的平原。

登山人很辛苦，但好沉思望远，进山可能很累，但可让你无悔无怨，高山是大地自然的凤凰涅槃，爱高山的雄浑壮阔与波澜。

遥远的北大荒

我不知道，你从前的模样，但我见证了，你今天的辉煌，听过你的故事，略知你往日的忧伤，历史的云烟吹不散，昔日的刀枪与苍凉，如今的北大荒啊，已是万顷良田沃野芬芳。

纵横阡陌中华粮仓，一泻千里碧波荡漾，江山如画绿满山冈，机声隆隆，在广阔的田野里回响，不知当年的战友，是否还青春激扬俊俏风光。

初听你的名字，是那么的苍凉，走进你的怀抱，我终于明白了，你的悲壮与高尚，每一处山水，都记录着你的过往，琢磨着你的奉献，我止不住热泪盈眶，哪一方黑土熟田，不是你倾注的丰碑与奖章。

一代一代军垦战士，个个都是楷模与榜样，铸剑为犁化身垦荒，驻守边关建设边疆，一腔热血魂系疆场。还能想起，铁锅玉米碴子的芳香，还能忆起，那宽大的热火炕，旧日的故事最难忘，是青春的热血胸膛，一群天真的知青，在这里追逐着火热的梦想。

亲亲的北大荒啊，插根筷子能发芽，栽根柴火也开花，满目皆是春色的绿，到处都是新气象，今天的人们，读起你的名字，是那么的响亮，你的形象在哪里都发光。

三江平原黑色的土壤，江河两岸是新型的农场，每一个农场，都是农业现代化的天堂，掷地有声全国文明铮铮做响。

饶力河畔陈月久的事迹，还仿佛在耳旁回荡，新一代农垦儿女，在这里建起了座座楼房，机械化在这里是英雄的战场。

新时代的创业者，不负历史的众望，现代化的农庄，时时刻刻温暖着我的心房，北大荒的每一处山水，都让我心生崇高的敬仰，那老一代的农垦战士，早已白发苍苍，望着你远去的背影，我禁不住腮边的热泪成行。

北大荒有我无边的遐想，可惜没有太多驻足的时间，但愿我的老同学们，依然青年才俊风吹绿浪，依然满怀抱负奋勇直闯。

也说高度与海拔

山的高度是海拔，富士山再高，也无法与天山论高下，但在日本人心里他就是神话，生命何不是如此。每一个民族都有他的精华，目前西方的高度，在于科技的海拔，依着他们的先进在世界称王称霸。

东方民族依靠的韧性，任千年不屈的智慧誉满华夏，同样辉煌闪亮自成一家，像一颗恒星那样屹立于世界民族之塔，高度与海拔，有科学的定论，也有生活的说法，有许多心里的成分，都该对影历史尘嚣的喧哗。

我们每一个人，或许也有心里的高度与海拔，不必攀比都是大侠，你有你的长处，我有我的活法，不一定在某个领域你都是大拿。

世界那么大，何处不鲜花，尊重自然热爱生命，让科学告诉你，世界还有维度的奇葩，那都不是神话，何愁生命没有幸福的天涯。

今天的中国，正在追赶世界潮流，科技进步东西横跨，全民携手指日可达，试看未来世界谁统天下，人生必须努力，当你登上一座山巅，你才懂得了什么是高下，你才明白了目标在哪，登山要脚手并用姿势像爬。向上吧，向上的人从来不需谁夸，去努力攀登人生的高度与海拔。

也谈写作

读了20余年书，搞了半辈子技术工作，可业余时间，也总不甘寂寞，除了一些业余爱好，也就乐意弄赏笔墨，偶尔也搞点小文章，我知道，都算不上写作。

写些东西只是玩的，在山水之中自由地跋涉，我反感，好为人师的自寻坎坷，我也不喜欢无事可做，此写作非彼写作，你写的是专业，写的是文艺文学之责，我写的是心绪，写的是心里的一把火，对我而言，无关风花雪月，不为什么结果。

写是因为心里有话要述说，我不是作家，也不可能神笔出没，只为心中的一份安宁，写作纯属娱乐，也是情感所迫，只为给自己，心灵找个着落，同时也算为自己，心灵跋涉路上留下一道车辙。我不为写作，读书学习，可以思想开阔，文字游戏颇有收获，苦中作乐取舍纠错，在寂静的夜间看星光闪烁，精神有寄托情感不打折。

所以也恳求读者、特别是作家，对我宽容些，不要太认真地横加指责，你的任何一点建议，对我来说，都是莫大的鼓舞鞭策。

作家写东西，事关文学，那是大江大河，大笔一挥灵魂超脱，信手拈来手起笔落，字句斟酌均是学说，写出了天，写出了地，写的是故事缥缈，写出了大江大河。读得我泪眼滂沱，写出了壮美诗篇，写的是大地欢歌，写出了天宽海阔，那写的就是水平，写的是有分量的笔墨，我看得也是走火入魔。

我佩服欣赏，那些有品位的作家，头脑清晰乾坤着墨，文字清雅日月山河，他们的清苦正直，他们的为人处世，他们的善良真诚，他们的完美大作，总是那样的，大起大落动人魂魄。

而我，仅仅是玩中取乐，完全无须细琢磨，写到哪儿在哪搁，不会有负担，虽缺少点文字功底，那不是我的大错，只要心中有爱，就找到了精神寄托。

不为字句计较打磨，只为生活有点事做，只为心绪找个出口，我明白笔墨太重会劳心，言辞过激会伤神，至于你爱怎么看就咋看，想怎么评价，全都由着你去说。

你吃你的肉我嚼我的馍，你是月亮太阳，我是小草一棵，我不是作家，却爱看那些有品位的作品与诗歌，我不懂写作，但心里，同样有雪花云朵，同样爱着这片土地，爱着这里的每一寸山河。

同时我也相信，脚上沾有多少泥巴，文章就有多少真情，身后有多少脚印，作品就有多么的深刻，我在岁月的风雨中打磨，我是河滩上的砾石，我不求金光灿灿的闪烁，我只是田野里最普通的一枝青禾。

我衷心谢谢你，偶尔听过我的歌，所以恳请你，不必苛求与我，也不必为此受折磨，我只说闹着玩着，文字多是凑合，我也不可能写出大作，除此之外我还能干什么。

说实话我感性，因此着墨不多，只愿心底的文字，随着岁月的长河，一程烟雨一起沉默，伴我常去的路上，带来滴水的欢乐，找一程风雨起伏的山坡，寻一路悠然变换的清波，自然悠得快乐其所。给自己带来一段幸福的慢生活，其中不乏，感谢你带给我的种种点拨与不啬。

也谈信仰

一粒种子的信仰，是生根发芽开花结果，把籽粒撒向四面八方，小草的信仰，是生逢温暖的阳光，用绿色装扮原野牧场。

花儿的信仰，是逢雨露春风，送给世界一片美丽的芬芳，一棵树的信仰，是聚集周边的水土，尽力向宽向上成一个栋梁。

农民的信仰，就是勤扒苦做，挥洒汗水多打粮，作为一般个体的人，信仰就像，珍贵的水和空气一样，有信仰的人，身上充满正能量，有信仰的人一定很高尚。

有信仰的人，一生有追求，有信仰的人，一生不迷航，有信仰的人，就有理想，能低头看到路，昂首有阳光，有信仰的人，心里就有目标，路上有方向，干什么都有力量。有信仰的人，不会只求，一时的舒畅暂时的风光，他一定会把目标锁定在远方，有信仰的人，不太会算计眼前的斤两，他一定很执着，一般都会很善良。

有信仰的人，不会寂寞，不会叫苦不迭，不会迷迷茫茫，心里不会荒凉，春风的信仰，是带给世界一片绿意，雨露阳光的信仰，是万物生长。

河流的信仰，是远方的大地，秋天的信仰，是丰硕的果实装满仓，人的信仰，应该是追求科学，追求真理，追求自然生命的各种现象。

把信仰结合奉献的人，做什么东西都会不差，把信仰结合理想的人，总能给生命带来希望。如果把信仰定位当下，一定会把事业做响，把信仰定得高远的人，一定会为社会做出成就，一定会非常的有分量。

野花

总爱独自在旷野上行走，总爱独自在旷野上眺望，静下的心特别舒畅，静看一枝野花，呆呆地看却心生异样，风中看到了你的娇艳模样，雨里闻到了你清淡的花香，低头感受到了你高贵的姿态，夜晚听懂得了你激情的向往。

不知道你的名字，记住了你的奔放，风吹听得见你的声音，雨打望得见你的飘扬，晴日抚摸你的美丽，云雾渴望你自由张扬，不知道你的名字记住了你的形状。

白天看你俊美含蓄大方，月夜爱你的野性温柔漂亮，静时念你的安详善良，总爱注视你娇羞的脸庞，不知道你的名字，却爱看那个方向。

野花，一枝无名的野花，一枝花开在旷野的岭上，一枝狂野上的挺立，一朵孤寂里的坚强，一枝原野上不俗的昂扬。

纤细玲珑的凝聚，羸弱渺小的力量，延续生命的种子，与根茎脉络一样雄壮，将基因铺向四面八方，淡淡的孤怜，浅浅的忧伤，火样的颜色，云霞那么舒张。

孤傲地在地上摇曳，静静地在风雨中成长，荒芜的戈壁不能阻挡，拥抱一缕芬芳的阳光，或一枝或一束，或一片或一个山梁，家花好野花棒，我不知道你的名字，却知道你同样秀美端庄。

广阔的原野有你的娇艳，自由的天空有你的遐想，草原有你的眷念，蓝天有你的希望，我知道你的靓丽，知道你的目标在远方。

总想知道你的名字，我们只是生活在不一样的地方，不是谁比谁更高贵，都有不一样的向往，看似的华美未必久长，貌似的卑贱，总傲然一片山冈。

总把你放在心上，即使疲倦悲壮，总把你举过头顶，即使凄惨悲凉，愿我的生命燃烧成，一朵拂满红霞的野花，野花简约平常，适处即可生长，没有排斥异己的小肚鸡肠，也无企图占有一切的疯狂。

但你是亲亲的生命至上，不事张扬梦中的奢望，从不把自己的美丽标榜，你却拥有最坚韧的力量，看着你的身影，好似有情人就在我的身旁。

夜宿阿克达拉

若不是为了，把春天的种子播下，很难想象，竟会在一个雨天，来到阿克达拉这个地方，她的面容，是那么的姣美，她的胸膛，竟如此的膨壮，她的躯体，是如韵的舒展，她的田园，是如烟的奢华。

在她的怀抱里，竟有世外桃源的人家，若不是为了，追逐春天的图画，谁会想到，阿克达拉竟像一个神话，是一个，比香格里拉还美的地方。

高原深处四月中下，绽放着娇艳的杏花，她的草原，是那般的妩媚与宽大，她的草原上，竟然有那么多肆意的天马。

在阿克达拉，她的蓝天白云，能把你的心融化，她的青山绿水，能把你心暖的，什么都可以放下，在阿克达拉，最适合放牧耕田栽树安家，谁到阿克达拉，都会被这里的景色，撩得怒放心花。

谁在阿克达拉，都会被这里的风情，迷恋得不想走了，那个叫阿克达拉的山乡，即使神仙来了，也想在这里劈柴种田放马养花。

是这里山川和杏花，是这里的河流云霞，是这里帅气的小伙，是这里的姑娘似花，阿克达拉，昭苏草原里的一寓风华，阿克达拉，就在特克斯河边，就在天山雪岭云杉的脚下。

夜宿昌平

你说他是城市，到处是荒郊野地，你说他是农村，却又见高楼林立，你说他很发达，可又有点稀拉，你说他不发达，这就有点亏了。

你说他贫瘠，这里别墅特别高级，你说他富足，却又见贫民川流不息，你说他低洼，这里有知识的高地，你说他隆起，看见的村落却也有趣。

你说他浅低，他有厚重的长城依托，你说他丰厚，却到处是薄田瘦地，你说他土地肥沃，他一条沙河经过这里，你说他荒凉，却又是富人云集知识高地。

京郊一片古老的神奇，上风上水风水宝地，中国首都的农村故里，只是我的文字，衣不掩体的平铺直叙，爱你发展中的直接命题，爱你北京从这里看去，此时此刻，我却不知道这儿是哪里。

一条带刺的铁丝网
（写在洪海沟边防站）

一条带刺的铁丝网，一条巡逻的大道，一个简单的营房，戍边的士兵兄弟，一个哨所守卫着祖国的边防。驻守的地方好荒凉，除了大风戈壁，还有无边的寂寞空旷，还有日夜思念的惆怅，还有心中默念的姑娘。

难道这个地方，就是你说的远方，就是那个遥远的边疆，只是他没有你想的那么浪漫，没有诗情画意，更少有琴声的悠扬，哨所立在高高的山上，只有界河在轻轻地流淌，面对无边的孤独，战士扛起了坚强。

面对日夜的思念，士兵选择了向往，把思念留给山高水长，用爱恋驻守在哨所的山冈，只有在这里守卫，当兵的知道了什么是希望，只有在这里守望，战士们知道了什么是力量。

温暖的心浪漫的情，意志像钢铁一样滚烫，在这里战士不再彷徨，时刻把祖国放在心上，国旗在哨位上空飘扬，军歌在边防线上嘹亮，守着清贫从不抱怨，对面孤独寂寞从不慌张。

连队在一个山坳好空荡，昂扬着一排排高高的白杨，热血的士兵兄弟多豪迈，手握一把冷冷的钢枪，人就是要有信仰，守得住清贫，耐得住寂寞，还有不屈不挠的倔强。我的士兵兄弟心中有理想，责任扛在男儿的肩上，是男儿就要奋勇直闯，是战士就应该在军中创造辉煌。

一往情深的山

乌孙山，就是那座，一往情深的山，高高雪峰入云端，绿水青山绕山转，他像慈父，总予以我山的滋润，给我以大山般温暖，每天都用深情的目光，嘱咐我向高向上向远。乌孙山，一往情深的山，青青牧场无边草原，日夜与我心相伴，山川百里天连水，他用深情的草原给我祝愿，每天用草原的清香，在我耳边呼唤，告诉我生活要积极肯干，叮嘱我草原深处是雪山。

面对高山疑无路，要敢于直面与登攀。远方有座青山，叫乌孙山，山区林场真浩瀚，一条山沟，就是一个风景区，个个景区都灿烂。

乌孙山，一往情深的山，他用岩石告诉我，要不怕困难，面对险峻要学会坦然，只有积极平凡，才有事陪功半，他还告诉我，登高方可望远，向上才是高攀，不论道路长短，要不畏地冻天寒。

一往情深的水，一往情深的山，蕴藏的宝物，可不一般，青草绿百花繁，幸福的歌儿心里暖，山上的牧区风景秀，牧场有我的好伙伴，三五知心好朋友，驱车百里波浪宽。乌孙山，是英雄的山，山高水长美名传，儿女情长重情谊，请你常来山里玩，听听风望望云，石破天惊，风云变幻，百里风景一日还，一条长路云天上，还愁什么你不能干。一往情深的水，一往情深的山，一往情深的草原，都等着你神仙下凡，让身体到这里尽量舒展，让灵魂在这里放飞孤单。

一株轻盈的蒲公英花

四五月草原的春夏，到处都盛开着蒲公英花，金黄一片如梦幻般的童话，让草原的春天，多了几分浪漫思念的嫩丫。

雨露滋润清风朝霞，蒲公英绽放成仙境的图画，为茫茫旷野送来阵阵温馨，给草原的牛羊和游人，带来无边无界的春夏风华。

盛花过后浪漫初华，白色冠团朵朵奇葩，只需一阵轻风佛来，他就缤纷小伞漫漫地散了，毅然离开母亲离开家。

一株轻盈的蒲公英花，就这样轻轻地飞走了，不是他没有爱呀，他把爱化作了思念的伞花，因为年轻的生命需要远走天涯，他要去一个新的地方，在那里繁衍生息生根开花，带着亲人的嘱托遥望远方的妈妈。祝愿吧，莫为一枝蒲公英花的远去把眼泪挥洒。

一株无名的小草

若不是坚强，谁愿是一株小草，若不是为了生存，谁甘愿如此渺小，若不是为了生命，谁会在旷野游荡浮飘。

继承父母的血脉，沧桑岁月千年不老，大风没有把你吹跑，任寒流在地上狂叫，根埋进泥土种子随风而跑，不惧北方干旱凌厉的侵扰。

春天来了，和着风儿唱起一首歌谣，大雨来了不急不躁，随风在雨中把一支慢舞轻摇，在阳光里尽情地舒展枝叶，整个身子伴着风雨喧嚣，生命不在于弱小，遍地的野花都是我的同袍，树木有树的繁茂，小草有小草的情操。

在干涸蛮荒的四野，或许小草最值得仰目和骄傲，不信，你跪地仰天拍照，一株小草一朵小花，映衬在红日蓝天白云里的微笑。

不要轻薄一株小草，不可藐视棵小苗，纤细的枝干顶天立地，大地风情羸弱的小草最知晓，轻轻淡淡一株单薄的小草，染绿山冈的正是他的功劳。

在欧亚大陆的荒漠腹地，有生命的地方就爱有小草，一株小草点亮一方土地，一片草原撑起无边的欢笑，人好毛多，地好草多，有水有草就有马队的民谣。

水草茂盛的地方牧歌嘹亮，水草丰美的时候小河也咆哮，在草原上生活人们最逍遥，纵情喝酒唱歌骑马奔跑，放屁摔跤任你狂笑，小草从来不自己炫耀。

小草含蓄低调，却让草原上的人民生活很好，小草很矮很小，哪一块丰饶的土地，没有小草覆盖的棉袄，他是大地牧民的依靠。

小草默默无言，却也不屈不挠，小草看似卑微低贱，却是妩媚多姿富贵高傲，总是用羸弱的身姿，衬托起高山松林大河的波涛。

小草谦虚不招摇，小草居功不自傲，再雄伟的建筑，也离不开小草的妖娆，最美的风景都有小草的映照。

其实那些自视的高大，命运未必如一株小草，那些无礼傲慢的咆哮，总是早早地枯萎死掉，一年又一年一代又一代，干涸的原野都有无名小草。

生生死死周而复始，世代罔替四季更交，大风干旱严寒冰雹，千里万里千年万年，谁是大地的主人，原野上，唯见一株小草经久的心跳。

参天古木河柳荆条，哪一块泥土离得开小草，小草给你无处不在的温暖，小草给你无所不有的美好，小草让你的生活充满活力，让你的人生滋润丰豪。

给小草一个拥抱，珍惜身边的小草，世界上伟岸的东西有许多，然而小草可以为我们提供，凤凰涅槃的依靠，爱自己就该爱小草。

我赞美大树，也赞美小草，他从不自视清高，也从不显摆桀骜，只是把根深埋地里，等待风雨的呼唤，从泥土里跃身任秀美飘娆，亲爱的朋友请你洁身自好，多呵护一点青青的小草，切莫忽略小瞧嘲笑，感谢小草为世界带来的生命华表。

一座高山

平原生活的孩子，不懂高山的模样味道，总是向往一座高山，常常站在一个土包上以为是山，能看很远的景象，于是也特别兴奋高涨，振臂高呼，我到了高山上，被占的土包或沙包，当然也自我感觉好舒畅。

于是土包，被高处的孩子们，发挥着想象，好似自己，就是那个被崇拜的偶像，以至于耀武扬威，仅有的一点认知，以为这个便是，至高无上的皇上，于是便高昂着头，挺起了胸膛，说起话来也特别有派头，心里有了分量，感觉也跟着走，再整几个追随者跟在身旁，这些都是孩童时期的游戏，土包或者沙包，还是原来的模样。

成长后才逐步认识了高山，一座真正的高山，就在我们的身旁，你不知道他，那是因为，你是脚力还不够硬朗，你还没有足够的眼光，你也不知道什么是信仰。一座高山，他从来不会，自己去炫耀张扬，他用坚实的岩石做基础，他有丰厚的土壤，他有潺潺的流水，他有浑身的宝藏。

他从最底的泥土中来，他高耸于云端之上，驱车在他的身上飞奔，牛羊在他的脚下吃草，树木在他的怀中成长，任年轻人，站在他的顶上畅想。

一座高山他的山峰，高高地耸立在远方，沉默孤寂，是他最典型形象，他就是，那个突兀的模样，站在那里，一声不响。风霜雪雨从来不惧，在电闪雷鸣中挺立，挺立起雄峻的寒光，站成一个姿势，默默坚守着，自己挺立的方向。

不言不语，不轻佻不疯狂，凭大风劲吹，任鸟儿飞翔，迎接一个又一个，初升的太阳，从来不胡思乱想，只管挺胸昂扬，让生命，在风霜雪雨中荡气回肠，明月的冷光洒在他身上，让你懂得了他的坚强，太阳的金辉把他照亮，让你懂得了什么是悲壮。

他的周围全是大山，让你明白了什么是深藏，没有谁，可以把他完整地想象，没有什么有能力，撼动他的地位和力量。

奉献一切为自然，头顶蓝天意志如刚，水从他的身上来，林从他的身体长，牛羊在他的怀里撒欢，土地任你耕作打粮，人们在他的身上开矿，云雾直飞在他的身上。

一座高山立在远方，有的来自火山爆发，有的来自地壳碰撞，从大自然中逐步隆起，楷模一般蒸蒸日上，我礼赞攀登崇拜朝圣，心中只有信仰和向往。

总有一些人

生命中总有一些人，他顶天立地，一心为民，他就是这样，令我们颂扬，他品质高贵，情趣高尚，他就立在我们眼前，指引着我们的方向，他默默奉献，从不事宣张，想人民所想，为人民匆忙，从来也不把自己，摆在高高地位之上，我们对那样的高山，只有崇拜和敬仰。有那么一种人，他总是俯下身子，为他人奔忙，他总是在为他人着想，不停息地为社会奉献力量，他憨憨厚厚不争不抢，为大众树起了好的榜样。他宽宽的胸膛，坚实的臂膀，还有偌大的肚量，把别人举得很高，自己就像老黄牛一样，心中唯独没有自己的地方，我特别敬重这样的人，他总是把人们捧在手上，为人诚实可信赖，做事做人懂分享，公正公平有品相，彬彬有礼平和谦让，热情满满让众人欣赏。

我不喜欢小鲜肉和娘炮，不要总像一只，被人捏在手中的花一样，仅仅孤芳自赏，能有几天的光鲜明亮，都是刹那的风光，我相信爱心种树的人，前程一定宽敞。

学做路边的一棵树吧，撑起一片绿荫，为过往的生灵，把风雨遮挡，供苦行的路人纳凉，学做一株小草吧，小草与小草连成一片，为牛羊提供能量，绿染一方为生命悠长，任那里的生命，踩在他的身上又何妨。做一颗砾石吧，放在哪里都有分量，筑路盖楼有担当，像一座高山，高昂起头颅，脚下的土地，皆因为他而荡漾，而他，就是那样的沉默，那样的威武雄壮，令人肃然起敬，我的心里只有仰慕。只有崇高的跪拜只有昂首的敬仰。

伊犁草原是我的向往

雄伟的天山，是你的脊梁，博大的原野，是你温暖的胸膛，欢腾的河水，是你的血脉，绿色原野，是你绸缎的衣裳。

辽阔的天空，鸟儿自由飞翔，宽宽的草原，漂浮着幸福的牛羊，各族儿女，在这里生生不息，花儿像笑脸，在草原尽情地绽放。

天堂一样的草原，是我的向往，想念母亲啊，总让我热泪盈眶，骏马疾驰在无界的边疆，我的草原我的家乡。美丽的草原啊。思念我的家乡。

伊犁河对我轻轻地说

伊犁河对我轻轻地说，我自雪山来，我从草原过，蓝天飞鹰飘云朵，青青草原牛羊多，骏马飞奔美少年，细浪清波唱欢歌。

伊犁河对我轻轻地说，我自天上来，我从伊犁过，塞外边疆是故乡，脚下土地是中国，奶茶姑娘美少女，毡房点点白天鹅。

伊犁河对我轻轻地说，我从草原来，我向西边去，祖先血脉胸中落，巍巍天山筑忠诚，塞外江南中华魂，万里边疆守土有我。

伊犁河对我轻轻地说，我自草原来，我从草原过，草原深处幸福多，自古高原属中国，北疆儿女多浪漫，歌舞翩跹在云河。

伊犁河对我轻轻地说，我的风中有你，你的雨中有我，我在你的怀抱有温暖的梦，你在我的故事有豪情的歌，千年的等待就是一个回眸，一万年的转身也不过一个闪烁，莫负一江春水向西去，莫负湾湾河水涌起的浪波。

伊犁河谷的思念

看似一幅画，听似一首歌，欧亚丝路的长河，涌起紫色的浪花闪烁，天山那边圣洁的传说。说起来是故事，讲出来是执着，一枝高贵的花朵，扬起生命的波澜壮阔，西部高原逐浪追波。

一条奔流的河，一首豪迈的歌，永不停歇从不寂寞，纵情绽放生命的热烈，挽起诗与浪漫的旋涡，伊犁河谷，天山脚下那片芳香的彩色，草原深处那个起伏的山坡。

塞外江南那方炽热的土地，边界线上那首迷人的恋歌，爱这伊犁河谷壮美的山河。

写作背景：伊犁河谷集团是伊犁的新型企业，集团董事长张蕴力先生也是我的朋友，很有经济头脑和魄力，也很有思想，是一位值得敬重的企业家。短短的几年，把一个薰衣草产业做成了伊犁河谷的龙头企业，搞得红红火火、风生水起。他为人豪爽，性格开朗，常常相聚都是相见甚欢、满心的展望，我结合他的一些思绪，凝结成这样一个短小的文章，是我的感性，也希望是祝福。

伊犁有约

手捧沙枣花的羞涩，放眼伊犁河的清波，我漫步在细雨的路上，心事连连往日的述说，清风细柳河水欢歌，绿草如云激情闪烁，眺望远方西去的长河，油然升起纵情的篝火。

伊犁有约，情牵你我，伊犁有约，伊犁河的月色，但愿相见，你我不再沉默，伊犁有约，幸福花朵，伊犁有约，河水清澈，但愿相见，你我激情似火。

伊昭公路

车向远山步步高，绿草如茵青山绕，遍野牛羊漫山游，群山险峰艳阳照，山路弯弯入云霄，云雾山涧马儿跑，松涛林海山花艳，峭壁悬崖望海潮。

苍茫群山青青草，风景如画尽妖娆，一条天路蓝天上，放眼云海览波涛，伊昭公路英雄造，亘古莽原展新朝，山路弯弯几百里，功照千秋天知晓。

筑路英雄把山凿，苍茫云海搭天桥，一条彩虹通南北，天堑通途人民笑，英雄的山也高，英雄的路也傲，英雄的队伍有功劳，英雄的儿女新时代，不忘前辈的汗血抛。

伊昭公路风景好，引得游人赞天骄，天山深处好牧场，蓝蓝的天上白云飘，白石峰前留个影，云雾山巅有敖包，俊美河山人感叹，群山万里尽英豪。

因为有了你

（建党 100 周年而作）

你是一艘航船，你是一盏明灯，你是一面旗帜，你是一簇篝火，因为有了你才有了光明的中国。你是一颗新星，你是一支火炬，你是一棵大树，你是一抹红色，因为有了你才有了新中国的凯歌。你是长城脊梁，你是东方朝阳，你是一座高山，你是一条大河，因为有了你才有了珠穆拉玛的巍峨。

你是一把铁锤，砸碎了千年的铁索，你是一把镰刀，开启了金色的收获，你是一缕霞光，引领着中国的探索，因为有了你，才有了强大的新中国。

你是一首长歌，在世界的东方唱响，你是一幅画卷，吸引了世界的目光，你是一枚种子，传遍了中国的希望，因为有了你，才有了朝霞满天的中国。

应该恭喜你

应该恭喜你，工作取得好成绩，业务总是你第一，应该恭喜你，家庭和睦不争吵，孩子懂事又争气，应该恭喜你，人人健康好身体，团结友爱好福气。

恭喜你恭喜你，爱劳动爱学习，生活幸福又满意，生活不必太拼力，不要什么都争到底，快乐生活是心态好，健健康康笑嘻嘻。

咏秋

秋风有点凉，秋草有些黄，秋天的落叶飘满地，秋天的虫儿有点慌，秋天的鸟儿去哪藏，秋天的人儿穿起了厚衣裳。

秋风有点伤，秋水有点苍，秋天的大雁排成队，秋天的云儿也思家乡，秋天的山路满是牛羊，秋天的孩儿也最想爹和娘。

秋风满地霜，秋收粮满仓，秋收的农民好欢喜，丰收的果实好算账，秋天的工作最紧张，秋天的业务最繁忙，秋天计划好明年的事，来日的春夏是新战场。

忧思农民工

行色匆匆天色蒙，未见黎明去上工，披风披雨日头辣，拼死拼活两手空，汗水浸透衣和背，思念家中两三辈，一日三餐在工地，夜宿陋屋已星空。

打工路上忧思浓，乡里乡亲情谊重，背井离乡几千里，只为家中添新荣，再苦再累无所谓，双肩扛起山河水，酸甜苦辣都能受，顶天立地太阳红。

打工队伍农民工，城市建设山河动，天翻地覆变新样，双手造就大繁荣，今天发展挺迅猛，座座高楼云雾中，繁华闹市民工造，他日还乡背已躬。

月明星稀影春风，霓虹闪烁香雾笼，可怜山乡正变化，谁知当年农民工，谁的日子都不易，农民工当倍珍惜，祖国发展形势好，但愿农村不再穷。

仰望都市楼林丛，谁的先辈不是老农，前行路上莫忘本，农民工都是大英雄，由衷感谢农民工，扛起风雨向前冲，勤劳奉献能吃苦，朝朝暮暮风雨中，寒来暑往忍辱负重，兑现了多少人的幸福梦，但愿他日山乡变，幸福的生活趋大同。

忧伤的白天鹅

曾经，是那样的辉煌，宫殿之上，若水任我玩赏，天空任我飞翔，曾经，陪伴着太阳，蓝天之巅，风云飘荡，鸿鹄之志心在远方。

曾经，是那样的美丽，美得令人哀伤，洁白的羽毛，总是高傲圣洁的风光，曾经，是那么的漂亮，漂亮得让人仰望，在水中游在空中飞，引吭高歌声音多悠扬。

曾经，是那么的优雅，风姿绰约天地欣赏，款款在水中梳妆，蓝天展翅尽情歌唱，转眼，你怦然去了，走得好迷茫，是咋样的一个地方，是什么让你如此忧伤。

转眼，你悄悄地消失，无影无踪，让那方天空好悲惨，让那个湖畔好荒凉，是谁，夺去了你的向往，谁让你如此绝望，谁为你擦去的眼泪，谁送你上的战场。

听说，你是自己寻觅的，去了一个陌生的地方，什么样的痛苦，让你决然愤往，留给世界的是一片苍茫，忧伤的白天鹅，是什么让你离开了那个，一往情深的小湖旁，是谁带去了你的理想，是谁，拆毁了你漂亮的新房。

你走的时候，大地都哀伤，不知你去的地方，是不是天堂，忧伤的白天鹅，我告诉你吧，这个世界还有刀枪，这个世界，还记着你的高贵，还传着你的慈祥，还念着你的英姿飒爽，人间正道是沧桑，没有人忘记你曾经的形象。

游扬州

同事亲朋和好友，有幸携手游扬州，万里边疆一线牵，正是江南好时候，烟雨蒙蒙画中游，瘦西湖畔风吹柳，湖光艳影楼亭秀，伊犁河水知我愁。

扬州城里溪水流，二十四桥景色悠，长江万里风情水，知心朋友风雨舟，伊犁扬州手牵手，万里相约真情留，梦里江南忧思梦，牵挂是杯忘情的酒。扬州城里有好友，小桥流水续红楼，清风拂柳剪不断，孤帆远影碧空透。

有个地方叫月亮湖
（写在吉林台水库）

有个地方叫月亮湖，蓝蓝的湖水轻轻的风，湖边草原铺到天边，月亮姑娘就在那里住，鸟儿在歌唱，羊群在游动，白云知道，月亮姑娘忧思的梦。

有个地方叫月亮湖，清清湖水藏在大山中，喀什河水湛蓝的天空，碧草芬芳花开别样红，远处是雪山，近处有耕种，草原深处，青青的牧场挺繁荣。

有个地方叫月亮湖，宽宽的湖水柔柔的风，相思湖畔是绿色的海，沉情小路湖水风云涌。

月亮湖水，相思峰，牧草清香，情谊浓。醉人的月亮湖，想想都心痛，何日再相逢，心事万千重。

有个叫坡马的连队

这儿离太阳很近，冰川雪峰就在眼前，对面就是哈萨克斯坦，这里离家乡很远，只有一弯明月与我做伴。

这儿离雪山很近，一座高高的青山，一条大河流向很远，这里离妈妈很远，一片草原倾听我的呐喊。

这儿离白云很近，在汗腾戈里的山峦，松涛林海远山的顾盼，这儿离家乡的她很远，界河载着我的呼唤。

一个叫坡马的连队，守卫着一座高昂的雪山，一个叫坡马的连队，守望着一片高原的浪漫。

妈妈我在连队很温暖，妈妈这里的笑声挺灿烂，孤独的青春有祖国做伴，战士像青松那样昂扬，还有白云飘飘的风帆。

有那么一个地方

有那么一个地方，他山很高路很长，真的让人很难忘，有那么一个地方，他天很蓝云好白，真的令人好向往。

有那么一个地方，他草很青水好绿，想起他令人很惆怅，有那么一个地方，雪山挺立林海苍茫，草原翠绿野花绽放。

有那么一个地方，牧草青青小河流淌，牛羊点点白毡房，有那么一个地方，云雾缥缈绕山涧，一抹红霞照万丈。

有那么一个地方，像仙境般的模样，莫非爱人在身旁，有那么一个地方，草原的月亮圆又亮，幸福的草原赛天堂。

有那么一个地方，是云海深处最吉祥，能把游子的灵魂安放，有那么一个地方，明亮的眼睛闪闪亮，想起他我泪湿了衣裳。

有那么一个地方，离开他你会忧伤，走远了你会迷失方向，有那么一个地方，他最圣洁最漂亮，那座小屋挂在我心上。

有那么一个地方，那条小河在轻轻地唱，甘甜的河水把我滋养，有你们一个地方，那座山像宽宽的肩膀，那片森林给我无穷的力量。

有那么一个地方，雪山草原云飞扬，这里才是诗情画意的远方，有你们一个地方，想起他直叫人心慌，有诗画的爱才是幸福的天堂。

有那么一个地方，这里才是我有情有义的家乡，若不是谋生谁会去漂泊游荡，有那么一个地方，只要在他的怀抱心里就很舒畅，有家的温暖有奶茶的飘香。

有你们一个地方，早已融进了我的心中，在我情海深处深深珍藏，有那么一个地方我一直在寻找，沿着梦里的花香。

有那么一个地方，我一直在追寻，沿着大雁飞行的方向，有那么一个地方，我一直在追逐，直到天涯海角地老天荒。

有那么一个地方，有那么一个地方，我愿沿着那条小路，向着那个高高的方向，一直到天的尽头，一直到无边的远方。

我亲爱的祖国，我亲爱的母亲，我可爱的边疆牧场，大山深处的那个小山庄，就是那个地方，这就是我的家乡，寻他千里万里，寻他梦里依稀，太阳把我的前程照亮。有那么一个地方，他在云端顶上，有那么一个地方，他在天的边上，有那么一个地方，他在我的梦里，有那么一个地方，他永远印在我的心上。

兵团四师七十八团是个高山畜牧团场，在大山深处有优美的牧场，畜牧营琼库西台，包扎头。那里非常遥远，条件很艰苦，几代军垦战士在那里屯垦戍边做出了卓越的贡献，虽然多次去那里，由于都是工作繁忙没有动笔写点什么，这是二十世纪九十年代去那里的感觉记录，为那个难忘的地方，写的一段文字，献给七十八团畜牧营。

有那么一位姑娘

有那么一位姑娘，你送来的春风春雨，映在了我的心上，田野因你而碧波荡漾，鲜花因你而心花怒放，你温柔美丽善良，你的笑脸比花儿还漂亮。

有那么一位姑娘，草原因你而牛羊肥壮，蜜蜂因你而尽情歌唱，雄鹰因为你而展翅高飞，人们因为你的快乐而匆忙，你天真热情善良大方，你的心比菩萨还慈祥。

有那么一位姑娘，小河因为你而轻轻地流淌，鲜花因你而把美丽躲藏，你真诚聪明又活泼，你情趣优雅好高尚，你的歌声像百灵鸟一样，在草原上传扬，啊伊犁的春姑娘，你的性情好悠扬，你的歌声好嘹亮，你的衣裙好飘逸，你的秀发好清香，你的身段很高杨，你的人品好善良，你能把草原的灯火点亮。

你就是伊犁，伊犁春姑娘，你如丝丝细雨滋润在我的心上，祝福你，伊犁春姑娘你的心灵美好灵魂高尚，你就是最美的季节，你是伊犁最美好的风光。

有那么一种人

有那么一种人，他一直在你身边，你却少有较深的联系，有那么一种人，他离你挺远的距离，你却联系不断心有灵犀。

有那么一种人，即使与你朝夕相处，你也许没有很深的记忆，有那么一种人，即使与你相距千里，你却时常想念惺惺相惜。

有那么一种人，或许风光无限高攀不起，你却讳莫如深避之不及，有那么一种人，看似平平淡淡相交不密，你却走得很近走进了心底，有那么一种人，或许他已走得很远，你却记忆幽深忘怀不已。

有那么一种人，或许他已离你很久，你却默默地祝福来自天地，有那么一种人，即使一日见365面，与你却毫无意义，有那么一种人，仅仅是一面之击，却让你无法自拔忘乎所以。

有那么一种人，即使身处洼地，他仰望星空的天际，有那么一种人，即使背负青天，仍然负重前行在风雨，天地间，唯精神顶天立地，人世间，唯灵魂支撑着躯体，那些总是把别人，看得很重的人，人们总把他敬在心里，那些心灵相通的人，才会在生命中荡起涟漪。

其实人与人相交，不在于时空和距离，有缘的人，即使远点也不是问题，有心的人，天涯咫尺都无所畏惧。

你看天上的流云，你看田野上的露滴，你看月亮和星星，你看大树在风雨里，即使默默无语，也是相互辉映，总是在无言中交流着心语，总是在静静中创造着奇迹。

有一个边防站叫黄旗马队

坐落在一个古老的沙窝，守望着一条叫霍尔果斯的小河，边界线上一条望不尽头的路，还有野草杂生荒无人烟的荒漠。

哨所里的士兵双目紧锁，不甘寂寞的飞鸟陪我巡逻，铁丝网的那边是无边的荒凉，边防站背负的是伟大的祖国。

啊，黄旗马队一个古老的传说，祖先留下的土地我们始终紧握，莫说这里黄沙弥漫生活坎坷，热血的青春托起壮美的山河。

有一个边防站叫黄旗马队，哨所的边界线上始终有我，五星红旗在营房上空闪烁，共和国的边关有我豪迈的歌。

有一个地方叫可克达拉

有一个地方叫可克达拉，一支英雄部队在那安了家，60载风雨沧桑戍守边疆，用青春与忠诚酿成一首歌，把远方的思念描成一幅画。有一个地方叫可克达拉，一座新城在这里诞生了，战士让荒原改变了模样，绿色原野涌起幸福的佳话，草原之夜的故事誉满华夏。

有一首歌曲叫草原之夜，有一个地方叫可克达拉，南泥湾精神代代相传，丝绸古道盛开亮剑的花。远方有个城市叫可克达拉，那里风光秀丽如诗如画，那里情深意长叫我怎能不想他，有一个地方叫可克达拉。

有一种花儿名叫薰衣草

有一种花儿，名叫薰衣草，她花朵不大，个儿不高，根儿扎在，丝绸之路的古道。有一种花儿，名叫薰衣草，从阿尔卑斯山，到伊犁河畔落脚，普罗旺斯的新娘，天山脚下的新貌。

有一种花儿，名叫薰衣草，浪漫的紫色，开遍天涯海角，他的故事，可克达拉的人知道，有一种花儿，名叫薰衣草，芬芳四溢守望边疆，几代兵团儿女，托起青春的艳阳高照。

有一种花儿，名叫薰衣草，一代代追寻着，将无悔的青春，化作了万里边关最美的歌谣。

又到了飘雪的日子

又到了飘雪的日子，才感到时光慢慢，转眼又是岁末年端，好似一切都没有做完。

又到了飘雪的日子，还沉静在秋日的温暖，瞬间又是一年的遗憾，我好像什么都没有干。

又到了飘雪的日子，才觉得天高云远，岁月匆匆前程佛远，却不知来年的情形该咋办。

原谅哥哥吧

原谅哥哥吧，我的小妹，我好后悔呀，后悔在你最无助的时候，没有给予你更多的帮助，后悔在你最需要的时候，没有在你的身边，后悔没能多陪你散步，后悔没能推着你，多看看蓝天，后悔和你聊天的时间太少，后悔在你最后的时刻，没有与你分担痛苦忧愁，后悔因为上级来人离不开，我没有下决心飞到你的床头。

原谅哥哥吧，我的小妹，我好后悔呀，后悔没能多陪你散散步，后悔没能推着你多看看蓝天，后悔在你最后的时刻，没能牵着你的手，我知道你很希望见到我。

我知道你非常想念亲人，我知道你有好多话想对我说，我知道你有好多事想托付，我知道你有好多苦想倾诉。

后悔呀后悔，无尽的后悔，我的心好疼呀，天堂的小妹，我相信天上的流星闪过就是你，天上的月光就是你的眼睛闪烁。

你没有走远，你就在我们跟前，你从来就没有走远，就在我的心底，伊犁留下了你的足迹，这里有你的身影，我们将伴着你的足迹，向你愿望的方向，天堂的小妹保佑我们吧。

远方

都在说远方，我真不知道，你说的远方该怎么讲，是距离上的遥远，还是时间上的空旷，是特别的眷恋，还是怀揣在心里的方向。

什么是远方，就是站在家乡山坡，目光不能企及的地平线上，他可能是一条河，可能是一座山冈，可能是一个地方，可能是一个小小的愿望。

什么是远方，是心灵的向往，是从自己生活的土壤里，走出心里的一种飞翔，是飞出心灵的一种眺望，是泥土里的芳香，是天空里的敞亮，是干涸土地里的一片绿茵草场。种子在泥土里，春风雨露是希望，荷花的爱，开在泥塘，天空里的幸福在于仰望，还有绿色草原和快乐的牛羊。

我终于明白了，远方不过是，心灵的一方净土，牵着灵魂的顾盼，远方是人们都不知道的，那个神秘兮兮心灵期盼的地方。

远方是一道风景，远方是不同寻常，远方是一种期许，远方是一种爱恋，远方是一种迷茫，远方是种子发芽的等待，远方是学生眼里的未来，远方是写在纸上的诗行，远方是满怀青春的艳丽，远方是情人的思念，远方是梦里的花香，远方是天边的月亮。

远方的美好在于含情脉脉，远方的美好在于青年朝阳，远方的美好在于视野，不能顾及，远方就在形色匆忙，远方很美很期许，且不要过高地奢望，远方或许也凄美悲壮。

其实，远方就在你我灵魂的身旁，有诗和爱的地方就是远方，有情有义的地方就是远方，其实远方，就在眼前，就在心里，他既不传奇，也不浪漫，但他平凡而崇高但他灿烂而辉煌，远方就在你的手里，就在你的双脚就在你的心上。

远方山上的一棵树

我生活的城市，北边是座不高的大山，延绵数百里，一个干涸的山嘴上，突兀地立着一棵大树，不知多少年了，几十年前从我发现他起，他一直就是这个模样。

远方山上的一棵树，突兀地立在一个山嘴上，他的名字大概叫土种杨，没有一般白杨树那么直立粗壮，没有城里的树木那样的葱绿沸扬，因为他得不到充足的水源与营养。

我不知道他竟如何，能够生存面对这样的一片荒凉，它的周边没有繁盛的草木，没有溪水长流的欢畅，甚至少有生命迹象，为何它却竟然如此的盎然生长。

矗立在高高的山冈，脚下是一片荒寂的土壤，植根在沙砾中毫无惧色，裸露的根茎弯弯曲曲却很坚强，占据在山顶仅有的一小块洼地，凝聚着坚定的力量。

我不知道他的年龄，他一直就在那里张望，像个哨兵平静地注视苍茫，我可以体会得到他生命的渴望，不需要太多的水没有陪伴物在身旁，孤身立在山上只需一份充足的阳光。

孑然的一棵古杨，一年四季就守着一片荒凉，不算枝繁叶茂但树干很粗犷，旷野很凄苦但没有一点忧伤，支起一片属于自己的绿荫，固守着一片肆虐的荒芜与空旷，突兀的一棵大树，自由自在地撑起一片风光。

独自旷野不卑不亢，荒山野岭的风能够吹干一切，风吹日晒电闪雷鸣还有泥土塌方，寒风中却威严着你清澈的目光。

就在山上生根发芽成长，撑起坚定毅然的昂扬，万籁俱寂的风夜奏起音乐混响，俨然地面条件很差，你却傲然成为一个地标，坚定自信长成了树神的形象。

独自长在山上，延绵不绝生命悠长，给鸟儿一个栖息歇脚之处，让虫儿鸣唱任蜘蛛结网，供迷路的牧民乘凉歇息观赏，枝干自由伸放壮阔绮丽心花怒放。

远方山上的一棵树，尽管身处逆境没有一点迷茫，虽然独守悲苦没有任何失望，在天地之间树起童话般的梦想，心灵之花在自由地开放，怒放的生命灿烂辉煌。

不必多愁善感，无须迷茫彷徨，但愿做成一棵这样的树，纵然生长在这样的环境，在风里扬、在雨里晃，不悲不怯、深沉博大心境高扬。

不需要太多的言语，不需要对谁倾诉衷肠，愿做成这样的一棵树，虽不葱郁同样无限风光，虽不很美丽同样无比芳香，越百年凸立荒芜的山冈。

凝视你缄默的绿荫激昂，崇尚你不折不息的力量，艰难困苦向宽向上，环境恶劣从不绝望，顶天立地独守一片空旷，寂寞四野独享一份清爽，不抛弃不放弃坚定顽强。远方的一棵树，不知道你来自哪里，不知道你要去何方，也不知道你的年轮，你为什么独守在这个地方。

你是不是有什么心愿没有实现，你是不是在等你的新娘，你历尽沧桑傲然粗犷，带给我无限的遐想，远方山上的一棵树，愿百年后我能陪在你的身旁。

远方有条河

远方的高原有条河，叫伊犁河，他由，天山的冰川雪峰走来，将，涓涓的细流全部囊括，穿云破雾遇阻劈山，向着天涯的一片沙漠，西部边陲，响起一首流淌的歌。

远方的高原有条河，叫伊犁河，他从远古的金戈铁马中走来，在西部莽原轻轻地划过，往事越千年览万里山河，横刀立马向天阙，从不寂寞，挽起莽原一片幸福的闪烁。

远方的高原有条河，叫伊犁河，河畔的草原真辽阔，万顷碧波有良田，儿女团结好生活。远方有条河叫伊犁河，连天的河水荡银波，浪漫高原风景好，奶茶美酒蜂蜜多。远方有条河叫伊犁河，不必悲壮不必沉默，从不寂寞从不歇脚。

远方那条河

去过世界不少地方，见过不少名川大河，不知为什么，随着年龄的几何，我却越加偏爱，被誉为伊犁地名的，那条河——伊犁河。

是因为他浩荡，还是因为他的波折，是因为他辽远，还是因为他的宽阔，祖国江山万里，很多大江大河，然而在我的世界里，没有任何一条河流，能像伊犁河一样，将自己的生命奉献于，一片草原一座高山，划过千年的不朽，挥洒于西部旷野的干涸。

伊犁河生生不息，用自己的血液，化作了草原上，亘古不变的一首牧歌，伊犁河源于，高山之上的千沟万壑，用生命的血脉，凝结成魂牵梦绕的炽热。

她是伊犁母亲的乳汁，是草原儿女温暖的胸窝，她是大地的血脉，流出来一个三千里的宽阔，滋润着高原上，一座座浪漫的山坡。

伊犁河，草原儿女幸福的河，伊犁河，是伊犁人民忧思的梦，是这条河流的养育，才有了，伊犁儿女健康的体魄，才有了伊犁人民强壮的骨骼。

世界上有，那么多江河，唯有伊犁河的歌，让我听不够悟不透，让我吃不香睡不着，他的春天百花盛开，他的夏日热情似火，他的秋天果实累累，他的冬日金光闪烁。去过的地方越远，走的地方越多，我却越加热爱，这条河流赋予我的幸福生活。

远去的皮里青河

每个人，都有自己的童年，童年的记忆，如云、似梦、像一首歌，我记忆深处，最远的角落，就是那条叫"皮里青"的河，他河水不大故事不多，却也渊远绵长星辰灿若，他流过我的童年少年，从波光掩映的银河，一直流进我若影的心窝。

从儿时起，皮里青河就陪伴着我，陪伴着我肆意地游玩，陪伴着我纵情地唱歌，陪我在河里嬉水，陪我在河岸，看水中的野鸭野鹅。

那时候的河水，可真大呀，洪水泛滥浩渺烟波，汹涌的河水，不知冲毁了，多少良田岸坡，那时候的河边，有许多小湖泊，芦苇毛蜡杂草丛生，水里的鱼儿也特别多。

岸边的芳草地，到处是牛羊的洒脱，原始的小树林，一个接着一个，密林之上，有层叠的鸟窝，乌鸦斑鸠野鸽，还有成群飞舞的，麻雀和黑八哥。

记忆深处，最快乐的地方，就是弯弯的皮里青河，夏日在那里，裸身游泳和泥巴。

看、涌动的泉眼，嬉、泥泞的沼泽。

冬天在那里，滑冰滑雪疯狂地玩乐，看河水升腾的雾气，把河岸的林木，装扮得银光素裹，成群的黄鸭，不紧不慢地，贴着河面自由地飞着。

白天听鸟儿鸣唱，夜晚看星星闪烁，傍晚时分，劳作一天的人们，常常在岸边，洗去一天的艰辛坎坷。

最难忘的是小学放学的周末，学伴们背起书包向家里跋涉，这条河流就成了一个坎一个折，只是再大的洪水，也没有阻拦住我们回家的小脚。

闲暇之时，常在河岸边琢磨，哪里是河水的源头，他最终流到了哪儿，那时候的皮里青河，就是我的一切，盛满了所有的梦幻与青涩。

以至于后来，我走天涯走海角，对皮里青河的思念，从来都没有减弱。转眼时光如梭，儿时的记忆，已是岁月中的雪花云朵。

如今的皮里青河啊，已被喧嚣所淹没，已不见昔日的细浪清波，原始自然已远远褪去，水泥铸就了新的堤坡，城市的发展势不可当，依稀可见那斑斓的灯火。

只是心中，还惦记着那往日的欢乐，还惦记着那年那月，那河边的芳草云河，还依稀着那时候的玩伴，还迷蒙着那时候的清禾，还惦念着那时候的亲人，还思念着父母远影的轮廓，还梦境着那不老的岁月，和那不变的老师、同学、课桌。

远逝的蒙古城

（记 74 团的古城）

仿佛还是饮马河畔的梳妆，好似还有金戈铁马的飞扬，转眼之间灰飞烟灭世事无常，那一段似锦的繁华都化作了，草原深处最遥远的往事悲壮。

残破的古砖还在，那蓝色的瓦砾已黄，依稀可见的断壁残墙，我找到了古代砖瓦生产点，只是不知，当年细君公主去了何方。

那座雪山还是墨色苍茫，纳林格勒河水依然在欢唱，那人沸马扬的远景，已变成了今日的兵团农场，还有草原那边永远不变的，蓝天白云和夜空圆圆的月亮。

站在高高的土城墙上，我的思绪也流向了远方，常常在时间的云中凝望，常常在岁月的风华冥想，常常以为，我们超凡脱俗于时空之上，殊不知，自己却是那盘废弃的石磨，那个与城堡一起远去的风霜。

现在的人常常迷失方向，被今天的繁荣搅乱了寸方，殊不明白时光的一个瞬间，就会让我们在路上彷徨，我们总以为自己很高尚。

总以为我们很有力量，以至于我们，在岁月和自然面前到处碰撞，甚至血流如注魂色仓皇，我们往往炫耀，自己脚踏在坚实的地上，殊不知在时空中，我们也是飘在空中游荡。

我们以为自己是地球的霸主，其实我们仅仅是，大自然一个细小的生物，甚至不如古城那样，成为远古信息里的一个遗像。

我们的认知非常有限，我们的所为，未必都是正确无常，我们对自然的认识，往往十分荒唐，现实的下或许是时空的上，世界的形态里，我相信有一支神秘的力量。

在历史的痕迹里，无法证明你的辉煌，那些烽火狼烟沉寂的英雄，那些冷血长情喧嚣的浪漫，那些金戈铁马凶残的疆场，那些大刀将军及血腥的刀枪，我们无须为过去感伤，我们没有能力把自然阻挡，远古皆是如此，今人又能怎样。

无所不能的人们，请遵从自然吧，在这里生生不息，在这儿放牧巡逻修养，留一方洁净的土壤，我们与日月一起同生同长，保护好这里的，蓝天白云彩虹松林雪山牧场，感激在天的边上，离太阳最近的地方，有我们一寸山河一寸血，十万农垦十万兵的边城，浪漫边城的清新小镇，雪山松涛边界线上的团场。

还有蓝天白云下，红色屋顶黄色面墙，简洁明亮的楼房，还有一群，有着金子般心灵人的守望，这里永远是祖国永远是故乡。

约上几个好友

朋友不要吝啬，没事有事的时候，约上几位知心的好友，相互聚聚相互走走，不求奢侈豪华不图风华富有，躲进一个小楼，痛痛快快喝喝小酒，只是几个老友，一起聊聊天叙叙旧，想唱歌就放开喉咙吼，想拉琴就拉开架势练手。

想作诗就一起交流，谈天说地无须烦恼，也没有太多的忧愁，没有太多的功利，没有太多的祈求，不论早晚不管先后，只是简单的相聚，根本无事相求，让激情洋溢天长地久，任热血澎湃风雨同舟。

云南是一个美丽的地方

那是一个美丽的地方，他四季如春彩云吉祥，那是一个美丽的地方，他高原明媚花的海洋，那是一个美丽的地方，他儿女勤劳人民善良，那是一个美丽的地方，中国西南最美的边疆。

那是一个美丽的地方，他山美水美人也漂亮，那是一个美丽的地方，他天合地合风也时尚，那是一个美丽的地方，去了就很难相忘，离开了他你会很想，那是一个美丽的地方，他秀美的山色，蕴含许多宝藏。

云南是幸福的天堂，热带雨林世人向往，湖光山色鲜花盛放，红土高原物华天宝，民族团结边界开放，祥云拂面玉兰花开，山茶芳香孔雀大象，云南他是一个美丽的地方。

云中穿行的月亮

风在轻轻地吹，虫在静静地唱，云中穿行的月亮，你可知道我的心好悲伤。水在轻轻地流，树叶在沙沙响，云中穿行的月亮，可知道天上的妈妈怎样。那时候日子很苦，母亲年轻漂亮，含辛茹苦白了头，把孩儿养得很健壮。

云中穿行的月亮，我的心儿好凉好凉，想念天堂里的母亲，想念逝去的往日时光。

好想母亲过去的模样，但愿天堂比人间更好，但愿妈妈还是那般慈祥。云中的月亮轻轻对我讲，妈妈的面色艳若桃花，妈妈的生命繁荣兴旺，妈妈的眼睛好亮好亮。

想念呀想念，秋水愁云可知道，此时我的心好凉好凉。

在你的窗前凝望

总在苦思冥想，总有那么多的向往，总是在默默地祈祷，在你驻足的窗前凝望，只想知道风吹绿叶为啥鸣唱，只想知道天高路远有何景象。

而你却闪在树后的一片汪洋，在云雾深处，留下了一道道莫名而淡淡的忧伤。

在你飘扬的地方

爱你鲜红的飞扬，爱你热血的胸膛，爱你过往的故事，爱你挺拔的悲壮，爱你五星的金色，爱你舒展的模样，爱你飞舞的旋律，爱你闪烁的坚强。

爱你向上的昂扬，爱你前行的方向，迎接初升的太阳，托起民族的希望，您飘扬的地方，祖国就在我的身旁。

爱你升起的朝阳，爱你不屈的脊梁，爱你竖起的庄重，爱你凝聚的力量，爱你飘扬的芳华，爱你招展的慈祥，爱你矗立的尊严，爱你秀美的端庄。

爱你向上的昂扬，爱你前行的方向，迎接初升的太阳，托起民族的希望，您飘扬的地方，祖国就在我的身旁。您飘扬的地方，祖国就在我的身旁。

在山的那边

六月那一天，我开着车离开了喧嚣的城市，来到了山的那边，横亘在新疆中部的天山，映在了我的眼前，这是世界上最大的横向山峦，中国最大的两个沙漠与之做伴，山的那边是青青的草原，一座天山足以让世界高瞻。

而那片草原确让你感到，除了震撼还是震撼，雪山森林河流还有白云婉转，一座座山峰连天接地直上云端，马牛羊散落在草原的山高水远，一个个毡房沿着河水弯弯，带上心爱的人在云中草原漫步，虽然山上还是很凉，但这里拥满心田的是莫名的温暖，骑上一匹快马飞奔向日落的傍晚。

草原上的故事在牧民中流传，一首牧歌伴着老酒在草原飘荡，不用担心草原上的风寒，有炊烟的地方就有奶茶的馨香，牧民的手把肉会让你知道什么是情谊，冬不拉的琴声隐隐约约飘向远处的河谷山川。

淳朴是大山的本色，善良也不需要装扮，不用担心离家太远，其实大草原完全可以让你的心张开风帆，数着星星喝酒，看着月圆歌唱，在忘我的世界里，迎来新的清晨，近处的草原远处的山。

白云上面有雄鹰叫唤，放开喉咙在草原上喊喊吧，你的舞姿，一定是草原上的一艘小船，还能有什么东西让你放不下，来这里吧，你一定会把山那边的草原喜欢，朋友出来吧，来就来天山那边的草原，朋友出来吧，约上几个知己开车把草原望穿，不要忘记牧场的惦念，不要丢失了生命的期盼，用心用情记住这片土地，记住山那边除了干涸的沙漠，还有无边无尽草原的祝愿。

把心留在草原吧，不要把人生搞得太累，不要什么你都想去管，只用带上身体躯干，就够了，听山那边灵魂的呼唤，不要再去打那些烦心的小算盘，静心去山那边的草原去转转，骑马散步喝酒唱歌，什么都可以干。

在托乎拉苏的怀抱

托乎拉苏的怀抱，温暖而慈祥，他涌动的泉水，能让你，触摸到他心跳的碰撞，他翠绿的山冈，能让你，体悟到他温暖的心房。

托乎拉苏的怀抱，温情而芬芳，望着她的双眼，你能体味她的善良，贴近她的身旁，你能嗅触到，他温润慈悲的芳香。

托乎拉苏的怀抱，道路弯曲细又长，那里白云朵朵，遍地是牛羊，那里草原似梦，一条一条的小河，环抱在你的心上，像一首首歌在轻轻地流淌。

托乎拉苏的怀抱，峡谷险峻，鸟语花香，青山连着的青山，雪山松林草原，让你两眼放亮，她能融化你的心，让你透心地放松清爽。

在托乎拉苏的怀抱，你尽可把包袱卸掉，像这里的牛羊，自由自在地撒野奔放，你可以把心拿出来，放在草原的太阳前乘凉，让负重苦楚交给过往，让心灵住在神仙也喜欢的天堂。

在托乎拉苏的怀抱，你会把烦恼全都忘光，劳心劳肺的你，给自己放个假，你可以一改过去紧绷的模样，让心底的花儿，在这儿灵魂般绽放。

在托乎拉苏的怀抱，不用宦海沉浮慌慌张张，不用潮涨潮落日夜匆忙，不用把什么事都扛在背上，更不用瞎想，你的心泛着草原上的绿光，和小鸟那样自由，和草原上花朵一样舒畅。

在托乎拉苏的怀抱，你可以尽情地喝酒，你可以尽情地歌唱，不用谁给你奖赏，放下你的铁石心肠，不用每天低着头，像谁都欠你钱一样，草原有大爱，牧场毡房有奶茶的滚烫。

在托乎拉苏的怀抱，你的心根本不用设提防，心力疲惫憔悴，被草原的风一扫而光，一切都可以在这里亮相，把机器在这里上上油，让身体在这里擦擦枪蹭蹭亮，

在托乎拉苏的怀抱，晚上是洁净的星星月亮，清晨是蓝天白云的朝阳，带上相爱的人，心中涌起层层细浪，一束一束的鲜花，就开在你回家的路上，把负重痛苦全部交给过往。

在托乎拉苏的怀抱，不用装模作样，与相爱的人携手，到草原上逛一逛，让整个身体，浸润在绿色的海洋，享受草原的风，沐浴草原的雨，亲吻草原心海花田，抚摸草原不老的太阳。

在托乎拉苏的怀抱，沿着烟雨蒙蒙的山径小路，到一个峡谷中去寻访，走的是浑身大汗，气喘不上，虽身在地狱，可心在天堂。

在托乎拉苏的怀抱，远望雪山草原毡房，一条溪流来自天上，看着看着你会流泪，心底的清流比这泉水更清爽。在托古拉苏的怀抱，醉酒都感到别样，酣畅淋漓敢哭敢唱，你什么都不用去想，让心在草原上飞，让灵魂的头颅，随托古拉苏山去高昂。

在托乎拉苏的怀抱，你想的东西都不一样，全是大自然景象，简单清新明亮舒畅，放屁不用那么臭，说话也没有那么响，酒也特有味，饭也特别香。

托乎拉苏的怀抱，是温馨的梦，是幸福的温床，是醉人的酒，是闪烁的星光，谁在这里都想放荡，低头是绿草，昂首是蓝天，与朋友携手，在草原上游荡，晚上就住草原的毡房，好好睡睡觉好好把心养养。

在祖国妈妈的怀抱里

在祖国妈妈的怀抱里，到处充溢着温暖的甜情蜜意，团场的田野透着泥土馨香气息，孩子与妈妈总是心有灵犀，各民族人民惺惺相惜与祖国生死相依。

在祖国妈妈的怀抱里，无论在哪里到处都是爱的情谊，各族姐妹兄弟和睦相处，大家庭的温暖沁染点点滴滴，再不怕凶狠的豺狼与各种强敌。

在祖国妈妈的怀抱里，守着一片宽广厚重的土地，带着母亲的凝望与希冀，

我们在这里出生长大繁衍生息，用坚守的成就报答妈妈的深情厚谊。

在祖国妈妈的怀抱里，边疆到处都是勃勃生机，拥抱风沙大漠改造荒原戈壁，八方支援让我们树起坚定的勇气，母亲是我们力量源泉给我们发奋的动力。

在祖国妈妈的怀抱里，兵团儿女牢记嘱托没有把使命忘记，开荒造田建城戍边到处都是人间奇迹，把维护稳定的责任用双肩扛起，让南泥湾的精神在边疆世代传递。

在祖国妈妈的怀抱里，万里的边界线上处处风景秀丽，兵团连队的哨所上空飘扬着五星红旗，蓝天白云映衬着白鸽飞舞格外心旷神怡，有兵团战士的守卫边疆多了一份祥和喜气。在祖国妈妈的怀抱里，高山挺拔草原秀美河水逶迤，建设这片土地留下了我们最美的记忆，我们热情向上积极奋进努力学习，我们勤劳勇敢务实求真脚踏实地。

在祖国妈妈的怀抱里，我们坚强的辉煌让妈妈安心让世界称奇，我们的目标同样是走向世界各地，我们在祖国妈妈的怀抱里幸福无比，兵团职工用忠诚永远驻守边疆各地，和谐安宁的边疆伴随五星红旗崛起，边疆安定和谐美好秀丽毋庸置疑。

赞阿克达拉草原

茫茫的草原起伏的山峦，碧草连天疑似天马下凡，蓝天万里朵朵白云飘荡，好像牛羊在天上游玩，偶见一个骑马放牧的少年，转眼消失在尽头的云端。

阿克达拉的草原，凄美迷人般的梦幻，轻车在草原随坡起舞，似漫步在云里的白帆，一个绿色迷蒙中的毡房，炊烟在天地间升腾婉转。

阿克达拉的田园，背负一片青色的小山，面对一条河流的委婉，一片雨雾葱茏的田野，映入眼帘好阔好宽，沃土良田道路平坦，秀美如云般的高原，规划整齐林渠配套，一派幸福祥和的田园。

正值山乡寒去春暖，田野新芽草绿天蓝，杏花绽放红杏枝头，唤醒了沉睡的河川，山乡女儿红妆展，喜笑颜开春心不乱，隆隆的机器开足马力，阿克达拉迎来了，梦境般迟春的呼唤与震撼。百里田园马跃人欢，春耕时节好好干，快把希望的种子播撒，春风春雨不惜出力流汗。

赠友人凌云

本姓郭是医生，救死扶伤是你的本性，对待病人你绝对负责认真，而你却剑走偏锋文思才涌，业余时间当了文人，搞起了精神文明，体现了你对文艺的一片真情。

你是女性，本是女儿之身，却偏偏起了一个，男人一样的响亮笔名，壮志凌云之——凌云，做什么事得挺认真。

精力充沛满怀激情，写诗咏颂样样你成，用文人的情怀守护病人，以医生的名义返璞归真，说你工作很辛苦，你却说道路还坦平。工作之余袒露真情，写过不少边疆情诗，读过之后感觉颇行，云雾相间意切情深，不知哪来那么好的精力，不知哪找这么真挚的诚心。

相信你的灿烂，能唤起天高云淡，愿你一路山花烂漫，崇山峻岭，或有你高洁的灵魂祝福你前程似锦壮志凌云。

我在长夜思故乡
（在外学习偶感）

风很冷夜很长，霓虹灯下雪茫茫，心儿都是往日的事，我在月下思故乡，雪弥漫雾冰霜，长路蒙蒙手脚凉，心事悠悠家乡的梦，不知亲人怎么样。

想草原思爹娘，妻儿各自天一方，缤纷世界都繁华，不如家乡饭菜香，世界那么大，家乡的炉火旺，城市千般好，故乡的情意长，今冬的雪很大，但愿明年的收成赛往常。

珍惜朋友

真正的友情，未必天天酒肉，真正的友爱，也未必非要牵手，真正的朋友，未必总在相聚，真正的朋友，撵也撵不走。

百年修来的缘分，或许一个短信就足够，有缘的人，天涯海角能见面，无缘的人，不必刻意地乞求，人其实，不必朝思暮想地追逐。

有几个真心朋友既足，是你的跑不了，不是你的得不到手，看似今天的掘金人，都在前世有缘由，真心有爱，前路无忧，人若有情，天地聚首，请携手珍惜，身边的每一个朋友。

小妹真的走了

小妹你真的走了，走得那么遥远，小妹真的走了，走得那么幽怨，小妹你真的走了，走得那么心不甘。

你走进了天国，走进了仙界，你走得安详，走得从容宁静，然而带给我的是，无尽的忧伤，和无边的彷徨。

因为你留下了，太多的亲情，太多的友爱和温暖，小妹呀，你一刻也没有走远，你的音容笑貌，将永远定格在了，那个有你在的家园。

你永远，留在了我的心中，你的灵魂，一定找到了归属，九天之上，有你家的温暖，你生活的地方，应该美丽如画，你的故事还在那里流传，你的笑脸在天地间轮还。

当大地姹紫嫣红的时候，我相信，那无数的鲜花就有你灿烂，你隐喻到了，夕阳尽头的后山，我相信初生的朝霞里，有你美丽的眼睛和云帆。我们虽然阴阳两相隔，我相信，我们一样，可以在天与地之间长谈。

真想拉住你的手

就是那次聚首，一个莫名的邂逅，我的心绪，就一直默守，在了那个云雾的山头。就是那次牵手，一束花开的停留，我的爱恋，从此立成了，一个久久的哀愁。

那条山间的小路，一个婉约的回眸，我的心儿，就一直在那儿，为你春夏秋冬的守候，真想拉住你的手，泪水为你流，真想拉住你的手，再饮一杯酒，真想拉住你的手，跟我一起走。

只要你喜欢我情愿

只要你喜欢，我情愿做牛做马把骨头榨干，只要你喜欢，我情愿做花做草围着你转，只要你喜欢，我情愿做山做水任你使唤。

只要你喜欢，我情愿做云做雨把你照看，只要你喜欢，我情愿做你的庄稼供你吃饭做猫做狗逗你开心给你做伴，只要你喜欢，我情愿你要什么我做什么，我一定勤勤恳恳任劳任怨，只要你喜欢，我情愿做一台机器掏出心肝，我情愿舍弃一切流尽血汗。啊，我挚爱的亲人，我深情的土地，我亲爱的草原，我神圣的大山，你光芒万丈，你情深意暖，你恩重如山。可惜山高水长，过往已经一去不复还，但愿还有来生，但愿峰回路转，我还做你的亲人，围着你打转，尽享天地人和，世界有大爱，人间常温暖，但愿天堂里的路更远更宽。

只愿你过得比我好

亲爱的朋友，我知道你起得很早，空着腹上路，匆匆的烦劳，其实，一天的工作，竟是如此的美好，这样的辛忙，会带给你幸福的微笑。

亲人们开心比什么都好，我愿你过得比我好，亲爱的朋友，我知道你很周到也很潮，无边的思绪无尽的辛劳，忙忙碌碌紧紧张张，望着远处的风景，收获一脸的微笑。看到眼前的收益，真的也值了，我愿你过得比我好。

亲爱的朋友，我知道你这一年，很勤奋善思考，来去匆匆的路上，不堪地煎熬，是不是还经常睡不着觉，看到你鲜花的大道，远方的生活一定更好，不气馁不瞎闹，天高路远我知道，我愿你过得比我好。

亲爱的朋友，我知道人这一生，都会遇到很多的事，欠的债和情不会少，有很多困忧和烦扰，但是我相信，你的生活会越来越好，请你迈开大步向前跑，我愿你过得比我好。

亲爱的朋友，谁的生活没有过喧嚣，谁的青春没有过闪耀，年轻多努力到老无悔事，有成绩不骄傲，生命一样精彩美妙，路远山高，好日子在后面，气贯长虹直上云霄，我愿你过得比我好。

亲爱的朋友，别忧伤别烦恼，人生百年纷纷扰扰，穷与富钱多少，苦不愁困不燥，学会自我解嘲，快乐的人生，无外乎多多地笑笑，谁还没有个起起伏伏，谁还不是去去了了，放开心胸向远看，都差不了多少。

你种地田里有粮，你放牧牛羊肥壮，你教书孩子们茁壮，你做官你经商，都是一样的很自豪，千好万好身体健康最好，我健康你自豪，你富有我骄傲，盼望我们大家都好，我愿你过得比我好。

风清的草原，蜿蜒的河畔，肥美的土地，壮美的山川，朋友永远都是我心灵的依靠，幸福的人多是不计较，把今天的日子过好，我愿你过得比我好。

知青战友你还记得吗

知青战友你还记得吗，你记得那个刻骨铭心的连队（村庄）吗，你还记得那里的营房吗，你还记得那个食堂吗，你还记得作息号的声响吗，你还记得劳动中的顽强吗，你还记得春耕夏锄秋收冬运的匆忙吗，你还记得战天斗地的豪放吗，你还记得劳动之余时的欢畅吗，你还记得下班在篮球场上的疯狂吗，你还记得那个休息天的兴奋激昂吗，你还记得民兵训练的紧张吗，你还记得打靶场上的威武雄壮吗，你还记得大礼堂的歌声嘹亮吗，你还为远去的生活场景而悲壮吗。

知青战友你还能想起那时候不知天高地厚的精力吗，你还能想起头顶烈日那无垠的条田吗，你还能想起那时候的风霜吗，你还能想起我们在风雨里拼搏，在劳动中的苦壮吗，你还能想起大会战中汗水浸透的衣裳吗，你还能想起连队那一排排白杨树吗，你还能想起麦场上的景象吗，你还能想起严寒中浸在水里挖排渠的劳苦吗，你还能想起早餐一碗糊糊几块发糕吗，你还能想起我们一起喝酒的豪壮吗，你还能想起一个排一个班一个宿舍战友的姓名吗，你还能想起马车行进在连队大路上的风光吗。

知青战友啊，你还怀念吧，你还怀念当年十七八岁的时尚吧，你还怀念那时候的单纯与羞涩吧，你还怀念那时的单调简单调皮，你还怀念远离父母思念亲人的感觉吧，你还怀念日记里记录的理想，你还怀念当年的战友吧，你还怀念曾经追求过的对象，你还怀念走过的心路历程吧，你还怀念那时候的情书，你还怀念晚风中传来的琴声吧，你还怀念艰苦时无忧无虑及充满憧憬的幻想吧。

你是否还留念当年的满足，你是否还留念当年的尴尬、当年的微笑、当年的眼泪，你是否还留念当年的老连长（村长），你是否还留念当年的那口老水井，你是否还留念当年走过的田径小路，你是否还留念那日日夜夜的坚守。

知青战友啊，或许那段经历早已遗忘在了身后，或许那段往事已不堪回首，或许那个时候我们还年轻幼稚，或许那个时候我们没有留下许多的镜头。

回不去的年龄叙不尽的春秋，忘不了的旧事忆不完的乡愁，如今我们已皓发白首，昨天的故事好似还在眼前，往事已似水远流，那时候的日日夜夜，成了我们永远的邂逅。只是那排白杨树还依旧，当年的小树已经长高、长大，宿舍的那排营房早已荡然无留，我们从这里也走向了成熟，然而渐行渐远的连队

（村庄），仿佛一直萦绕在心头，仅存的记忆深处，却变得越加的清晰，在我们心中定格成了永久。

亲爱的知青战友，你现在还好吗，也许你还在上班也许你已经退休，也许你不尽人意也许你很富足，也许你已经远离了当年的驻地，也许你还在原地久留，相信那时候的记忆，会在我们的心绪中永久地漫游，不必庆幸、不要悲伤、不要忧愁，留在我们心里的，是几分涩涩的酸楚，时代就是那样，应该感谢那段美好的时光，感谢那个激情澎湃的年龄，感谢那段经历让我们一生享有。

那时候的云很白天很蓝，年轻的我们简简单单，那时候的雪很大天很寒，我们的笑容也灿烂，那时候的日子挺艰苦，那时候的我们青春且丰厚，那时候我们有喜有爱也有忧，然而我们有苦有累皆无仇。

应该感谢那段共同的经历，感谢那个让我们豪情万丈的社会，感谢我们不惜流淌的辛勤汗水，感谢那不曾挥霍的芳华与奋斗。

亲爱的知青战友，请记住那个远远的连队（村庄），请记住那个曾经无比留念的分手，我们在那里长大、变强，我们在那里把苦难看透，那里让我们的青春激昂高亢，那里是锻炼意志品质的大熔炉，我们从那里昂起了高贵的头颅，以至于后来无论干什么，我们都从未退缩，从来就没有溜走，我们总是把重担默默地扛在肩头。

我们从不后悔曾经走过的路，那里让我们意气风发精神抖擞，那里奠定了我们一生的坚韧，无论在哪里我们都信心足够，无论做什么我们都勇于担当和承受，亲爱的战友啊，如今的连队（村庄）在发生变化，没有人会忘记我们曾经的风雨同舟，或许还有什么给你添忧添堵，但是，请你相信一代更比一代强，连队（村庄）的今天远比昨日要棒，回忆过往的岁月我们青春无悔，向往美好的未来，我们有一千个值得骄傲自豪的理由，因为那个时候我们从来没有向困难低头。

我亲爱的知青战友啊，我知道，你还惦念那个曾经的拥有，你还惦记着那个久远的时候，然而，人生没有回头的路，往事是一杯忘情的酒，希望你抽空重返故地看看走走，携带家眷、携亲朋好友，找找往日的感觉，到那里聊聊天碰碰头，喝喝酒握握手叙叙旧，会会当年的老朋友。

想连队（村庄）的今昔，重温往日的喜忧，看看额头的褶皱，品五味杂陈的感受，会让我们重新振作起来昂扬向上、百尺竿头，当年的那条小溪，仍然还是那么清冽，仍然还是细水长流，还有连队（村庄）门前那条通畅的大路。

想想往日的连队（村庄），一股暖流涌上心头，叹息、莫悲愤、别忧愁，时代的春风早已拂绿那片热土。

相牵一生的老战友啊，那个时候我们虽然艰苦，但是我们却很充实，那个时候虽然很累，但没有什么遗憾丢在身后，一个转身就是半世的情缘，几十年也不过一个回眸，往日的激情燃烧已无法回首，情牵万里思绪悠悠……

战友们请珍惜当下常携手，有事打个电话、无事捎个问候，常相邀常相聚，为今天的生活喝彩，向往日挥挥手，为后辈们多鼓劲多加油，走好未来长长久久的路，即使年纪大了，也莫忘追赶幸福的时代潮流，向前、挺胸、昂首。

创作灵感： 知青是一个时代的产物，想起那段艰苦的经历，激流翻腾顿时在心里，庆幸我也有这样的一个生活片段，有人说他很苦很难，有人说他很不一般，当然这也是事实。但是，我却为那样的一段生活点赞，他让我们变得坚强，让我们变得勇挑重担，让我们变得沉默而勇敢，正是基于这些，我们才从来没有抱怨，把荣辱得失看得很淡很淡。于是，我把往事写成一首可咏的长句，不知道能否叫诗词，留下一点淡淡的记忆。

直面别离

总爱左顾右盼，担心自己没有直面的力气，总爱前思后想，担心别人受不了这个打击，总想把事情做得简单，总怕把事做得太详细，想把重担都让自己扛起。

然而带来的记忆，却是一座山的隆起，还多了许多的抱怨，其实真的没有什么关系，要像一座山那样，桀骜孤独地挺立，既然选择了坚强，就要有强大的勇气，风雨兼程的路上，来不得半点停止与狐疑。

只要是攀登，就会有风雨，人的一生，本来就是来来去去，到处都是泥泞，需要相扶相依，来来往往的客，走走停停的人，匆匆忙忙的脚步，过往的都是故事，谁也不是你的唯一，不要怕孤独，有情人心灵总在一起，细细地品味沿途的风雨，重拾那些零零碎碎的美好回忆。

致朗读者

冷峻的文字，因为你的呼吸，变成了温暖的声音，金色的话筒，因为你托举，长上了飞行的翅膀，一首首轻歌，一句句诗行，一个清浅的微笑，你用声情并茂，传递着书写者的思想。

常常因为你的倾诉，我变得沉静遐想，常常因为你的渲染，我激情满怀热血飞扬，我时常品味在文字声音的路上，声情并茂深浅得当，优雅余香韵味绵长，相间纯美的乐曲，美得不能再美的情场，还有静得不能再静的文章。

我沉浸于一片清新的展望，心灵的火花，激烈的碰撞，天地间，散发出灵魂的光芒，谁说冰冷的文字都是冰霜，谁说这儿缺乏思想满满皆是温情渴望的力量。

写在潘永彪离世的晚上

身残志坚于音乐的路上彷徨，命运也许对你不公，你却把坎坷做成了希望，无须同情无须常人的异样，竟然在音乐上打开了生命之窗。

全凭一腔热爱，全凭音乐的灵光，键盘上有你的风采，指尖在电脑前闪亮，草原上空明媚着你的歌唱。《赛里木湖》《圆圆的馕》还在耳畔回响。

因为爱好而结缘琴行，因为合作你成为了榜样，《最爱伊犁》《追梦路上》《可克达拉更加美丽》，都是你编曲荣尚，与你的合作让我永远难忘，脑海全是你风采如画的景象。

小潘老师就这样悄然地退场，前一天的夜里还在一个厅堂，竟然这是最后的一个晚上，忘不了一起去昭苏尼勒克演出，忘不了我们一起的民族团结月，忘不了我们一起的颂歌献给党。

生命竟是如此脆弱与渺茫，2019.12.16清晨零时寒夜下班，你竟然倒在了自己工作室近旁，走得那么不舍走得那么无助，走在刚刚下班的匆忙，走得那么凄惨走得那么悲伤，一句话都没有为亲人留下，就去了那个叫天堂的地方。

大雪纷纷扬扬伊犁河水冰凉，连鸟儿也没有了鸣唱，亲人和朋友们无不为你而惋惜，我知道小潘老师是因为累了，伊犁河畔再也没有了你的风光，然而你憨憨的模样，你的琴声悠扬，你歌声的迷茫。

你萌萌地摇晃，你的键盘飞扬，永远留在了伊犁这块土地，留在了你热爱的音乐路上，小潘老师你一路走好，但愿天堂依然有你音乐的畅想。

致萨克斯赵永辉老师

做什么都那么认真，做人更是低调真诚，用一双精细本分的双手，将萨克斯握得很紧很紧，手中的乐曲凝结着匠心，音乐表述是艺术的心声。

哪一曲演奏不是你的火热与激情，萨克斯的境界充满了温馨，每一个学生都有你的真心，捧着一颗善良的心，用最简洁的语言静心抚琴。

年复一年你四季如春，有多少幸福美好的梦境，化作了伊犁河畔的风景，清新如画踏实诚恳的音乐人，乐曲清馨好似流水行云，学琴的弟子个个冉冉新星。

用心将线上的每一个符点，都演奏出一个一个跳动的惊艳，风霜雨雪我自心悦，十个手指在铜管上飞行，悠悠岁月酿成醇香的美酒一瓶。

致我们远去的芳华

岁月无情呀，不知不觉青丝已去，两鬓渐染华发，我们走过了人生四季，走过了最美好的年华。好像还是十七八，时光都去哪儿了，那只是记忆中的碎片，和那未曾来得及品味，就匆匆而去的片刻绒花。

似水流年的潇洒，好像还是昨天，还似昨日红润的脸颊，却被一场秋雨悄悄地，把那场花红柳绿轻易吹下，仿佛还是火树银花，转眼已不知，那场风花雪月花落谁家。

生活本来就是这样，留念是那远去的声声琵琶，亲爱的朋友，不必追忆过去的精彩刹那，其实我们的青春从未走远，远去的，只是岁月里的一点浪花，只要心中有方向，我们的未来依然风景如画，往昔只需记忆，沉淀的那才是精华。

梦几度悄悄话，致我们远去的芳华，他从来就没有走远，他一直就如炽如炬，他总是如山如画，一座高耸的精神白塔，就在前方的那片山下，云烟草原不知处，挥舞红袖弄轻纱。

不用伤感不必歉意，幸亏我们还没有变傻，应该把那时候的青春夸夸，我们一直在路上奋斗，我们一直在风雨中挣扎，应该庆幸我们的好年华。

远处有一片清新的土地，前方还有一片妖娆的红花，那里有我们无尽的希望，任我们把激情挥洒，乘风破浪还有时，扬帆起航在当下，迎接一个又一个满天的红日朝霞。

致杨柳

杨柳普通忠厚，长在水边，长在房前屋后，不事张扬，不负黄沙厚土，长在哪里都不负使命，撑起一片葱葱的绿洲。

杨柳没有青松的伟岸，没有白杨的风度，不如胡杨的名气，没有橡树的维度，也没有其他，名贵树种那般倜傥风流。

她普通得不能再普通，她平常得不能再平常，即使再普通平常，她也未改本色奋勇争优，杨柳高尚无比，是树种的典范，立百年不屈风雨苍茫，树万千巨变繁育成优，不畏风沙不惧寒流，叶茂根深独立寒秋，向上向宽一枝独秀，笑看千年世界沧海横流。

我要写杨柳，就是为她的平凡，为她的朴素，长在河边，长在沙洲，长在大漠，长在滩涂，即使再贫瘠的地方，她也把困难看透，她可是树中真正的皇后。

杨柳没有什么来头，拔不了树种的头筹，高档场所没有他的名录，她总是被人们放在不起眼房前屋后，自然生、自由长，守在荒野平庸的路边或风口。

她不惧恶劣的环境，大风起漠风吼，杨柳不畏风沙怒，她不贪图富有，也不讲究温度，冬夏春秋，婀娜多姿妖娆百媚，冷风过后，风骨挺立笑谈依旧，百年风景看杨柳，在她的树下，一杯浓茶，一杯热酒，谁说这不是精神享受。

我特别为一棵杨柳，默默地称赞而俯首，我敬重，杨柳对大地的忠厚，我喜欢，她珍惜足下的皇天后土，杨柳用她的坚韧，用她的不屈不挠的忠诚，扛起了万里边塞，万千世界历史云烟的春秋。

杨柳意志坚定，是树中的硬骨头，你看天南海北，哪儿没有杨柳，瘦西湖畔小桥杨柳，戈壁沙滩风前雨后，就是在没有，其他树种的情况下，杨柳只要一滴水就足够，大漠边关凌风傲雪独立鳌头。

杨柳品格卓越，耐碱耐寒耐水耐旱，一切环境轻挂枝头，不卑不亢默默成长，即使再多的苦楚，杨柳总是无语无仇，再凶猛的大风，她也只是轻摇身体，无声地把风沙抖抖，在一片艰难的沙丘，她默默地承受，只要有一点水土，杨柳就把小日子过得有滋有味富得流油。

杨柳刚正不阿，在西部苍茫的大地上，杨柳百折不挠不折不扣，脚踏如山的愤怒，把生命宣泄得天长地久，在漫漫长风暗夜，却是一棵杨柳独具风流。

杨柳热情似火，你看河畔最美的时候，哪一个不是依依的杨柳，世间的树有千万种，唯一棵杨柳最温柔，世间环境多变换，唯一棵杨柳最灿烂，唯一棵杨柳，飘摇着身姿，高昂着内心不屈的头颅。

当春风来临的时候，杨柳扶摇绿叶，向路人点头，激励人们为青春加油，指点你撸起衣袖，当风稠雨骤的时候，她在田间轻轻向你招手，为辛勤的人儿躲雨停留，当骄阳似火的时候，她撑起一把大伞，供人们歇息擦汗驻足，你想坐多久就坐多久，休息够了好上路。

杨柳，把浪漫在你心中浸透，生活中，有多少情为杨柳守候，有多少爱在杨柳树下牵手，杨柳总是把大爱撒向人间，从来不把苦难说出口，无论你是什么心境，在杨柳树下，你一定会心舒气透，杨柳总是能为你苦乐分忧。

杨柳朴实憨厚，一棵最朴实的杨柳，用笨拙守着清秀，用绿叶笑看春秋，许多名贵树种，条件优厚，养尊处优，吃小灶换肥土，唯独一棵杨柳，一棵平常心，无须特殊伺候，给点阳光就招展，有点水分就飘柔。

风中飘起的舞蹈，像纷飞的小燕，雨里荡起的秋千，像在梦中的仙境神游，杨柳很优秀，冬雪将融，杨柳总是急不可待地，将绿叶探出春头，她最早，告诉我们春天的故事，她用细枝嫩叶，唤醒隆隆的机器，用细细的招摇，催促我们快快播种，她用柔美的风姿，与孩子们在春天手牵手。

她总无声地提醒人们，快快上路，要努力要奋斗，只有播种才有喜悦的丰收，风中的杨柳，用飘摇，为农民支起一道挡风的墙，告诉农民有希望，雨中的杨柳，用茂密的枝叶，抚摸你的头，告诉你世界很大风雨不要愁。

夏日是杨柳，最快乐的时候，有情的杨柳，与我们风雨同舟，她频频向勤劳的人们致敬，她默默为我们鼓劲加油，相爱的人儿，杨柳树下相依相拥，杨柳扯着你的衣袖，那是爱意在人间奔走。

其实杨柳，无处不在告诉我们，顽强的生命，不会被困难吓阻，青山在细水流，时光的列车，一刻也不停留，转眼即使深秋，其他的树木，早已枯枝当头，而杨柳依然如旧，一丝绿意，她总是守到最后。

秋天的杨柳，依然无比锦绣，你看看，最后落叶的树木，一定是那棵无名的杨柳，杨柳即使倒下了，也绝不默守，你看一棵百年的杨柳，树以空心，但在她的身后，又长出了新的小树，一行行一缕缕。

杨柳生长很快，杨柳树的木材，做家具也是上优，柔中有刚刚中带柔，在过去的年代，烧火做饭。不知道，她为我们分担了多少忧愁。

我无比地爱杨柳，爱她顽强的生命，爱她并济的刚柔，爱她无私的奉献，爱她坚定的携手，世界很大，唯一棵杨柳，她为我指路，她陪我们长大，我们陪杨柳守候，青山不老誓言不变，不负青山不负杨柳，不负边疆的皇天后土。爱杨柳风雨中的飘摇，爱杨柳大地中的景秀，爱杨柳为我们固沙固土，爱杨柳为我们撑起的一片片绿洲。

转场

　　哈萨克人的日子，就是这么活，世世代代马背上过，经年历月年年岁岁，都是转场的牧歌，走过春走过秋，越过无数的山，走过无数的河。

　　一路的风霜雪雨天知道，哈萨克人，在转场路上一代代地奔波，走过多少沟壑，历经了多少坎坷，哈萨克人，就在草原上推磨，赶着牛羊和骆驼，到水肥草美的地方看日出日落，牧场好舒心宽阔，有毡房的地方，就有一年的希望和收获。

　　转场的路上有辛苦，转场的路上，也有走不完的山坡，转场的路上有故事，当然转场的路上，也有许许多多的传说，只有阿肯的冬不拉，为你倾诉，为你唱尽酸甜苦辣的歌。

　　转场路上，有口哨有牧羊犬和牧民，一起前后地穿梭，不要问这是什么路，也不要问路上有多么蹉跎。山那边，有哈萨克人的向往，在草原上生，在草原长，在草原上住，在草原上传承，酿成了生生不息的生命长河。

　　转场的路上，有风有雨还有雪，为了追赶，那个起伏的山峦，为了追逐，那片燃烧的云霞，为了那季，遥远的姹紫嫣红，为了那个，远方季节生命的火热。

　　起个大早吧，相约去伊犁，追赶草原那个，无限盛开的花朵，和煦着牧民起伏婉转的情歌，记不住一辈子翻过多少山，说不清年年岁岁还搬几次家，只记得转场路上奔波的欢乐。

转眼就是 60 年

　　还记得自己的少年，在父母的羽翼下，快乐地学习游闲，那时候的我们，风一样地成长，不懂父母的辛劳，也不知道生活的苦辣甜咸，一群幸福的孩子们，在老师的陪伴下的每个瞬间，一个转身就是青年。

胸膛燃烧着激情的火焰，不知天高地厚的我们，憧憬着对未来期盼的体验，青春骚动敢于冒险，勤奋努力奋勇当先，默默地吃苦静静地奉献，不断地学习为自己充电，浑身充满了力量，充沛的精力，在办公室的桌案与农田，那样的情景好似还在眼前。如今的我已步入老年，说起来也只是一个眨眼，我时时提醒自己，已不是那个懵懂的少年，少了些冲动多了些经验，在天干地支的经络里，我已是老者已不再翩跹，没有了工作的烦扰，春风些许了充裕的时间，这不正是我所最渴望的，那个充满色彩斑斓，那个万紫千红刷遍山野的秋天。

还来不及回眸，已华发驻颜风霜披肩，力老身衰皱纹满脸，转眼就是60年，该是时候了，当为自己也留一点时间，既然过去的时光，总缺少那么一点，那么未来的日子，我们完全可以放飞理想。

冲入变化莫测的雷鸣闪电，任大风大雨的草原雪山，找回年少轻狂的祈愿，我们同样可以努力学习，一样可以，有自己的信仰和理念，只要对世界充满着爱，何愁没有自己世界的语言。

走向风雨走向山巅，那儿有我深情的眷恋，走向莽原走向海边，那儿有我青春的瞬间，在一个寂静山脚，携手亲朋好友，支一张书桌纸砚，对饮苍天，寻着夜色仰望星空，听山风呼啸，观流云变迁，奏响时代的音符，遥望夜幕银河的惊艳。

谁说岁月不老，同样青春无限，只争朝夕莫等闲，前行路上快马加鞭勇往直前，在旷野留下几张风云倩影，为世界留下一点珍惜的纪念。

转眼已是 60 年
（写在父辈们进疆 60 年之际）

大约 60 年前这个时光，还是五月的春来夏往，时代的一声召唤，支援建设发展边疆，父辈们携手星星月亮，载着一船的梦与向往，没来得及挥手，就告别了，世代居住的江南水乡，怀揣着亲人嘱托，仅有的一点幻想，悲天泣地的三个响头，辞别祖先牌位的祠堂，一声汽笛气宇轩昂，只有几个简单的行囊，从此就一个转身，就再也没有回到故乡，一路朝着西北的方向，来到了伊犁，在一条不大河旁，来到了荒无人烟的，遥远的塞外新疆。

开启了半个世纪的拓荒，用双手征战冷漠与荒凉，战天斗地手提肩扛，没日没夜日夜奔忙，天当房地当床，吃苦受累是平常，用毕生的生命，开启了一程，生命的交响与悲壮。一代人的奋斗与彷徨，有多少汗水与忧伤，起早贪黑雨雪风霜，开荒造田向荒原要粮，硬是在亘古荒原，建成了一个现代化的新农场，且把儿孙们都全部搭上。

60年雨雪风霜，转眼就是一个轮回的沧桑，如今父辈们多已作古，人世间只留下他们故事里悲凉的过往，早已没有了他们的身影，因为他们太普通太平常，没有太多的贡献，没有很多的风光，没有许多的鸣响，只是农垦职工，躬身奋力地铿锵，简简单单的模样。

如今，他们已渐渐地远去，他们的身影，如同他们的故事一样，被时代所淹没，在生活的大海汪洋，除了身边的亲人和子女外，没有人知道他们的名字，甚至没有人记得起他们的悲壮，我却在夜深人静的时候，时常忆起他们那时候的景象。

当我看到一排排绿色的林带，当我看到一块块整齐的条田，当我看到那纵横阡陌的渠网，当我看到那崭新的农场，当我憧憬着未来的畅想，我不得不由衷地感谢，父辈们曾经的出力流汗，正是像他们一样的，千千万万的普通人，普通得不能再普通的职工，是他们造就今天农垦的辉煌。

我们应该为这些平常的人，为他们竖一座碑，为他们写一首歌，记住他们的故事，记住他们的忧伤，记住他们吃过的苦，记住他们出过的汗，记住他们走过的路，记住他们流过的泪，记住他们扛过的枪，记住他们栽过的树，为他们一样的前辈们，为他们的经历，为他们的奉献而颂扬，在共和国边疆的辉煌中，将有多少人和他们一样的悲壮，前赴后继势不可当。

追梦路上

你的智慧我的勤奋，风雨中我们砥砺奋进，肩负使命我们不忘初心，不管路途多么遥远，我们矢志不移，日月做证，到处都有国家电投艰辛的足迹。

你的自豪我的荣耀，逆境里我们不屈不挠，迎难而上我们勇于担当，无惧道路多么曲折，我们顶天立地，天山做证，到处都有国家电投艰辛的足迹。

高山不言大河不语，祖国知道我们创造的奇迹，一个工程一座丰碑，山河不忘我们追梦的足迹。

2018年5月22日，接国电投吴书记的一个任务，希望帮助创作一下歌曲，而后，工会主席崔全英具体与我对接，时间紧任务急，在崔主席的思路下，我紧紧张张地，在 6 月 1 日前顺利完成了工作任务。

自从那一天我离开家乡

自从那一天我离开家乡，只身来到了一个叫可克达拉的地方，是草原之夜的琴声，还是大雁落脚的方向，是亮剑故事里的形象，还是心灵栖息的那个远方。

自从那一天我离开家乡，我就把心落在了那个叫可克达拉的地方，请为我祝福吧，我的故乡我的爹娘，可克达拉有我的梦想，我将和这里的小树一起成长。

自从那一天我离开家乡，我就明白了这同样成了我的念想，我肩负着明天的希望，我背起了春天的朝阳，与我同行的还有年青火热的向往。

可克达拉啊，我已把爱交到了你的手上，谁说这里没有亲人，谁说他乡不是故乡，一座年轻的城市，需要和我一样的热血胸膛。

总让我这般难忘

我常想，是怎样的一个地方，让我这般的难忘，是那首不老的牧歌，是那个热血的胸膛，我常想，是怎样的一个城市，令我如此的念想，是大雁落脚的远方，是那里的帅小伙和姑娘。

一座年轻的城，一身秀美的戎装，林草昌盛牧歌悠扬，五湖四海国色天香，浪漫的花朵纵情绽放，可克达拉，青色朝阳连着我的心，沸腾的旋律令人向往，我要朝着那个方向，寻山高路远的在水一方。

总想忘记

总想，忘了那片草原，然而越是走远，却越加思念难忘，总想，忘记那片树林，然而时光越久，却越加情雾迷茫。

总想，忘记那个毡房，然而越想遗忘，心里越加空荡，总想，忘记那个身影，然而那个淡淡的清香，却越加的明晰清亮。

一个清晰的影像，湖光山色粼粼波光，一个熟悉的笑脸，青山绿草清风荡漾，一个亲切的声音，春风春雨细细流淌，一个隐约风光，时时刻刻伴在我的身旁。

悠悠的白云，总是飘在天上，我的思念，如风吹的那缕长发，总是在我无尽的远方，那里是我灵魂栖息的地方，那是我漫漫长夜梦想。

总想忘记你

总想，忘记你的双眼，总想，淡出你的视线，然而时间越久，你走得越远，我却越加的思念，有你的每一个瞬间。

总想，记住你的容颜，总想，移走你的照片，然而越想说再见，越加忧思难掩，却越加的绵绵惦念。总想，总想不去思念，总想，总想忘记昨天，然而，越是如此，你却越加，清晰如丝，映现在我的眼帘。

也许，忘记了，是在哪一天，也许，已记不清，是在哪一年，也许，也许模糊了，是在哪儿遇见，然而，越加地想忘记从前，却越是难忘记，那个深情的眉目双肩。

与你相见，在稻香花田，红锦一束，挺立花涧，迷人的琴弦，醉了我的双眼，你的星光点点，让我痴心迷恋，我好似守望了，一个翩跹的千年，难忘那个，刻骨铭心的清泉，从此便有了，风花雪月的笑脸，长风悠悠，纠缠绵绵，牧草飘香，咩声一片。

难忘的，一天又一天，一年又一年，我徘徊在，你的身边，你住进了，我的心里面，即使，没有片语只言。也懂得，彼此心手的牵恋。

在你的花溪尽头，我就是白马紫燕，在我玫瑰的梦里，你就是白鸽天仙，时光深深浅浅，青春岁月的惊艳。

如今的我呀，真的好可怜，可怜的长夜，乏味的诗篇，青涩的四季，苦辣酸甜咸，这一离去，便是永远。我只能，苦楚地面对，星夜寂寞的长天。

往事不堪回首，记忆似乎长眠，在生命的轮回里，哪儿有界限，哪儿是起点，仿佛凝固了时间。我默默地，守望在，有你身影的地平线、

地球转了，一圈又一圈，你走了，一年又一年，我终于明白了，什么是痛苦，我终于知道了，什么是思念，撕心裂肺的痛楚，那是回不去的从前。

春夏秋冬，似水云间，花开花落，浪花飞溅，越加地不去思念，你却越加地，在我心中浮想，在梦里，在草原花海的金莲。

我知道，你已经走远，我无法，不去思念，花开花落都是空，云来云去皆无边，总想忘记你，那只能是欺骗，总想遇见你，再也无法兑现，即便忘记了你，即使忘记了时间，我也难以，忘记你的梦萦魂牵。

忘记一个人，心里很苦，思念一个人，眼泪更咸，在时光的隧道里，总有，一幅精美的图片，令我望穿双眼，留下的只有心痛，只有无边无尽的缠绵，守着夜空，浮想联翩，你总在我，日出日落的眼帘。

我相信，你已隐入了草原的花海，你已隐入那片青田，你隐入到了蓝天白云间。

你的身姿就在，云顶之上的山巅，无法忘记，也无法不去思念，岁月，走过三千六百天，我的思念，却有三万六千篇。

总有一些

总有一些事记忆在心头，总有一些人萦绕在脑海，总有一些故事隐约在耳畔，总有一些声音悠然在眼前，总有那么一个地方叫人很留恋，总有那么几个知心朋友牵挂在天边。

总有那么几次豪情的酒，总有那么几个温情的人，总有那么几件暖心的情，总有那么几许知情的爱，总有那么几点稍稍的无奈。

大千世界人海茫茫，有过多少让人难忘，过去的都是梦，留下的全是念想，头上飘过一片轻轻的云，心中掠过一丝温柔的风，眼前还有一片清馨的太阳，他牵着我的心随他温柔起航。

也许你得过几次奖，也许你受过几次伤，也许你醉过几次酒，也许你有过一点愁，也许你唱过几次歌，也许你撒过几次谎，过去就过去了，无论那时候的好与坏，全是难忘而快乐的好时光。

转眼一年又一年，不知来年是何年，过好当下顾好眼前，不忘初心展望无限，把星期几都当星期天，把每一天都当成过年，不懈努力心存善良，阴天雨天，有牧场的好风光，阳光明媚有心里的光芒万丈。

走吧，一直在路上

一群人上路，走的是大道，沿途的风景很美，路上的果实许多，走的人多，因此也热闹非凡，然而，走着走着你会发现，队伍拉长了，走着走着有人离队了，走着走着上坡了，走着走着下雨了，走着走着起风了，走着走着路难了，走着走着人少了，走着走着声音静了，走着走着水清了，走着走着是羊肠小路了，终于发现落单了，形单影只冷峻而艰难，听从心灵的呼唤，灵魂高处总是静得凄惨，山高路远且风轻云淡，高远处的曙光最灿烂，享受这种寂寞与平凡，走吧，迎着风雨静静地向远，迎着夜色默默地孤单，这样的人生才是不留遗憾，一直走吧，好风景总是在最远端，无人去的地方才波澜，身边的风景没有那么好看，远处的世界才能感受到惊叹。

一直走吧，乘着脚力尚健，向着高险的云岸，走出寂静的淋淋大汗，走出超然的惊悚心颤，不必回头看，走出一个惊艳的九曲十八弯，虔诚的心灵，不会感到悲苦不堪，当你什么时候，走到想流泪的地方了，那才是朝圣者的礼赞。

夜深人静的时候，常常因自卑而感叹，那是因为醉心的期盼，这样的时刻其实最舒缓，没有必要声色很响，没有必要无缘抱怨，于是把眼泪擦干，转过身去超脱孑然，天寒的时候，不要穿得太单，傍晚才好静下心思远。

走吧，向静向深向远，走着走着天就亮了，深一脚浅一脚地走吧，走着走着雨就停了，风一程雨一程地走吧，走着走着雪就化了，苦一段累一段地走吧，走着走着花就开了，早一天雨一天地走吧，走着走着草就绿了。

走吧，向上向难，走着走着河水咆哮了，走着走着群山沸腾了，虽山高路远，心却灿烂，即使再走，也走不出你的梦，也走不远你的心，也走不出你的圈，也走不出我的圆。

走吧，我知道，其实你我都从未走远，走吧，其实心中的你我一直在陪伴，即使走远，心里也有牵绊，月圆月初，心里都会团圆，晴天阴天，太阳总是高高站，回首过往，即使地冻天寒，即使无边的黑暗，星光灿烂依然，只有懦弱者怕黑暗，心中无邪，笑看几个王八蛋，最黑暗的时候，其实离天亮已经不远。

最爱伊犁

最爱伊犁蓝蓝的天，最爱伊犁洁白的云，最爱伊犁河水弯弯，最爱伊犁青青草原。最爱伊犁高高的雪山，最爱伊犁树林浩瀚，最爱伊犁牧歌悠扬，最爱伊犁薰衣草花香。

最爱伊犁会飞的骏马，最爱伊犁散步的牛羊，最爱伊犁醉人的美酒，最爱伊犁高高的白杨。最爱伊犁年轻的心，最爱伊犁浪漫的城，最爱伊犁多情的人，最爱伊犁未了的情。

创作灵感：爱祖国、爱新疆、爱伊犁、爱家乡。当你走遍各地，你会惊奇地发现，祖国西部边陲新疆的伊犁真是个好地方，这里非常独特，山川秀丽、风景如画、草原辽阔，资源丰富、气候宜人、地灵人杰。我把他稍加整理就是一首歌，让您用画面感受伊犁，伊犁欢迎您。歌曲曾参加四师 2013 年度春晚，演唱者：胡瑛、郝伟伟、尹新宁和本人。

最美不过退休

真的该退休，当过知青田野秀，风霜血雨练过手，30 多年在机关，转眼之间熬到了头，告别了繁忙焦虑，告别了无休止的忧愁，该轮到了我要退休。

几十年转眼一瞬，总是在为工作分忧，工作紧张忙忙碌碌，从未偷奸耍滑，从未闲着双手，既然已经把全部精力，奉献给了社会，没有什么遗憾留在了身后。

万里长鸿雁送，该退休当退休，是国家奖励的报酬，看天边的一抹红云，真正的风景在前头，过去的春与夏冬与秋，喜与乐醉与愁，其实最美的季节，是色彩斑斓的金秋，最好的时光是退休。

人生有太多的事要做，不必无止无休地追求，十全十美不是人人都有，世界非常广阔，人生有许多路可以走。

世间有许多事可以做，只要心中有梦，眼里有爱，前路就有快乐，何愁少了朋友，只怕你没有思想，其实只要你上进，到处都是长长的路，到处都有宽阔的坦途，既然有春天与盛夏，当然就有更美的冬与秋，既然有春天的芳华，有夏季的繁茂，当然有更烂漫的金秋，和更加幸福的丰收。

纵横九万里，寻他万千头，退休只是万事的起始，前方还有更美的追求与奋斗，因为我们有了更加广阔的自由，追赶潮流勇搏激流，百尺竿头追云逐月数风流，披荆斩棘天际任我游，天宽地阔万类霜天竞享有，不必追求卓越不必盲目追逐。

生命的灿烂精彩何愁无路，生命的真谛是没有企图，是不计得失的孜孜不倦，放光放热不图回报不求所有，退休真好感谢退休，我终于也等到了这个迟来的退休。

最美小白杨
（写在小白杨哨所）

一首军歌小白杨，不知唱出了多少人的热望，听得我热血沸腾朝情激荡，这首中国著名的歌曲，之所以在大江南北唱响，我被歌曲里的故事深深感动，因而寻声走向了那个遥远的山冈。

哨所不大屹立于巴尔鲁克山上，战士不多个个英武雄姿茁壮，当年的那棵小白杨，沐浴红尘净土早已根深叶茂盛强，与战士一起日夜戍守着祖国边防。

我的心情久久不能平静，止不住心如潮涌热泪盈眶，我寻思着当年景象，栽树的那位士兵不知去了何方，现在的日子不知过得怎样，他们的村庄是否已经富裕，他的母亲如今是否依然安康。

小白杨的歌曲人人会唱，在这里听别有一番风光，我怀着崇敬的心情来拜谒，顿时一种神圣涌入胸膛，满是与青山一样的可贵与高尚。

塔斯提河水在轻轻鸣唱，孙龙珍烈士令人深怀敬仰，溯望铁列克提的那场战斗，有多少英雄儿女为国捐躯，魂系祖国领土血染哨所边疆。

如今边防已经稳固如钢，那片高地已收入祖国版图之囊，兵团九师的边境有不少农场，巴克图的边境口岸，已经连接了向西的开放与通商。

是夜的额敏灯火辉煌，我在宾馆难入梦乡，我的思想飞入了远方，我想对你说对你讲，世界那么宽广，如果我们不走近他，怎么会理解他内心的闪亮，怎知他风起风落潮涌潮涨，人生的最美的风景，原来都是在路上，小白杨哨所的故事就是榜样。

只有思考了，你才不会绝望，只有明白了，你才会越加坚强，只有通行于所见的路上，你才不会默守平庸，你才不会荒唐，你才会树起一个远行目标，更加有信心力量，不为浮云遮望。

做个有情怀的人

做个有情怀的人，心中有事做，就不会太寂寞，内心很平静，就不会太癫狂，写写画画有困惑，但是内心很快乐，有忧愁但不荒唐，有感念但不着火，因为所有心思，都化作了纸上的笔墨。

做个热爱生活的人，在草原的怀抱敞开胸怀，在寂静的原野仰望星空，在大山深处寻思幽梦，借一条河水畅流欲望，为一片云彩激情写作，在一片深情的土地里耕耘笔墨，在诗词歌赋的旋律里，默默地挥洒淡淡地欢歌。

生活很纯美，草原很宽阔，心地很善良，灵魂很净默，太空里漫步还挺快活，做最好的自己，山有山的高昂，水有水的愿望，人生百年各不尽一样，自然万种有万千气象，每个季节都有不同的时尚。

不必追求完美的风光，春天的风景好好地欣赏，夏日的暖风记在心上，秋日的红叶认真地收藏，冬雪飞舞山河雄壮。

人生百年世事沧桑，唯有真诚善良，不改变方向，炽热的心温润的情，心心相印守在胸膛，既然羡慕春天的过往，何不去认真地，把秋天的一片金黄披在身上，做一枚红叶。染红岁月的梦想，做一汪秋水，澄澈清冽一个山庄，做一片秋云，从容淡定在天边流淌，做一棵云杉，傲然挺立于寂静的山冈。

心存美好朴实善良，是最美的景象，东西南北都是路，春夏秋冬都时尚，做最好的自己不和谁争抢，品味自然故事的村庄，书写人生百年大好时光。

老农

把点点的希望，寄托在春天的早上，沉浸着晶莹的汗珠，陪伴着烈日骄阳，当一粒一粒的种子，严实地埋进土壤，尽一支香烟的火焰，把整个黑夜照得通亮。

汗流浃背，任风吹干衣裳，起早贪黑，情注每一颗苗床，像自己孩子一样，盼风盼雨，盼望着星星月亮，青苗，恨不能捧在手心，花开了抚爱在手掌。

甩开双臂，热血飞扬，寻思着小日子的向往，亲吻土地，拥抱太阳，从种到收，总是怀揣着小账，但愿今年的收成有涨。

滴滴汗珠，闪耀金光，深情的土地，拖着一家人的梦想，风雨中，飘摇着微笑，烈焰下，青苗在歌唱，幸福的花苞，摇曳着芬芳，粒粒珍珠，在谷穗上荡漾。做梦田野都是蜜糖，原来幸福的日子，就是这样的甜和香。

山乡的老宅

岁月的年轮，转了一载又一载，山乡的明月，走远还会回来，沧海桑田轮回几代，历经多少风寒，传递了多少承载，唯有老宅痴心不改。

时光的指针，从不停歇走得飞快，山乡的水车，风烛残年已不见摇摆，有多少风云变幻，历经多少往昔的情怀，唯有老宅的风水不败。

还记得冬夏的豪迈，还记得春秋的喜爱，还记得清晨的鸡鸣，还记得黄昏的云海，老宅链接着先辈的根脉，老宅儿孙的梦从这里展开。

还有多少故事可以重来，还有多少相逢能够慷慨，还有多少记忆风霜的无奈，还有多少昔日的时年精彩，我在老宅前默默地徘徊，久久不能将脚步挪开。

山乡的亲人们都去了在哪里，不知还有多少岁月情愁在脑海，老宅在深情地期待，等他曾经的主人回来，我却不忍上前，怕掩不住内心的悲苦愁哀。

深秋的草原

（漠河山上）

深秋，把一抹金色，披在了身上，山林沐浴着阳光，好一派万紫千红的气象，我轻轻地走进了，一个远山的村庄，拥入怀抱的七彩，醉透了我的心脏，红绿蓝黄的丰华，令我失魂落魄地疯狂。

一点也不逊色，丝毫没有夸张，这多彩多姿身躯，让我迷失在，一片葱茏的山冈，毫无方向，面对这醉人的景色，即使最沉稳的心灵，也会发出震颤碰撞。

不是谁张扬，不信你试试尝尝，登临山巅放眼四望，浩瀚的苍穹，洗尽的天空，长空雁阵好一派辉煌，俯瞰草原，更是一片磅礴的金黄，极目远眺，夕阳下的林木，映照着一抹斜阳，五彩缤纷变幻莫测，呈现出，万紫千红的爱恋与悲壮。

人跃马欢牛羊肥壮，山乡一片生机的繁忙，人需要走上山冈，只有走出繁华，在寂静的山路上，你才会体验到这样的清亮，不用去寻找远方，脚下的生命美好与多样，牛羊多的地方，或许是你我的向往，那里有热烈的阳光，那里有生命的肆意舒张。

退伍的哥哥永远的兵

当兵的历史，让我懂得了荣誉尊严与伟大，从军的路上，我经历了无数的风吹雨打，火热的军营，练就了我钢铁般的意志，边关的冷月，让我明白了崇高的爱与国家。

如今的我们，虽已离开了军营那温暖的家，但我们记得，曾经的部队和那边防哨卡，我们用青春，在部队摸爬滚打勇闯天下，我们用热血，与战友一起在部队长高长大，如今的我们，退伍不褪色军姿军容走天涯。

感谢曾经的连队，让我意志坚定什么都不能把我压垮，感谢曾经的战友，我们肩比肩手挽手什么困难都不怕，感谢一路的风华，我们把最美好的青春献给了祖国，感谢今天的时代，我们历经磨炼奋勇激流有为奋发。

我深爱的牧场
（写在库尔德宁的路上）

我多想，做一缕春风为你拂面，尽显你春天的妩媚与和煦的风光，我多想，做一簇夏花为你争艳，簇拥你夏日的娇柔与浪漫的情长。

我多想，做一枚红叶为你点缀，捧起你秋天的金黄，把你的丰华宣张，我多想，做一片雪花为你梳妆，拂去你的匆忙，尽丰硕珍藏任生命鲜亮。

我要竭尽全力为你而守望，任那新鲜嫩绿的生命蒸蒸日上，我要敞开胸怀为你豪放，由那野性的阳光肆意在身上疯狂，清欢的河畔任你歌唱，鲜花的草原牛羊飘荡，密林深处尽生机盎然，随蓝天白云通透明亮。

肖尔布拉克的恋歌
（72团的故事）

井冈山的杜鹃，红了一年又一年，南泥湾的歌声，唱了一遍又一遍，从南到北，从东到西的足印，战士把红旗，插到了天山之巅，不老的红军故事，印在我的心间，伊犁河畔立起，惊天动地的伟业，军垦战歌，响彻白云飘飘的蓝天。

新时代的奇迹，天翻地覆的流年，屯垦戍边伟业，风景独好的这边，无悔的事业，酿成不朽的诗篇，醉人的美酒，香飘万顷良田，巩乃斯河畔，崛起的一座新城，开启美好的，一年又一年，天山红花，漫卷到远方的天边。

啊，我的肖尔布拉克，我的红军团，数风流人物，谱写新诗篇，这片深情的土地，我深深地眷恋。

你是春天的一束花朵

（写在昭苏夏塔）

你是春天的一束花朵，带着天山芬芳的颜色，带着冰川骄阳的红烁，款款地走进我春心荡漾的生活，你是初夏层层的青绿，带着天边朝霞的云朵，携着大山豪迈的辽阔，向麦田深处走进我的枕边被窝。

你是秋日斑斓的火热，纵情高原的大气磅礴，任纵马少年甜甜的微笑，给讲述山那边的故事，和那远方一条奔腾的大河，你是千年的雪山，你是延绵的绿色，你是青青的草原，你是纵情的篝火。

你是冬日的浪漫，用牧场姑娘特有的羞涩，带着雪山之神的旨意，你从云天之外，飘进了我洁白的心灵角落。金戈铁马，历史云烟，一段久远的史诗，一条奔涌的冰河，你让我的心，涌起层层的烟波。

你久远的故事，让我心痛如刀割，你绝艳美丽的景色，让我的梦甜蜜到会唱歌，你是一杯醇香的美酒，只要沾上一口，就让我醉倒在你的山坡，那一片雄浑壮美的山河。

可克达拉的记忆

常常有人问我，可克达拉是什么，常常有人对我说，可克达拉是一座新的城市，是地图上标记的五星一颗。

常常有人告诉我，可克达拉，是边界线上的星光闪烁，常常有人对我说可克达拉是西部边陲的溪水清澈。

我想对你说，可克达拉呀，是伊犁草原常见的一个地名，是西部高原上沸腾的一片绿色，是原野上的一个不老的故事，是伊犁河水涌起的细浪清波，是伊犁河畔的红花束束片片青禾。

可克达拉，是边界线上，军垦农场的白云朵朵，他是祖国西部的万顷良田，他是驻守边防的小城座座，他是军垦战士在万里边疆，筑起的个个钢铁哨所。

有人说，可克达拉是一幅画，有人说，可克达拉是一首诗，其实可克达拉啊，是源自《草原之夜》的一首牧歌，是电影《绿色的原野》里的芳草地，是军垦战士对那片土地的眷恋和不舍。

可克达拉，是兵团人在亘古荒原创造的奇迹，是军垦战士艰苦环境中的坎坷，是电影故事中摇篮里的婴儿，是民族大妈与战士一起点燃的篝火。

绿色原野电影演了一遍又一遍，草原之夜歌声传遍了每个角落，兵团儿女心灵火花在原野闪烁，面对艰难困苦士兵从不退缩，荒芜的草原终于有了邮递员的马车。

可克达拉是一本书，是军垦战士手中的坎土曼，是一渠清水涌起的浪花云朵，是军民一体垦荒的镰刀，是战士用双手创造的幸福生活。

可克达拉，承载了多少寒冷饥饿，牛圈羊圈地窝子当宿舍，吃了多少苦荒原知道，流了多少汗让旷野来说，有多少夜以继日，就有多少悲凉的苦涩，有多少远远的思念，就有多少情感交织的牵扯。

军垦战士，就是这样节衣缩食苦中有乐，扛着生生不息的铁锹，将一把钢枪携手紧握，苦天泣地汗流成河，一身正气一路欢歌，哪里艰苦哪里去，危急关头始终有我。

可克达拉，是歌舞翩跹的原野，是一片芳香的景色，可克达拉是一片土地，他记录着沙丘草滩，岁月流年的一条长河。

铁锹、镰刀、坎土曼，地窝子，抬把，十字镐，开垦了一块又一块地，挖了一条又一条渠，渺无人烟的茫茫荒漠，却把苦日子过成了诗和歌。垦荒造田战士没有放松警惕，塞北的沧桑士兵们没有后撤，可克达拉，是千里边防线上，生生不息的华夏嘱托。

如今的可克达拉，真的成为了一座城市，没承想过一座新城，却源于一首经传的老歌，可克达拉，是朝思暮想的片片田园，是一个刻骨铭心的传说，是拔地而起的楼房座座，是一条条崭新的街道，是一座城，是一幅画，是万里边疆筑起的生命长河。

其实可克达拉，更是一部创业的史诗画册，是新航程的一个新起点，是大地上的一本新蓝图，必将推动伊犁的大建设，他是新时代最英明的决策。

美丽的夜色多么沉静，草原上只留下我的琴声，可克达拉的故事很多，一袋莫合烟，一盏小油灯，一口老水井，一盘大水磨，一壶老酒，一封两地情书，一群战士篝火前的围坐。

说不尽的悠悠岁月，道不完的忧喜苦乐，时代的春风杨柳万千条，边疆吹响了边疆建设的号角，"一带一路"让这里通往世界，南泥湾的歌声从来没有减弱。

《毛主席的战士最听党的话》，草原之夜的歌声有了传承的薪火，亮剑精神，深深地印在了军垦战士的心窝，从这里出发，走向新的未来，更有《可克达拉更加美丽》的湖光山色，和那雪山倒影下的歌声响彻，还有绿色葱茏的一座山坡。

阿合亚子的那个晚上

那晚的圆月很亮很亮，那晚的秋风好爽好爽，那晚的山林墨色苍茫，那晚的星空白云飘荡，那夜的草原让我终生难忘。

那晚的天气好凉好凉，那晚我醉得荡气回肠，那晚我睡得好沉好沉，那晚的梦却迷迷茫茫，那夜的月光洒在我的身上。

松涛林海在风中作响，闻得见你温柔的芬芳，月色朦胧你妩媚的模样，心在原野的土地上碰撞，筋骨在星空下伸展舒张。

阿合亚子河在轻轻流淌，月夜的山林轻拂我的胸膛，秋天的晚风在木屋前欢唱，羔羊就依偎在我的身旁，灵魂的高地圣洁而安祥。

阿克达拉你在哪里

如烟如雾，如云似梦，在一个雨雾蒙蒙的春季，我来到了阿克达拉的怀里，如诗如画，如幻似空，在一个杏花绽放的时节，我走进了一片人间圣地。

说你是世间仙境，你却有人间的梵音，说你是人间村落，你却有天仙般的幻境，说你是在我的梦中，我却是在你的怀里，说你在我的怀中，你却像迷雾一样的神秘。

清风掩不住你的娇柔，白云述不尽你的魅力，草原衬托了你的妩媚，田野描绘了你的神奇，就在雪山云雾的境地，就在蓝天白云的故里，就在望断天涯的山中，就在草原深处的一隅，阿克达拉啊，你就像仙境的美少女，你披着轻纱，走出绿树红房的云雨。

阿克达拉啊，我日思夜寻找着你，就在绿色青山的草地，就在河谷风云的福地，你的雪山草原如云似梦，你的骏马飞奔牛羊遍地，你的美丽让我沉默无语，你的幻影让我如痴地着迷。

阿勒马力我来了

我是在，春暖花开时节，乘着一阵风儿来的，来到了边防哨卡，从此这座大山，就成了我思念的家。我是在，一个雨天的时候，乘着一片云儿来的，来到了你的怀中，从此这片草原，就有了我浪漫的佳话。

我是在，大地尚未苏醒的清晨，乘着满天红霞，来到了这片牧场，从此，这儿就有了我的牵挂，我就再也不想走了。

我是在，一个生机勃勃的夏天，乘着一条彩虹来的，来到了你的眼前，从此我的眼前，就定格成了一幅山水的图画。

我是在，花开的时节，来到了你的胸中，你始终温暖着我，我仰望着，这里的国旗飘飘，还有遍野绽放的红花。

其实，我来时骑着一匹天马，来到了你的脚下，伸手摘了一朵白云，披在了身上，从此我的心就被这里收纳，草原之上蓝天之下。

你在一座高山下，默默无言雄浑傲然，绿草相伴挺立云霞，你是一条河流，曲曲弯弯千年浪花，无怨无悔，一路歌声远走天涯。

你是一片草原的图画，青青弥漫牛羊满山崖，为远方的父老乡亲，撑起了安详的家，当满天白雪的时候，我可以看见你，高高的国旗，还有手持一枝红伞的花。

当春天来临，当开满，遍野的鲜花，当牛羊满山，你却在那里悄然挺拔，戍守着边防保卫着国家。阿勒马力我来了，看到你的威仪，我就看到了温馨的她，你不惧艰辛坎坷，你不畏风吹雨打，一路征程漫漫，一路壮歌天涯。在苍茫边疆大地，你就是一个旗帜，雪山之巅白云风华，五星红旗飘扬的哨塔。

高耸的雪山满天红霞，仰目的青山草原如画，战士用青春，在边疆胸怀天下，我满眼浸透了深情的泪花，阿勒马力我来了，我用真情与你对话，伟大的祖国有战士戍守，放心吧远方的妈妈。

阿勒马力的花团

（写在61团）

总想写几句，那幸福的花团，可惜我不会写，所以有些为难，我想，即使再美的诗句，也无法表达出，你的美丽与灿烂。

总想为你，来两声呐喊，可惜我不会呼唤，所以不能如愿，我想，即使再美的歌唱，也无法唱出，你的俊秀与委婉。

桃花盛开的时节，阿勒马力总是，车水马龙天高云淡，人声鼎沸景簇花团，真不知是人间的仙境，还是仙境中的人寰。

桃红柳绿，惹得游人纷繁，桃花柳絮，搅得姑娘们也心不安，赏花的女人们，哪个不是花枝招展，谁的笑容不璀璨。

当是丰收的好年景，我的心也会灿烂，摄像的小伙，站稳脚心莫颤，对准前方的雪山，镜头里飞出，漂亮的姑娘和金色满园。

谁拉起了，悠扬的小提琴，如云般的婉转，声音在桃花源里，随风花起舞幸福飞传，今年又是一个丰收的田园。

阿勒马力哨所的兄弟

远方的哨所叫阿勒马力，静静地守望在一片山脊，年轻的战士来自哪里，亮亮的眼睛简朴的军衣，边关的冷月被你的钢枪托起。

远方的哨所叫阿勒马力，山上总有年轻士兵的警惕，哨所的星光静静的草地，战士守卫着中国山河大地，我不知道哪儿是你的故里。

远方的哨所叫阿勒马力，年轻的士兵来自祖国各地，单调的生活艰苦的风雨，再苦再累战士们从不放弃，把思念存进白云，把坚定的意志记在山里。

远方的哨所叫阿勒马力，哨所的位置在一个山脊，孤单寂寞风沙雨袭，守卫的战士们用忠诚，守着一方沉默的土地。

当花开月圆时，没有人在意你，当风平浪静时，人们淡忘了你，硝烟散尽没有人注意你，花好月圆时人们忽略你，而你，总是沉默寡言凝望远方，守着一片寂静山川河脊。

哨所是一块圣洁驻地，大山深处寂寥万里，霍尔果斯河流从眼前流过，执勤的士兵们，手握钢枪巍然挺立，还有清风吹过山冈上高高的国旗。

137

我把驻地当故乡

（写在阿勒玛力哨所）

守着一座高山，面对一片荒凉，一条弯曲的小路，送我到哨所边防，还是懵懂的少年，黝黑稚嫩的脸庞，一身骄傲的戎装，扛起祖国的希望。

手握冷冷的钢枪，时刻警惕着前方，星星伴我来站岗，明月寄我思故乡，好男儿志在四方，青春被哨所闪亮，为了遥远的亲人，为了故乡的爹娘。

为了蓝天里的白鸽，为了天上的圆月亮，守着寂寞荒凉，青春在边关飞扬，面对一方热土，我把驻地当故乡。

爱的距离

爱的距离，可以咫尺天涯，也可以千里万里，无情者，一尺也是多余，有情人，距离不是问题，若没有爱，即使再大的楼宇，鲜花遍地，金银财宝黄金堆积，都毫无意义，因为没有了生气，甚至还不如地狱。

真正的爱，可以是无声无息，沉浸在风云的光阴里，把思念化作红尘的点点滴滴，任孤独风风雨雨地惺惺相惜。

真正的爱，无须太多的言语，宁愿把自己，燃烧成天边夕阳的火炬，默默地奉献甘心做春泥，如同生命里的，阳光水和空气，无影无形无踪无迹。

近处心手相牵，远处灵魂相依，如同星星和月亮，夜夜在长空厮守，天天在彼此的心里，千年百年不疏不密，花开花落静观年年四季。

爱上了可克达拉

不知从什么时候，也不知什么缘由，不用问从哪儿开始，我就知道他不会结束。一个不经意的回眸，竟爱上了可克达拉，爱上了那个遥远邂逅，爱上了这座新城，那个穿越经纬的牵手。

不需要问我什么时候，我不告诉你什么缘由，只为心中的一份承诺，可克达拉啊，那个魂牵梦萦的思绪悠悠。无论有多么遥远，无论有什么缘由。

有多少爱就有多深的思念，有多少相思就有多痴的情愁，可克达拉是我灵魂的归宿。爱上了可克达拉，爱上了你的温柔，在我的前方，是绿色苍茫的公园大路高楼。

爱上伊宁

来到伊宁，你就会发现，再也没有什么东西，能让你的心这般的宁静，能让你的情这般的安分守己，他的空气是那样的清新，他的街道是这般的葱绿，他的花朵是那样的绚丽，他的白云是那样的让人心旷神怡。

来到伊宁，你就会发现，再也没有什么地方，能与这儿的绿草红花相比，美在山水天地美到人的心底，他的山水比九寨沟神奇，他的风景比香格里拉壮丽，他的秀丽可与桂林山水齐名，他的浪漫不逊色普罗旺斯分厘。

来到伊宁，你就会发现，早已爱上了这片土地，一条大河奔流向西，两岸的牧场云中雾里，漂亮的姑娘花枝招展，弹琴的小伙那个帅气，让你看得实实在在着迷。城市的建设那个美呀，美得让你再也没有了脾气，让你瞠目结舌屏住了呼吸。

来到伊宁，你会感觉到，当地的儿子娃娃，特别有情有义，各民族团结相伴相依，你会感觉到这里的人儿善良和气，你就想把心交到他手上，你一定会把情定在伊宁。

来到伊宁，你会爱在心中，来到伊宁，你会爱在骨里，爱得死去活来，爱得翻天覆地，爱得天经地义。世界上，有那么多好的地方，唯独伊宁，能让你的心如此的静怡，祖国山河，十万八千里，却没有一个地方，能与这里一样，让你感到温馨无比。

行迹天下，鹏程万里，却偏偏爱上伊宁，来了就不忍离去，走了却难以舍弃，一切都在深深的记忆里，我与伊宁，血肉相连，我与伊宁，筋骨相牵，我与伊宁，魂牵梦绕，我与伊宁，情海无边，想离开伊宁，真的没有那么容易，这儿有你的牵挂和念想，有你无限眷恋的诗情画意，红尘漫漫，多情的伊宁是你心安的福地。

身在路上，心在伊宁，伊宁不是太大，可温馨就在那里，伊宁不是太富，可心里特别安逸，千里万里，最爱的地方还是伊宁，欧亚大陆的腹地，却一片神奇的异域，河流密布，雪山草地，没有大的干旱，没有太多的风寒雨急，这儿的良田沃土，却在茫茫的塞外戈壁。

天山深处，白云的故里，遥远的地方，草原如洗，大河奔涌，一望无际，他给路上人以希望，他给有情人以希冀，他让善良种子，以春风春雨，他给娇小的青苗，以肥沃的土地。

真不知道，除了伊宁，还能爱上哪里，这片浪漫，这方逶迤，谁住在我的心中，我走进谁的心里，唯有那远方的伊宁。

伊宁是家，家在伊宁，不管家在哪儿，距离不是问题，哪儿有情，哪儿是家，哪儿有爱，那就是伊宁，让伊宁告诉你，什么是幸福与奇遇，告诉你的亲人父兄和姐妹，也请转告你要好的兄弟。

巴音布鲁克的那一夜

秋草泛黄夕阳残血，九曲十八弯送走了，晚霞中最后的一丝余热，草原连天如梦的原野，我张开双臂紧紧地揽着，巴音布鲁克草原的一轮明月。

高原已是十月，长空雁阵秋风瑟瑟，没有什么能比，开度河上的月光透彻，一丝爱意悲壮悠然腾起，是夜止不住血涌的胸怀，我拥抱了那芬芳激情与火热。

墨色苍茫蜿蜒的秋色，我在月下与星星私窃，浩荡的草原牧歌缠绵，香风做伴老酒心间，谁也不能把那团焰火熄灭。

无与伦比的热烈，我肆意地在草原上书写，我驰骋草原策马扬鞭，翻过一座又一座山，越过了一年又一年，我热情似火澎湃激越。

我把对草原的爱，全部在这里倾泻，但愿若干年后的你我，还能记着这些，巴音布鲁克的那个酒馆，草原上难眠的那一夜，九曲十八弯那一轮温情的皎洁。

白衣天使

粉色的一只角帽，大大的一个口罩，燕子似的穿梭于过道，身披一袭白衣，一个浅浅的微笑，难掩一个夜班的疲劳。

平素而简洁生活，清清淡淡的容貌，一双手擎起病人的依靠，身似一朵白云，心似圣母般的洁傲，轻手轻脚把最苦最累一肩挑。

忙忙碌碌的身姿，天仙般是曼妙，医院因你神圣而俊俏，天使般的责任，一路芬芳妖娆，朴实里透着昂贵的责任崇高。

一样的青春靓丽，一样的尘世喧嚣，爱的怀抱把病人精心照料，南丁格尔的信使，救死扶伤的荣耀，生命因圣洁的呵护而自尊自豪。

手捧爱心在病房，怀揣温暖向病号，多少生命减轻了痛苦的煎熬，幸福花季在医院绽放，美丽青春心灵美好，一双手送去了多少默默的祈祷。

一枝芬芳的玫瑰，一束高洁的枝条，天底下最崇高的使命，人世间最朴实的功劳，晨曦中最甜美的微笑，闪烁着人道主义光辉的骄傲。

白衣天使，是人间最美的春雨春潮，白衣天使，是世间最吉祥平安的符号，苦了累了把病人却抓得很牢，累了苦了一把椅子靠靠，人间有大爱，世界有真情，用一颗慈祥的心，打开生命通道，不需要有谁知道，勤勉好学坚守职责守护生命，爱心的红烛天地炳照。

边关哨所的月亮

（写给坡马边防站）

哨所就在天边界河的侧畔，寂静的边关，士兵们用真情守望着，祖国一片起伏的群山，还有一条蜿蜒的钢丝网，伸向远方无尽头的一片草原。

晚风掠过把一片云彩吹散，哨楼上的士兵笑容也灿烂，默默地扛起使命，警惕着山谷和荒原远端，只有一汪明月挂在天上，月亮的下边是祖国召唤。

哨所的气候总是初寒乍暖，掩不住年轻士兵的伟岸，山谷里的风霜，映照着士兵的孤单，汗腾格里峰的冰川在诉说，共和国因为你们幸福平安。

边关哨所的月亮，好圆好圆，家乡亲人的顾盼，好远好远，愿月亮带去我的祝愿，请告诉远方的妈妈，有战士捍卫的边关，这里和家乡一样温暖。

边境团场我的家

军队的热血还在胸中激荡，大漠风沙中挺起坚实臂膀，我们扛起祖国的嘱托，我们是共和国的脊梁，云海深处建设新农场，戈壁荒原绿树红房，我们是永不移动的界碑，我们戍边永不换防。路尽头那高高的山冈，天的边上小溪流淌，界河边上有兵团农场，边境线上住着我的爹娘。

我们穿军装种田放羊，我们手握钢枪驻守边防，各族兄弟姐妹和睦相处，万里边疆我是铁壁铜墙，请祖国妈妈放心，有我们这里就不再寂寞，有我们边关不再荒凉，我们让边疆改变了模样。别说这里少些浪漫的花香，别说这里没有都市辉煌，边境线上有兵团农场，就有祖国和谐安康。

路尽头那高高的山冈，天的边上小溪流淌，界河边上有兵团农场，边境线上住着我的爹娘，五星红旗在边境山冈飞扬，五星红旗在边境山冈上飞扬，五星红旗在边境山冈上飞扬。

创作偶感：新疆兵团是20世纪新疆和平解放后，为解决当时新疆的社会稳定、边防巩固、生产发展，由军队改编而形成的特殊组织。辖14个师170个团分布于天山南北各地、州、市、县的交通要塞、大漠边沿、边境线上。60余年以来，几代军垦战士用自己的青春、热血、忠诚、汗水，保卫边疆建设边疆。本着对祖国的忠诚，携着中华民族的根本利益，守着清贫谈富有，远离欢乐不言愁，畅饮痛苦当美酒。硬是在茫茫戈壁大漠荒原的边界线上，建设起来了一个又一个军垦农场。撑起了边疆建设发展、民族团结融合、区域安宁稳定、边防巩固的一片蓝天、一方净土……边境线上有兵团50余个团场，那里的艰难、艰苦、艰辛，那里人所做的贡献应该让更多的人了解、理解和讴歌。

这首歌曲是本人以兵团四师76团为背景，对边境团场的一点认识和理解而写的。由于水平和歌词容量局限，并不能完全反映团场的实际，只是我个人的一点情感抒发而已，全当丰富业余生活吧。在四师2015年春节晚会上，由侯广惠、尹新宁、胡瑛、郝伟伟、范伟萍和我本人演唱这首歌。

冰雹

是不是风的愤怒，是不是雨有点急躁，或者是云在胡闹，都不是的，是自然界的一滴欢笑，就是这样任性，只不过一点雨滴结晶而已的冰雹，可是它总给我们带来顽固的袭扰，搅得农民哀声怨道。

最炎热的季节，风云变幻云水招摇，云雾之间还弄出电光闪耀，顿时雷声轰隆云水相交，于是地面就架起了，愤怒的火箭和大炮，非要收拾收拾这个闹事的冰雹。2000米，4000米，8000米，炮火齐鸣直射黑云的老巢。

你还是在天上，只是一片云一阵雨，却时时有人向你开炮，是谁在胡搅胡闹，还处处争抢丰收的功劳，标榜自己是风云的前哨，岂不是可笑。

一阵火炮，好似没有了烦恼，云开雾散开了吗，真有人信了，几发炮弹的清高，就能把天奈何得了，该下还是在下，该雨还是雨，该雹还是雹，不知道你可靠不可靠，不必与冰雹不屈不挠。

自然就是这样，需要雨水滋润，可也会有洪水咆哮，冰雹，只是其中的一个浅表，没有那么重要，云水翻腾的一个现象，局部区域的一点蹦跳，翻不起洪荒大浪，也没有那么急促的狂飙。

无所不能的人啊，总是太多的需要，总在自寻烦恼，即使一万门大炮，不过地动山摇，日月转风雷动，天地常岁月静好，留点清闲给大地，留点洁净给小草，节约点钱财给农民，天上降下来的只是冰粒，让孩子们看看也挺好，下点冰雹，或许对庄家的确有侵扰，可是人为的污染环境，又有谁人知晓。

天上冰雹依旧，地面山河妖娆，不知道什么时候，人类可自如地运行风雨，也就没有了冰雹，那该有多好。可是那样的世界，该是多么没意思了，那时候的孩子们，到哪里去，看冰雹的稀罕和热闹，我不希望，把罪恶都归咎于冰雹。

我真不明白，那样的世界究竟是福还是祸，还有现时射向天空的火炮，我想还是少说为妙，幸运我懂得太少，自然界的风霜雨雪雷电冰雹，真该有还是没有，真该要还是不要。

我也不明白我们需要，太阳照耀还是不照耀，冰雹到底能够怎么样，冰雹的故事谁能说清楚，这个真理谁懂，这个世界谁最知道。

我希望自然界不要有灾害，我希望年年都有好收成，我希望人民幸福地生活，我希望不要有灾害的冰雹，我也希望人类生存的环境更好，我就是不懂那怒射天空的火炮。

兵团是我温暖的家

为什么我的眼里总是噙满泪花，为什么我的梦中总有那么多牵挂，为什么我的笔记总有那么多情话，为什么我再也不想远走海角天涯，因为兵团是我温暖的家，因为边疆住着我的爹和妈，因为新疆有我童年的故事，因为这里的爱可以把冰山融化。

为什么我的心什么都不再容纳，为什么我再也不想缤纷的其他，为什么我四海匆忙总也找不到家，为什么我走得再远都不肯把你丢下，因为兵团的爱是那么的博大，因为兵团的神圣高尚与伟大，因为我的根深深地扎在了兵团，因为天山南北大美山河风景如画。

为什么我总是默默地把思念吞下，为什么离开兵团我的心就像针扎，因为兵团的精神伟岸与挺拔，因为兵团是我永远的家，因为只有兵团的琴弦才能把我的情思表达。

播风播雨

已是春季，大地勃勃生机，我亲爱的朋友，请一定早起，到田间去地里，趁着春天，趁着大好时机，去追赶春天的花季，去播种春天的风雨。

春风细雨，生命竞相绚丽，我亲爱的朋友，请准备好行李，到草原去林地，趁着春季，趁着阳光和煦，去追逐生命的朝气，去追赶春潮的讯息。

不要吝啬一点力气，不要辜负春的赋予，花红柳绿好时节，春光明媚好天气，绿色的草原，肥沃的土地，潺潺的流水，都在等你，乘着春色，不辜负花雨，奋勇向前只争朝夕，追云逐日播风播雨。

不必多么高大

生命中的人，如同大千世界的沙，只要不是太差，一般都不会缺啥，生命的历程，各不尽相同，却也都不相上下，只要努力过就行了，没必要争个七和八，平平常常，生命如花，四季交替，风采如画，更无须，把自己装扮得像个神话。

芸芸众生的人啊，最经不起被夸，几句赞扬，也未必是真话，被捧着几次，也不能忘记姓啥，说你几句好话，其实是对方的高雅，无知延伸出，胸脯的高耸，脖颈的挺拔，却自不知，那是被浮光宠傻了。

无论你多么优秀，且勿被赞扬冲垮，你有你的高昂，他有他的芳华，你有你的卓越，我有我的牵挂，他有他的奇葩，各有不同的活法，都在当下，谁也不欠谁啥。

无所谓杨柳飞花，不必要山高水下，更不必飞短流长，装腔作势附庸风华，把自己，描绘得多么高大，是高山我敬你的云霞，是青松我爱你的挺拔，是河流我随你而欢腾，是小草，我崇敬你的平凡嫩芽与鲜花。

我敬重，每一个顽强的生命，即使是一株嫩芽，即便是一粒微沙，我永远知道，自己的不足与匮乏，我不希望，被什么束缚与绑架。

人的高贵，未必在皮囊的刹那，沉淀的气质，或许是最高的评价，自觉自律悲悯善良，意志坚定聚沙成塔，像一棵松树那样，即使悲壮地立在悬崖。

不惧风吹雨打，不攀比不依附，不惧怕不浮华，任风霜雨雪把心灵净化，有趣的灵魂，卓尔不凡沸而无哗，不会随流言倒下，云淡风轻高贵豁达。

不老的岁月

老去的是纷繁的岁月，老去的是懵懂的无知，老去的是枯枝败叶，老去的是少年的狂野，老去的是秋草的生与灭。然而，不老的是精神的长夜，不老的是风吹的原野，不老的是绿水青山，不老的是灵魂的世界，纵然繁华三千其实都是云烟，任时光老去我不悲凉，我在漫漫的岁月，拾起一枚金色的红叶，做我笔记本里记录心思的扉页。

留存在时间的记忆里，在风中飘在雨中响，环视宇宙四海云野，不因老去的岁月，带走我思想的枯竭，在老去的岁月，我要放飞手中白鸽与蝴蝶。

青山不会老世间重晚情，身笔尚健才思还敏捷，有多少美好待我迎接，大地恩赐的精神许些，小小寰球大千世界，物质轮回天地不灭，留些美好在人间，笑谈天下事切莫空悲切。

不想让你走

与兵团歌舞团刘娜合作获兵团原创一等奖

当风雨来临的时候，你一个转身，把亲人丢在了身后，冲进了茫茫暗夜的风雨尽头，当危急来临的时候，你只一个背影，没来得及与亲人挥手，冲在了队伍前列那危急关头。

你总是这样的分手，我亲爱的战友，你不惧风狂雨骤，把人民的安危扛在了肩头，寒风凌厉，大地在颤抖，人民勇士，危难中携手，还给世界的是，一个清新的宇宙，我不想让你走，我亲爱的战友。

不想与你联系

不想与你联系，不是不想你，是因为怕你和我，都不尽如人意而不敢与你联系，不想与你联系，是怕你太讲情意，让你太意外太惊喜，怕你麻烦得惊天动地。

不想与你联系，是怕你太失意，怕你为我太失望太着急，也怕耽误影响你的休息，我真的不敢与你联系，怕你盛情难却，怕我无以回报与感激，怕我的境况让你担心着急。

好久不见了，怕我见了你会激动，怕你见了我会来气，怕你的眼泪鼻涕，怕你总是不会控制自己，你说我在你的梦里，我说你在我的眼里，你说我在你的心中，我说你就是我的身体，其实真正的友谊未必总在联系。

不想与你联系，其实都在梦中，都放在了心里，云淡风轻赏心悦目，我们相拥于一片，葱茏盎然的绿意，蓝色的马车奔驰在草地，山野寂静月明星稀，一只羔羊就在我的身边，毡房里的睡梦很甜蜜，彼此珍惜不必激动不已。

不要抱怨

人生苦短百年笑谈，皆是梦里行船，皆来草海云帆，每一个过去的平凡，或许正是奇迹的开端，心在天上脚在泥潭，好似希望无边，转瞬时光大半，百年春秋终归平凡，人生没有后悔的药，过去的都是春天风雨的灿烂。

一杯老酒喝干，一支香烟尽燃，有多少好时节，在等待中流干，回头看寒暑往来，一边滚烫一边稀烂，好在心中有一片美丽的田园，看秋水宁静秋山远，听长空大雁的天蓝，看秋山满目的落繁，望落日黄昏太阳的浑圆。

丛林动物只是彪悍，岁月静好就怕扯淡，有多少来年可以烂漫，一个转身就成了故事，一个回眸就成了永远。风雨山路河水弯弯，曲曲折折请慢慢追赶，不要瞻前顾后，都会风水轮流转，生活不会一成不变，梦里的东西都会走远。

还值多少时日任你挥霍，还有多少故事可以流传，切珍惜眼前不要抱怨，不必过多为一片，终将游走的浮云纠缠，不能因为一枝花的凋零。

而把整个春天看淡，也不要因为，脚下踩了一点牛粪就抱怨草原，最美好的东西往往有些遗憾。

不一样的今天

转眼又是年初岁末，一年一度匆匆而过，不知不觉人生几何，紧张而忙碌辛勤而快乐，有多少好朋友，唱过多少歌，田间地头农家哨所，走过多少路涉过几条河，登过几座山爬过多少坡，看过哪些景品过什么酒，闻过别样的花香，都将随今天的雪花而飘落，都将被历史的冰霜所淹没。

向过去告别，是为了明天生活，把路上的风光，捡拾成珠精心打磨，把往日的一切，都酿成一首歌，我是最幸运的那一个，在都市我是小草一棵，在牧场我是嫩苗一个，在山上我是一粒沙石，在河畔我是浪花一朵。

打打球唠唠嗑，聊聊天出出汗，我与世无争，我有何其所，平平常常乐乐呵呵，多了些朋友的场合，有紧张有序的工作，有快乐安静的写作，有农业相伴的田地，有激情风云的火热。

有涓涓的小河，有花朵的山坡，我不得不，由衷的感谢是你给予的我，感谢岁月从容不迫，感谢生命我未沉默，寂静的寒夜有我的笔墨，广阔的田野，有我汗水的滴落。

宽宽的草原我席地而坐，朋友相聚，总是无比快活，细雨春风的高原，我踏遍每一个角落，不为别的，为农民的增收，为在春雨中把种子撒播。

走边关去哨所，住农家酒少酌，送文化搞讲座，颂歌献给党，民族团结月，农民丰收节，我的足迹在北疆的广阔，我的心在牧场的山河，国庆晚会的大舞台，也有我身影的闪烁。

我知道这一切，都是朋友相助，都是真情相佐，都是友情的不弃不舍，送一段祝福吧，告别过去感恩生活，感谢今日飞舞的雪花，感谢未来花儿开放景色。

好在我略知点气象学，又一年风调雨顺的开拓，农牧民该是希望成歌，我也将启程，守冬天的一把火，我还将随性地写点碎琐，品味草原清风，赏识河岸的清波。

我不会忘记，朋友带给我的欢乐，我情愿用我肩膀，为朋友为你垫脚，你幸福我高兴，我拍手你高歌，你成就我收获，我们与这个时代一起奋进爬坡。

草原就像一条河

其实，草原是一首经久的歌，一条河流，划过千年的故事，一首牧歌，唱尽了多少历史沧桑的悲欢离合，草原就像一条河。

其实，草原更像一幅画，草原更是一首诗，一幅画，融进了多少草原的美色，一首诗，述说着草原上无尽的欢乐。

草原是一片云，草原是一个梦，一片祥云，托起了多少儿女的遐想，一个梦，承载着多年不变的嘱托。草原是一杯酒，草原是一团篝火，草原是，一部史诗般的长篇小说，草原故事里有我的牧民大哥。

草原是，心灵尽头的牛羊洒脱，草原是，长风唤醒的云梦山河，草原是，书房里铺开的课桌，草原是，牧歌唱起的笔墨，草原儿女们有自己的幸福生活。

请不要打搅，草原的那座山那条河，请为草原轻轻唱首歌，请把草原比作母亲来爱护，请为爱的草原竖起一个小小的风车。梦在草原，爱在草原，月亮迷航，星星闪烁，草原有我爱的旋涡，我为草原祈祷静默，草原是今生今世永远不老的述说。

草原那边百花盛开

伊犁河畔有诗有爱，草原那边百花盛开，毡房门前有你有我，仰空遥望莫等待，何时花正艳风再来，高原那边情深似海，小河流水有情有爱。

纵情牧歌有你有我，放眼望远高原蓝，何时伊人醉君情开，伊犁风光好气派，善良儿女情意暖，天山深处景如画，山有情水有意，扬鞭催马云天外。

春风二月

恶魔肆虐庚子初，江城寒冬冷风吼，悲天悯地怜惊魂，万里华夏凝悲愁，祖国儿女手牵手，上下连心齐奋斗，惊雷动火神怒。

天宫秉杖降魔毒，科技长剑刿风口，白衣战士立关头，四海八方多情谊，妖魔鬼怪奈何咒，二月春风抚杨柳，红雨随心江山秀。

祖国处处刀枪起，冠状病毒何处遛，龟蛇两山黄鹤楼，我辈皆是硬骨头，苍天福佑我中华，长江万里楚天舒，三山五岳我神州。

万紫千红风雷骤，中华儿女尽尧舜，地动山摇向前走，巍巍大中国，江山定宇宙，几只魔鬼毒，岂能逍遥不发抖，看我中华铁臂银锄。

武汉还是武汉，待到春暖花开，樱花绽放的时候，祖国万里河山碧透，巍巍大中国红旗漫卷，世界鳌头奋勇争优。

春风掠过的草地

仿佛还是冬季，乍暖初寒的天气，时时还有，阵阵的寒流袭击，从东南边吹来的劲风，温润里裹着温暖和湿气，我在初春的时节候着你。

春风轻轻地掠过草地，田园一派盎然的春意，返青的麦苗给大地，披上了崭新的绿衣，暖暖的太阳温情洋溢，杨柳在春风里扶摇，时时伴随着丝丝的雨滴，我想知道你此时此刻在哪里。

春风掠过的草地，我在这里等你，消融的雪水，涓流成淙淙小溪，流过草地流过村落，卷起的浪花，欢笑溪流清徐，燕子不知何时从南方，又迁徙回了这里，牧民的屋檐一窝新燕，正与它们的父母呢喃呓语，我希望你也能看到这一席。

春风掠过的草地，一派盎然生机，孩子们，最先脱去了厚重的棉衣，在村头的空地，开始了喧嚣的嬉戏，新生的羊羔咩咩地叫，跟着妈妈步伐，你欢我跳你推我挤，牛羊走出圈舍，奋力抖抖身体，甩去了裹在毛皮上，一个冬天的臭泥，牛马羊一阵风似的，就撒满了草原，荡涌起云雾般的涟漪，如果此时你来该有多么欢喜。

春风掠过的草地，牧民忙碌着准备迁徙，逐水草而居，世世代代传习，赶着牛羊骑着马和骆驼，追赶着，一片一片肥美的草地，转场的牧民支起一座毡房，炊烟缭绕，缥缈在一条淙淙流水的小溪，白云间的毡房，牛羊河水一览无余，草地上，弥漫着诱人的奶茶香气，如果你来我们将把酒杯举起。

春风掠过的草地，看穿浮动里，村上的农民，看出了效益，计划着一年的生计，种什么来钱，到处寻找着信息，田野顿时忙碌了起来，欢声笑语，和着轰鸣的机器，花儿开了草儿又绿，少女的衣裙，在风中飘来飘去，小伙子的琴声，又在原野响起，三三两两的游人，又开始了，朝着绿色的地方奔去，可是我就是见不到你。

春风掠过的草地，虫儿钻出了泥土，把歌儿哼起，小鸟在树上搭窝，也不再为，食物短缺而哭泣，一只两只燕子，什么时候又回到了牧区，在屋檐下的长廊，飞来飞去喳喳叽叽，忙碌的燕子，在为搭窝不停地衔泥，春风掠过春雨淅淅，满山遍野的山花，正在等待时机，伸伸懒腰摇摇肢体，一阵芳香，把草地打扮得丰彩秀丽，如果你在该有多少意义。

春风掠过的草地，吹散了多少记忆，金戈铁马，奔腾的马蹄，一个久远的故事，在牧人的口中世世代代传递，汉家公主用，毕生的年华和睦了西域，中华民族的血脉，在草原上生生不息，青山依旧，远古的先民如今在哪里，只有排列整齐的，土墩大墓在原野矗立，还有格登碑，在诉说远去的功绩。

我不知道该，怎么向你说起，春风掠过的草地，看穿浮云万里，变化真是翻天覆地，老树新芽绿野和煦，古老的草原焕发新机，遥远的边境不再孤寂，原始落后的生产力，面貌改变得令人称奇，草原上的人们，个个神采奕奕，新的交通四通八达，将边陲与北京，链接得更加紧密。

田园上农牧民用双手，创造的一个又一个富裕，一座座新的城市，正在荒原崛起，幸福的各族儿女，心连着心手挽着手，西部大开发的新征程，在草原开启，草原有博大的胸怀，我多想在草原的春风中遇见你。

春天当是有我有你

又是一年的春季，看到无数的风雨，柳绿花红白云千里，多么好的时节呀，还想起那时候春犁，茫茫田野轰隆的机器，我在想，如果你在该有多么的美丽。

又是一场春风细雨，看过无数的绿意，蓝天浩荡月明星稀，多么好的夜色呀，还想起那时候的河堤，弯弯的河水晚风习习。

我在想，那时候我们有多么的肆意，又是一个日落日起，还有什么东西值得回忆，苦思冥想难眠的四季，转眼又是新苗崛起，美好如画的大地，还想起那时候我们的亲密。

我在想，还有多少珍藏在记忆的箱底，又是一年季节更替，看过无数的高楼林立，人生有多少清风细雨，多么迷人的红蓝景色，转眼已不堪回首的留意，人生百年不过一程经历。我在想，无论海角天涯，春天的气息你定不会缺席，这么好的春季当是有我有你。

春天的风疾，花红柳绿，我被这诗意春天，带进了有你的桃花满地，我不会写诗，却也纵情墨笔，只为梦境与你的杨柳春絮，我不会唱歌，偶尔肆意，只为与你寄情山水的涟漪。草原情深，燕雀比翼，我自凭栏孤寂，千车过尽未见你，忧心忡忡大河西去浪花飞戟。

春天的问候

春天来了，守候在春天的尽头，迎着春天的风雨漫步行走，你像一只布谷鸟跟在我的身后，抢在最好的时节，你我一起开动隆隆的机器，在春风里一起怒吼，把希望的种子埋进翻开的细土，在岁月里静候，和野草一起发芽，让花儿绽放在新绿的枝头。

春天来了，一枝春花向我点头招手，在冰雪消融的时候，我在早春嫩叶里迎着细雨寒流，抢在春天播种的时节，与你一起披风披雨，在春天风前雨后拿起银锄，把幸福的种子撒向肥沃的泥土，在时光里携手，太阳的光芒春风杨柳，希望的种子在泥土里探头昂首。

我在春天，与你拂面碰头，任汗水把衣衫浸透，看春暖花开，娇艳的日头，奋力耕耘明天的丰收，享受春季带来的阳光雨露，有心春常在，真情细水流，哪有春天不争艳，候鸟们也知道理由，没有春天的付出，只有空空的两手，杏花开了，桃花紧后，乘着年轻去奋斗，肩并肩手牵手，播种的季节该上路，莫让青春付水流，苦涩的东西辣舌头，千万不要错过缘分的享有，且不可把太多的后悔留身后，喜看万顷良田山水碧秀，静观河边相依相拥的杨柳。

打乒乓球随想

有空练练乒乓，或许还比较时尚，既练了体魄还益于健康，既交流情感也好打发时光，关键走走逛逛心情爽朗。

有空练练乒乓，运动强度比较适当，场地要求简单，不需要太多的家当，活动自由不费思量，有空练练乒乓，流些汗水心里舒畅，不争冠军精神倍爽，打去身上的赘肉，让生活改变模样，

有空练练乒乓，一杯清茶不凉不烫，几支香烟云雾之上，好听的音乐放上几首，再把几首老歌唱唱，有空练练乒乓，配置运动服装，摆出对攻的势样，

挥汗如雨五马长枪，轻松自如心情特别开放。

有空练练乒乓，好友亲朋一起上，乒乓飞舞天地转，我挥拍向前心明眼亮，练得我身体杠杠滴壮，有空练练乒乓，好风好雨好时光，好时好节好气象，安安静静平平常常，情趣优雅坦坦荡荡。有空练练乒乓，一点兴趣不很忙，练得一身的好体魄，如画的风景好欣赏，不用在家卧病床，有空练练乒乓，朋友个个都大方，打打乒乓挺好的，邻里和睦好商量，这里的天气好晴朗。

有空练练乒乓，不用生气不悲伤，谈天说地少放枪，家里的事都放一放，多人混打也不荒唐，有空练练乒乓，不用和谁去算账，乒乓世界天宽地广，风吹雨打任我闯，祖国山河好雄壮，天高路远我敢上，不给国家添负担，不给家里找烦忙。

当春风吹绿那片山冈

当春风吹绿那片山冈，当白云飘过那个毡房，当牛羊遍地绿草芬香，我的心早已回到了家乡，看到天上圆圆的月亮，心中想起远方的家乡，想念家中的父母亲人，也想念等我回家的姑娘。

我的家乡就在那个远方，那个牛羊兴旺的地方，那儿有河流牧场，那儿有我日夜思念的太阳，当星星把草原的灯火点亮，当绿草唤醒百灵在歌唱。

故乡啊故乡，我就住在你的胸膛，绿草如茵春风荡漾，白云悠悠满天星光，心爱的人啊，我的心中全是温暖幸福的景象。

当风儿来临的时候

当风儿来临的时候，不要充嫩卖傻装疯，做哑装聋藏于地洞，躲进小楼猫腰躬身，关键时刻装尿成何体统，当风儿来临的时候，该上就上该冲就冲，该撒手时就撒手，该扬帆时就扬帆，该出征时就出征，不要怕什么空不空中不中。

风是个好东西，你躲也无用，你看看大自然，有多少美妙来源于风，春风化雨乘风破浪，长风浩荡风起云涌，风能让花儿结种，风能让云水翻腾，能让大海波涛汹涌。

风能让空气流通，还能让自然界不停地运动，正是因为有了风，我们人类才多了一些成功，世界上还有多少，好雨好风，没被科学搞懂，没有为我们所用。

我喜欢草原上的轻风，羊群在绿草间游动，花儿随风舞起长龙，白云在天上飘荡，一只雄鹰，蓝天翱翔傲视苍穹。

当风儿来临的时候，我一直守在时间的路口，等着风儿吹去我的忧愁，可惜风儿一直在走，只是把我丢在了时间的尽头，也许我已经被风远远吹走，海角天涯不知哪儿是相约守候。

当某一天我悄悄离去
（写在送别的会上）

我亲爱的朋友，当某一天我悄悄离去，请不要找我，也不要为我着急，那是因为我累了，想换个地方休息休息，你我都很累谁都不容易。

我亲爱的朋友，当某一天我悄悄离去，请不要悲伤，也不要因我而哭泣，本是轻轻地来，也让我悄悄地去，离别原本是自然的规律。

我亲爱的朋友，当某一天我悄悄离去，请不要责备我，也不要埋怨我不辞的别离，前行的路上总会有人不时地倒去，世间万物皆有生命的逻辑。

我亲爱的朋友，当某一天我悄悄离去，请不要扼腕痛惜，也不要有任何的歉意，太多的痛苦你怎能承受，太浓的送别我担当不起，你只当我去了远方，我们的生活还在继续。

我亲爱的朋友，当某一天我悄悄离去，请不要为此伤了身体，也无须悲天悯地，厌恶弥漫腐朽的气息，讨厌世俗投机钻营的卑鄙，我去的地方有花香鸟语的甜蜜。

我亲爱的朋友，当某一天我悄悄离去，请控制好你的情绪，不要泪眼迷离，该来的会来，该去的就随他去，相信天堂路上有春风细雨。

我亲爱的朋友，当某一天我悄悄离去，请你多保重珍惜，或许那就是天意，世界容不了那些悲凉，在大自然面前，我们甚至算不上一颗沙粒。

我亲爱的朋友，当某一天我悄悄离去，请你相信，自然界的循环罔替，生命总是生生不息，夜空闪烁的星光，有我无数美好的希冀。

我亲爱的朋友，当某一天我悄悄离去，请你相信，一粒种子落进了风雨，世界留下了一点印记，请你默默地为我祈祷，把我记在心中的一个角落里。

我亲爱的朋友，当某一天我悄悄离去，不用悲叹我的命运不济，请祝福我吧，祝福一滴水珠融入大海里，祝福一粒沙融入天地，感谢天堂路上的春风十里，感谢超度人生的上帝。

我亲爱的朋友，当某一天我悄悄离去，那一定有他的原因，你我皆属于自然，没有什么东西是属于自己，到了该去的地方有星星做伴，那里有我的新朋友好邻居。

我亲爱的朋友，当某一天我悄悄离去，不必难过得不知所以，也没有必要惊天动地，人生不尽相同，每个生命都有他特殊的意义，已是伤痕累累，心也需要片刻的安静，选择了自然就喜欢了风雨。

我亲爱的朋友，当某一天我悄悄离去，我会告诉你，世界无限好，伤心又何必，你只需默念我的名字即可以，天地那么大都有自己的家，夜晚的星星会回答你很多问题。

我亲爱的朋友，当某一天我悄悄离去，我会告诉你，纯洁的灵魂归于天堂，贪婪的恶霸，都不会有太好的结局，河流的最好归属，还是远方那块静默的草地。

我亲爱的朋友，当某一天我悄悄离去，山河会告诉你，选择了高山就选择了崎岖，高山总在云雾中挺立，感谢生命中的四季，感谢世间有我有你。

我亲爱的朋友，感谢人海茫茫的相遇，我默默地走了，感谢你默默地送我别离，人生在世你也不易，希望你好好照顾自己。

我亲爱的朋友，愿上苍保佑我保佑你，保佑你我的家人一切顺利，翻过日历，揭开新的一页，明天太阳依然从东方跃起，默默唱一首歌，算是送我去新的天宇，我在遥远的天空，也会默默地祝福你。

当我打开春天

翻开一本书的记忆，当我打开春天，你就在春天的风里，草原被春风拂绿，你舞起一袭红衣，彩伞飘飞婀娜多姿，映秀一场春雨的大地。

翻开一册画集，当我打开夏天，你就在夏日的田畦，田野被夏阳灼热，你挽起长长的发髻，拾一枚娇艳的花朵，遥望着远远的竹笛。

翻上一座山脊，当我打开秋天，你就在秋风的红叶里，大地一片金黄，我敞开宽宽胸臂，你嗅着五谷芬香的脂溢，我们品味丰收的红黄蓝绿。

翻开一本诗集，当我打开了冬天，你就在冬天的雪地，你素洁高雅我朴实无华，把真情与雪花捧起，珍藏洁白无瑕的四季。

人生如同一年四季，生命有几多相遇，翻开一本书的记忆，当我打开春风夏雨，当我打开秋云冬旭，云海深处始终有你。

有多少往事还能想起，有多少故事还有记忆，过去的一切均是美好，请你请我都珍惜，有多少爱可以重来，有多少情感可以重续。

一年四季风卷云移，一切都将隐隐地褪去，生活不必拥有太多，不必惦记那些的失去，博大的胸怀真情实意。但愿一切，都从今天开启，亲爱的人啊，祝福我也祝福你，当我打开春天，永远有清新温暖的你，你挺立在春风春雨，我沉默在寂静的绿地，心手相牵，只需几尺洁净的土地，无须太多太腻的言语。

当我想你的时候

当我想你的时候，总想剪一缕春风，载满我思念的忧愁，飘向你居住的河谷，带去我深情的问候，当我想你的时候，总想采集满山红叶，夹存于记忆的册绸，书简写满我的情丝，撒向你的房前屋后。

当我想你的时候，总想遥寄一片愁云，携满我悠远的驻守，飞到从前的那片草原，浸撒滋润你的雨露，当我想你的时候，总爱静静地凝视，窗外那远处的高楼，目不能及的地方，应该是家乡的小路。

当我想你的时候，总想打个电话探路，那里是否风轻云淡，那里是否草绿花稠，那里是否收获丰厚，当我想你的时候，总爱静默在窗前，遥望远处的山头，离别不久，却思绪悠悠，那里依稀是你绽放的枝头。

当我想你的时候，总爱俯首案头，张开笔墨，书写我的情愁，春天的草原，当是百花盛开，有你的地方该不孤独，当我想你的时候，真希望时光可以倒流，长空万里云卷云舒。

风在自由地鸣唱，我在轻轻地招手，家乡的日子当山河依旧，其实想念，不需要理由，其实思念，也不是因为孤独，有情的人，大多爱怀旧，即使再多的繁华，仍需一丝心灵的净土。

人世间，最美的是心灵通透，惺惺相惜，又何须日夜厮守，天地间，最美的是守候，世界的事，未必都需要看透，拥有的东西，不一定是真正在手，而得到的东西，未必是真正的拥有，有一种思念，是梦中的牵手，有一种真爱，叫天长地久，我想化作一片晚霞，随着你的身影，一起奔走，一直走到太阳落山，一直走到夕阳的尽头。

当我走近你的时候

当我走近你的时候，才看清了你的高远，矗昂而浩瀚，当我走近你的时候，才明白了你的温暖，深情而悠远，当我走近你的时候，才知道了你的情感，炽热而波澜。

当我走近你的时候，才懂得了你的灿烂，嫣然而璀璨，当我走近你的时候，才熟悉了你的风帆，脱俗而不凡，当我走近你的时候，才彻悟了你的美丽，芬香而委婉。

当我走近你的时候，才领略了你的高瞻，坚定与果敢，当我走近你的时候，才知道了你的心愿，深情而婉转，当我走近你的时候，才验证了我的判断，聪慧而饱满，你美丽丰饶，你温情伟岸，你大河浩荡，你流水潺潺，你智慧高远，你圣洁强悍。

一座矗昂的高山，一块富美的河川，一片温馨的草原，一个村落的期盼，一座小城的浪漫，这里河水弯弯，这里幸福满园，这里良田沃土，这里生活舒缓，这里无比温暖，这里前路漫漫。

走近你的身体，贴近你的心里，亲爱的母亲，你与我命运相牵，血脉相连，什么都无法割断，你地广天宽，你与我性命攸关，你心里慈善，与我心灵相通薪火相传，你勤劳朴实，与我惺惺相惜灵魂相伴。

当我走近你的时候，我才明白了，你生命意义的不一般，当你离开我的时候，我才懂得了人生的悲惨，可是当我走近你的时候，你已经走远，当你离开我的时候，已经无法弥补心中的缺憾，我愿灵魂与你相随，志存高远在银河两岸。

母亲啊母亲，你让我好难好难，你让我望眼欲穿，你让我常常悔恨，你让我深深惊叹，讲起来全是故事，留下的尽是眼泪，你是我珍贵的遗产，你让我终身遗憾。

唯有默默地祝愿，祝愿好高好高，好亲好亲，好远好远，但愿来生还能找到你，让你天天开心让你尽享天地人欢。

等疫情结束了

2020 真是奇迹，病毒与人类为敌，两次的隔离封闭，英雄们冲到了前线，我们居家休息，居家却成了奉献，世界少有的奇迹，等疫情结束了，我首先要跑步出去，给奋战一线的功臣们敬个礼，感谢你们辛苦工作不容易，其次我要，找几个要好的朋友相聚，谈天说地聊聊奇趣，今天的幸福生活我们当珍惜。

等疫情结束了，我真想插上一副翅膀，我要像鸟儿一样冲到第一，向辽阔的天空山的那边飞去，俯瞰我们壮美的大地，享受自由的蓝天阳光和空气，我要乘上一缕轻风，去大山里看云雨，去拥抱芳草绿地，我要与远近的朋友联系，登上一座山峰迎风冒雨，饱受大自然风雷闪电的朝夕。

等疫情结束了，我要带上好多东西，去看望我的亲戚，好久不见念想在心里，我们还平平安安真是好福气，我们一定要抽空常聚在一起。

等疫情结束了，生活恢复天空洁净如洗，仿佛翻开了崭新的日历，我要重新到伊犁河边去，去领略力挽狂澜长河不息的魅力，病毒算不了老几疫情终归要去，什么也无法阻挡，中华民族五千年不息，无法阻拦我们前行的步履。

斗胆也谈命运

世界上最奇妙的东西，可能是命运，世界上最神秘的东西，可能也是命运，你若不信，他就在那里，想想还真，你若全信，他时有时无，虚无缥缈，还每每失真。有的人，命就特别好，一路风平浪静，有的人，命就特别糟，一路磕磕碰碰，一生坎坷艰辛。

他，说不清，道不明，他，伴随你左右，一直到终身。那，什么是好命？为什么我总是那么幸运，什么是差命？为什么你总是糟心，半世风尘，还真有些领悟于心，命运这个东西，是相对于我们个体的心灵。

善良是最好的风水，努力有最好的命运，坚持要不懈，铁杵磨成针，命运，由你的生活态度决定，命运，是你所处的环境。

其实，决定命运的东西，关键是，时空风雨的处境对于个体的本身，为什么常常有人说，我们赶上了一个好的时代，这话是真，因为，一个时代决定了一个群体的命运。

一粒种子，在正确的时间，正确的土壤，发芽生根，不能缺少，土壤、水分、空气、阳光的要领，所以说，时势造英雄，我们当努力，我们要顺应，切不可胆大妄为逆天而行。

一个人，当他把自己正确的努力，结合到正确的社会实践中时，他的命运或许就风调雨顺，有的人手辣黑心，骑在人民头上苦心钻营，或许也每每顺手得心，搞得也看似一路风景，但我相信，他的命运，不会永远一路风平浪静。

如果我们把命运，寄托于某种不正当的竞争，赌博于各种恶行，这样的命运迟早会有报应，即使再疯狂也不行，即使站到了高处，也只是一时得逞，也终会夭逝折损。

人当知进退，恰到好处成，当知道适可而止，当知道什么是平衡，山、水、天地、草原，会给我们最好的命运，时代、祖国、人民、善良，会给我们最好的命运，莫抢莫争，你也不要不信。

豆腐赞

闲来无事，为豆腐写赞，豆腐来自黄豆，将黄豆破碎搅拌，来自黄豆，粉身碎骨的涅槃，来自沉重而笨拙的磨盘，来自磨盘不止的旋转，经过如此一番，于是便有了豆腐成团，从一粒黄豆到白色豆腐的转换，角色变了本质变了，因而，就有了人们进食的美餐，一代又一代，豆腐成了东方食品的经传，豆腐营养好，口味也不一般。

承载黄豆的容器是粮仓，承载豆腐的容器成了小盘，自然价值也实现了翻番，豆腐韵味雅致，风味独断，男女老少皆宜，人间盛赞，关键豆腐柔软，还有好的口感，它有强身健体的功干，因此豆腐备受呼唤，人间也倍感豆腐温暖，那个时代缺吃少穿，艰苦的环境下，每一连队都有一个副业班，豆腐成为那个时候的美谈，它可以让生活改善，辛苦的人们没有肉食，来上豆腐一碗，该满嘴留香确实解馋。

艰苦环境下的豆腐，绝对的一顿大餐，那样的滋味，常常还在耳畔，即使今天的豆腐脑，豆浆依然是美餐，有豆腐的餐桌就是幸福，不用扯淡金银不换，豆腐随和，与什么菜都能相伴，清烧水煮不素不俗，炖萝卜煮白菜，它不咸不淡，即使配大鱼大肉，豆腐照样可以傲慢，上得了大席，下得了小厨，登高堂深府不输大雅，进农家小院也绝不寒碜。

烹小鲜济寒门，做大菜不孤单，烹烤煎烧，油炸清炒，豆腐满盘笑案，做菜打汤，有豆腐相配皆好饭，对于寻常百姓家，豆腐可是大补大暖。

我想念，当年豆腐的口感，当年豆腐的遥远，当年豆腐，用柔软喧哗的精湛，带给我们是，至今难忘那一段，如今生活好了，了却了豆腐的心愿，它已不再是，酒席的高端，但它，从来也没有走远，与我们心心相印，与百姓息息相关，今天的日子，生活灿烂豆腐依然。

读得太深

读得太深，用心了，走岔了路，只是太费精神，学得太透，用情了，也只是边边走走，看似有点皮毛的风影，常常用笔挺尖刻，所谓妙笔生花画龙点睛，也不过攀龙附凤，赚了一点文痞的尖酸匠心，即使你能说出十几个，世界顶尖科学家哲学家的姓名，也不能说明你就是其中的一个精灵。

我们没有几个是科学家，更没有发现有几个是，哲学家政治家或者社会心理学家的侧影，充其量我们就是传声筒万花屏，充其量，我们读过几篇不浅不深的文章，也写过一篇两篇不三不四不长不短的作品，却很少很少，少得可怜有几个文字能影响读者的心境。

我看不起那几个故弄玄虚的高品，或以文字为背景自以为是的几个文化伪君，真正的文化精品永远存续在老百姓的内心，不必担心谁默默无闻，必须为那些善良的陌路人致敬。

读过不少的书

读过不少的书，走过不少的路，住过不少的地方，也喝过不少的酒，唯独对这座神秘的大山，始终没有猜透，翻过不少的山，越过不少的河，看过不少的景，上过不少的坡，唯独对这片神奇的土地，始终没有看够。

我知道，世间有许多东西，他历久弥新，始终存在于我们内心深处，怎么也无法从我们心中移走，即使你走得再远，即使你见过再多，即使你尝尽世间美味，即使你阅尽人间春色，也无法表达对你的爱恨情愁。

无论看过再多的画册，无论听过再多的赞歌，也无法述说出，大河那边对你感情的无比深厚，而你始终如一，就迤逦在那里，那一条河畔，那一片田畴，那一个远得不能再远的草原，那一个高得不能再高的山头，我一直默默无语地站在你的身后，向你默默地瞩目祝愿鼓劲加油叩首。

多少次梦中见到你

多少次梦中见到你，梦见你在风中，梦见你在雨季，梦见你在花开，梦见你在哭泣，梦见你大河浩荡，梦见你亭亭玉立。

多少次梦中见到你，醒来却一片空虚，分明看得见你的身影，转眼却模糊地飘去，我真不知道这是风的相牵，还是云的引力，竟让我如此魂牵梦萦。

你还是花容月貌，你还是温情美丽，只想和你说句话，你却满眼的倦意，相见成了最难的企及，多少次梦中见到你，看到你忙碌的身躯，听到你真情的声音，闻到你温暖的气息，抚摸着你的手臂，你的双眼浸满泪花，你的模样那般清晰。

你好似要述说什么，我也满心的欢喜，一转身又走出了梦里，亲爱的人啊，多少次梦中见到你，那是我长情的记忆，多少次梦中见到你，那是我泣血的泪滴，你走得那么匆忙，没容我看个仔细，你总是悄悄别离，留给我的是无尽歉意。

我知道，你的世界是广阔的天地，我相信，这个世界再也没有，谁能与你相比，就这样悄悄地离去，就这样默默地别离，就是这样无声无息，就这样，忽然飘进我的梦里，生活的路上谁都不易，不知今天的你，是否温暖如熙，是否顶天立地，我在梦中等你。

风清的时候

总在不停地忙碌，没日没夜的案头，千头万绪的工作，千条万条的小路，不知哪里是家，不解哪儿是河水的源头，上不能为家而分忧，下没有干不好的理由，老人风烛残年，孩子哺乳期尚幼，弟弟的学习也让我愁。

谁知我的问候，谁懂我累与愁，就是这样平淡无油，独自在风中在雨里承受，在茫茫风雨中无休止地行走，但愿春暖花开，风清的时候，去河边，看春风杨柳，看大河奔涌永不回头，去田野，看遍野的耕牛。

听春风春雨，把大地浇透，闻夏日惊雷的怒吼，看惊心动魄的气候，品田野风光万般景秀，赏风花雪月快意恩仇。

父亲的眼睛

小时候，父亲的眼睛，像一盏明灯，总是那么犀利，像一个明镜，总是那样的严细，他是那样的深情，叮嘱我听老师的话，引导我好好学习，告诉我要走正道，不能养成恶疾，怕我冷怕我热，怕我在外受了委屈。

长大后，父亲的眼睛，像一支火炬，温暖还和气，是那样的炽热，那么深沉，总给我默默的鼓励，勉励我无惧风雨，教我好好做人，教我自强不息，告诉我，做人做事要讲品性，叫我工作要努力积极。

后来，父亲的眼睛，像秋天的河流，清澈见底，他不再总是说教，多了些慈祥，少了些脾气，说话也和声细语，但总是在，关键时候为我助力，告诉我一些，浅显的事理，仿佛还是童年，教我看今古贤文，督促我积极复习，说男人要放得下拿得起，常常给我讲些，他年轻时候的往昔。

现在，父亲的眼睛，总浸着一些泪水，仍然是一条清溪，是那样的柔情，有那么多的寄语，总是有许多希冀，还时不时告诫我，人要顶天立地，无论什么时候，都不能灰心丧气，动辄还提醒我，要学会承受压力，要意志坚毅。

父亲的眼睛，就是这样告诉我，生活都有风雨，在别人需要的时候，要助人一臂之力，做事要有长劲，不要轻言放弃，如今年迈的父亲，眼睛却也少了，往日燃烧的神奇，多了几分爱恋的迷离，还总是给我说，今天的一切来之不易。

要学会爱戴珍惜，女人要勤俭持家有主意，男人要爱家爱国爱集体，多出汗多努力，幸福就会靠近你，凝望父亲的眼睛，好像，还是从前那样有力，好像还在，手把手地教我执笔，还教我识字学算术，告诉我一加一等于几，教我跌倒了要自己爬起，告诉我人一定要有骨气。

有一天，父亲还告诉我，人生不求大富大贵，不必大悲大喜，咱老百姓，平平安安就是福气，做事尽量靠自己，不能偷奸耍滑搞投机，更不要随便占便宜，如今，风烛残年的父亲，睡意蒙眬的眼睛，他告诉我的东西，时时印在了我心里。

他常说，人要行侠仗义，绝不可卑鄙忤逆，看到父亲的眼睛，似拂面的春风一缕，有暖阳的慈爱，像滋润的春雨，总是像，春风春雨那般的温情和煦。

看到父亲的眼睛，脸上洋溢着笑意，心里多了些底气，做人做事读书学习，我更有了激情欢喜，都这把年纪了，还有父亲的鼓励，这是上天赐予的福气，望着父亲的眼睛，无论在哪里，我都幸福无边温暖无比。

父亲是农民

父亲是农民，农民的一双大手，宽宽大大，肥肥厚厚，满手的老茧，弯曲的指头，一把铁锹磨得锃亮，像战士手中钢枪从不离手。

父亲是农民，布衫草帽锄头，一副农民的行头，保持着农民的敦厚，不善言辞，不计报酬，他种地总是把肥料放足，他灌溉说要把地浇透，他相信辛勤的汗水，可以带给他收获的丰厚。

父亲是农民，日出而作日落而息，风吹雨淋烈日当头，生活朴素劳动条件简陋，面对困难双肩承受，他总是默默无语，挥汗如雨在一块农田的尽头。

父亲是农民，吃着最简单的饭，从来也不讲究，抽着最便宜的烟，风雨度春秋，穿着最朴素的衣服，哪儿也没有去过，从未有抱怨，一身破旧的衣衫把四季守候。

父亲是农民，起早贪黑，忙忙碌碌，干活回家，早晚不见日头，出苦力流大汗，太阳晒得身上流油，不计名利不计报酬，勤劳的双手青筋裸露，伴我成长衣食无忧，善良的品质，教育我要人为困难携手，沉默寡言挥汗如雨，总是告诉我人要努力奋斗。

父亲是农民，是百万农垦职工中，最平常最朴实的身手，镰刀挥舞在麦田，铁锹坎土在肩头，没有多少人记得住他们的名字，没有人知道他们所吃过的苦头，也没有多少财富，更没有什么享受。

但是，他们同样伟大，他们身影，像一座大山那样高过云头，他们同样是世界上，最崇高的精神富有。

或许，你能记得住许多明星，但你可能，记不起一个农民的风狂雨骤，我相信，当我们回望，今天崭新生活的时候，当我们吃着香喷喷的馒头，当我们看到身后的一幢幢高楼，当我们坐在窗明几净的教室里读书，当我们沉浸在，今天幸福生活的享受。

当我们在，一处处美丽风景中旅游，请不要忘记在我们身后，是千千万万的农民，是他们，是他们，是他们浸透衣背的汗水直流，是他们勤劳朴实的一双大手，是他们最朴素的身影，是他们的努力造就，是他们不懈的奋斗，是他们给予了我们今天的富足与优厚，写到此，止不住我的热泪成河地奔流。

改天换地的新中国

父亲常常向我说起，共产党不容易，让高山低头让河水让路，吃穿不愁旱涝不急，汽车飞机一日千里，座座高楼平地起，哪朝哪代可以，人要知道恩情，不要忘乎所以，牢骚怪话都是不好的。

母亲也常常让我注意身体，告诉我说要懂得珍惜，今天的幸福是党的开天辟地，什么时候见过如今的好风好雨，天天的日子像过年，快乐的生活像赶集，三皇五帝谁能相比，年轻人要努力，要从心底去感激，要好好劳动学习，不要乱使性子耍脾气，对人要和气。

我也在心底说，时代的发展日新月异，我们赶上了好主义，因为有了新中国，才有了我们，幸福生活的好时期。

人心齐泰山移，老百姓都是好福气，新中国的建设勃勃生机，到处都是人间奇迹，今天的中国人如此有志气，世界民族之林中国顶天立地，天堑通途万千神奇，神州万里红旗遍地，谁说这不是改天换地，几十年沧桑巨变，强大富裕的中国谁能比喻。

感恩四师

感恩四师，是这块厚重的土地，养育了我培养了我，这块土地上的人民，抚育了我成就了我，是这里，让我获得了很多很多，让我懂得了感恩和珍惜，这里有生长的环境，成长的土壤，成功的平台，是我一生的幸福天地。

这里有成就梦想的一切条件和希望，关键是这里有我热爱的事业，和一群我爱和爱我的同事领导与朋友们，是你们成全了我，鼓舞着我，支持着我，让我内心感激不尽，是你们让我的生活多姿多彩，让我的生命精彩热烈，让我承载着一生的歉意。

这块土地成全了我的过去，是你们让我永远丢不掉忘不了，走不远，放心不下的牵挂，退休了我将永远关注四师，关注曾经的同事们，关注这块土地上发生的一切，关注这里的生活，关注这里的工作，关注这里的改革，关注这里的领导同事和朋友们，理性和经历告诉我，过去的岁月一切都是美好的，永远值得我珍惜珍重，希望大家也同样珍惜珍重这里的一切，不抛弃不放弃。只要心中有爱，酸甜苦辣算什么，苦乐哀怒都是歌，只要有爱就世间有情，人间有爱脚下有路，开花落日月长，春夏秋冬都得过，莫管云卷云舒，少说潮起潮落，只要心中有目标，相信明天会比今天更好过。

感谢大家，祝福大家，我会留心你们的，历史就是这样一代一代传承，我当然会记住四师，对于四师我的记忆无关轻重，对于我来说四师永远留在我心中，四师的生命热烈而奔放，四师的灵魂圣洁高扬，三十年的风雨历程，大家庭的生活与工作，是你们给予我的情给予我的爱，给予我的蓝天，大家是我生活中的路，是我路上的一座桥，是我风雨中的一把伞，是大海上的一条船，是一棵树与我相随相伴，给我快乐幸福。

青春无悔生命无怨，我与四师魂牵梦绕，我与四师血脉相连，我与四师息息相通，我不懂的东西很多，我不知道路有多长，但我懂得情有多深义有多重，我不知道将来会怎样，但我知道离开大家我心有多痛，我会想念大家的。

写作背景：转眼到了该退休的年龄，回想这些年走过的路，从1986年1月到四师机关工作，历经农业处科员、主任科员，农机局局长，农业局局长，科协主席、科委副主任，科技局副局长、科协主席，科技（知识产权）局局长。一路走来，许多同事、领导都让我感到温暖，于是写了这点心绪。

感谢那年的秋天

感谢那个美好的秋天，秋天是用浪漫来珍藏的，我仰望那个醉人的秋遇，感谢那年那月，让我在那个秋天，遇见了值得我一生珍藏的风景。

感谢那山那水，让我在那个最美好的时节，遇见了我最珍爱的一枚红叶，感谢那时那景，让我在那个云淡风轻的时刻，遇见了我最难忘的一个记忆。

亲爱的人啊，感谢生命中那个澄澈的秋天，你就是秋季我遇见最美的珍奇，亲爱的人啊，感谢生命中的奇遇，你就是秋林给我的最美惊喜，感谢生命中的携手，你就是那首最吉祥的牧歌，和那清澈透底的清溪。

亲爱的人啊，感谢那个美好的秋季，感谢那年那月，你梦中的相伴，如云似的相随，时常浮现的浓浓秋意，你就是我诗词里的意境，你就是那首牧歌里的故事，你就是秋林里暖色的阳光，你就是秋风里，那个最温馨的芳林草地，那个最明媚的碧空如洗。

转眼一年四季，当深秋落叶金黄一片，我亦不再是，那个翩翩的少年，往事如梦，世事多变，秋天总是用来思念，思念心中的人和景，思念春天的温暖，思念夏日的火热，思念那一个一个，清晰而渐远的秋意绵绵，我想用一支竹笛，奏响我的心曲，让我的山歌，慢慢融进你的心里。

感谢你

感谢我生活的土地，让我滋润把我滋养，让我的身体健健康康，让我生活在美丽的风光，感谢过去的一切，学习生活工作我好舒畅，困难让我理解了幸福，顺利让我懂得了坚强。

感谢身边的朋友，是你们无处不在的鼓励，让我倍加的努力，是你们让我懂得了美好和珍惜，感谢父母的养育，是你们的艰辛，让我如此快乐成长，是你们的付出，让我如此的健壮，家的温暖是我最快乐的后方。

感谢我所有的亲人，是你们让我无拘无束，是你们给我不断努力的力量，是你们无时不在的滋润，让我有了这等的心愉和开朗。

感谢苍天，在我什么都不懂得的时候，总是暗中给我默默的希望，是你让我的生活总是幸福无比，你就像春风春雨，浇灌着我的心里，是你让我的心里，总是充满了和煦的阳光和美妙的风雨。

感谢生命中有你

我亲爱的朋友，感谢生命中有你，感谢生命中那一段共同的经历，感谢快乐时的分享痛苦时的坚毅，感谢忧虑烦心时的默默的挺立，感谢那段最难忘的记忆，让我领悟了生命的真谛。

感谢生命中有你，感谢困惑无助的相遇人海茫茫的交集，感谢平凡而积极的思绪，感谢简单快乐的联系，生命因为有你而精彩绚丽。感谢生命中有你，感谢你宽厚的情怀做人有情有义，感谢你无处不在的勉励，感谢学习上的分享工作中的给力，是你让我懂得了真情和珍惜。

感谢生命中有你，人生高高低低起起伏伏不必在意，面对顺境多点留意面对挫折逆境奋起，成败得失原来就是人本的含义，人应该奉献而不是索取。

感谢生命中有你，在你的身上学到了很多东西，奋发向上总把正能量传递，生活热情积极，思绪有条有理，把温暖与爱都留在了点点滴滴。

感谢生命中有你，坚定的意志格局大气，平凡的生活真情善意，默默地付出从不计名利，带给我的是无尽感激。

感谢生命中有你，心与心的相连不声不息，像一颗流星划过不留痕迹，但在我的空间里有你永远的天地，你已储蓄在我的心中，深深地印在了我的心底。我尊敬的朋友，感谢生命中的你，你的身影，你的温暖，你的真诚，你的友谊，你的祝福，你的鼓励，包括你的手机号码，你的微信，留在了这里，留在了伊犁，留在了我的心中是我最珍贵永恒的记忆。

创作灵感： 常常被身边的人和身边的事感动，他们当然是我至亲的朋友，这是我生活工作经历的切身体会，记录的就是这些朋友及周边的人与事，把多年的感触，对一些特别朋友的种种记忆稍加整理。就成了这篇"小诗"。感谢这个时代，感谢我们生活工作在一个幸福祥和的环境里，这其中我们要接触到许多人许多事。许多都将成为我们永恒的记忆。有些人来了走了，有些人走了来了，其中能记住的有哪些？许多人成了永远的朋友，许多人成了我永久的姐妹兄弟。我是个粗人，多年工作在机关，即使科技管理也是个标准的理工男，不擅长用文字表达思想感情方面的东西。写了这篇聊表心绪。

感谢四季

感谢冬天的严寒，冰封千里水流速缓，皑皑白雪锦簇花团，默默地凝聚坚定地埋首，冬天是坚强者储蓄的港湾。

感谢春天的温暖，一场春雨一场绿，一阵春风天地宽，撒一把种子收一仓谷，生命在进化轮转，播一个梦想扬起希望的帆。

感谢夏天的锦绣华繁，活力四射和谐自然，发芽分化扬花授粉灌浆，万物奋力生长天地人欢，生机勃勃景秀田园，撸起袖子加油干，生命在盛夏绽放舒展拓宽。

感谢秋天的色彩斑斓，云高天远生命璀璨，树木的枝头果实满满，秋水幽兰澄澈渐远，雁群阵阵高天呼唤，自然界最美的是秋天，生命风姿绰约最精彩灿烂。

感谢四季，生生息息地罔替，循环轮回基因遗传，人生何不是四季回环，苦乐哀愁幸福团圆，世世代代血脉相传，在有限的人生四季里，善良努力一般就一般，身心健康感谢上苍，灵魂高处心足意满，不要呻吟什么水冷心寒。

感谢生命中的四季，我没有给你春风，你却给我温暖，我没有给你夏雨，你却让我丰硕，我没有给你秋霜，你却奉我金黄，我没有冰雪你却赏我静美的风光。

感谢春夏秋冬的四季，一个循环往复的经历，顽强的生命代代不息，奇美的风景在四季中屹立，四季风雨一路相伴，人生奔向一个崭新的高地，不为别的，只为天边闪耀的美丽，只为远方的裕美希冀。

干了这杯酒我的好朋友

如果还有什么烦恼，那一定是你要走了，你去了一个陌生的地方，前程未卜只想逍遥，叫我如何能够把你忘掉。

一起的日子有多少欢笑，天南海北不惧地动山摇，情趣相投天宽地广，敞开的心扉幸福美妙，这一切将随你去而缥缈。

我不知道，今后的苦恼找谁唠，我希望，你的未来皆高调，我的好朋友，就要启程了，为今晚的月亮，举起这杯酒，让月亮映照，痛痛快快干了。

喝了这杯壮行酒，希望你去的地方少烦恼，也相信，这里永远有你在时的好味道。

刚毕业的那一年
（写给红海沟边防站）

刚毕业的那一年穿上了新军装，哨所营房成为了我的第二个故乡，训练学习值班站岗，面对一座大山和一片戈壁苍茫。

其实我也想念父母，其实我也思念家乡，男儿就是这样总该到外面闯一闯，让火一样的青春燃烧在北国的山冈。

刚毕业的那一年穿上了新军装，沿着一条山路我驻守在热血的边防，巡逻守望手握一把钢枪，对面是一条国境线的铁丝网。

其实我也爱遥望天上的月亮，其实我也向往远方的姑娘，当兵是男子汉的梦想，真正的男子汉就应该把责任扛在肩上，白天是兵对兵晚上看月亮，夜晚数星星还时刻警惕着远方，哨所的冷月挂在天上，边关的男儿谁不想爹娘。

刚毕业的那一年我穿上了新军装，成边为国我选择最美好的时光，离开家乡就几年，我爱上了塞外的北国风光，冰雪风霜让我意志如钢，红柳旁边做纪念我照张相。

手捧一朵雪莲寄给家乡，让家乡的亲人不要挂念，边关的冷月下有我青春的荣光，洪海沟哨所的兄弟呀我好想好想，边防站中风雨记忆是我最美好的回忆，你还是天天巡逻站岗在荒原戈壁，你还留念军营里的那段经历，哨所上营房里巡逻的路上我最难忘。

高考路上

有多少莘莘学子，又在高考路上，有的兴奋激昂，有的心里发慌，谁知未来的路，究竟会是咋样，谁不期盼，灵魂出窍天赐锦囊。

读书十余年，谁不想飞翔，因此高考的路上，如同奔赴战场，个个摩拳擦掌，意在试卷之中，显露初始的锋芒，谁的青春没有梦想，谁的梦里不曾星光闪亮。

高考的路上，行色朦胧车马匆忙，父母送子女，老师送学生，高考的孩子全副武装，谁都试想，通过高考书写华美篇章，高考也是对学子的一次武装。

我的高考路上，也是一样的过往，看似平平常常，却也在奋力拼闯，若不是一次次考试，若没有一次次失望，或许生活的路线，还在面对一片迷茫，是高考给予了我无穷的力量。

感谢岁月，给予我一副翅膀，让我览视了峥嵘风光，好男儿当自强，只要心中不再苍凉，前行的路上定有芬芳，莫愁前程无出路，天涯海角有方向。

人生的路未必一样，只要努力就能刚强，每一滴汗水都会有收获，每一点笔墨都会添力量，且看万顷稻禾千重麦浪，喜看祖国的发展壮阔辉煌，祝愿每一个学子，都能有个风轻云淡的好气象。

如今的高考过于炫亮，成为了孩子们唯一的理想，如今的高考有点夸张，真不知道将来会怎样，想到此忧心迷茫，于是我又伏案，把一盏新的台灯点亮。

高原的景象

我是个内敛的人，性格有些趋于内向，脚踏实地充满着美好的向往，工作之余总喜欢记录思想，收集着人生旅途的点点景象。

几十年的生命历程，挥汗如雨在机关农场，土地是我生命至上，未敢有半点心思，偏离做人的航向，总喜欢把随笔深深地珍藏。

感谢岁月我已退休荣光，我好像有了一副翅膀，有了发挥余热的大好时光，于是想起往日心肠，把一些零碎的心灵花絮，整理打包奉上亮相。

读了20多年的书，处处用心随时光流淌，很少把心思用在欢愉上，较古板不会虚头巴脑，把才干用在了事业中，然而内心总爱，捡拾琐碎的零星思想，以前少有时间一门心思工作，且非常用心，总怕他人指责没有担当，书写与工作不相关的东西，都像做贼一样的紧张。

今天终于放下了重负，把写的东西装满一筐，也算不辜负好友的众望，有几首歌曲有几首小诗，希望装载在人生的路上，共赏一路风光，蓝天白云下，共同沐浴草原上的太阳，还有一路花香，一船的星辉把生命照亮，因为明天早晨还有霞光万丈。

歌咏昌平

闪耀着天安门的金光，承载着大中华的希望，沿帝都中线一路北上，那是昌平，一个上风上水的好地方，坐北朝南有方向，俯瞰首都向太阳，依山傍水青山绿，扼守燕山长城望。

长城内外好风光，帝王风水根基强，泱泱中华千万里，皇天后土顾安邦，居庸关八达岭，千年龙脉真兴旺，里长城拒顽敌，中华儿女有力量。

新时代东风祥，奋勇昌平步伐刚，科技教育齐发展，旅游观光好气象，昌平雄关气宇昂，地灵人杰山水傍，虎踞龙盘中华兴，民族团结齐向上。

耕田放牧边防线

（为 74 团而作）

蓝天下，白云边，冰山雪峰颍川前，清新小镇彩似锦，色如歌，云里雾里，梦幻人间。碧空净，绿草茵，耕田放牧边防线，景秀田园诗如画，映山河，芬芳仙界，近在眼前。国境线，云杉颠，敢教日月换新天，军垦战士多豪迈，感天地，大河奔流，大道无边。

古城喀什

千年的曙光，晒化了昆仑的山脊，喀什噶尔的胡杨，述说着塔克拉玛干的往昔，穿越茫茫沙海戈壁，我在无望的尽头，远瀚的喀什噶尔河边，终于来到了你的怀里。

古城喀什是南疆的神奇，还记得小说西游记，不知当年的玄奘，取经西行是否途经过这里，两千年的风雨，抹不去历史的遗迹，只是心中，还遥想着当年的崎岖与不易。

丝路重镇，也是南疆福地，异域的风情商贾云集，大巴扎的繁华，不亚于世界任何圣地，艾提尕尔清真寺，让你见证了，什么是信徒与虔诚的心底。

香妃墓创在一片圣地，讲述着三百年前香妃的美丽，让我们知道了，当年乾隆皇帝的奇遇，或许是太思念家乡，即使再远的距离，也要让爱妃魂归故里。

古城喀什，是中华民族的宝地，一块瑰宝，镶嵌在祖国的西域，克孜勒河，喀什噶尔河，叶尔羌河，浇灌着这片土壤，各民族团结，在这里创造着奇迹。

爱喀什噶尔的胡杨，爱喀什河畔的细柳，爱听叶尔羌河边歌声的忧郁，爱古城喀什发展建设的惊天动地，当然也思念着，喀什姑娘善良和气大方美丽。

关于我写人物记

诗词歌赋写人物最难，刻画不准有失标准，写得不好让人难看，水平太差留人感叹，毁誉要有度，属性照实搬，我不会去写在上的高端，即使要好的朋友也躲远，因为那是大人物，行为举止有示范，我绝对不敢胡搅蛮缠，闹得不好被人春秋笑谈，我也不愿写大老板，同样关系再好也闪，老板也多是不容易，起早贪黑地拼命干，怕因为我的笔墨，被定义与金钱利益有关，毁了老板和我半身的清淡，我多是写身边的，好人好事或好汉，好儿好女好江山，因为在他们身上，有许多美的东西，因为他们苦干实干，因为他们学有专长，他们有才有貌不一般，所以写他们的亮点，值得我们歌颂与点赞，站在低处写的人和事没有羁绊。

感谢这个时代，百花齐放社会发展，我的眼前，有相当多的朋友，金光闪烁，他们或普通或一般，但他们同样耀耀生辉，他们的喜怒哀乐，生命璀璨，于是我记录了些许，让高尚走入了我的笔端。

我常常自叹，不如他们的长短，他们多是学习很专，他们特别真实有心肝，向他们学习，也就成为了方向，所以写他们纯属我的好感，愿一篇篇短诗，能了却我的情愿。

国之殇

——写在沈阳"九·一八"历史博物馆

时代发展快车道上，中华民族趾高气扬，我在人海中张望，谁还记得，70多年前，中华儿女有多么悲伤。日本的铁蹄华夏扫荡，中国人民啊山河悲壮，烧杀掠抢侵略者疯狂，哪儿是我们的家园，生灵涂炭的人儿四处流浪。

苦难的同胞殉命的儿娘，无边的荒野幽深的煤矿，大好河山被敌人掠走，被奴役的命还不如牛羊，1931年到1945年鬼子有多嚣张。

"九·一八"历史博物馆，告诉了我们一切，历史的教训千万莫忘，中国人民有骨气，敢与强敌来对抗，不屈的民族刚毅的脊梁，尖刀插入敌心脏，浴血奋斗十余载，中华民族得解放。

今天的幸福不寻常，有多少好儿好女命何往，他们为之热血的江山，早已改变了旧时代模样，如今的中国人当自强，无论风云变幻世界怎样，生生不息的华夏儿女，已经站立在了，世界的风口浪尖上，科技发展军力国强，独立鳌头不惧豺狼，历史是一面镜子，一个国家要有希望，一个民族不能没有信仰。

还有多少

有多少时间在我们眼前溜掉，有多少人就这样悄悄地走了，岁月如风人事缥缈，那些珍贵的记忆都落在了云霄，有多少背影遗忘在了拂晓，有多少故事还在耳畔萦绕，苍茫人世四处飘摇，有多少人间的温暖再也难找。

多少人一去就再没了分晓，多少往事一别就天涯海角，茫茫人生谁还陪伴你左右，还有多少岁月值得我们燃烧。有多少相逢等在大雁落脚，有多少朋友顾盼我们回眸，万千情愁心事悠悠，一杯老酒带去我的思念与苦笑。

亲爱的人啊，我在想你的形貌，我在你既往的路口默默远眺，等着你的握手等着与你拥抱，等着你重逢一刻的开颜眉梢。

汗腾格里

你高高的山峰，直插云雾之上，你皑皑的白雪，闪烁着耀眼的金光，你起伏的山峦，蜿蜒舒展高亢，你舞动的身躯，热情浩荡奔放。

你雄伟的高山，像父亲的臂膀，你哺育的林木，个个都很苗壮，你滋润的草原，给大地披上了绿装，你雪山之巅峰峦桀骜，俯瞰大地眺望着远方。

特克斯河水，因你而欢唱，温馨的草原，因你而遍地是牛羊，肥沃的土地，养育了各族儿女，你孕育的历史，与天马一样辉煌。

你的每一块岩石，都凝聚着历史悲壮，立在你的山顶，浑身充满了力量，住在你的山脚，我倍感幸福荣光，你雄峰巍峨霞光万丈。

挺立于群峰之上傲视苍凉，我想做，你的一片云彩，萦绕在你的身旁，我想做，你的一只小鸟，为你尽情地歌唱，我想做，你崖上的雄鹰，翱翔在你的蓝天，我想做，山中的一棵云杉，为你守望为你站岗。

我想，醉倒在你的山坡，摘一片云朵披在身上，我多想，骑上一匹骏马，在你的草地畅马游疆，我只想做，你的一只羔羊，傍在你身边，然后扯一片绿草鲜花，为母亲做一件衣裳。

汗腾格里，你给了我多少梦想，你像一个俊俏的姑娘，身披万道霞光，你像一个强悍的小伙，挽起力量的臂膀，你像慈祥的大佛，处处给我吉祥，你无惧寂寞顶天立地，是我心中的榜样。

汗腾格里，你指引我前行的方向，你是母亲温暖的怀抱，你是父亲热血的胸膛，你是草原幸福的源泉，你是牧民幸福的天堂，汗腾格里是天山的骄傲，汗腾格里是昭苏时尚。

你总在一抹红霞中，把一颗头颅高昂，你是天山的血脉，高原的生命，因为你而纵情绽放，吉祥的云雾，总绕在你的身边飘荡，你孕育的伊犁河，承载着你的梦想，把牛羊撒遍草原，让幸福传遍山冈，你的儿女在你的怀抱；快乐地成长，汗腾格里，我为你自豪，我为你骄傲，我要为你把歌唱。

汗腾格里的太阳

汗腾格里的太阳，洁净而明亮，高远炽热而浩荡，照得天山云舞飞扬，照亮了整个新疆，夏塔河水因为你而荡漾。

清晨微凉，东方的一束强光，直射汗腾格里峰上，让汗腾格里的矗立，在云雾之巅愈加威昂，那嫣然的红色，映衬着血色的光芒，照耀着天山，记录着天山脚下草原的过往，从元明清朝，追溯到汉唐。

从南方到北方吗，从东方到西方，哪一代儿女，不是热血贲张，长空雁阵的鸣唱，述说着丝路古道，昔日的牧歌辉煌。

商贾的马队驼铃，还在耳边回荡，西部那片草原，还是红绿蓝黄，远嫁西域的公主，血脉相连世代罔替，多少眼泪打湿了衣裳。

雄心未了，壮怀边疆，只有荒冢大墓，讲述着汉家公主的忧伤，汗腾格里的太阳，让天山河流咆哮，森林草原兴旺，涤荡着千年的污浊，让暗夜明亮。

汗腾格里的太阳，金光闪闪熠熠辉光，只是不知什么时候，天山的牧道不再彷徨，大疆南北日益通畅。汗腾格里峰下，天山深处的牧场，还是往日的模样，他继承着先辈血液，在这片草原放牧着牛羊。

历史巨变世事苍茫，千百年间你去我往，谁能改变自然的模样，谁能够让历史遗忘，试看一代新人，凝聚的智慧和力量。

汗腾格里的太阳，俯瞰着，雪山之下桑海苍茫，他像一面镜子，照耀着，那些恶魔的灵魂肮脏，他更像一把火种，牵引着年轻的生命，去争取前程自由的光亮，他福佑着草原，福佑着这里的山河气壮，福佑着这方血色浪漫的边疆。

好听的琴声不用奏得太响
（记一次朋友聚会）

好听的琴声，无须奏得太响，心田的歌声，总是那么嘹亮，频谱若是相同，心里总是亮堂，相惜相聚快乐的时光。

纯美的风景，是大地的乐章，甘甜的泉水，总是那么清凉，有缘人的相约，无须奢侈的包装，诗词歌赋现自然时尚。

春天的美丽，在于生命交响，炎炎的夏日，尽放草原的辉煌，相约秋天吧，好诗颂朗音乐奉上，将多彩宣泄的荡气回肠。

不必山珍海味，不用富丽堂皇，没有太浓的表述，有相同情趣的欣赏，足以表达内心的向往，不俗的粗放弦韵善良，共享初秋带来的清爽。

我相信真情换真情，我始信真心换真心，每一滴汗水都不会白费，每一滴露珠都有生命守望，人世间每一笔收获，都有他必然的过往，不要太相信，天上无缘无故奢望，走好每一步诚恳无商量，每一个生命都是一盏明灯，都可以照亮一个地方。

好像还是昨天

好像还是昨天，好似还是少年，未来的一切，我充满了激情与无限，好像还是去年，好似还是从前，对未来的一切，我充满了深深的迷恋。

转瞬春光之间，我已人到中年，未来迷蒙的路，好似充斥着泥泞与风险，生活总是，有那么多的希冀难以兑现，路上总有，那么多的深潭崎岖与河堰。

碌碌无为，疯疯癫癫，浑浑噩噩，臆想连连，期盼着风霜雪雨雷鸣闪电，以往的日子，已不能再现，我不知道，未来的春风，是否还能回到当年。

我不知道，哪儿还能，找到往日的眷恋，平静的呼吸，偶尔望望天，唯有埋下头来，默默无语地读书充电。

好兄弟本姓刘

为什么能当官，有他绝对的理由，勤奋努力不因循守旧，智慧的头脑也逐风流，善于思考把问题看透，其余的事情，交由上面的天公说了算数。

一步一个脚印，不惧泥泞艰辛的山路，目标在远方的一个云头，汗流浃背风雨携手，把困难化解在风前雨后，意志坚定的人可以明白，什么是真正精神上的富有。

走过青山走过了大河，深浅的步履情愁都在沿途，有情有义的人苍天不负，天南海北有你的风雨同舟，做事有分寸做人讲原则，工作讲方法仕途有成就。

风调雨顺的日子近在前头，双肩挑起家国事，爱恨情愁谁分忧，心中有大爱眼前有忧愁，江山无限好幸福度春秋，万里边疆万里云，万顷良田竞风流，祝福你前路平安的守候。

好兄弟熊老三

来自农场的幸福田园，忠诚仗义侠肝义胆，当过兵做过工，在实践中增加才干，带领职工能吃苦，不怕困难敢挑战，连长岗位是模范，酸甜苦辣流大汗。

保卫科长是明星，什么坏事都敢管，专门对付地老虎，大公无私天地宽，上昭苏赴边远，农业战线挑重担，无论干什么，从不把人怨。

副团岗位一干，就是二十六年半，对待朋友掏心肝，无论平民或高干，生离死别我出马，好吃好喝为你搬，工作生活有情感，再苦再难我敢干，天性爱把闲事管，不为朋友添麻烦。

干了一届又一届，风霜雪雨从头算，换了一班又一班，春夏秋冬自岿然，心中有大爱日久人心暖，谨守平常心不屑王八蛋。

快人快语也蛮干，上上下下也果敢，风风火火几十载，有个好好兄弟熊老三。

好友彩华

工作总是红红火火，命运眷恋成岁月蹉跎，无论是什么，都不能消磨你的意志，到处都呈现着你的炙热，广泛情趣用真情衬托，一方热土有你的本色，芳香的事业，从你的面前涌成一条河，每一段历程，弥漫着你美丽与爱的闪烁。

一身只做一件事那是工作，身兼数职在社会全凭不舍，不用谁说得太多，对朋友真情善意，对追求从不吝啬，还记得一次次的民间春晚，还记得朗读者协会不停地跋涉，哪一次活动不是你的心血，哪一次芬芳不是才干的清澈。

才情满怀工作忘我，那是长在骨子里的山河，追求完美朴实善良，那是中华民族的传统美德，愿你锲而不舍幸福满坡。

好友歌手胡瑛

伊犁河的百灵，是人们对你盛赞的刻画，未见有谁，对音乐的热爱如她，她的歌声简直，能把赛里木湖的蓝天容纳。

热情执着努力，坚持不懈的风雨，笑看平庸，也不惧风吹浪打，用真情的歌声，穿越天山南北与华夏，论歌唱能力，也算孤寂独霸，无须谁夸，一个亮嗓，就能把你镇傻，她用歌声告诉了你，什么是海角天涯，那都不是神话。

年复一年吗，春秋冬夏，大舞台进农家，出天山问南下，音乐世界哪儿是家，伊犁河谷穿越云霞，不断地学习不断地攀登，不知哪个舞台最终被你拿下，祝福你幸福人生，歌声婉转如云霞。

好友索尼娅姑娘

你是俄罗斯姑娘，血脉印迹全在一张脸上，工作兢兢业业，唱歌认真而倔强，相逢于一次次惊艳的闪亮，

你的容貌纯美而漂亮，你的歌声恬静而悠扬，全凭自身的天赋，加上自信努力与吉祥，终于把一首首歌曲唱到了，中央电视台的荧屏之上。

携手与你合作心情顺畅，毫无做作落落大方，把每一首歌都当事业唱，做人做事都十分敞亮，还记得《梦中的乔尔玛》，《援疆情》的种种过往。

友情真诚漂亮善良，平平淡淡真心交往，真正的友谊，还在于朋友内心的敞亮，感谢你，俄罗斯姑娘，你真情坦荡，但愿你的歌声，誉满中华大地，但愿你的名字，响彻四海边疆。

但愿我们的友谊，像天山的青松一样，更爱听你的歌声，比邓丽君还棒，更有歌曲《比香格里拉还美的地方》。

好友谢老师

笑脸沉浸着五线谱的定格，满腹是1234567i的写作，吹拉弹唱是手中的风景，到处都有你舞动的欢歌，做人你有宽厚的心胸品德，搞音乐你毫不含糊与吝啬。

合唱指挥一团焰火，婚庆舞台风采衬托，教书教学无须琢磨，亦师亦友乐乐呵呵，纵情音乐幸福花朵，清风掠过得失几何，给朋友带来了多少欢心欢乐。

个儿不高大度谦和，阳光心态善良的品格，音乐路上激情四射，有你的草原牛羊满坡，有你的风景不会寂寞，你的热情你的身影，可感染天山，感染草原，也感动着伊犁壮美的山河。

好友朱老师

指尖在琴弦上抹过，一把小提琴就能把一个故事述说，琴弦揉得让人心碎，琴弓飞舞走火入魔，四根琴弦在风中闪烁，G、D、A、E 激情似火，那全是青春律动的清流小河。

酸甜苦辣四季如歌，小提琴的声音，在牧场随风掠过，每一个音符都不含糊，每一首曲目都细心琢磨，教孩子拉琴彰显艺术价值，悦耳的琴弦撩起大河两岸的细波。

艺术之多故事颇多，每一个音符都揉抹到，令人心酸情醉地响彻，生活中可以轻松青涩，交往中绝对刚正不阿，演奏时要求尽善尽美，乐队你总是主角的风格。

拉琴的老师挺棒的，有你的琴声做伴，有几个朋友的小酌，何愁塞外没有春风，何愁河边没有牛羊花朵，何愁草原阳光无味无色，何怨春风沸绿的原野，没有诗与远方的欢乐与寄托。

和刘军诗会

寒冬腊月雪飞扬，诗香歌咏进学堂，三中学子多有爱，师生和睦志气昂，诗词歌赋齐上场，莘莘学子有专长，青年才俊好榜样，中华文化心里装。

门外天寒冷风响，室内满庭尽芳香，诗情画意人心醉，唯有咏者精神爽，诗人刘军有气场，爱好广泛讲情商，专场诗会进校园，风风火火是榜样。

（2018 年 12 月 27 日于伊宁三中）

红花姑娘

婀娜多姿的身影，娇羞红润的脸庞，清澈明亮的目光，透着幸福温情的吉祥，哦，我的红花姑娘，你是这么遥远，身姿飘逸比风儿还轻，嫩嫩的脸蛋总是在躲藏，笑脸上的红晕透着羞涩，摇曳的芬香把草原扮靓。

一个浅浅的微笑，招展着温柔善良，风中飘荡的衣裙，在花海里闪光，那双迷人的眼睛，就像草原上的月亮，哦，我的红花姑娘，你让我那样迷茫，你盛开的草原清风荡漾，你绽放的地方，洋溢着笑脸飞扬。

我心爱的红花姑娘，愿清风伴着你，在草原上尽情地舞蹈歌唱，愿雨露滋润你，风吹草动漫卷整个山冈，天山红花是上苍的恩赐，风华草原迎着太阳。

天山红花绽放

天山红花绽放，由河谷向田庄，越莽原过山冈，跃然向上，在更远更远的深处，向山谷更高更高的方向，一直到视野不及的地方。

天山红花绽放，一山又是一山，一梁又是一梁，与雪山牵手，与云水接壤，毡房、小河、羊圈村庄，牧民跃马草原，草原托起红花，红花扮靓了草原，红花沸腾了牧场。

红花、绿草、雪山、胡杨，红花在草原上摇曳，好似年轻的心那样奔放，好似牧马人的纯朴善良，好似少年的琴声悠扬，好似姑娘的心儿随风荡漾。

天山红花绽放，伴着草原的景色，伴着牧人情歌流淌，人们疯也似的，从四面八方，车水马龙行色匆忙，集聚到红花开到的地方。

有不期的路遇，有专门赶着花潮的驴友，有相约相伴的游人，有追赶花期的摄影搭档，穿着夸张艳丽，色彩大大方方，相机五花八门，更是多款多样。

来这里看花，不为别的，只为，与你相遇在路上，只为，与你相识在绿海的花香，只为你回眸的一次张望，只想与你携手，相约花开的山冈。

只为，永远记住这个简单的片刻，只为那个遥远的村庄。记住，天山红花开满的时候，记住草原牧场那个遥远的地方，在天山红花，浪漫的印象里留个影照个相。

把这红花的微笑吟咏成，一段从容的记忆歌唱，穿越红尘滚滚，看草原红花竞放，让心平静于波澜不惊的小花旁。

红玫瑰一样的姑娘

红玫瑰一样的姑娘，住在伊犁河的边上，红红的脸蛋，像红红的海棠，石榴裙飞舞草原的清香，红玫瑰一样的姑娘，家在斯大林街上，大大的眼睛，像天上的月亮，弯弯的眉毛比柳叶还长。

红玫瑰一样的姑娘，托起了天山的月亮，美妙的歌声，像清泉一样，一天不见你我就心慌，红玫瑰一样的姑娘，像春风一样，什么花朵也没有你美，你的容貌，比所有的花都漂亮。

红玫瑰一样的姑娘，你像燃烧的火一样，你照亮了草原，也照在我的心上，看到了你我就特别有力量，红玫瑰一样的姑娘，就住在我的家乡，我要像雄鹰一样，守在你的身旁。

草原有了你就不会荒凉，红玫瑰一样的姑娘，比薰衣草的花还香，天山红花为你开放，天山雄鹰，看见你也停止了飞翔。

红玫瑰一样的姑娘，伊犁就是你的家乡，伊犁河水翻波浪，你像河水在流淌，我家就住在你的边上，我也要像百灵鸟一样，在伊犁河边和你一起歌唱。

后来我才知道

总是在不停地张望，在桌前在路上，在努力地寻找鸟语花香，后来我才知道，路上的风景很漂亮，但那并不是我的花朵，只是路过她盛开的绽放。

总是在路上奔忙，或埋首或匆忙，艰辛地朝着心里的奢望，后来我才领悟，天太大地太广，人人都在往上闯，要追寻的目标也许很荒唐。

这个世界很嚣张，当世界让你遍体鳞伤，或许心儿就飞出了翅膀，晓寒深处细雨迷蒙，我们一路红花遍地，过去的皆是美好的时光。

总是在路上寻找，草原的生活温润如玉，不是所有的意志都很坚强，岁月刻出道道伤痕，都是天黑接着的天亮，都是我们岁月里的成长。

后来我才知道，其实在风雨的路上，谁也不比谁强，明亮的地方最迷茫，繁华的后面亦悲凉，我们没有必要，为了一点零碎拼得太伤。

那些看似得到的东西，又能够怎么样，那些失去的东西，只是你身边的一个过场，不属于你的丢弃倒也舒畅，花开花落天阴天晴才属正常。

没有经历风口浪尖，你怎会理解生死存亡，何必大喜大悲，何必太过疯狂，没有登上高山之巅就不要吹牛你很有力量。

不到新疆，你不知道祖国之大，不到伊犁，你不知道新疆之美，没有去过雪山草原，不要海口你云游过四方。

后来我才知道，山高路很险，生命皆如常，江山如画万山红遍，莫不过一只高飞的大雁，后来我才知道，诗和远方，不过是生命过程更加悲壮，早点启程吧，不用等到天大亮，等你刚到草原，我已另寻了新地方，那里的鲜花早已尽放。

花开肆意

你的花开，是那么肆意，以至于我，真的无法抗拒，你的花开，芳香奇异，以至于我，实在不知所以，你的花开，那么的大气，以至于我，自然向你走去。

一枝无名的野花，就是这么的艳丽，让我奋不顾身，简直无所畏惧，我特别担心，你的美丽让我的轨道，偏离了轨迹。

我特别担心，你的火红，令我翻天覆地，你的妖娆，让我神魂迷离，一枝无名的野花，一枝独秀的山脊，迎着风雨，顶天立地，我不想说你的名字，是因为我特别的爱你，我怕一只黑手伸向你的躯体。

画家朋友
（致鲁国海兄弟）

只一次相见，就留有较好的记忆，用一支清淡的笔，走进严寒冰封的冬季，走进墨色苍茫的风雨，揽一身激情注入笔端，或是在雨夜中凝神聚气。

沉默是你内在所依，俊美的山峰能说明问题，五光十色牧场的晨曦，倾诉着你心灵的静怡，还有云中一轮红日的冉冉升起。

一支沉默的画笔，把心中的炽热，融入血色画里，没有人关注你的眼神，也无人知晓你，所付出的艰辛与努力，只有那幅磅礴的山水，述说着你的高端大气。

用一支深情的笔，饱览天下的神秘，铺开一张清白的纸，案上总是淡香适宜，总是用芳华的墨彩，打开浓浓的思绪，将一团火的激情，燃烧在画幅的天地。

不需要太多人懂你，电闪雷鸣惺惺相惜，一支香烟袅袅云雾，一壶普洱清淡香怡，没有太多的欲望，只一方画案就足矣，跃然纸上的是，风云变幻的风霜雨袭。

一支神奇的笔，就在那里，无须多说不必介意，写尽了春秋，写尽了冬夏，写尽了风霜雪雨，调色板上，尽显草原的风光迤逦，一个毡房一匹骏马，一座高山几只牛羊，有多少酸甜苦辣，就有多少壮美的神奇，皆是案上的笔墨，所有都融进了纸里，山河有多少雄浑，世间有多少美丽，五彩的画中，就有多少神采奕奕。

画尽人间冷暖，画不了你内心的波澜，画尽秋冬的寒意，画不尽你壮阔的涟漪，即使是诗人，也写不出你的风云万里，阅世事沧桑，阅不尽你心海苍茫，一切都是画中的力量和异样。

怀揣梦想

都在说梦想，每每谈起，略感有点悲伤，过去人的生活多不容易，那时候的梦也多是苍凉，不是我不爱做梦，而是梦里的东西，往往虚幻而迷茫，时而惊喜时而紧张，到头来都是空空荡荡，有些还比较夸张，断断续续梦虚无缥缈，后来想想也没什么名堂。

特别是白天不要做梦，做的梦往往也荒唐，关键是梦里有的未必，梦里无的反却异常，因而梦里的东西，多是无影无踪的瞎想，也记不住那些杂乱无章，所以，我不想总是做梦，不想总是沉浸在睡梦里的风光，因为也不懂得什么是怀揣梦想。

如今的我已不再时尚，也终于明白了一点，那就是，什么是梦想？梦想，要靠你的双脚去丈量，梦想要靠双手的力量，你每走的一步，目的地都是你的梦想，你每一滴汗水，都凝结在你梦想的路上，梦想，不是虚幻纱织的账房，不是痴心着迷的空想，梦想，不是个人利益的膨胀，不是强取豪夺的欲望。

不是凌驾于他人的至上，更不是，钱权欲望不择手段的气焰嚣张，草原儿女的梦想，是成群的牛羊，军垦战士的梦想，是幸福美好的边疆，年轻人的梦想，是未来无限的希望，绿色原野的梦想，是邮递员传情，寄一封信儿给远方的姑娘。

梦想是脚踏实地打拼，是真情实意的奋勇直闯，是不懈的坚持与努力，是辛勤汗水的流淌，是青春靓丽的奋斗，是燃烧激情的坚强，是为了他人的纯粹与高尚，把老百姓举过头顶的人，人们把他永远记在心上。

把梦想，转化成现实的交响，要靠一点一点地积累，要靠一步一步地向上，要靠紧贴实际地畅想，一粒种子植根于泥土，才有谷物的芳香，参天的大树，靠的是根植于大地撑起的脊梁，把每个人的梦想，凝结起大众的勤劳奋斗，那就是民族的力量与希望，那就是未来的理想与方向。我的梦想，是书桌上的明亮，是纸上的墨香与诗行，是散落在草原深处歌声，在蓝天下宽广的大河旁，开启一程心灵历程的新路，追逐高山森林河流牧场，简单快乐而开心舒畅，把梦想化作路上的奔忙，即使一事无成那又何妨。

愿天下有情人，都实现自己的梦想，愿亲人们健康，愿下一代的孩子们有希望，愿老人们生活得更加从容，愿我们的生活更美好，愿朋友们与我一样的开朗，愿天更蓝草更绿，草原上撒落着成群的牛羊，鸟儿自由飞翔河水更加欢畅。

怀念那片芳草地

已不是浪漫的年纪，早无了许多的情趣，该走的皆走，该去的就去，然而在我的心底，却浮游着一朵白云，在我的天边时隐时现地飘移。

心已容不下太多的记忆，脑海浮现的东西，也越加地沉淀到了箱底，而那片芳草地却格外清晰，与歌谣一起走进我的梦境里。

月光下芳草地静得出奇，薄雾缥缈的图画里，只能听见一条脉动的小溪天底下竟然装着那么多的甜蜜，我分明看见了，小草与神灵对话的心跳与呼吸，那首民谣就在那片草地，已经长眠与水草一体，映照在芳香起伏的晨曦，就这样悄悄地隐匿。

竟然没有一点痕迹，没来得及告别就再没有一点讯息，人世间总有那些光怪陆离，总有那些无常的万变瞬息，铁骨铮铮的男儿，也时常怀念清风细雨的呢喃，怀念那个皎洁的月色，与月光相伴还有你我的轻声低语，怀念那片芳草地，有你飘飞起舞的烟雨，怀念那条奏响旋律的小溪，我饮一杯酒你唱歌一曲，怀念那时不能再简单的心，还有那芳菲起伏绿地山脊。

月光如银云淡星稀，露珠晶莹剔透，耳畔响起月落乌啼，我从一朵浪花中，把一颗宝石般的记忆捡起，岁月平添了几分瑟瑟的寒意，寒来暑往花开几度叶落几许，那片芳草地谁还在颠沛流离，我们在人海中默默老去，茫茫人生哪里还有知己，我倒是希望收到一封信，来自那个久远的芳草地。

信中告诉我一切如故，新年常好往事如昔，那片芳草地还在，依然如故月明星稀，还有你歌舞的信息，还有我喝酒的豪气，还有弥漫在草原的芳菲，还有那时候的墨香凝聚，还有那时候的简单与含蓄，而当年的你我在哪里，盼望着东方静静露出微光的晨曦，我希望你的身影就出现在那里。

黄渠岸边的人家

一条古老的黄渠，由喀什河龙口出发，前后百余年，东西二百里，多少故事酿成了佳话，浇灌了万顷良田美如画，养育了多少幸福的人家。

黄渠岸边的人家，守着一条风云的河坝，房前屋后栽满了树，小小院落鲜艳的花，日落听渠水的欢唱，清晨看枝头的嫩芽。

黄渠岸边的人家，小日子伴着奶茶，深深院落果蔬飘香，儿女欢笑在树荫下，一渠清水哗啦啦，到处都是鸡和鸭，一条古老的黄渠，岸边住满了人家，到处生长着林木，田野是整齐的庄稼农家孩子们多成才，慢看一群小鹅在长大。

黄渠岸边的人家，幸福的日子在当下，守着一渠古老的水，农家小院是葡萄架，几许梦想多少冬夏，世世代代在这里把根扎。

一条古老的黄渠，风吹云卷的春夏，承载了多少人的梦想，让多少人在这里安了家，有多少女儿从这里出嫁，有多少媳妇在这里生娃，还有多少男儿由这里出发，他们带着黄渠满满的祝愿，奋勇扬鞭雄心驰骋闯天涯。

霍尔果斯的故事

一条不息的河流，穿越欧亚草原的腹地，一段久远的历史，述说成吉思汗的传奇，一个古老的口岸，焕发新时代的生机，一座崭新的城市，正在边境线上崛起，霍尔果斯的新风，染绿了西部热烈的土地，霍尔果斯的热土，让青春的火焰熊熊燃起。

一条神奇的丝路，穿越欧亚从东到西，一个春天的故事，唤醒了千年的沉寂，一片宽阔的草原，留下了多少的记忆，一座崭新的城市，连接世界商贾云集。

霍尔果斯的新风，让生命创造奇迹，霍尔果斯的梦想，从这里出发精彩绚丽，桃花盛开的地方，清风在这儿等你。

阅兵前的观感

（纪念抗战胜利 70 周年）

我在西红门的街前仰望，参加阅兵的飞机就在头上，整齐的阅兵队列，一阵阵一对对一行行，遥想我国空军的发展历史，止不住心潮澎湃热血飞扬。

70 年前的历史让人永远难忘，中国人民的鲜血无情地流淌，积弱积贫的祖国，备受蹂躏于帝国主义列强，一个弹丸小国的鬼子，竟然如此野蛮至丧心病狂。

蓝天白云的北京风清气爽，大阅兵的队列在空中轰响，划过长空的印迹告诉世界，今天的中国不再昨日景象，已发生了翻天覆地的变化，强大的祖国正走向未来的富强。

经济发展人民向上，科技进步战略武装，人民军队威武雄壮，若有敌人胆敢来犯，必将有来无回直至葬身灭亡。

2015 的中国令人豪情激荡，祖国的建设成就壮丽辉煌，我们赶上了一个好的时代，相信未来的历史，中国在世界必有新的篇章，没有什么豺狼能把中国的发展阻挡。

既然选择了勇敢

既然选择了勇敢，就要敢于承担，崎岖的山路本来就没有平坦，有的只是曲曲折折的磕碜，既然选择了人生，就应该懂得艰难，痛苦成就伟大，人应该笑对生活中的苦难。

既然选择了生活，就应为生命礼赞，风雨兼程的路上，留给世界的当是背影的雄姿伟岸，人应该选择勇敢，就应敢于登攀，无论什么时候，都该处之泰然，不畏艰难困苦，敢于应对挑战。

有的时候，沉默是最好的选择，好运源自善良的埋头苦干，卑鄙者的人生，或许一时得逞，但他终会被自然戳穿，他们名字，将比尸体更早腐烂，高尚者的灵魂，在生命的长河中鲜花依然，灵魂的高地星光也灿烂。

勇敢地面对一切，风雨无阻，毅然决然，坚定不移，持续不断，草原为你倾倒，群山会为之震颤。

家

一盏灯，一直为你点到天亮，那是家，那是家中，等你回家的爸爸和妈妈。他们一把屎，一把尿地把你养大，等你成家立业，他们却老了。一段情，从冬守到春，从秋等到夏，那是家，那是家中，思念你的孩子和等你的她。等你看见孩子上大学工作，你和爱人也老了。

一封信，容不了太多的牵挂，那是家，那是家中，想你的人儿凝在心中的情话。一个电话，剪不断海角天涯，那是家，那是亲人，捎来的一杯幸福清茶。

一程路，无论有多么遥远，总要找到他，那是家，那是家中，血脉相牵生生不息的灯塔，天地那么大，偏偏都想家，无论做什么，总是在牵挂。

地球上，最美的牵盼是家，家中的温暖家里的爱，千军万马，五洲横跨，没有任何东西，可阻止你我回家的步伐。

我不知道，将来的人，会不会比现在人豁达，我不清楚，未来的世界，家的概念会成什么样了。

假如让我重新选择

假如让我重新选择，我一定选择绿色，红色用于去敬仰，黄色耀眼而夸张，蓝色交给了天空海洋，我选绿色滋润在我心上，绿色是青山的模样，绿色是草原的风光，绿色是牧民的质朴，绿色是军人的力量，绿色承载幸福的牛羊。

假如让我重新选择，我情愿住在小村庄，拥一个不大的小院，种一些花草厅堂，建一个低矮的花墙。随心所欲清亮书房，三五好友品茶乘凉，守着一份清宁幽静，琴棋书画小酒几两，一曲牧歌尽诉衷肠。假如让我重新选择，自由职业是选项，无须体系内外瞎忙，不用费太多的精力，不拉各种关系，无须有太多的奢望。

没有潜规则的名堂，不用瞎编乱造胡讲，没有考核不用巴结，也少了些钩心斗角，不用手忙脚乱心慌，假如让我重新选择，我一定选择去牧场，自由自在放飞梦想，桀骜不驯远离纷扰，心思用在动物上，畅马游缰纵情歌唱，清晨红霞漫天东方，晌午蓝天白云飘荡，放牧牛羊天山上，长空皓月星星亮。

天想怎么蓝就怎么蓝，草想怎么长就怎么长，朝朝暮暮风清气爽，不用明枪好躲暗箭难防，我情愿选择做一个山民，选择勤勤恳恳朴实善良。

假如让我重新选择，我要去草原上游荡，不需要洋车革履西装，寻找幽静的一条小路，寻找故事里可爱的姑娘，让心儿也插上翅膀，任思绪，在蓝天白云草海花香间，自由懒散地飞翔。

胶多不粘

哥们，多不粘，话多不甜，茶太浓了，会发苦，糖吃多了招虫眼，酒喝多了会发颠，用情太深，会少了理性，心思太重，就缺了空闲，用力过猛，容易伤着筋骨，同样，笔墨太浓，也容易跑偏。

一支笔一台砚，不可，头重脚轻根底浅，一杯酒一支烟，那是腾云驾雾赛神仙，有些东西，你我都没有看见，我们的认知水平，不一定都如从前，莫为浮云眯眼，好景色往往，近在眼前远在天边，面向自然，那里有真正的苦辣酸甜，无须把双脚包裹得太严。

接受命运的安排

该去的终归要去，该来的终归要来，该有的终归要有，该走的终归要走，不是你的，得不到，该是你的，走不了，我喜欢咆哮的河流，我喜欢温暖的太阳。

我向往沸腾的生活，我热爱草原的宽广，越是爱得艰难，遗忘得就很远很长，不必善感多愁，不必失措惊慌，该是怎样就怎样，痛了就哭出声，累了就躺一躺。

该吃就吃，该喝就喝，该想就想，该干就干，该唱就唱，生命悠长，何必过虑多忧，何必苦断肝肠。有美丽的草原做伴，生活该是多么的敞亮。

今生有一种情

世间有一种情，未必日日厮守，生活中有一种爱，未必天天等待，岁月有一杯酒，未必天天聚首，一壶老酒，只喝一口，三五老友，就会醉在心头。

昨日有一种情，叫真情，明日有一种爱，叫诚爱，岁月有一支烟，叫老烟，只几分钟，就会让朋友思前想后，倾情谈吐。

每当，特殊的日子里，能够想起你的人，那就是朋友，他用一片真心，在为你守候，他用一颗赤诚，在为你分忧，他时刻关注你的线路，他总是默默为你加油。

什么时候，也不要忘记了，朋友的坚守，节假日的时候，请不要忘了，那一声短短的问候，近来还好吗，我亲爱的朋友，一句简单问候就全有，或许，没有太多的沟通与应酬，但是只要心中还有就已足够。

今夜我在阿克达拉等你

阿克达拉已鲜花遍地，那是春风捎来的消息，妹妹，今夜我在阿克达拉等你，不要说，这里的春天有点迟疑，不要嫌，这里的山庄有点偏僻，阿克达拉，是人间一块纯洁的圣地。

阿克达拉，容了雪山，容下了大河，容下了农庄，容下了云中草原的飞马，容下了一片无边的草地，他也容得下你的灵魂，容得下你疲惫的身躯。

这儿的春夏满眼翠绿，遍野的牛羊一望无际，绿草如毯山花遍地，雪山森林大河东移，清新的农庄圣洁而传奇，今夜阿克达拉下了一场小雨。

虽然山下早已炎炎夏季，这儿田野却朦胧的春意，拖拉机才刚刚挂起春犁，远处依稀可见隆隆的机器，丝丝细雨草原如洗，望着窗外若明若暗的灯光，打开了我杂乱的思绪。

小雨唤醒的春山，富饶辽阔的草原，拖拉机，将犁开新一年的希冀，今晚我就住在这里，毫无睡意，我想让风儿，让风儿也早点休息。

不知是谁，划破了夜空的沉寂，我的心思很重，我的心中只有你幸福的绵密，阿克达拉的夜晚静得挺神奇，在我的心里荡起了涟漪，他述说着从前的故事，也述说着今天的情意。

一场小雨淅淅沥沥，妹妹呀，你可知道，今夜我在阿克达拉等你，这儿还是杏花的雨季，这里空山骏马千匹，这儿有幸福的人家，这里如世外桃源，这里有万顷肥沃的土地。

今夜我住在这里，等你的风等你的雨，等你的笑脸，等你的春风万里，等你的温暖多情，等你的浓浓的诗意。

阿克达拉的细雨，敲打着我的心，也淋湿了我的梦，我的梦里全是杏花雨

187

的甜蜜，全是相偎相依的记忆，我希望，这一切永远停留在我的梦里。

这是一个播种的雨季，静夜的阿克达拉，风有声人无语，机声也疏稀，新犁划醒了沉睡千年的山脊，我失眠了妹妹，今夜我在阿克达拉等你。

今夜我在坡马

夜晚的坡马，静得如同，梦里的神话，闪烁的繁星，似神灵眼睛，云中穿行的月亮，似梦里的白莲花，唯有我的梦境，怎么也走不出，这浩瀚苍穹，星光点点，夜空之下的坡马。

谁奏起了琴声，描起了图画，诵起了诗词，弹起来琵琶，原来皆是梦话，神仙捎来的奇葩，抑或是，天山盛开的雪莲花。

我亲爱的人呀，我久久不能入眠，是为了这片，远得不能再远的草原，是为了这座，高得不能再高的雪山，是为了这方，绿的让人落泪的草原，是为了这儿，恬静的人和心碎的花，我泪眼蒙眬，不是因为妹妹的情话，也不是为这里的风沙。我被深深地打动的是，是因为这里的，军垦戍边人家。是因为这里的，寂寞清冷孤独遥远，是因为那，静得不能再静的草原，冷得不能再冷的明月，绿的不能再绿的草，蓝得不能再蓝的天啊。

坡马的山水似油画，坡马的牧场映红霞，坡马远远的倩影，还有边关弯弯的月牙，夜空下的坡马，静得能把一切融化，我的心啊，怎么也无法表达，我已融进了，这片深沉的夜空，这片悠远的山峡。岁月无情，历史的风沙，不知淹没了多少，喧嚣的刹那，谁也无法挽留，那座城堡的坍塌，唯有那座山还在挺立，那条河依然飞流直下。

坡马的夜晚，静谧肃穆，灵空清雅，静得可以听见，远古嘶鸣的战马，静得可以听见，纳林河畔，山风呼啸的天涯，可以望见，今日拓荒者耕耘的，一幅幅精美的图画，可以闻得见，星星捎来的情话。

然而这一切，谁又能横跨，也终将在这里，如我一样，静静地默然倒下，一切终将都，无名无姓融入夏塔，如同这里土堆大墓，还有那多情的黑泥巴。

莫名的伤痛，不知道是为了啥，那无垠的田野，那纯朴的脸颊，那忧伤的云朵，那飘逸的长发，还有边防线上，寂静的松林哨塔，还有界河边上，孤独的放牧人家。夜晚的坡马，静得冷清，静得神圣，静得地老天荒，静得情感升华。

今夜我无眠了，窗外的清风，天上的星话，默默的广宇之下，我拥谁入怀，谁揽我入塌，我能挽起，谁的手臂探海寻花，谁为我擦去，腮边眼角的泪花，谁伴我，漫漫促膝长夜，谁解我的心乱如麻。

无尽的雪山草原，奔流不息的浪花，茫茫无眠的夜色，墨色苍茫的松桦，天上布满的星辰，云中穿行的飞侠。

从远古传来的信息，由天界唤来的风雨，由远及近，飘来的是谁的身影，今夜我在坡马，无界的忧心匆匆，我思念着漂浮不定的她，我眼角在流泪，我真的很心碎，请不要问我，我也说不清楚，这究竟是为了啥。

一代代兵团儿女，就是这样，守着清贫谈富有，远离欢乐看喧哗，将生命在这里渲染，汗水，只为这片草原挥洒，那纵横阡陌的田园，是最远最美的神话。

在离天最近的地方，在白云的故乡，在彩虹的天堂，一代代军垦战士，就是这样，丹心戍边关血汗写艰难，在这里耕耘四季，在这里播种春夏，在这里收获年华，在这里，把寂寞与苦涩吞下，在这里挥洒青春安天涯。

他们的生命，链接细君公主的牵挂，让华夏的火种，在草原繁衍生息，前赴后继生命如花。他们在这里娶妻生子，守着茫茫的草原，守望着漫漫的边防线，而且终将融化为，这里的泥土高山，这里的风景如画，但愿若干年以后，这儿有一个新的海拔，千秋万代兴旺，唐宋元明清泱泱大中华。

井冈山的红杜鹃

井冈山的杜鹃，红艳艳，今年我来看杜鹃，尽管有点晚，并不是最好的时间，但杜鹃花宛如往前，花开的杜鹃是故事，用肆意的红色鲜艳，述说着我心中无限的思念。

井冈山是，中国工农红军的根据地，罗霄山脉黄洋界，年轻的红军与少年，游击战和朱德的扁担，毛泽东与三湾改编，硝烟滚滚炮声隆，风卷红旗半边天，每一个故事，都深深地印在了我的心间。

井冈山的杜鹃，开了一年又一年，井冈山的故事，讲了一遍又一遍，井冈山的历史，揭开了中国革命的新起点，井冈山的杜鹃，让我的思绪走进了战火的当年。

那是一个什么样的时代，又是怎么样的一批青年，想天下穷苦人之疾苦，决意把世界改变，他们胸怀天下正义高悬，他们提出了武装夺取政权。

星火燎原风光无限，从这里走出一支队伍，告别了血染的红杜鹃，他们义无反顾，他们无所畏惧，他们勇往直前，中国工农红军，枪杆子里面出政权，满山红旗插遍，打出了一个红彤彤新世界的元年。

当年的战士用信念，血染当年的红杜鹃，以至于后来的中国，被红色与军旗驻颜，才有了，1949 年，安门城楼的庄严。

杜鹃花开依然红艳艳，没有人忘记井冈山的从前，那些人那些事，已经酿成了久远的故事，他们时刻鼓励着我们的今天。

科技特派员进驻农家，为农民致富搭桥牵线，我们体验了红色故土农家，我们学习参观了不少地点。

我不想说思念，也不想让你看到我伤情的泪眼，但是我知道了，那时候的艰苦卓绝，我明白了今天幸福生活的香甜。

我埋首心在仰天，当我走向山坡，拾起了一枚红色花开的杜鹃，就仿佛，拾起了红色历史的遗篇，拾起了历史那红色的惊艳，拾起了罗霄山脉弥漫的硝烟，在这片红色的土地上，脑海里全是历史的红色经典，遥想着，先烈们的遗志是否都已实现，今天已经走向光明的我们，当为历史做出什么样的奉献。

静听一首乐曲

我常常喜欢，在静夜戴上耳机，倾心地独自，欣赏一段乐曲，倒不是无聊，反而是有趣，一首轻盈的乐曲，或是最好的天地。

其实人与人之间，谁也不比谁高尚到了哪去，高贵者有高贵者的快乐，卑贱者有卑贱者的欢喜，只是不同的感受而已。

一首好的乐曲，传递着一段讯息，没有太多的乐句，不用太多的诗语，那全是故事，都是故事里的传奇，特别能打动人的心，甚至能够触碰到你的心底。

如今的社会，都是快节奏的连续，充斥着许多不健康的东西，但我以为，人缺少什么都可以，

就是不应该缺失善良的心地。

一首乐曲或许会告诉你，简单的东西，或有很深的寓意，教你做人教你学习，教你积极向上，教你好好做人奋不顾己。

向往生活中的我和你，再忙再累也要，修身养性保重身体，放松心情听听乐曲，在乐曲里述说情意，分享前路的知己，将真诚与博爱传递。

通过倾听，开启新的一方天地，热情地生活，学习工作努力，我相信，你的付出一定会感动天地，幸福就在前方，没有太大的距离。

其实，人的生命没有太长，我们的生活无须很多，关键是要有意义，心与心的交流，不需要太多太急，太多太急太高太远会太甜太腻。

酒杯里话月亮

酒杯里话月亮，多是浮光掠影，一时片刻的风光，一壶老酒对饮成双，三五老友面对一片空旷，几许清风扶杨柳，当繁华落尽华灯初放，于是映照酒杯，话见了天上的月亮，月亮在酒中，几分琴瑟几分迷茫。

酒杯里话月亮，喝的是情醉的是心，映照在云天上，三两好友叙叙家常，这话的是岁月，话到的是沧桑，谁还没有一点，牛粪粘在鞋掌。

月亮挂在天上，却不知地面人的忧伤，话的是繁花似锦，未必都是真相，唯有酒杯里的月亮，东摇西晃他不吹牛也不会说谎。

酒杯里话月亮，近乎是荒唐，唯有饮酒者的心境，可以说出名堂，酒杯虽小乾坤浩荡，推杯换盏心里坦荡，一派万千风光。

生活有太多烦扰，世界总是匆忙，追逐名利的场上，有谁还顾忌吃相，真假难辨东躲西藏，东摇西晃舞刀弄枪，聪明小人近乎疯狂。

一杯浅酒，对饮的月亮，除却表面的伪装，尽述说古道热肠，人有点特长，多是些情种，也颇有些喜怒哀伤，虽不愿言表，且也饱受中伤，但是，心却还天宽地广。

随着年龄放长，倒喜欢孤独宁静，偏好独自一人，静坐于一座山冈任思绪放荡，只想做一个精神干净的人，或许是最大的渴望。

人生不需大富大贵，因为真正的富有，是灵魂的高昂，是心底的慈祥，灵魂高处自有花香，那些看似的高处，革履西装趾高气扬，人模狗样的高亢，难掩欲望的膨胀，倒也富丽堂皇，但不一定都很清亮，不准还是个流氓，而那些看似卑贱者，他们却令人尊重不一定没有崇高的向往。

优雅来自胸膛，无欲无求还忍让，襟怀开阔的人，多数些是高尚，生活简朴不争不抢，为人忠厚心地善良，在及简的生活中，品味世间千姿百态，脱俗超凡淡雅悠长。

酒杯里话月亮，话的是自由洒脱的修养，享受的是心灵鸡汤，一个虔诚的的人，总会弥漫着，清澈见底的俊俏模样。

一壶浊酒岁月长，牧歌悠扬云飞扬，小风拂过绿柳荡漾，不用再作势装腔，人生百年都是过往，深沉于心的收藏，是长路漫漫的大海汪洋，谁还总是疲惫不堪的景象。

端起一杯酒，和那月亮一起吞下，于是心也升起月亮，将内化于心的爱意，与有缘的人偕往，和一曲琴声，心手相牵轻云之上，守在桌边心在远方，在轻风细雨山中飘荡，等待电闪雷鸣的晚上。

酒杯里看月亮，品的是风景悠长，酒杯里看月亮，看的是云海飞扬，酒杯里看月亮，同样可以从长夜看到曙光，看到阳光把黑暗与罪恶埋葬。

灵魂高处是思想，百年人生何须惆怅，酒杯还是酒杯，月亮还是月亮，一个在地面一个在天上，虚幻与现实交相，人生不必太多的锋芒。

就这样悄悄地爱上了你

只是那次邂逅，竟让我不能自拔，那一汪清泉的湖水，融入了一幅油画，浸满了深情知心话。只是那次偶遇，让我再也不能放下，走不出你的柔情似水，忘不了你的妖娆刹那，只愿一颗心在这里安家。

只是那次路过，我就再也不想走了，萦绕你芳草沁香的路，迷漫你林木苍翠的花，你的怀抱我怎能不牵挂，西部的一首牧歌，远方的一座新城，天边的一幅山水，伊犁河畔的花样年华。

就这样悄悄地走了

就这样悄悄地走了，走得那么匆忙连句话都没留，还没来得及拥抱没来得及握手，如同人间蒸发一点痕迹都没有。

就这样悄悄地走了，静静地去了远方大山的尽头，晚霞中只留下一副浅浅的身影，随太阳落山藏进了天边的云后。

就这样悄悄地走了，一切都丢在了身后包括烦愁，悄悄地离去还了你心愿的自由，在你过往的世界只有我的情碎心忧。

就这样悄悄地走了，实在没法从你的世界里出走，忘不了你的身影忘不了你的携手，我只能把悲伤的泪水藏在心里流。

就这样悄悄地走了，你是否知道我的伤痛在心头，就这样悄悄地走了，我问茫茫人海我问苍天宇宙，谁知我的痛，谁懂我的苦，谁解我的忧。

举起一杯酒

举起一杯酒，激情涌上心头，祝福亲朋好友，祝你们幸福快乐，祝福你们健康长寿。举起一杯酒，敬给你亲友，敬你平时的相助，敬你苦乐的分忧，祝我们的友谊天长地久。

端起一杯酒，高高举过头，敬天敬地敬亲人，感谢过往的携手，感谢你的爱，感谢今天的酒，跟着幸福大步走。

喀拉峻没有忧伤

遗落在天的边上，是一颗明珠，在草原大山里深藏，看你似绿海汪洋，你却是高山牧场，一望无际连到山边，碧草连天云雾飞扬，高山峡谷绿意葱茏，松涛林海百花齐放。

草原比大海还宽阔，牧场比蓝天更宽，牛羊似散落的珍珠，毡房就在白云边上，我真不知道，这究竟是人间还是在天上。

我很难分清，这是梦境，还是人间的天堂，蓝天似绿色的海，白云像羊群一样，草原似蓝色的天空，羊群像白云一样飘荡。

我很难想象，到底是羊群飘在天上，还是白云在草原上游荡，还有比蓝天还洁净的牧场，还有白云边上的座座毡房。

还有云烟深处的牧民，还有天边红霞的飞扬，这里是白云和羊群的故乡，这里是纯朴牧民的天堂，这里的空气特别新鲜，这里的骏马可以飞翔。

这里的森林特别苗壮，这里的绿草直击你的胸膛，这里的奶茶特别清香，这里的儿女特别漂亮，这里的牧民友好善良。

这里的河水特别清凉，这里的雪山特别向往，蓝天之下世海人间，竟有这等幻影般的风光，白云连着草海，草原似大海一样的苍茫。

不要迟疑等待观望，到喀拉峻走走逛逛，海天一色的草原，精美绝伦的毡房，草海尽头的峡谷，白云般的牛羊，你可以尽情挥洒，你丰富的想象，让心和灵魂在这里插上翅膀。

让喀拉峻广阔的原野，留下你深深的记忆一串，愿喀拉峻的草原，留下你浅浅的足印一行，愿喀拉峻的牧歌，带着我的思念回家慢慢吟唱。

看不清你的容颜

我看不清你的容颜，防护服遮住了你的笑脸，忙碌的身影轻如紫燕，危急关头你冲入了云烟，护目镜后是双美丽的大眼。

我看不清你的容颜，医院飘逸你纯真的流年，你沉稳大胆你美若天仙，在生离死别考验的面前，你将大爱洒向浴火的人间。

我看不清你的容颜，但我知道你稚嫩的双肩，当世界需要你的时候，你践行了天使赋予的誓言。

我看不清你的容颜，但我知道你仁爱的蓝天，当恶魔张牙的时刻，你挥起了斩魔的神剑。

看天山红花

天山红花迷人，着实的美丽而漂亮，不必有累赘的奢望，不必有过分的追求，此时不必去江南不必去海上，只想在美丽的伊犁，在天山红花绽放的时刻，有一次静静的凝望。

一个浅浅的微笑，一次对视的眼眸，一次无意中，在相机镜头前的摇晃，这就足以让我心花怒放，看天山红花留彩色图像，且看且珍惜越看心越慌，请不要错过可爱的春光，到天山红花盛开的地方，请不要忘记了回家的方向。

看天山红花，与友人欢聚一堂，把老人孩子爱人都带上，端起相机铭记草原五月的畅想，千万不要吝啬记住与朋友分享。

看过天山红花的人，从此再不会遗憾，不再抱怨错过的时光，也不再总是胡思乱想，人生需要一次，说走就走的行囊。

去大胆追逐人生那姹紫嫣红，去豪情地放纵心花怒放，去展现那血色的勃勃生机，你无须吝啬花开花落的悲伤。

人可以有那么一次浪漫的疯狂，欣赏天山红花模样，找回自己的辉煌，把这个记忆永远地收藏，到伊犁河畔逛逛，到天山红花的海洋，在草原花海中纵酒牧歌，应该刻骨铭心一次，天山深处的心花怒放，你绝对不会后悔，天山红花对你的寄望，不会辜负了天山红花暖暖的情肠。

可克达拉春到福来

（72 团在四师春晚开场节目）

春风送福——（合唱）：春来了，春来了，高原春光好！新时代的春来早，伊犁河谷沸腾了；军垦战士舞春风，可克达拉荡春潮。

各族人民，男女老少，各族人民，男女老少可克达拉，军垦战士，载歌载舞喜迎春天到，春天到。（女声唱）：春潮似海情未老，万物逢春看今朝；可克达拉舞春风，四师迎春花枝俏。（男声唱）：春暖花开舞飞扬，春意盎然歌声飘；惠民的春风暖人心，党的恩情四方照。（男女声）：新春同欢笑，同欢笑！

（齐喊）：过年啦！（齐快板）：可克达拉舞起来，美丽的四师唱起来；春光春色暖心怀，四师儿女多豪迈。

（快板男）：不忘初心，牢记使命，迎接社会主义新时代；

（男女各一）：盯住目标，推进工程，一张蓝图绘就四师新未来。

（女）：凝心聚力，攻坚克难，浪漫之都建设打响新品牌。（男）：敢想敢干，勇于担当；兵团的儿女有情怀；（女）：敢闯敢试，勇于创新，四师的形象立起来。（男）：可克达拉发展速度快，兵团分区口岸前沿展风采；（男女各一）：团场改革打通新动脉，城镇化建设赢得齐喝彩；（群男）：团结稳定，奋发向上，各民族携手同心写大爱；（男女各二）：各行各业，一路一带，奋勇争先有担待。（二男）：民生工程实实在在，百姓生活幸福安泰。［众（快板）］：都说长风破浪会有时，我们直挂云帆济沧海。新的一年稳定大局不懈怠，新的时代创新驱动更精彩。生态文明建设把路开，文化旅游发展好气派；春风送福喜事来，我们欢聚一堂把年拜，把年拜！拜年喽——

（齐唱）：辞旧欢歌冲云霄，迎新的歌舞送春到；春意浓浓热情高，春满伊犁人欢笑；迎春的祝福唱起来，新春的祝愿祖国好；职工群众乐开怀，吉祥快乐幸福多自豪，同声欢唱春天好，春来了！

可克达拉更加美丽

歌曲曾参加 2016 年四师春晚，演唱者：胡瑛、范维平、郝维维、侯光慧、尹新宁、缪顺义

金色的朝阳，洒向古老的伊犁，一条长河追逐着太阳，一路奔流不息，风雨中的战士，没来得及休息，握枪的双手，又扶起拓荒的犁。

亘古荒原，迎来新的生机，大河的岸边迎来了一批，欢天喜地的笑声，田园锦绣壮丽，高楼平地而起，崛起的新城，诉说着军垦的奇迹，草原之夜的故事，印在了心里，浪漫边城的故事，还在原野传递，天上的伊犁河，亮剑记忆的歌，塞外江南好，美景在这里，迎接一个又一个，薰衣草的花季，可克达拉更加美丽。

克拉玛依

你的神奇，不在于你的秀丽，你的俊美，不在于你的风雨，其实，比山水，更加秀丽的是你的毅力，比绿地，更加辉煌的是你的传奇。

无边的火海，茫茫的戈壁，一片荒凉，罕见人迹，当进军的号角响起，五湖四海遍地红旗，一群年轻的石油工人，开天辟地走进了你的腹地。

从此石油滚滚浪花飞急，从此绿树成荫鲜花遍地，从此机声隆隆车流穿息，从此爱意绵绵柔情蜜意。一座新城，在准格尔边沿默默屹立，一片葱绿在西部莽原崛起。

当年的牧马人，不知你去了哪里，你是否了却了心愿，你是否有了爱妻，你是否看见了，今天克拉玛依的绿野奇迹。

如今的克拉玛依，真是翻天覆地，走近克拉玛依，我就想靠近你，钢铁丛林是油井的机器，座座高楼凸显你的坚毅，湖水边上有漂亮的姑娘，驻足欢歌是小伙的帅气。

克拉玛依啊，你是共和国功臣，谁从你身边路过不会想你，你是那样的风华，你是那么有魅力。

你是那样的雄伟，你是如此的富裕，你已走进了姑娘心中，你已走进了小伙的心底，你像一块宝石，镶嵌在祖国西部的茫茫戈壁，克拉玛依啊，我深情

地爱着你，梦里的情话，都是与克拉玛依相关的艳遇。

库尔岱河

是谁将一条银色的丝巾，遗落在了远方天地之间，是什么样的东西，让人这般地痴迷与留念。是怎样的一个地方，让你这般的不能放下与挂牵，分明是天边草原上，一条河流在蜿蜒的山涧，分明是接天连地，那个库尔岱的河流在回旋，分明是库尔岱河水，挽起雪山与白云蓝天的牵连。

库尔岱河呀，你接着一片深情的草原，你连着一座雪山连着天，我就穿行在你的中间，是你云朵中的点点毡房，是你牛羊遍野自由的空间，竟让我这般忘情与不忍，竟让我这般地不舍和挂念。

库尔岱河呀，愿你的细水长流，愿你的春草常在，愿你的鲜花灿烂，愿你的头顶永远是蓝天，愿你的牛羊如云空气新鲜，愿你的儿女幸福永远。

库尔德宁我在梦中见过你

走过的路有几万里，越过多少河，蹚过多少泥，不知道多少个日夜，记不清费了多少力气，才在那个叫，库尔德宁的地方找到你。

读过的书足有千集，翻过多少山，淋过多少雨，不知道多少次呼唤，记不清有多么的痴迷，才在那个叫，库尔德宁的雪山遇见你。

我曾在梦中遇见过你，我曾沧海茫茫中寻觅你，我曾一路求佛，一路祈祷，一路鼓励自己，真不知道，磨穿了多少鞋底，才有幸在，库尔德宁的草原遇见了你。

有过多少艰难，走过多少泥泞，有过多少故事，闯过多少奇迹，终于在天山深处，那个叫库尔德宁的，蓝天白云间遇见了你，原来，你就在那里的雪山，你就在那里的草地，你就在那里的森林，原来，你就在那个毡房里。

你就在我的梦中，在我的心里，你就是那里的蓝天白云，你就是那里的风吹绿地，你就在山花烂漫云雾里，我在不停地追逐，我在不断地回忆，我在追云追月，我在日行夜熄，找到你，是我的可望而不可即，遇见你是我的好福气。

天山深处，云杉的故里，草原如云似梦，小河清溪，我才明白了，你在深山的一隅，在库尔德宁的奶茶里，在流云婉转的歌声里，在喀班巴依故事中，在冬不拉的琴声中，你如梦如云你貌美如花，在草原的每一个角落，库尔德宁啊，都有你无边无尽的享誉。

来伊犁住上几天

朋友，当你疲惫的时候来伊犁住上几天吧，放下远行的困忧放下应酬，感受一下这里大河的奔流，来享受一下清静的雨后，感受一下边城人恬静，感受一下高原的浪漫气候，还有牧民的淳朴敦厚。

朋友，当你想我的时候来伊犁住上几天吧，带上家眷带上同事带上密友，与想见的人结伴去那条河边转转，找找当年的感觉看看熟悉的老路，除去生活的疲惫抖去一身的忧愁，不论生活有什么变化往日的天真留在心头，把寂寞和忧愁都远远丢在身后。

朋友，当你春风得意的时候来伊犁住上几天吧，到你想去的地方故地重游，与友人一起喝喝伊犁的烈酒，品尝手抓羊肉有葡萄美酒的温柔，把那首老旧的牧歌仰天望月地吼吼，到白云深处我的家中叙叙旧，遥望莽原浩荡和那挺立在云霞中的山头。

朋友，当你感到无聊的时候来伊犁住上几天吧，感受一下薰衣草紫色无边的源头，策马草原沿着山路到云中去慢步，伴随云杉、雪莲、草原马羊还有牦牛，看看姹紫嫣红烂漫到天边的山花，听一路婉转起伏的草原歌曲，把长长的思念交给那一条条溪水长流。

朋友，当你快乐的时候来伊犁住上几天吧，说说辽远熟悉过往的旧事，毫无戒备地谈谈现在的欢喜与优柔，我们会更加热爱生命珍惜朋友，尽管有太多的期盼追求总是思绪悠悠，当你在伊犁住上几天之后，你会发现原来伊犁是你最好的心灵归宿。

或许这里楼房不算高，或许这里的街道不够牛，或许这里还不很繁华，但这里的姐妹兄弟能为你分忧解愁，这里有你的渴望与念想，这里能让你的心静下来享受自由，这里有你永远难忘的顾盼清流。

当你在伊犁住上几天之后，你一定有所感悟，清凉的风飘浮的云，蓝天之上的月光星斗，还有长长远远云中的天路。

这样的感受不是常有，你一定会淡定许多超脱许久，快乐地生活，快乐地工作，迎接新一轮的朝霞红日，激情的热流涌上心头，奋勇当先勇搏激流。

写作背景：我们的生活工作都很紧张，常常疲惫不堪。你可知道，伊犁是祖国新疆最美的地方，雪山、松林、湖泊、河流。这里与哈萨克斯坦接壤，有祖国西部最美的大草原。

这里河流密布、草原秀丽、高山雄浑、松涛林海、土地肥沃，是伊犁哈萨克自治州州府所在地，也是全国为数不多的副省级州。各族人民和睦相处，世代代在这里生活、奉献、耕耘、劳作，把这里建设得像花园一样，成为人们向往的幸福天堂。伊犁是全国最佳的旅游目的地，也是全国最宜居的城市之一。写下这些文字献给你，希望你经常来伊犁住上几天，伊犁欢迎你。

来自一个护士的日记
（写在新型冠状病毒疫情后 2020 年 3 月 5 日）

妈妈请原谅我的失礼，春节本该回去，全家人说好了一起团聚，可惜情况特殊疫情危重，我作为医护人员，别无选择必须冲在第一。

妈妈请原谅我不是故意，本是节假的日子，我多想和全家人在一起，只因重任在肩情形危急，在关键的时刻，我和我的同事必须迎击。

妈妈我知道您也不易，请您务必保重身体，灾难无情武汉告急，即便这个重要的节日，我也无能为力，必须尽我所能走向疫区。妈妈请原谅我悄悄地别离，因为我怕您心里太着急，我和我的姐妹兄弟，都是手牵着手在一起。

我们冲锋陷阵特别留意，我们心脑相通格外珍惜，请妈妈不用担心，有我们的奉献祖国会走出严寒风雨，妈妈请不要着急，没有什么可以阻拦春天的气息。

浪漫高原醒了

浪漫的高原醒了，天山红花开了，姑娘的脸儿红了，天山红花亮了，小伙子人儿醉了，自古高原多妩媚，天山红花把人撩。天山红花开了，伊犁的琴声响了，天山红花火了，草原完全绿了，天山红花开了，整个河谷忙了，天山红花燃烧起，牧民笑声朗朗。

天山红花烂漫的时候，到处是草原幸福的牛羊，听百灵鸟歌声响透河谷，地里的庄稼长势正旺，草原上飘荡着幸福的花衣裳。

天山红花惹人醉，天山红花红似火，天山红花红艳艳，天山红花映彩霞，天山红花红满天，天山红花驻心田，天山红花，红透了高原的心，牵绊着恋人的情，看天山红花，悟人生理想，做一粒种子深埋地里，不去抱怨，都有时机绽放，学天山红花即是一棵小草，也要用一季的光艳点缀草原的山冈，同样展现的是一种博大与宽广。

浪漫红尘

浪漫红尘阡陌纵横，哪儿寻找一往情深，人生苦海茫茫无边，哪儿还有少年的纯真，我在牧歌的山路，栉风沐雨独往前行，默默地祈祷寻觅，向着一片纵深的幽静。

我想找回心中的安宁，我在回眸少年的青春，芸芸众生哪儿是方向，草原有我牧歌的豪情，一条河流打湿了我的眼睛，一片草原净化了我的心灵。

我在努力地追寻，等在你必经的路上，一树花开笑面拂影，我们千年相约于一片诚心，但愿你我都能在草海静听，不要伤心天地有情。

老兵哥哥

你还记得，当兵时唱过的那首歌，你还记得，战友们蹚过的那条河，你还记得，巡逻路上的那些故事，你还记得，离开部队时的泪水闪烁。

如今的我们，已经告别军营，但没人忘记，那火热的生活，如今的我们，走向了新的征程，但没人忘记，那个热血的哨所。

好男儿就该保卫祖国，战士心中是祖国山河，人生有过当兵的历史，到哪里我都自豪地说，尽管我们已离开部队，不会忘记战士的职责，要祖国一声召唤，我一样热血喷涌冲向烽火。

老兵哥哥，心中是一团火，老兵哥哥，退伍不褪色，老兵哥哥，永远是榜样，老兵哥哥，勇敢开拓还执着。

老家在新洲

这是一片古老的土地，这里山川俊逸，这里英雄云集，这里地灵人杰，这里风光秀丽，有多少故事，随举水河的水流轻轻地远去。

这是一片蓬勃的土地，这里物产丰富，这里商贾云集，这里交通便利，这里人才济济，沙河倒水举水河纵横东西。

新洲的街道，还有不少的影寓，从辛冲洪家湾到刘集，要横穿新洲大街的距离，南街的早市热闹无比，广场上的人几多欢喜，老桥留下了多少故事和回忆。

老家在新洲，新洲是故里，新洲有我的好亲戚，前辈的乡音中，常常述说着老家的情趣，故乡里的种子，深深地埋进了后辈的心底。

还记得洪家土庙的池塘，还记得凤凰镇的陈天奇，还记得新洲老桥西望的刘集，还记得道观河的风景区，还记得张渡湖的黄颡鱼。老家在新洲，新洲在心里，父母的血脉，从这里传递，祖先的灵魂，在我身上延续，父母从这里出发，把家乡融进了，魂牵梦萦的血液里，带着家乡泥土芬芳，跨越了半个多世纪，让新洲的记忆，横越了东西南北数万里。

老家在新洲，新洲在梦里，梦中有父辈们栽的树，叶茂根深已扎在了，故乡沙壤的泥土里，原来老家是用来思念的往昔。

如今的新洲啊，已没有了我，一丝一毫的土地，父辈们说，他是回不去的故里，我说，他是血脉里的根基，世界的变化，令人始料不及，城市的发展，抹去了多少历史印记。

我不知道，若干年后，我们的后辈，有谁还会提起，有谁还会提及，那时候的人，那时候的事那时候的故事，那时候的一切，也将都会随风远去，新洲故里，已是那一辈人，永远也无法抹去。永远也难以找回的追忆，思念无边回望有序，梦境中的新洲，农田河堤泪花细雨，像一枝花像一场戏，都将随发展奇迹被抛向神州大地。

老去的时光

巍巍天山西北边疆，年轻的父母向北方，60载春秋八千里路，长空雁阵秋草苍茫，如今的父母多悲凉，风烛残年背驼腰弯，我亦是，人到码头车到站，一肩华发虚度时光。

静观云天光阴流淌，时常听父母忆家乡，环肥水瘦稻米南方，谁也无法停止时间，瞬间指尖西北遥望，人生几何余生不长，白发空悲切三千丈。

青山不老岁月绵长，只是一程云烟冥想，父一辈子一辈，年年岁岁紧紧张张，走过的路错过的人，都随光阴去了远方。

我老去的风华时尚，哪儿是父母的故乡，空对故乡的明月，我应该如何去向往，都付韶华流水浑天放，父母埋骨处就是故乡，远飞的大雁南来北往。

老同学你过得还好吗

老同学你还记得我吧，你还记得那个懵懂的少年，还记得那个幼稚憨厚的模样，还记得那个朴素的教室，还记得那个平素的操场。

老同学你还记得我吧，我依然还时常想起当年的学校，常念起老同学那段美好时光，不知道老同学是否安然无恙，不知道老同学生活工作怎样，不知道你的各方面是否如意安详，不知道你是否还怀揣远大的理想。

庆幸在那年那月的那个地方，那个最美好的年华，遇见了天真烂漫的春风荡漾，我们一起走过的似水年华，我们一样的年少轻狂，一路的岁月一路的芳香，一起的瑰丽时代很难忘，记忆深处的你从来没有离开我的心上。

老同学你还怀念学校吗，你还记得那时的老师吧，你还怀念上课的钟声吗，你还怀念我们紧张的学习吧，那时候上学路上的一起嬉戏，那时候自习小黑板写满了习题，那时候的老同学你非常优秀，我相信你现在正春风得意。

那时候的你总是鲜艳无比，也许岁月匆匆你命运不济，其实这些都没有关系，没有什么能够影响，我们亲密无间的同学关系。

往事如烟岁月如汐，在我的生活中，经常想念和骄傲的，就是因为岁月中有你，如今不管你究竟怎样，你一直是我的惦记，你一直就在我深处的心里。

不管你多么的优秀或平常，不管你现在多么富有或贫瘠，在我眼里，你永远是那个少男和少女，你永远是那么的清纯，我仍然是那样的调皮。

老同学，方便的时候打个电话吧，有空我们可以联系联系，不要怕麻烦，也不必有顾虑，不管时代怎么变，你在我心中，永远是那么清新稚气。

永远是最棒的你，你永远是人生风景中，最闪耀的亮丽，不管路途有多么遥远，磨灭不了久远的记忆，始终不变的是同学的情意。

留下一段美好的回忆

年纪大了多少懂点顾及，不是什么都会让我惊喜，成熟的人最懂得珍惜，不是什么东西我都可以接受，真心的人最怕担当不起的情义，你的真诚让我百倍受益。

只是不敢辜负你的企及，不是不爱，我才不想与你联系，我生怕惊扰了，你善良的心地，因此只能是，远远地向你致意，就几尺的距离，莫笑我不够大气。

真不想欠你一分一厘，因为友爱，才懂得了，什么是最高贵的礼仪，只能远远地，看着你的身影，敬重才是深爱，真情实意才有距离，一切都在我炽热的心里，留一段美好的回忆。

我只是不想有负于你，我只想看到你泪眼的情谊，就那么一点就足够，够我享用一生的涟漪，波光艳影喃喃细语。

妈妈的眼睛

妈妈的眼睛，是一股清泉，无处不在地，滋润着孩子的心里。妈妈的眼睛，是一泓湖水，无论在哪儿，都盛满了母亲的鼓励。妈妈的眼睛，是春天的暖风，走到哪里都浓浓春意。

妈妈的眼睛，是点点的春雨，在母亲的滋润下，我像滋润的秧苗拔地而起。妈妈的眼睛，是一缕山花，走到哪里都有母亲牵挂的话语。

妈妈的眼睛，是春天的风景，鲜亮的光彩，照亮孩儿的前程万里。妈妈的眼睛，是夏日的油画，温暖如家灿烂如霞美艳无比。

妈妈的眼睛，是一盏明灯，指引着孩子一路前行风雨，妈妈的眼睛，全部都是爱，我走到哪里，母亲就心碎就在那里。我走到哪里，母亲就仰望就着那里。

母亲对孩儿永远是关爱有加，妈妈一身的爱，用一双眼睛，将孩子护佑在羽下，妈妈用青春美丽化作了春泥更护花，忘不了妈妈的泪水，忘不了妈妈的话，忘不了妈妈做的饭，忘不了妈妈做的鞋，忘不了妈妈为我准备的衣和袜，忘不了妈妈的笑面如花。

都是今世的缘，前世的渊，堆积成了妈妈如爱的高山，堆积成了妈妈如爱的大树，和妈妈慈祥如爱的梦幻。

妈妈请不要挂念

（写给共和国的军人）

当有那么一天，我参加抗洪抢险，无情风雨生死考验，妈妈请你不要惦念，当兵的就是这样，当危难来临，我就冲锋在前。

当有那么一天，我赶赴天险，那里天塌地陷，妈妈不必泪流满面，人民需要我的时候，就当挺身而出，那有危机我就扛起艰险。

当有那么一天，我赶赴前线，那里熊熊的烈焰，妈妈请为我，点燃一炉香烟，祖国在召唤，是男儿就当勇往直前。

妈妈请不要挂念，热血的男儿，我有强劲的双肩，我在祖国的边界线，那里山花烂漫，有和我一样的男儿，撑起祖国的万里云天。

妈妈，我想你了

想起妈妈就心如针扎，我不知道，在这个世界上，还有什么爱，能有妈妈的爱那么伟大。想起妈妈就泪如雨下，我不知道，在这个世界上，还有什么幸福，能有妈妈的爱那么容纳。

想起妈妈就两眼泪花，我不知道，在这个世界上，还有什么地方，还有妈妈的童话，让我还能做妈妈的娃娃。

想起妈妈，就看见了红砖青瓦，我真想再看一眼，妈妈家中的窗纱，我多想再看看，妈妈的面颊，多想再嗅嗅妈妈的鬓发。

月光里的妈妈你好吗，转瞬之间，就成了咫尺天涯，从此我的心里，就永远失去了，有母亲慈爱那个温暖的家。月光里的妈妈啊，我想你了，想你的身影，想你叮嘱的话，想你为这个家，付出的所有艰辛与牵挂。妈妈呀妈妈，有妈妈的日子，我们都太傻太傻，不懂得珍惜当下，不懂得多陪妈妈，不懂得妈妈，为这个家付出的青春年华。

如今的我啊，只能在月影的夜晚，独自一人孤影自怜，望着天上的月牙。默默地流泪，静静地思念，把思念的痛苦，与眼泪一起默默地吞下。

世界上的爱，莫过于妈妈，世界上的温暖，莫过于妈妈，撑起的那个温暖的家，晚风轻轻地吹月亮树梢上挂，唯有妈妈的爱，我再也无缘品尝了，唯有妈妈的情念，随树梢上的月牙，组成了一幅，永远再也无法企及的图画。

妈妈的离去，让我的灵魂，也失去了家。妈妈呀妈妈；我想你了，可惜这个世界上，我的情思再也无法对妈妈表达。

马兰花

北方广袤的原野，数马兰花最不稀奇，路边田野山坡草地，哪里有村庄有荒原，就有马兰花的身影在那里。

不过是一种平素的草，平淡地长在平常的风吹草低，没有什么惊艳不怎么新奇，多的到处都是难以数计，不抢眼更没有花香的奇异。

然而不知道为什么，对马兰花有种特别的情意，叶片长长得有点纤细，花朵像彩蝶造型非常绚丽，紫色花瓣难掩高贵的傲气。

纤细的叶朴素的花，顽强地生长于各种环境，抗干旱不惧风雨奇袭，耐盐碱不择土地的贫瘠，冬天就蛰伏荒漠的雪原里。

不过一束普通的花，就在路旁的旷野里，在我的眼里她却那么的艳丽，叶片清素典雅随风摇曳，丝丝叶脉环环紧扣条理清晰。

幽兰的花安详恬静，绽放在初夏的旷野里，丰韵的紫色透着一点神秘，在荒野荡起一阵浪漫的憩息，让有情人眼里沁满了甜蜜。

也许你见过马兰花，也许你不怎么留意，或许你对她没有特别记忆，甚至马兰花的平常，没有一张照片留在你的影集。真的没有什么关系，马兰花就是这样朴素，冬天匍匐在雪原，春天就悄悄跃起，绽放属于自己的一年四季。我最欣赏山坡上马兰花，几片幽兰舞春风，一束紫色花间戏，脚踏山涧的泥土地。

傲然冰霜蔑视凌厉，马兰花就是这样大气，与百草和睦相处不偏不倚，从不傍大树提高自己，美丽芬芳迎着太阳，一身傲骨顶天立地。一束平常的马兰花，即使条件再差也不求迁徙，和着牛马摆动一下身体，随风锦绣荡起草原的涟漪，在云水之间彰显简单的美丽。

圣洁的紫色涧边的清香，一丛丛一束束相伴相依，不夸张不招摇就守着荒原戈壁，长在哪里就一片欢天喜地，生在哪里就是一片勃勃生机。

就是一丛平淡的马兰花，却占据我的整个心里，那个马兰花旺盛的村庄，青青的草原上路边的田野里，马兰花的景象实在让人难以忘记。

一束轻轻的马兰花，一段久远的记忆，长在原野上典雅挺立，开放的风雨中舒张肆意，野地里生野地里长从不介意。路有多远相思就有多长，情有多深马兰花就有多香，干涸的西部有马兰花的故事，爱马兰花的高洁素雅和飘逸。马兰花生长的那个地方，有我绵长难舍的惦记，合着那一缕清风，远远的一条清溪直至天底。

没有什么是永远

除了日月，没有什么是永远，一段插曲，一份诺言，即使再光辉的历史，也只是思念无边的从前，没有什么是永远，昨天是今天的故事，今天是明天的历史，一切都将是去年，即使走得再远，你也会明白天方地圆，

只顾眼前，只有自己的人，估计是走不了太远，所谓的永远，也只是一个片段，山高路很长，真情好陪伴，不用把脑袋削尖，奋力高攀，水还长天很远，勤勤恳恳，扎实苦干，情趣高雅，兴致使然。开启一程快乐的心愿，远望天空云崖天暖。

金钱是你的吗，那是扯淡，高官是你的吗，那很短暂，地位荣誉是你的吗，转眼就散，健康快乐天高路远，做好今天的每一段，这个世界上，除了日月山川，没有什么是永远。

每当看到

每当看到天上的月亮，我就想起远方的家乡，家乡的草原正是绿色苍茫，山坡上的花朵开得遍野芬芳。每当数着夜空的星光，心中就浮现出老家的爹娘，不知牧场的爹娘是否健康，还有草原那边花红草绿的姑娘。

情更浓草兴旺花正香，不知草原那边的亲人，是否幸福吉祥安康，无论我走得多远，我的心始终守在家乡的那个方向。

思念家乡草原

美丽的草原啊，我的家乡，春天又到了，不知你是否绿满山冈，毡房前的

那条小河，是否还那么欢快地流淌。

是否还能见到那，红头巾挑水的姑娘，我的小马驹啊，你是否还依然健壮，你是否知道我在远方的惆怅。

美丽的草原啊，我的家乡，我常常坐在窗前，静静地把你向往，你高高的山峰，总在云端昂扬你白白的云彩，总在我心里飘荡，那弯弯的小河，流过点点的毡房，我的心随风飘动，寄情在家乡的原野上。

美丽的草原啊，我的家乡，宽阔的大地，撒满漂浮的牛羊，你的胸怀，是我最温暖的梦床，只要想起你呀，总是泪水湿透衣裳，山坡上沸腾的红花，散发着淡淡的清香，那放牧的姑娘，是否还爱歌唱。

美丽的草原啊，我的家乡，我思念的人啊，不知你现在怎样，不知你是否依然快乐，不知你是否还那么忧伤，不知草原，是否变了模样，不知你是否已经把我遗忘，我拨动起琴弦，轻轻地为我的草原歌唱，无论在哪里，总忘不了奶茶的芬芳。

写作背景： 2009年春天去大连理工大学学习了一段时间，尽管大连很美，但是不知为什么我总是思念家乡的草原，故写了这点东西。

美丽的可克达拉

美丽的可克达拉，是我远方的家，绿色原野的故事还在传唱，不知你是否还记得心中的他。思念的可克达拉，面貌早已变了，绿色草原上的花朵依然鲜艳，原野新的传奇续写往日佳话。

今天的可克达拉景色美丽如画，新的鸿雁传书带去我的牵挂，我心爱的人啊你如今在哪？啊，可克达拉，我的思念我永远的家，啊，可克达拉，我永远的牵绊，无论在哪里我都忘不了他。

美丽的昭苏人间天堂

雄伟的天山，是你挺拔的脊梁，黑土壤的原野，是你温暖的胸膛，特克斯河水，流淌着乌孙的血脉，浩瀚的森林，蕴藏着多少宝藏。古老草原，诉说着公主的故事，还有格登山石碑，那远去的传唱。

欢腾的小溪，绕过白色毡房，宽阔的绿地，游荡着漂浮的牛羊，天马节迎来，世界各国的宾客，赛马会舞动着，姑娘绸缎的衣裳，高原儿女，在这里生生不息，碧野油菜花开，铺向天际的海洋。

美丽的昭苏，放飞我无限的向往，会飞的天马，疾驰在无界的边疆，辽阔的天空，让心儿自由飞翔，花儿的笑脸，在蓝天下绽放，想念母亲啊，总让我热泪盈眶，天堂草原啊，我想象你无边的远方。

梦中的乔尔玛

一条路好长好长，一座山好远好远，云雾之巅的天路，温暖南北天山，筑路军人的青春，染绿了百里画卷。

一条河好长好长，一片草原好远好远，铺满鲜花的山路，幸福了锦绣河山，沉默的纪念碑知道，那儿是战士的家园。

尽管我不知道你的名字，走在你的路上我很温暖，是谁在守望天山，是什么让我流连忘返，我亲亲的战士，亲亲的草原。

创作灵感： 位于伊犁尼勒克县境的乔尔玛草原，是新疆的著名旅游景点，也称百里画廊。这里山高水长、松涛林海、草原宽阔、阳光明媚、民风淳朴，歌悠扬。秀丽的景色总让人流连忘返，然而，最让人难忘的确是独库公路纪念碑，就坐落乔尔玛草原的喀什河畔，还有那隐于草原花草丛中的一座座士兵坟茔。这些坟茔都是筑路中留下的官兵。全长 562.74 公里独库公路，于 1974 年工程兵部队修筑的国防公路，1983 年已全线通车。在当时条件下修筑该项工程任务可想的艰巨，为我国公路建设史上所罕见。

在栉风沐雨的 10 个春秋中，士兵们劈山越岭、遇水架桥，部队先后有上万名官兵受伤致残，168 名官兵牺牲。筑路战士们在大山深处，用鲜血和生命开辟了天山坦途，巍巍天山埋忠骨，英雄豪气贯长虹。人民战士的丰功伟绩和光辉形象永远留在新疆各族军民的心中。

"路是躺着的碑，碑是立起的路"，天山公路的故事感动了无数的路人，电影《天山深处的大兵》《守望天山》，都是对那一段历史的点滴写照。

我每年都会走天山公路，每次到纪念牌，我都会被老兵陈俊贵的讲解和那过去的一幕幕事迹而一次次地感动。我感叹当年那些艰难不易，感慨那些年轻鲜活的生命，感动着他们的坚守、奉献和牺牲。那时候我们也年轻。于是我发自内心的，拿出早前去纪念碑时日记里记录的东西，2012 年我改写了这首歌词，并邀请了著名的旅澳音乐人，关寿清先生为此做了曲，伊犁歌星索尼娅为此亲情演唱，以纪念那些往日的军人们。是他们用青春、忠诚、坚守，贯通了天山，造福了各族人民。历史不会忘记，人民不会忘记。天山精神将激励一代又一代人。愿这首歌曲能够慰藉那些当年的军人们，愿今天的人们记住那些英雄，更加懂得珍惜今天的拥有、祝我们的未来更加美满幸福。

民族团结走亲戚

机关干部心力齐，上下连心挺努力，作风改变有心得，全体都在走亲戚，平时工作早打理，届时下乡住村里，互帮互敬互学习，吃住生活在一起。

村里有我好兄弟，经常联系有情意，你来我往情谊长，民族团结有力量，人心齐泰山移，党的政策是动力，民族同心共发展，改变面貌新天地。

民族团结走亲戚，新时代的好主意，城里干部下农村，乡下亲人在城里，常走动常联系，你帮我来我敬你，本来就是亲姐妹，祖国母亲在心底。

你也走亲戚，我也有亲戚，你也很真心，我也很珍惜，国旗都在胸中装，民族团结谨牢记，民族团结多受益，手挽着手创奇迹，贫穷落后面貌改，万里边疆全无敌。

母亲啊母亲（一）

记忆的照片像首歌，我的泪水流成了河，母亲的音容笑貌，一幅一幅地从眼前流过，母亲美丽慈祥，家里家外忙着，总是想得很多很多，怕家里的日子不好过。

如今母亲已经去了，家里成了空壳，只有那盆花在开，母亲和我却隔着一条银河，望着刚才的过去，我顿时迷失了生活，真想再看母亲一眼，想再听听母亲的述说。

想起母亲的一生，像红叶一样地飘着，留下的只有思念悔过，我不知道世间还有谁疼我，生不逢时的母亲一生多坎坷，聪慧美丽的母亲，总是在辛劳地奔波，如今我只能看星星的闪烁。

往事涌上心头，有好多话想对母亲说，谁知我的沉默，痛心疾首的儿子太不合格，责怪我吧儿子心笨手拙，心知肚明就是不会做，多想再看看母亲慈祥的笑脸多想再听听母亲亲切的述说。

如今一切都成了远去清波，遥望一轮圆月把思念寄托，只有默默的星斗在闪烁，母亲啊母亲你始终温暖着我。

母亲的身影

2018 年 6 月 2 日下午，大悲轰然降临，母亲撒手人间，在悲悯中漫步西行，被苦痛折磨的母亲，渐渐闭上了眼睛，脱离了人间的病痛，永别了尘世的艰辛。

夜深人静的时候，总浮现母亲的身影，母亲总在那里忙碌，总是一刻也不停，还是那样的朴素慈祥，还是那样的匆匆急性，为什么母亲这一去，就再也无息无声，难道是母子感情不深，难道是宿命难寻，任凭泪水打湿着衣巾。

我想，母亲该是不堪承受，人间的种种不幸，终于辞世升入了天庭，悲从心中起，痛似苦中的云，或许这就是宿命，这一天，我命中注定，我永远地成为了，没有母亲疼爱的孩子，永远地失去了，我至亲挚爱的母亲，留下的唯有，痛苦的泪水和无边的伤心。

但愿母亲的灵魂，去了一个安适的环境，在那里，可以得到心里的安宁，但愿母亲，在那里不再是苦命，不再是担心儿女，不再是忧思烦心，我真的希望母亲，在高天的世界里，更加自由自在，在天宇仙界，要什么有什么，驱风逐月追云。

母亲啊母亲（二）

这一世我们的缘分已尽，看来我终是福浅如流星，仿佛还没有，把母亲的轮廓分清，你就这样的匆匆远行，留给我的，却是终身的悔恨伤心与无能。

如今只能沉默与安静，静静地在午夜守候紧等，等着母亲与我托梦，等着母亲对我诉说陈情，等着母亲快乐的身影。

越是思念越是想见，越是想见却越难再现，只能抱怨，我人世间的福薄缘浅，只有在，清醒时把母亲遇见，把一切都化作了思念，无尽的思念接地连天。

那忙碌的身影，那灿烂的笑颜，那优雅的风姿，总是浮现在眼前，不奢望情景再见，但愿天上有人间。

　　但愿母亲，就在我不远的地方，但愿母亲，生活在富裕的福田，母亲啊母亲，来生我一定找到你，即使十万八千里，即使在天边，如线的泪水拂面，终日以泪洗面，轻轻的风声，还有风中飞舞飘动的雨帘，还有我挥之不去对母亲的思念。

　　夜深人静的时候，总浮现母亲的身影，母亲的身影，如同我的指路明灯，心里平静的时候，总浮现母亲的身影，母亲的身影，好似给我智慧与引领，母亲身影总在我的心中，母亲身影与我生命同行。

母亲已经走远

　　芳菲六月的草原，已是绿意盎然，蜿蜒向西的是，撒满泪花的伊犁河畔，云还是那么白，天还是那么蓝，树还是那么的绿，水还是那么的欢。

　　只是我，看不见你慈祥的容颜，月亮告诉我，你已驾鹤走远，脚踩一朵白云做风帆，那座楼房立在云端，站在窗前正好望看，阳光斜照屋里，洒下如故的温暖。

　　一切还是原样，却没有一丝的动感，房屋还在家具还在，还是一片金灿，就是没有你的音容，我真的不想在此久站，因为没有你的家，已成为了我永远的遗憾。

　　母亲啊母亲，我知道你已经走远，走得那么的不舍，走得那样的幽怨，走得那么心痛，走得那么不情意，因为你还有好多的意愿。你的人生真的不平坦，幼年丧父少年失母，富裕的生活一去不复还，转眼寄人篱下，受尽了人间的苦难。

　　美丽是你的容颜，聪颖智慧是你的才干，你把勤劳善良，留在了田野，你为子女，总是勤奋苦干，孩子大了都远走高飞，都化作了你身边的迷幻。

　　然而留下的，却是一身的悲叹，命运不济生活艰难，勤俭朴实里外全揽，把一个朴素的家，收拾得充满诗情画意，都说我们的家整洁脱凡。

　　天还在地还在，风还轻雨还稀，伊犁河水一路向西，只是母亲已拂身去远，我知道母亲的幽怨，已化作了人间的倾盆大雨，我知道你有许多的悲叹，我明白你有许多的不心甘。

　　苦涩的相思变成了灰烬，留给我的是，无限的悲凉和孤单，人生最大的悲

211

哀莫过于，生未能享受真正地在一起，走了才理解远去了的含义，悲自灵魂的深远，痛在深处伤在心底，我有许多的不愿意，只求来生找到你，还与母亲做伴，但愿母亲现在的地方，绿水长流白云相伴。

但愿母亲生活的天堂，有一片青青的草原，但愿母亲身旁，生活很便捷阳光很灿烂，但愿母亲现在过得很舒坦。

目标是远方

我知道，是大雁就会展翅飞翔，他的目标一定是远方。我知道，雄鹰站立在一个山冈，他的志向属于蓝天之上。

我知道，你有宏远的理想，有抱负的人不会屈居某个地方。我懂得，你原本就不太一样，你的理想就是东方黎明的天亮。

我懂得，你本来就不同凡响，你向往生命的灿烂辉煌。我懂得，强者的胸中所背负的欲望，请把这些都装进你的行囊。

我知道，年轻的你坚忍顽强，你的生命充满着理想。我知道，你有远大的抱负，一腔热血在你心中激荡。我知道，你天性就高傲，热血澎湃激情飞扬。

去日几多难忘，来日并不方长，一个转身就是天各一方，青春让未来充满希望，不要误了年轻的时尚，我想为你注入新的力量。

做最好的自己，实时调整好前行的方向，我在远方瞩目你的希望。年轻人，就是要远走高飞，用清纯的心看世界，努力，会实现力所能及的欲望。

鲲鹏展翅九万里，八千里路云和月，成功的路上有最美的风光，正确的导航，没有人到达不了的地方。即使前方，一千个羁绊，一万个路口，我们也要去试试走走，总有一处是阳光。即使前方的坡再陡，也会留在我们的身后，向上走走又何妨。

牧场的姑娘

那一天，我打马在草原上游荡，白云边，看见一个美丽的姑娘，她的辫子好长好长，她的眼睛像湖水般的明亮，她的衣裙是鲜花的图案，她的身上散着淡淡的清香。

姑娘是不是在放牧牛羊，她住在草原的什么地方，可惜我不敢去问她的名字，她俊俏的模样在我心里荡漾，我多想留着草原上，我好想让她做我的新娘。

小河的水在轻轻流淌，骏马在草原上飞翔，我凝望着远处的山冈，听说她家在山那边的远方，我好想找到你呀姑娘，我想住进你的毡房，我想告诉你的父母，我把你娶回我家做我的新娘。

雄鹰在天空眺望，我心爱的姑娘，你的家在什么地方，我要找到你呀，有谁告诉我，你的家在哪个山冈，实在让我难忘。

哪一朵祥云是你

无数次去过乔尔玛，总在凝望里回忆，纪念碑矗立在如画的风雨，独库公路浮在云雾的草原，我的思绪停留在蓝天白云里。

无数次走独库公路，总感动着那些英雄的事迹，仰慕的一条崎岖的山路，翻山越岭于千里，崇敬的波澜总使我泪眼迷离。

那个远去岁月，那些筑路士兵，故事里的那些经历，是怎样的一群钢铁战士，常常萦绕在我的梦中游移，让我不歇的万千思绪，即使在梦中也默默地哭泣。

每三公里的道路，就有一个年轻的战士，汗水满身鲜血淋漓，那样的艰苦环境，对于今天的人们，也许早已没有了记忆，然而这些生命，在我的心中，如深深的刀刻，留有带血的痕迹，却变得越加的清晰。

年轻的士兵们，把青春凝结成忠诚和汗水，在这里创造着生命的奇迹，让高山低头战天斗地，让河水让路人间无比。

时间越久，我却越加地思念，那一个个鲜活的生命，谁的人生不是光彩艳丽，筑路的士兵们个个是英雄，哪一个青春都是顶天立地。

虽然他们的声音在草原消匿，其实他们的背影走进了山里，不屈的灵魂化作了一条长路，连接着古老新疆的南北东西。

道路平坦，却也弯弯曲曲，山河壮阔，草原风光秀丽，一条悠远的长路，穿行在云中雾里，其实，我亲亲的战士，他们没有远去，走在路上的行者，无不发自内心的感激。

是战士们生命印记，让我们今天的生活，过得多么的有意义，然而，筑路的战士们，你们去了哪里，只有那路边的营房，还在残破的风雨里，沉浸在一片草原的凄惨美丽。

　　我总在想，在乔尔玛的那片土地，总有战士的身影的不屈，同样的青春年华，一样的绽放绚丽，在草原上漫步的应该有你，在牵手相拥的人中应该有你，在骑马畅游的人中应该有你，驱车飞驰的游人中应该有你。

　　然而你们，却在一片喧嚣中，走得无影无息，把生命定格在了最美的花季，留在草原一片壮美的山脊，我在想，我们年轻的士兵，是否化作了一朵野花，就守望在草丛中，就开放在大山里，我们年轻的士兵，是否化作了一棵青松，就守在四季的雪山边，日夜陪伴着蓝天白云听风听雨。

　　我常想，我们年轻的士兵，是否化作了一块岩石，或在一座高山上挺立，或就一条路上支撑，化作了默默无声的路基，或许他们就是，那一个个昂首的山峰，时刻遥望着，家乡的山川河籍遥望着故乡留恋的土地。

　　车在云雾里穿行，路在时光里流去，望着天上飘浮的云彩，我常常想，年轻的士兵，是否化作了一朵朵飘浮的白云，保佑着草原，祝福着行人也同样向往故里。

　　草原的今天，幸福的生活中应该有你，宽广的道路，幸福的行者里应该有你，高昂的山峰，阳光的照耀中应该有你。

　　是士兵们的奉献，才有了大山，今天人来人往的欢喜，是你们的祝福，才有了我们今天，这般幸福穿行的惬意，这般雪山青松的威仪，这般的河畔绿草如韵，这般群山巍峨的壮丽。

　　年轻的士兵兄弟，你们默默的付出，成就了大山今昔对比，你们把鼎沸的青春，乃至生命都留在了草地，十年如一日的努力。

　　你们的故事已经远去，你们铸就的道路，在大山深处巍然挺立，我望着一朵朵云彩，他们飘浮在山巅，俯视着大地，不知道哪一朵是你，沉浸在岁月悠长的春季，仰望蓝天下的一望无际。

　　不知道哪一朵祥云是你，无须崇高却很伟大，无须述说却顶天立地，问问青山问问大地，哪一棵青松，不是在为你们敬礼，我青青的草原，我亲亲的战士，天上那一颗，最明亮的星星分明就是你。

　　长长远远的路，长长久久的记忆，我已泪如雨滴淅淅沥沥，连成了云水的长空，群山知道，草原知道，百花知道，森林知道，牧民也知道，每一朵白云都是你，你同雄鹰一起，俯瞰着草原俯瞰着大地我亲亲的士兵兄弟，我在乔尔玛泪落如雨，我默默地凝望着，纪念碑在青山白云下的挺立。

那个地方叫莫合

远方有一座山，他特别的温暖，他的名字叫莫合，他总是，牵着我丝丝的顾盼，是因为那里的森林，还是因为，那飘浮不定的云团。

远方有一个河湾，他特别的不一般，那里的秋风，不急也不慢，吹在身上也舒坦，秋日的阳光忽明忽暗，屡屡金丝透过林木，洁净清新而灿烂。

走向另一座山峦，驻足挥汗，极目天舒牛羊懒散，在这里赏景，美得令人怜悯心酸，天蓝得空灵极致，水净得幽深而湛蓝，任风云变幻，我心里璀璨，任时光慢慢，我心已向远。

山坡连着田园，合着秋日的光影，挽起色彩斑斓，片片绿色是冬麦，层层金黄是白杨，还有那一望无际的野生林果园，泛起的色彩，如晚霞中的浮云一般。

绵绵起伏尽头是雪山，片片葱绿牛羊在游玩，弯弯曲曲的山路，还有吉尔格朗河的婉转，只是找不到当年的身影，不知当年的你，是否还飘逸着浪漫，是否还记得，往日那小小的一段，我驻足在山坡，遥望那极目的远端。

山乡的牧场，繁忙而简单，一条条山路，回百转，牧场依旧，山河依然，只是心中，总有一点伤感，还有那一点点的缺憾，回不去的从前已远去的山川，我不知道，哪儿是我的今世前缘。

那夜我哭了，哭得心里挺寒，那夜我醉了，醉得心碎还挺惨，记忆中的那天，你唱了不少的歌，好似我醉后的梦幻，那夜我做了个好梦，梦里有你缠绵的陪伴，醉意深沉的我，扎实地做了一回英雄好汉。

有一个地方叫莫合，那儿有一片，容得下你所有的群山，那儿有一个连队，来自359旅的红色军团，那里幽静似世外桃源，那里有无边的红叶黄叶，那儿有一条，任你相思流泪的河湾，那儿有你有我的故事，还有一片温情的草原，那里的山有情水有色，那里的秋风惹人醉，那里的秋水也不寒，那里的馨香会传情，那里的河水也流缓。

有一个地方叫莫合，秋天的莫合层林尽染，那里天高云淡，那里满眼是清泉，胸中是蓝天，那里的阳光金灿灿，那里的田园山光岁月迷人，那里白云飘浮像羊群的变换，那个地方，有我永远也解不开的谜，永远走不尽的山，有我永远也忘不了的心愿。

那就是你

（为时代军人而作）

当危难险急的时候，你总是冲在第一，冲锋陷阵，临危不惧，把平安留给百姓，唯独不考虑自己。

当疾风暴雨的时候，你总是奋不顾己，扛起艰难，奋勇出击，用青春的苦累血汗，撑起百姓安全的大堤，在茫茫的边防线上，你时刻保持着警惕。

巡逻站岗，荒原孤寂，你用年轻的胸膛，守卫着祖国的山川河籍，热血青春荒原戈壁，地动山摇顶天立地，抗洪抢险顶风冒雨。

扶危济困烽火连天，你都冲锋陷阵在第一，人民子弟兵，那就是你。

那拉提的六月雪

六月的那拉提，草原已是翠绿如滴，小河清流森林如雨，鲜花盛开马蹄声疾，远山近影的一座座青山，让你望不断的绵绵思绪，谁置身其中都会身不由己，我无数次路过这里，都禁不住被搅得泪落如雨。

然而前天昨天的一场大雪，让这片草原却始料不及，大雪纷飞寒风凛冽，整个草原被大雪突袭，翠绿的青山妖娆雪雾弥漫，只有山脚还有一线的青绿，我不知道这是因为所以，竟然在 2020 年的六月底，还被一程大雪扑向了美丽。

风雪交加寒流在即冷风习习，我不明白这究竟是谁的故意，就是再多的风险，我也想体验一把这冷风冷雨，只有巩乃斯河水在咆哮着，感受着这个六月飞雪的神奇。

水墨青山涌起心中的涟漪，心念的情人让我万言千语，我拾起一支铜管吹向草原，携手一曲牧歌挥洒我的醉意，是福是祸是捏菲涅，让那拉提承受如此的袭击。

其实人生的命运，何尝没有如此的四季，去感念吧，感念大自然带给我们的风雨，无须知道这场大雪的最终结局，只盼着牧民们的生活温暖如熙，那拉提的秀美可以容纳一切，包括盛夏季节的冰雪天气。

相信我们膜拜的神灵，会保佑这里嫩绿的魅力，保佑那拉提草原的花朵，保佑大山里牧民的生活，再美的风景也会有奇遇，不必为此伤感，请敬畏这片土地的神奇，每一场风雨都有他的上帝。

六月底的大雪终将退去，蓝天白云风吹草绿，始终是那拉提的主题，物华天宝风光秀丽，那拉提还将依然继续，浪漫千年万年华夏千里万里。

那拉提的遐想

我和你一样，无数次去过那拉提，总被那个倩影深深地牵挂，我相信，即使人人都是摄影家，

也无法把你的俊美完全表达。可惜我不是诗人，即使再伟大的诗人，也无法把你的秀色，完全囊入笔下。秀美是你娇柔的容颜，雄峻是你大美的框架，说你婀娜多姿，也只是你一个侧影的勾画，看你风影变换，恰似你的俊秀与高山挺拔。

无须把我笑话，只是在旅途中见过你的容颜，就再也无法把你远远地丢下，清晨的朝阳，映照着成吉思汗的烈马，万里山河壮这里是华夏，太阳坡的故事在远远流传，酿成了草原上最美的佳话，还记得，那个汉家公主吧，把悠远的思念，浇灌一朵盛开的雪莲花，高贵的血脉在远方安了家。

纵然没有，江南水乡的小桥人家，也要追寻塞外江南，粗犷大气中惊艳的刹那，看你雪山森林草原如诗，你却像诗中的神话，想你是梦境里的天仙，你的浮光掠影却更博大。

无论怎么的形容，我始终走不出你驼铃的幽怨，走不出你的娇柔，走不出你的雄姿挺拔，走不出你薄雾迷幻的云霞，走不出你的眼泪，走不出你的云朵，走不出你少年飞奔的骏马。

清冽的巩乃斯河水，奔流成一幅梦境的图画，挑水的哈萨克族姑娘，轻轻地把扁担放下，彩裙伴着彩蝶飘舞，清风掠起忧思的长发，牧马的少年，弹起了心爱的冬不拉，好似在凝望，对胡杨悄悄地说话。

花间清溪水，清风自潇洒，炊烟妖娆处，飘香的是奶茶，一阵风起一层绿，白云深处有牧家，林中的几处乔灌，隐现着情侣的彩纱，还有做伴的云杉红桦。几只忘情的鸟儿，在树上叽叽喳喳，惹得路人也不能自拔，只是见过你的倩影，心里就再也无法装下其他。

漫步在清香的草原，止不住热泪直下，牧民的新居红绿蓝黄，门前有矮矮的篱笆，点点白毡房自由的牛羊马，一湾浅浅的微笑，一丛甜蜜的野花，我真想骑上一匹快马，去追赶那个云中的身影，那个迷雾中的秀色，谁能把她遗忘，

让我怎能不想她。

我相信，即使人人都变成了歌手，也唱不尽你的风景如画，也歌不尽草原儿女幸福的家，可惜我不懂绘画，即使人人都成了画家，也无法画出你云淡风轻的美色，也无法把你装满情缘的画夹，只是生命中的一次路过，就把我的心留在了那片蓝天之下。

走千里走万里，只愿情定那拉提，游千山游万水，在那拉提温情的怀抱，何须再远走海角天涯，只有那拉提啊，可以把我的心融化，只有那拉提，能把我所有的情思容纳。

那时候

那时候的天很蓝，绚丽的蓝天下，是一群孩子笑脸的灿烂，那时候的云很白，白云飘飘朵朵云帆，弥漫着一群白鸽飞舞的陪伴。

那时候的地很宽，杂草丛生戈壁荒原，土坯房外是宽宽的幸福家园，那时候的风挺暖，暖风拂过的原野，野生动物挺多家禽也自由懒散。

那时候的月挺圆，思亲的人儿，常在月光下泪眼蒙眬地顾盼，一年半载方可收到几封家书与信函。那时候的草滩，到处是小溪的婉转，野草丛生旷世荒原，沃土良田清流两岸。

那时候的冬天，雪很大天很寒，意气风发的时代红旗招展，五湖四海的人们都很能干，那时候的日子挺清苦，缺油少盐一日三餐，却没有多少人把苦累叫喊，那时候的人们把困苦看得很淡。

那时候的劳动是吃大锅饭，没日没夜地加点加班，比学赶帮超是口头禅，经常开展的活动是劳动大会战，那时候的人挺简单，条件很差生活一般，平平常常出力流汗，人的精神还饱满，那时候的故事也平凡。那时候的种田多蛮干，开荒造田像拓荒的牛，用废了多少铁锹十字镐砍土蔓，幸福家园双手赚，多打粮食多生产。

那时候的人都挺勇敢，战天斗地很果断，不怕苦不怕累不怕死，敢教日月换新天，一腔热血为祖国没有顽敌敢侵犯。那时候的父母都挺难，工作很累缺吃少穿，几个孩子全由自己肩扛手担，早出晚归把苦日子的家风代代相传。

那时候的人际关系，不那么复杂纷繁，朴实善良的人们和谐相安，几个家庭住一排平房大院，那时候的我们，还算很幸运，没外敌入侵没有战乱，没有什么苦恼和心烦，天地间的课堂，孩子们自由地学习或游玩。

那时候的孩子们，都是野生放养的，大人们没有时间管，孩子像小鸟一样亲近自然，无忧无虑天真烂漫旷野撒欢。那时候的理想，就是崇拜英雄的伟岸，就是下乡和上山，就是向往长大当工人，当解放军战士开火车开轮船。

那时候天苍茫路漫漫，我们的要求很一般，过年才能吃上几顿好饭，看场电影就满足了心愿，能穿暖就不怕地冻和天寒。

那时候的我们，成天盼着自己快快长大，盼望着能尽早接过父母的重担，盼望能接过前辈们手握的枪杆。

那时候的我们，总在盼望着，盼望着自己可以走得更远，盼望着将来可以到外地看看，盼望着可以越过那条弯弯河流，可以翻过远处那座迷蒙的高山。

创作感言：我们从那时候走到了今天，我们与那一代人一起努力奋斗，让我们的中国走出了新的高度。

那时候的父母

那时候的父母，都不简单，风华正茂正当时，激情奋勇闯边关，大漠天苍茫，风沙路漫漫，天远地无边，黄昏落日圆，朝朝暮暮思故乡，冬夏春秋忆江南，告别家乡的亲人，一个挥手就再也没有把身转。

那时候的母亲，还漂亮精干，聪明贤惠大气高端，大眼睛高挑的个儿，家里家外双手揽，精打细算家里的活，苦乐哀愁风中站。那时候的父亲，还强健彪悍，吃苦耐劳肯流汗，没日没夜把活干，幸福的生活双肩挑，艰难困苦自己盘，从来就不会去偷懒。那时候的家庭，都挺困难，父母不易都能扛，面对苦难特有胆，工作很累缺吃少穿，几个孩子全由自己养育，早出晚归把苦日子的家风代代相传。

那时候的生活，也真苦寒，几十块的工资，要养一家人，一间旧屋几代家传，简易的床铺没有地砖，煤油灯下唠家常，磕磕绊绊还确实幸福温暖。

那时候的困难，都挺傲慢，物资匮乏粗茶淡饭，日子挺委婉，住宅的条件很简陋，大家的生活都简单，面对困苦都从容，没有多少人常感叹。

苦中也有乐，笑中还健谈，那时候的开荒，靠坎土蔓，漫漫荒原天高地远，一日三顿露宿风餐，日子过得挺艰苦，官兵平等抗严寒，苦乐同心渡难关，没有�人溜边串。

那时候的父母多磕绊，孩子多调皮蛋，托儿所幼儿园，小日子过得还精湛，一针一线纳鞋底，父母的活儿干不完，缝缝补补总在算，孩子们渐渐都长大了，父母的笑脸也灿烂。

那时候的父母，都年轻心也宽，春风秋雨尽海涵，万顷良田播希望，未有闲时私事管，邻里之间都是热心肠，相互都爱送温暖。

云淡风轻的日子，想起父母的那一段，不尽风云万卷。那时候的母亲长发飘飘，那时候的父亲正气凛然。

那时候的父母，都挺遗憾，没日没夜地劳作，汗水摔成八瓣，为了家里的生计，钱没多少可赚，一家几口人，全凭双手攀，没有多少享福，只是埋头苦干，转眼浩发白首，什么享受都没沾。如今的父母啊，都背已驼腰已弯，风烛残年向西看，孩子们心里多幽怨，老一代人还是那样，日子过得算舒坦，艰苦朴素还仍然，只是幸福的日子，已不太多，有些父母都已走远。

想起过往的旧事，谁的心里都很心酸，那时候的父母挺惨，他们都是普通的一员，开了多少荒建了多少圈，已没有多少人，能记起他们的身段，他们远去的身影，显得那么寒碜和孤单，想起往事都挺茫然。

想想那时候，我忽然明白了，那一排排整齐的林带，那无尽的网状条田，哪一个不是因为，他们那一辈人，普普通通千千万万。哪一个不是因为，他们付出的血汗，由此而不尽释然，他们的身影总在眼前转。

好像还是那时候，他们，风采依旧笑谈伟岸。他们，风华正茂威风依然。我们今天的幸福生活不要忘记报答，那时候父母埋首付出的情缘。

那时候的年代，已一去不复返，让高山地头，要河水让路，世上无难事，只要肯登攀，楼上楼下电灯电话，前辈们实现了，他们的夙愿。他们用青春汗水，把大漠荒原浇灌，他们的故事光鲜亮丽，已经立在了浩瀚历史的前端，想想这些，我们的心情也不尽舒安。

当今的好日子，真该去点赞，请不要多埋怨，中华民族伟大复兴，要靠我们把困难看穿，现代的中国人，已挺直了腰杆，智慧聪明勤劳勇敢，多出力多流汗，撸起衣袖加油干，未来的幸福就在我们的前方——向远看。

那晚的月光很亮

还是那个多情的月亮，还是那个迷雾的星光，还是那座精美的木房，还是

220

那片青涩的草场，只是不见当初的模样，不知现在的你是否安详。

还是那个娇羞的林场，还是那个云雾的山冈，还是那片葱绿的原野，还是那般的秋风荡漾，只是不见我心上的人儿，不知你去了什么地方。

我的朋友啊，那个叫阿合亚子的牧场，那个秋夜的晚上，叫我如何能忘，我的朋友啊，找你找得好苦好凉，那个木屋还是老样，我的心却一片苍茫。

我的朋友啊，不知你现在过得怎样，泪水湿透了我的衣裳，还是那一轮圆月亮，我的心好悲好忧伤。

都去了哪里

总爱回忆，难忘的过去，那时候的你我，青年才俊，勤奋敏捷，有用不完的精力，意气风发积极进取，学习劳动热爱集体，满腔热情大公无私，高高举起国家的利益，还有刻苦埋头的小志气。

总爱追述，丢失的记忆，那时候的你我，动人而美丽，健壮的身体，都有坚定的毅力，总是不静地寻觅，一颗不安分的心，总盼望着创造奇迹，英雄的事迹捧在手里，从来不把困难放在眼里，总感觉自己挺能什么都可以。

一样的过去，到也挺顽皮，攀高攀低，上树掏鸟窝，下河去捕鱼，逐云逐月追风追雨，是那么的意气风发，总有想不完的问题，在风中与友人望云，在雨里与有情人相叙，总爱幻想未来的奇遇，连做梦的味道都很甜蜜。

斗转星移，一切都成了过去，留下了只是，一把的年纪，如今的你我，已不再神气，早生华发，已不再少年意气，少些了莽撞，少有了猎奇，多了些顺心随意，多了些不悲不喜，多了些不亢不卑，也不再讲究场合，戴什么帽穿什么衣。

时间如流水，一眨眼的工夫，不觉都去了哪里，那些忙忙碌碌的汗滴，那些耗费的人际关系，那些瞻前顾后的进取，那些所谓的第二第一，都随时光流水而渐渐淡去。

那些丢失的记忆，你究竟去了何地，且看，笔墨相间笑谈桌椅，青山绿水中的爱意，万水千山里的流云，青丝华发云天千万里，一头云雾不用衣衫褴褛，都将慢慢老去，到头来又能咋地，那些时光，都将成日后的回忆。

如今年纪大了，反感觉挺好的，不用为了生计，不用总是失意，反而看淡了名利，没有了得失顾忌，平平常常和和气气，倒是懂得了生活的真谛。

我亲爱的朋友，那些丢失的记忆，其实还在，还在，孩子们的笑脸上，还在你山水云梦的心里，他从来没有走远，他只是在，时时督促你，不要松懈，还当努力学习，有兴趣爱好，一餐一饭有滋味，有精神追求，一朝一夕有诗意，走好未来路，关心当下的人，情注近旁的事，照顾好亲人，也照顾好自己，把朋友当亲戚，多保重身体，不必傲慢多讲礼仪。

那些丢失的记忆，他将伴随你，走向新的广阔天地，他是云是雾是风是雨，世界很大到处都是新奇，还有许多新东西等你去探秘。

那一年的秋天

那一年的秋天，景色还不错，秋风也不大，我和你一起到农村，离开了学校离开了家，那一年的秋天，我们挺单纯，年纪大多十七八，一辆大车载着理想，到艰苦的地方把根扎，那一年的秋天，农村生活挺艰苦，我们的憧憬像枝花，广阔天地炼红心，知识青年挺潇洒，那时候的我们，总是万丈豪情，却也意气风发，直面严寒冰封，青春之歌啥也不怕。

那时候的我们，从来吃苦耐劳，笑对摸爬滚打，再苦再累不退缩，历尽磨难风吹雨打。那时候的我们，第一次出远门，信心伴着飞舞的雪花，艰难困苦我们挺住了，农村就是我们的家，那时候的我们，开了很多的荒，挖了许多渠，种了许多树，我们的意志像铁塔。

那时候的我们，春耕夏除秋收冬运，我们没有趴下，青春的岁月，与野草禾苗对话，那时候的我们，火红的年代火热的心，党叫干啥就干啥，敢教日月换新天，我们干活胆也大。那时候农村，天很蓝云很白，我们和小树一起长大，风吹日晒我们铮铮铁骨，偶尔想念亲人想爹妈。

如今的农村，早已变化了，当年的荒地，已成了万顷良田，当年的小树苗也长高了，我们也像白杨树一样挺拔。

如今呀，我们早已东西南北，生活发生了巨大的变化，而在我们的心里却始终，把那个远远的连队（村庄），怎么也忘不了丢不下。

如今呀，风光还是依旧，田野依然如画，却不知道为什么，总是思念，当年的那个海角天涯，现如今，当年的战友天各一方，我们却特别想念当初的他，无论现在干什么，心里总是装着，那个遥远的牵挂。

不知道，当年的战友现在可好，当年的农村还依旧如画，不知道，当年的战友是否还记得你我，不知道当年的你现在做啥。

那一年的秋天，时刻闪烁着光华，当年的火热生活，不惜我们的青春挥洒，几十年的人生不过一刹那，但愿流年的农村，能够跟上时代的步伐。

那一天

那一天，你打马从我家的门前走过，我的心里就没有平静过，看见你明媚的笑脸，我的心就像燃烧的火，我魂不守舍好似着了魔。

那一天，你打马从我家的门前走过，我的心都快飞出了心窝，你的眼睛是那么的明亮，像一湖水荡起的清波，你走得太匆忙，我真的好口渴。

我心上的人啊，你为什么不下马问我点什么，我想请你到我家的毡房坐坐，如今不知道你去了什么地方，不知道你越过了那一条河，我不知道该去哪里找人说，我真想为你弹琴听你唱歌。

我心上的人啊，你不该走得那么快，你应该等等我，我应该请你来我家，歇歇脚、坐一坐，我看见你，上了一个山坡，你的身影，一直在吸引着我，就像一缕春风，从我面前掠过，我心上的人儿，你究竟去了哪里，有谁能告诉我。

打马从你家毡房门前走过

那一天，打马从你家毡房门前走过，奶茶的香气让我收住了脚，一条清溪荡涌起波浪，羊儿在草地撒泼，云雾漫过河湾，草原上飘出一首牧歌，一个倩影在我眼前定格。

如果不是路过，谁能记住那个微笑，如果不是错过，谁还记得住那个酒窝，如果不是偶然，谁还想的起那个村落，如果不是一个巧合，谁会整夜地睡不着，若不是那个转身，谁会留念那个眼睛的蓝色，若不是有意，谁还会整天眺望那个山坡。

也不知道为了什么，我的心呀总丢不下，草原上的那条小河，小溪能够融化我的心，那个村落无时不折磨着我，那个山坡叫我失魂落魄。

看到你的俊俏模样，不知道怎么对你说，怕你身边的芒刺蜇我，怕你家的兄弟姐妹和大哥，怕你家的牧羊犬，还怕你用皮鞭抽打我。

你的眼睛是那么清澈，你模样似草原上的花朵，你的衣裙像天上的彩云，你的歌声是小河上的清波，你是天山上的红色，你荡起了草原上的旋涡。

如果不是那天路过，或许我会终身颠簸，你是天山下最美的倩影，你是草原上粉色浪漫的云河，很幸运那次意外的波折，我的心里留下了一个角落。

我真想，再次翻过那个山，越过那条河，找到你家的那个阿吾勒，我真想，推开你家的那扇门，爬上那个坡，寻找迷雾中的那条河。

我真想，登上你家门前的那个山坡，看见你的身影听见你在唱歌，我真想，手捧一轮红日，身披一肩的银河，就在你家门前点燃一堆烈火。

那一天，我打马从你家门前过，心里就燃烧起了一团火，从未熄灭从不寂寞，看到那片草原的绿色，我的心就很平静，想想那个毡房都能止渴。

那一夜的秋风

那是一个初秋的晚上，那一夜的秋风，吹得嗡嗡作响，秋风掠过的原野，略显几分清静与空旷，草原上只有寂静的木屋，还有天空一轮圆圆的，足以蚀骨销魂的月亮。

那是一个初秋的晚上，那一夜的秋风，吹得好爽好爽，圆月就挂在天上，木屋的窗前闪烁着星光，天空蓝得叫你苦思冥想。

墨色山林在风中轻轻地歌唱，小屋里透着阵阵的清香，那是一个初秋的晚上，那一夜的秋风吹得挺凉挺凉，月光下的草原金黄灿烂，一洗如碧的夜空格外的清爽，是谁在木屋奏起了琴声，牧场的夜色风景如画，还有飘浮在山坡的幸福牛羊，还有我略有几分的醉意和奔放。

那是一个初秋的晚上，那一夜的秋风，实在让人难忘，一年能有几个这样的夜色，一生中有多少迷茫，星星月亮辉映交融，洁净的夜空生命交响，交杯对饮尽酣畅，几碗奶茶暖心肠。

那一夜的秋风，那一往情深的月亮，醉了草原，醉了你我，醉了草原上的牛羊，醉得山中的神灵，也让我迷失了方向，我把一颗心沉醉在草原，揉碎在阿合亚子的山色湖光，我在草原静静地点燃了一支高香。

那一夜的小雨

那一夜的小雨，淅淅沥沥，不知疲倦，丝毫没有也想歇息，雨打窗棂一滴两滴，点滴成丝连线，淋湿了天淋湿了地，也淋湿我的心里。

我不知道，下雨是不是天公在哭泣，思亲的人儿，梦里该有多少的心绪，暗夜传来阵阵风的涟漪，这黝黑的夜晚，这风雨如晦的大地，我不知道有多少灵魂在战栗。

那一夜的小雨，下在仲夏的六月里，风轻雨不急，沁润着干涸的土地，不留一点痕迹，小草在长绿，庄稼遇甘霖，那个夜晚静得没有一点声息，人间有多少离别的悲剧，世间就有多少生命轮回的痕迹。

那一夜的小雨，下得如此透彻，下得如此密集，只留下一片湿漉漉的土地，被雨水淋透的心，还久久在那里站立，人间有太多的悲欢离合，生活有那么多的不如意，任他随风而去。

任雨水浇透我的身躯，该悲就悲该喜就喜，一场风雨过后，就是一片新的天地，雨水洗透的灵魂分得清世间的神秘，没有什么诡异。

一场小雨，淅淅沥沥，一场盎然，多么可贵的美丽，我已不再哭泣，失去的羔羊有了新绿，田野有了新机，又该到收获的时节了，大地传来信息，隆隆的机器正在田野响起。

奶茶飘香

在我们新疆，少数民族家庭，一般都是奶茶飘香，各族人民和睦相处，都有喝奶茶的习俗和风尚，无论你富有还是贫穷，奶茶会陪伴孩子们健康地成长，因此，新疆的孩子一般都很健壮。

奶茶飘香，你说他是茶吧，他里面有奶的分量，你说他是奶吧，他还有茶的芳香，你说他是饮品，他确实解渴像水一样，若你说他是食品，他也的确能果腹充饥，甚至比某些食品还强，所以在新疆，哪一个家庭，都离不开奶茶，即使离开一天，没有奶茶的日子，简直不可以想象，奶茶简单方便，一日三餐无须走样，奶茶纯纯正正，普通而平常，且充饥解渴富含营养，所以新疆的男孩都健硕，新疆的女孩都漂亮。

奶茶的绝佳搭档，当然是烤制的馕，几碗热气腾腾的奶茶，配上几个圆圆的香馕，那就是生活的景象，奶茶喝的是慢生活，奶茶喝的是真豪爽，奶茶述说着牧人的故事，记忆着历史四季的风霜。少数民族家庭，离开什么都可以，就是不能离开奶茶的厨房，一天不喝奶茶，干活会没有力量，三天离开了奶茶，就会头疼心慌，你随便问一个新疆人，都会给你讲述奶茶的过往。

新疆人离不开奶茶，伊犁人，会告诉你相关的情况，人活着吗，在"巴扎"天天喝奶茶，人死了吗在"麻扎"，悄悄地睡觉，不喝奶茶干什么？那就没有什么事情好讲。

若说最纯正的奶茶，莫属哈萨克的毡房，敌人来了有猎枪，客人来了当然奶茶香，哈萨克主人一定会为你把奶茶奉上。

生熟朋友都这样，主人把来客迎进房，游牧点是毡房，定居点或者是木屋，或者房屋就是土打的墙，一定会让你坐在花毡上，主人家，为客人精心熬制奶茶，几分茶水一份奶，一滴盐好像还有配方。

盘腿而坐对门为上，大块的肉用刀削好的馕，加上一些，酥油蜂蜜干果冰糖，那种茶中有奶，奶中有茶的热情，那种飘着牧草的芬芳，那种浓烈的奶茶滚烫，能把你的心都熔化，那喝的是岁月春秋，喝的是热情豪爽，喝的是，游牧民族的艰辛与悲壮。

喝的是牧区人民，敞开心怀的热烈心肠，也喝的是，草原人民的地久天长，少数民族，特别讲究朋友到访，烧茶的妈妈或者姑娘，跪坐在靠门边的炉旁，你喝完一碗，她又为你续上，三碗不离席五碗刚开张，几碗过后热血膨胀，你会豪情激越壮怀不已，笑叹古今纵横天下，世界的事情你全知道，包括雪山森林清泉牧场。

说是进屋喝点茶，其实他们是让你吃顿饭，什么东西都会倾情而上，羊羔肉马奶酒都让你品尝，哈萨克人人是骑手，个个都是"阿肯"大王，唱歌跳舞"冬不拉"弹唱，那歌舞的婉转琴声的忧伤，那热情澎湃激情飞扬。

你甚至会忘记初始的去向，女主人一碗又一碗，就这样不停地为你而忙，直到你满身温暖额头汗淌，直到你用手把碗口捂上，天黑了你不用走了，直接收桌入席住炕，他们一定会为你，直接用崭新干净的被褥铺床，草原寂寞的长夜，有奶茶相伴你不会惆怅。

少数民族，都勤劳简单而奔放，逐水草而居，分季节耕作，牧马天山下，牧场耕牛羊，他们认为天黑了，放朋友走了就不可原谅，所以无论是哪里的客人，他们都会，把你安排得非常舒畅。

奶茶，连接着少数民族情谊，连接着，他们的真诚朴实与善良，不用问你来自哪里，不要讲谁多么尊贵高尚，面对奶茶谁都很夸张。

感谢生活，走遍天涯海角，感恩上苍，吃遍山珍海味，其实最惦记的，还是奶茶的滚烫，最让人忘怀的，还是那沉甸甸的，边疆情怀的奶茶飘香。

男人究竟怎么了

得到了，你说太容易，得不到的，你总是哼哼唧唧，太容易得到的，你总是不好好珍惜，你说来得太便宜，你还说没有什么好东西，太不容易得到的，你总在抱怨太费力气，关键时刻，你总想悄悄地躲避。

得到了这个，你却盯住了那个，得到了东你却想要西，得陇望蜀，好像谁人说过就是你，得不到的，你拼命努力，甚至低声下气，真的好没有出息。

得到手了，你又在悄悄地寻觅，不时发现了新的目的地，找到了新目标，将原有的转脸丢弃，无休止，无边际，吃着碗里，望着锅里，哪里是尽头，究竟要去哪里。

男人呀，且行且慢，且努力，且走且看，且珍惜，不要说你格局大，不要说你有志气，不要说你目标远，不要说你有底气。

少些瞎折腾，多些谈实际，亲人不亲，爱人不爱，有什么意义，不要盲目追逐，无聊至极的新目的，要异想天开的，总想新奇迹。

人的一生，还是要有胸怀，还是要有情意，还是要脚踏实地，还是要坚定不移，还要有勤勤恳恳奋斗不息。

男人应该具备的特质，吃得了亏，受得了苦，耐得住性子，扛得住大事，上得了山，下得了海，挺得住苦难，扛得起悲欢。

沉默能吞得了山，大度撑得起大船，热情可燃烧起火，意志扬得起风帆，交朋友侠肝义胆，爱家庭柔情温暖，干事业勤勤恳恳，生活中勇于承担。

社会尽得了责任，家庭尽得了义务，生活上有点情趣，业余中有些嗜好，有爱心不图回报，讲感情不是虚伪，懂道理可伸可屈，为朋友坚定果断，纵情不染重色不乱，喝酒不醉后蛮干，做事分寸有原则，做人讲究真情实感，豁达开朗热情勇敢。

难忘曾经的坚守

难忘曾经的坚守，难忘困苦的守候，难忘璀璨的灯火，难忘月光下的温柔，难忘艰难的挥手，记得那霓虹高楼，记得那孤单的马路，记得那无奈的奔波，记得那思念的苦酒，记得风雨交融的忧愁。

难忘相见的时候，难忘如水的泪流，难忘天边的红云，难忘留恋的回首，难忘深情的眼眸，还记得那动情的歌喉，还记得那浪漫的酒后，还记得那飘香的奶茶，还记得那清清的小屋，还记得那云雾的枝头。

多想牵着你的手，多想吻着你的头，多想骑上一匹骏马，飞到你的身后，浪漫红尘有太多的缘由，酒醒时分已不见当年的锦绣，盼望还有相见的时候，我们紧紧地相拥握手。

你已经走远

你的身影，仿佛还在眼沿，当我起身，你已经走得很远很远，你的声音，仿佛还在耳畔，当我找寻，已经是铃声一串，不知道，是梦里还是虚幻，不知道，是前世还是今生的渊源。

若是有情，你为何总在远端，若是无情，却为什么总在呼唤，还是特别喜欢，还是特别喜欢，那个如浴的温暖，那条回眸的泉湾，那个永远难，以回首的相依相伴。

闹元宵

时间真快呀，转眼又是一年，孩子们在快快长大，我们在慢慢变老，光阴的故事，谁知晓，元宵节又到，还似梦，梦里的元宵，食未消，情未了，今年元宵，又煮好，年年岁岁吃元宵，岁岁年年情难找。

他乡也有元宵，家乡元宵好味道，一样的元宵，不一样的情缘，时间静悄悄，天各一方，吃元宵的人，又有谁知道，但愿人间同此，元宵同圆，青山在人不老，幸福生活温馨美好，希望春天的元宵，是好年景的征兆，元宵赋我好情谊，我不负元宵岁月长。

你灿烂依然

也许，那个故事已经久远，也许，那个危急已经释缓，望着你远去背影，我却禁不住地感叹，那样的危险，有多少艰难，唯有你，没日没夜地奋战，唯有你，面对生死的坦然。

唯有你，奋不顾身的果敢，汗水浸透的衣背，连续奋战的疲倦，你站在最危险的河岸，脱了一身皮，破洞的汗衫，青春泣血的凄惨，化作了江河人民，永固的平安，还有对你奉献盛赞。

危难之中显身手的兄弟，你是那么的年轻，你是那样的勇敢，你的身形很薄单，你的精神，是那样的炽热与饱满，你的笑容也灿烂，或许这样一次，你将成为永远。

但是你没有胆怯，冲锋陷阵生死危难，把青春定格在了前线的顶端，冬已去春风暖，春秋山河皆无恙，长江黄河皆平安，人间多少风光的事，纵横古今皆笑谈。

唯有你，唯有我们年轻的战士，像雪峰像草原，似不老的青山，山河依旧，大地草绿花繁，你却默默地离去，我相信你，人民记得你，无论在哪里你灿烂依然。

你的怀抱

你的怀抱，温暖而芬芳，凝聚着精华的雨露阳光，你的怀抱，幅员而宽广，馥郁着幸福的吉祥安康，你的怀抱，温馨而舒畅，总给我带来生命的光芒。

你的怀抱，比春风还暖，你的怀抱，比花儿漂亮，在你的怀抱，我总是感到幸福而歌唱，你的怀抱，比太阳还明亮，依偎在你的怀抱，我总是充满了无限的力量。

在你的怀抱，我没有一点忧伤，吸吮着你的乳汁，我健康舒畅而快乐地生长，我多想，回到以往，做一只羔羊，在你的怀抱，尽情地撒欢，放任地流浪，享受着你的雨露，滋润着你的春风，沐浴着你的云朵与太阳。

在你的怀抱，我不用日夜匆忙，我不用胡思乱想，我不用为了安静，而东躲西藏，我不用为了一丝希望，搞得四处碰壁浑身是伤。

我喜欢，草原的怀抱，草原怀抱，我充满了渴望，喜欢草原怀抱，带给我的精神碰撞，任心中的烈焰燃烧在胸膛。

城市过于喧闹，草原的怀抱，却是那么的凉爽，我喜欢白色的毡房，喜欢奶茶飘香，喜欢草原儿女的善良，喜欢草原带给我的营养，在草原的怀抱，给我蓝天白云思想，草原像一张幸福温暖的大床，草原有我无限美好的精神食粮。

朋友你还记得吗

朋友你还记得吗，你还记得，伊犁河奔涌的浪花吗，你还记得，乌孙山迷幻的云雾吗，你还记得，草原上的风霜吗，你还记得，毡房里的歌声吗，那就是我呀。

那就是，我们一起常去的地方呀，那就是，我们生活过的家乡呀，那里是，我们休闲最爱的去处，那里是，我们扬鞭催马的草场。

朋友你还记得吗，你还记得，伊犁河大桥夜幕中的霓虹流澜吗，你还记得，在汉人街热情商贩的吆喝叫喊吗，你还记得，西大桥宽宽街景吗，你还记得，斯大林街的故事，和红旗大楼的那个广场吗，那就是我呀，那就是，我们一起携手走过的路，那就是，我们一起吃饭品过的茶，那就是，我们相依相拥的景，那就是，我们忧思焦虑过的情啊。

难道你完全忘记了这些，我们一起，并肩仰望过的星空，我们一起，携手越过的小溪，我们一起走过的山巅，我们一起，看过的城市灯火，我们一起读书学习，我们一起劳动休息，我们一起谈天说地，我们一起把未来憧憬。

蓝天白云下的青青草原，有我有你，河边漫步看水鸟嬉戏，有我有你，白云中纵马驰行，有我有你，鸟在天上飞羊在天边游，有我有你，你给我的关怀，你给我的鼓励，让我在迷失中找到自己，你在我最迷茫时候，带给我的欢喜，那就是我呀，难道你没有一点记起。

朋友、是的、如今工作很忙，再忙也不要忘记过去的友谊，朋友、是的、如今工作很累，再累也要学会放下学会珍惜，朋友、是的、如今人心很燥，再燥也不该丢掉了远去的记忆，朋友、是的、如今任务很急，再急也比不了前方美好的希冀。

朋友你还记得吗，天地再远，也不要中断我们的联系，朋友你还记得吗，时间再久，也无法忘记我们曾经的亲密，天地眼前，托蓝天上的白云问候远方的你。

家乡的那碗热茶

也许，你正春风得意纵情地潇洒，也许，你正豪情满怀挥洒在天下，也许，你在温馨的家中幸福情话，也许，你正畅马游缰纵横天涯。

不知，你还记得吗，还记得，家乡的父母在干啥，还记得，村里的亲人都在哪儿，还记得，家乡的老屋咋样了，你还记得吗，你还记得吗，有人为你常牵挂，有人想你挂泪花。

你就这样地走了

我的小妹呀，你就这样地走了，静静地走了，悄悄地走了，没有留下只言片语地走了，没有说再见却成了永远，走得那么无声无息，走在中秋之夜，走在国庆前夕，走得那么寂静心寒，走得那么遥远无边。

带着种种的心愿，带着对未来的向往，带着无尽的哀思，带着亲人们无尽的悲痛，带着朋友们的声声呼唤，带着同学们深情的眷恋，离开了无言地默默地走了。

我不知道天有多高，我不知道天堂有多好，我只思念我亲亲的小妹，你是否能听到亲人的呼唤，你是否听到了我们的歉意，你是否知道了我们的后悔，你是否感觉到了我们的心声，但愿天堂的小妹更安心。

我问苍天我问大地，我祈求世界有轮回，我祈祷人间有来世，我祈祷来世我们还做兄弟姊妹，人间有情有爱，遥远的天际有我也有你。

那个叫禾木的地方

十月的禾木，云淡天高气爽，山川已重染浓霜，云淡风轻的草原，远山近水红绿蓝黄，那座木屋的方向，传来了阵阵歌声，由远到近好悠扬。

合着一阵轻风，在草原的上空回荡，林草深处的牛羊，一群大雁在天上，伴着秋草的灿烂，谁琴声奏响，醉了迷路的小伙和姑娘。

天上的一弯明月，挂在洁净的夜空，合着浓浓的月色，星星闪烁着微光，禾木的夜色真漂亮，除了美景还有温暖的毡房。

几个牧马少年，在远处的山坡，冬不拉弹的声声作响，白云在自由地飘荡，陪伴这些的是，我无尽迷茫的张望，那个叫禾木的地方，我的心留在了，那个秋天的晚上。

那阵阵的秋风，那醉人的歌声，那浓烈的秋霜，那树上的秋叶，那起伏的山冈，那难忘的红绿蓝黄，还有天上鸿雁飞翔，都静静地留在了我的心上。

你去了哪里

望着飘飘的白云，沐浴着细细的小雨，我一个人在河边凝望，不知道你去了哪里，你说过，特别喜欢河边的草地，想看看白云的故里，怎么就这样默默地别离，再也没了你的消息。

拂着微微的清风，嗅着芬芳的花季，我一个人在路旁静立，想不出你会去哪里，你说过，特别喜欢山里的风雨，想看那里的牛羊遍地，怎么就这样静静地离去，一个招手就没有了踪迹。

还是那样一场春风，还是那个丝丝细雨，我坐在山坡久久不起，我望着风望着雨，思念的人啊，你究竟去了哪里，想你想得心里着急，为何走了再不联系，你是否有啥不如意。

风在轻轻地吹，云中慢慢地移，仰望着天空的流云，全是如春的回忆，春回大地，你是否依然春风如意，我望穿双眼，没有你的讯息，真是不知所以。

你的美貌如花似玉，你的性格温润如郁，你总是神采奕奕，我相信，你去的地方定是鲜花遍地，你去的地方定是花香趣异。

我相信，有你的地方定是清风细雨，有你的地方定是阳光和煦，有你的地方总是温暖如旭，与你在一起的人，定是幸福无比，你总让人心旷神怡，我为你祈祷为你祝愿，为你叹息我在草原等你，不要介意。

你是否还那样匆忙

我挚爱的小妹呀，你是否，还是那样的匆忙，你是否，还是依然因为工作紧紧张张，你是否，还是为了工作进度着急心慌，你是否，还依然在不停地追逐，依然奋力地用情用心地在工作上。

请你，停停匆忙的脚步吧，请你，歇歇繁忙的双手，请你把劳累的心放一放，请你，留些时间多为自己考量，请你，静静地休息休息，在家中安安心心地躺一躺。

请你，不要再那样地奔波，请你，不要总是把困难自己扛在肩上，请你，不要再为事业过于拼命，请你，不要再为家里日夜奔忙，请你，不要只顾别人不顾自己身体健康。

我的小妹，你就这样地走了，但愿你幸福生活在天堂，不用再像人间那样，多为自己留一点空当，你是否知道，天上的小妹，你是否知道，我有多么希望，听到你的心跳，天上的小妹，你是否明了，亲人被你想得特别周到，你把自己想得总是太少。

你总在操心父母，总是为兄弟姐妹辛劳，你总怕孩子受到委屈，你总是默默地，承担着家中的所有苦恼。

天国的小妹，你是否知道，你悄悄地离去，让我们怎能受得了，我真不知道，人是否有来生，我但愿来生，你还做我的妹妹，我们回到伊犁，回到你出生的地方，好好转转看看跑跑。

你是那样的从容
（写给时代军人）

面对生离死别你奋勇直冲，扑向生死攸关你格外从容，个人安危丢在了身后，千斤重担一肩挑，刀山火海冰雪容。

灾难来临的时候你很勇猛，血肉身躯扑向了危难之中，义无反顾坚定自如，你还那么年轻你却那般的威风。

也许我不知道你的名字，但我看清了你清纯的笑容，也许我不知道你的生死，但是我分明懂得了对你的敬重。

我亲亲的战士啊，我亲亲的姐妹弟兄，共和国的旗帜上，有你亲手缔造的光荣，老百姓忘不了你，扑向雷雨竖起的那座高峰。

你是我的偶像

朋友你知道吗，我是你的粉丝，你是我的偶像，你是月亮是我的榜样，你是红花散发着芬香，你是我的目标和方向，因为：你的诗写得好，你的歌唱得好，因为：你的乐器玩得精湛，你做人做事有品有味道。

233

因此我想对你说，百度有你的身影，搜狐有你的形象，江湖有你的歌声，到处有你的传闻，我这儿有你的感谢，或者说，网上有你的信息，报上有你的风采，行界有你的威名，坊间有你的故事，民间有你的传闻，世界有你的精彩我心中有你的位置。

想想你，日子就有奔头，看到你，目标就有学头，读读你，作品有噱头，梦里醒来，干啥都有劲头。其实朋友就是一杯美酒。

你是我心上的一条河

你是我心上的一条河，每天从我的眼前流过，一路艰辛不停地跋涉，泛起浪花飞舞的清波。你是我心上的一条河，日夜流淌在我的心窝，不惧艰险也不畏坎坷，带着我的心一路奋勇高歌。

你是我心中的一条河，给我勇敢告诉我清澈，用善良真诚与我述说，赋予我无尽的满园春色，你是我心中的一条河，带走我的寂寞，带着我的祝托，千山万水也不能阻隔。

即使我离开得再久远，我的心还贴着你的脉搏。你是我心中的一条河，你用大爱化作雨露，你把真情壮丽了山河，心手相牵平淡的生活，带给我的尽是天地难舍。

你是我最大的收获

生命是一条长河，人生起起落落，不确定曾是否盎然，唯有你，是我人生最大的收获，高天明月谁没见过，晴朗的夜空星星闪烁，圆月如明镜灯火，残月流云清冷寒若。

万般千种日出日落，高山峻岭溢满光泽，五彩草原浪漫血色，大河蜿蜒潮起潮落，你是我最美的诗歌，静若止水心胸宽阔，重情重义从不述说，轻声细语和颜悦色，聪慧明媚大浪柔波，世间唯美的东西很多。

大江大水大湖大河，人间百态生命如歌，唯有你，没有走出我记忆的斑驳，是我人生最大的收获。

你在忙啥

常常有人问我你在忙啥，我只附和着说我在瞎抓，东跑西颠都是瞎忙活，我是啥也没忙，真的忙也没啥，热热闹闹嘻嘻哈哈。

我真不知道该如何应答，每个人的心境都有相差，爱好不同时间就在哪，我理解每个好友的问话，我也不知道为什么，总有那么多的心事要去比画。

如今退休了总该安静在家，可我却更加感觉精力不行了，农业上有我的新老朋友，生活上有情趣不同的相投所以任我时间分配也不够，我只是在快乐的路上，与友人携手分忧风雨同舟。

要做的事项很多，没有那么忧愁，感谢朋友的惦记，我与你一样，有事没事瞎忽悠，爱吹吹牛练练手，喜欢爱好音乐好朋友，我也喜欢伏案执笔的思前想后，退休了才找到了我最好的时候。

年终考评的故事

体系之内故事多，年终考核是个坡，所有工作看总结，一年就是那把火，干好干坏能咋着，工资拿得差不多，到了年终特别忙，只为先进找着落。

随大溜混日子过，各项补贴巧争夺，只要台账对付好，搞好关系把稳舵，恭恭敬敬唱赞歌，老老实实好话说，看谁整得有名堂，优秀先进乐呵呵。

体系队伍人才硕，一个一个都会作，能干多少是多少，关键时刻我灵活，一年一度看考核，谁优谁劣谁好过，读书笔记充门面，堆积材料要沉着。

八仙过海都是哥，成绩功劳摆上桌，展望未来会做事，争优晋级谁舍我，你方唱罢我来说，成绩讲了一大摞，比的就是面上事，其他多是瞎胡扯。

年年总结年年过，捷报频传做成册，年年考核年年新，前程似锦过大河，评上先进多欢喜，多拿奖金谁不乐，快快乐乐盼过年，上个台阶唱赞歌。

如今体系门槛挫，分内分外挺难做，千军万马独木桥，台阶之上有几个，考核道路挺曲折，考你实力奈几何，最好找个强靠山，多个台阶像爬坡。体系路上多坎坷，年终考评也颇折，一年一度挺关键，一生只为那一刻。

（某单位年终考核）

朋友你好吗

朋友你好吗，春天来了，冰雪悄悄融化，随着春风春雨，土地在机器中开垦。花红柳绿，田野沸腾喧哗，脱去厚重的棉装，除却隆冬的框架，走进春天风雨，携手浪漫的温馨，拥赏心悦目的牵挂。牵火苗般的爱人去耕耘，把幸福的种子播撒，让种子，在田野尽情地发芽，孩子们乘着年少读好书，老人们伴着春光好赏花。

朋友你好吗，夏天真好，好时节在盛夏，辛勤的人儿，当是最潇洒，挥汗如雨正当时，什么也阻止不了，你的俊美与才华。骑上一匹快马，带上馨香的她，因你的激情耕作，大地有了最美的芳华，不用吝啬辛勤的汗水，汗与水浇灌的土地，那才是风景如画。

中青年人啊，珍惜吧，该燃烧就燃烧，该拥抱就拥抱，不要辜负好年华，一切皆在当下。

朋友你好吗，秋天来了，澄澈的河水，迈着轻盈的步伐，千里清秋，山野红了，长空雁阵，看风云变化，登高望远，可见神往的天涯，丰收的作物，把果实高高悬挂。

辛勤一年了，牛羊肥壮草垛如塔，把一年的辛苦，化作了满仓佳话，劳动带来的喜悦，才值得心安人夸。朋友你好，送去了花红柳绿，送走了夏日繁华，知不觉中，迎来了冬天的雪花，大地一片洁白，山林草原青松雪挂，牧场，响起了轻快的冬不拉，一年的汗水没有白瞎，好运接踵而至，忧郁顺流而下，不愉快的东西，让他随风飘落吧。

没有几天就过年了，万紫千红总有尽，人间最美，数心中一枝梅花，让心情都放个假，带上心爱的人，早早地赶路回家，迎接新年的总有，那个初升的满天朝霞。

朋友你好吗，愿你的心情百般妩媚，愿你的前景万朵祥云，愿你的四季如诗如画，愿你的生活灿烂如花。

朋友，我的心中有你

朋友，我的心中有你，你或许还记得我们曾经的友谊，你或许还记得我们那么多的一起，你或许还记得我们艰苦的过往，你或许还会常常把往事重提。

朋友，我的心中有你，也许因为工作繁忙来不及回忆，也许因为生活紧张而无暇顾及，也许分别已有些年头往事已去，可是我从来没有把你忘记。

朋友，我的心中有你，虽然一直没有与你联系，虽然我们分别在不同的住地，也许你过得很好，也许不尽如人意，我依然还是时刻把你想起。

朋友，我的心中有你，我的心中刻着你的印迹，你梦中的身影我还是那般的熟悉，不管何时何地我的心中有你，我一刻都不曾忘了远在天边的你，朋友，我的心中有你。

愿你敞开心扉吧，愿我走进你的心里，苦乐哀愁卑尊富贵不必在意，尽管联系不多，或许不够紧密，其实，我知道你心中有我，我的心中有你，不要辜负彼此远去的记忆，彼此的情谊。

朝气蓬勃的库尔勒

不知是因为有了开都河，才有了库尔勒，还是因为有了库尔勒，才有了孔雀河，但我知道，库尔勒是南疆重镇的明星一个。

塔克拉玛干，是中国最大的沙漠，在库尔勒，孔雀河畔鲜花朵朵，有我心中最迷人城市灯火，华夏第一州，说的是、这里国土面积的辽阔。库尔勒，叙述的是，中华儿女，奏响的新时代凯歌。

千年不变亘古荒原，大漠胡杨星星闪烁，博斯腾湖碧水鱼跃，孔雀河带来了多少欢乐，只有万顷良田，最懂的世代新人的坎坷。

交通枢纽南北通车，石油新城高奏凯歌，英雄的城市安居乐业，百万人民幸福的生活，唯一代建设者，他们的付出艰苦卓绝，才有了今天，几代人奋斗带来的火热。

曾记否，当年的罗布泊，先祖们遗迹尚在，不知人去了哪儿落脚，一声轰鸣让世界震惊，马兰基地在世界响彻，今天的库尔勒，良田万顷土地肥沃，城市化的步伐开创先河，库尔勒香梨名扬四海，库尔勒链接着世界的每一个角落。

迷恋库尔勒的城市鲜花，迷恋库尔勒的河畔清澈，迷恋库尔勒的年轻漂亮，迷恋库尔勒的浪漫湖泊，迷恋库尔勒的朝气蓬勃。

七月的伊犁

辽阔的新疆真的很远，也很大很神奇，他有祖国，最大最宽阔的国土面积，大漠、风沙、干涸的土地，还有茫茫戈壁，或许你不知道，新疆有一个美丽地方叫伊犁。

七月的伊犁，哈萨克蒙古维吾尔，多民族的姐妹兄弟，世世代代，就生活在古老辽远无边的这里，你走过荒山，走过碱滩，走过莽原戈壁，一座葱绿山后，就是塞外江南的伊犁。

七月的伊犁，芬芳沁人魂魄，浪漫到你的心里，雪山下赛里木湖边，看对对情人相依，百花盛开的草地，牛羊如云如影，叼羊的马队激情无比，情人约会马蹄声疾。

七月的伊犁，真实的温柔无比，蓝天白云有大河大川的壮丽，薰衣草的紫色，充盈着浪漫的情谊，伊帕尔汗的故事，让你感慨不已，老远你就能够闻到，她秀美芬芳的香气。

七月的伊犁，痴情的风光花落丝雨，像少女的花衣，少年用琴声，透着热烈，把歌与情传递，乘着晚霞，在伊犁河边散步，感受河畔上。

不一样的种种花絮，或许能够欣赏到，少数民族华美的婚礼。七月的伊犁，昭苏的油菜花，已灿烂整个高原大地，油菜、小麦、紫苏、亚麻，如诗如歌地连在一起，起伏蜿蜒的大地，弥漫到天边荡起涟漪，柔风吹过的农田，花海无边一望无际，麦浪滚滚好不惬意。

七月的伊犁，最美的还是，草原尽头的山里，毡房升起袅袅炊烟，透着奶茶飘香扑鼻，散落在草原上的牛羊，撒着欢在小河边嬉戏，雪山草原小河弯弯，伸向远方尽收眼底。

七月的伊犁，是探亲访友，旅游的最佳时机，赛里木湖浪漫的深蓝，果子沟险峻的奇迹，那拉提的逶迤，唐布拉的绚丽，喀拉峻的雄浑，还有昭苏风光的宽广大气。

七月的伊犁，田园锦绣云梦仙逸，花草林海诗情画意，开发区的华丽，军垦路的严肃整齐，汉人街繁华集市，合着吆喝声的新奇，还有洋溢着民俗民风，特色鲜明的街道喀赞其。

七月的伊犁，醉倒在小提琴的意境中，醉倒在歌里舞里，吃烤包子烤肉，喝古老的饮料格瓦奇，看看民族手工艺，听听民族音乐特别惊喜，勤劳勇敢善良朴实的，各族人民团结友谊。

七月的伊犁，美丽的天堂，让人记忆在香甜的蜜糖里，这里的人们，生活简单快乐富裕，无须过多的奢望，用双手传递幸福向上且积极，热情好客美丽大方，是这片土地永久的记忆。

七月的伊犁，情深似海浪漫无边，敞开心扉等着你，活着吗、就在巴扎上唱歌跳舞不稀奇，死了吗、就在马扎里睡觉不害怕没关系，有情有义的，伊犁人就是简单快乐，叫你来了就不想离去，就留在这里吧，伊犁把心交给了你。

你就把情，留在伊犁，留给这里的人，这里的山，这里的水，留给这里的天，这里的地。或留下一段故事，一个佳话，一个传奇。自古高原多浪漫，伊犁是祖国西部最美丽神奇的风水宝地。

其实人生的目标真的不必遥远

人生苦短，许多东西，时常没能遂愿，那是因为，我们总是把目标，定得太高太遥远，人生苦短，许多事情，常常有很多遗憾，时常觉得，自己什么都可以干，然而诸事时常无缘。

总在抱怨，时常感叹，自己命运挺惨，那是因为，我们总有些，不切实际的追赶，总是顾盼，不厌其烦，却常常许多抱怨，有些东西，真的与生命无关，完全可少些路上的负担。

人生的目标，真的不必太遥远，想在心中路在脚下，最好的目标，可能就是实干，眼前踏踏实实地流汗，花有花的灿烂，树有树的招展，你有你的风云，我有我的景端，不一样人生也挺好，简单快乐的人生最舒坦。

人生的目标，真的不必太遥远，任风云变幻，无须浩瀚波澜，处潮流心不乱，把一切看淡，走好每一步，快乐你我他，前方就有一座高山。

人生曼妙的风景，目标就是成功的一半，方向正确就不会遗憾，再苦再累，有时候也该停下脚步擦擦汗，再高再远，也日出而作日落而息，不可紧逼日夜兼程地追赶。

心中有绿茵，胸中有太阳，风光如画尽可极目饱览，若有万水千山，何须家财万贯金山银山，其实生活需要简单。

其实，开心不开心，只是你心宽不宽，打开窗户的棂梯，向天空看一看，白云朵朵，撑起一片湛蓝，其实，开心不开心，只是你心烦不烦，行走在路上，卷起一阵灿烂。

风吹草动，远远的绿色河岸，其实心若静了，向阳坡上泉水潺潺，其实，心若宽了，脚下即是昆仑天山，浩瀚沙海即在手中把撰。

生活简简单单，握紧手中的笔，擦去额头的汗，一杯清茶一支烟，打开电脑开卷伏案，掀起心里的壮阔波澜。

起风了

（写给远方的妈妈）

起风了，离开家已经好久了，一个冬季过后的家乡，麦苗大概已经绿了吧，河边的杨柳早已飞花，忙碌的妈妈添了许多白发。

起风了，家里的菜园已长出嫩芽，场院里外多了些活泼的娃娃，风中的杨树还是沙沙作响吗，风后总有一场小雨在淅沥地下，不知风里的妈妈衣裳穿的是啥。

起风了，又多了几分对家乡的牵挂，今年地里打算种些什么庄稼，院里是否还要养些鸡和鸭，小路上还是那样泥泞吗，轻风吹起了妈妈的围巾和头发。

起风了，拂起的柳絮我看见了妈妈的白发，无形中总有几分悠悠的想法，我不知道怎样才能报答，愿琴声捎去了我的情话，我愿风带去我对连队的祝愿，我愿今年的收成能有更好的价，起风了，风里的连队还好吗，还有爸爸妈妈。

乔尔玛

有个叫乔尔玛的地方，那么令人向往，他的河水清清，云中蓝天之上，牛羊在山坡游荡，阳光的草原灿烂金黄。

有个叫乔尔玛的地方，他的路好长，大河奔流浩荡，牧场点点毡房，有谁知道纪念碑下，那些筑路战士的家乡。

有个叫乔尔玛的地方，你叫我热泪盈眶，天山公路好似彩虹，纪念碑立在原野的山冈，天山公路南北牵手，雪山牧场有战士的守望。

有个叫乔尔玛的地方，事实让人难忘，画里的风光牧歌悠，神仙的故地，人间的天堂，筑路战士的青春，把雪山草原照亮。

有个叫乔尔玛的地方，云中天上淌，忘不了那里的点点星光，忘不了那座坟茔的清凉，忘不了那弯弯曲曲的山路，忘不了那淡淡的花香，我总想留在草原，与青山相伴为战士歌唱。

有个叫乔尔玛的地方，到处是鸟语花香，是谁的生命就在路旁，总是让人落泪，是那座纪念碑一直温暖在我身上。

有个叫乔尔玛的地方，大路格外宽敞，雪峰已不再寂寞，路也不再荒凉，林海不再孤单，云中的天路，相伴着吉祥，战士的灵魂灿烂高扬，献给那些为天山公路牺牲的战士。

乔尔玛并不遥远

乔尔玛并不遥远，长长的一条路，远远的一座山，宽宽的一条河，一片草原，在高山之巅的云端。乔尔玛并不遥远，一条路带你进深山，一座纪念碑掩映在草原，一条大河滋润了青青的两岸，我在草原追寻，年轻士兵灵魂的震撼。

乔尔玛并不遥远，走过一片草原，前面就是雪山，美丽风光牧民的温暖，心里有爱哪怕山高路远，阿肯的琴声在牧场代代相传。

乔尔玛并不遥远，独库公路壮美的青山，战士用青春点缀百草花园，从此这里被叫作了百里画卷，山路弯弯千回百转，浩瀚的群山远方的呼唤。

乔尔玛并不遥远，就在我的心里有白云相伴，就在我的梦里有绿水青山，我要住在这清新的草原，把心留在这里相伴雪岭云杉，乔尔玛并不遥远，一条大河一座大山，一面旗帜一个风帆，一条天路接南北浩瀚，把责任承担不畏艰难，谁知我亲亲的战士，谁懂我青青的草原。

乔尔玛并不遥远，他就在伊犁尼勒克东端，看地图也许距离让你为难，当你驱车走近时候，你会发现他真的让你心灵震颤。

乔尔玛并不遥远，不到这里你绝对遗憾，看唐布拉草原品百里画卷，一条长河千回百转，一条天路叫人呐喊，还有那美得让人只想流泪的绿水青山。

乔尔玛并不遥远，云杉相伴河岸上的陵园，落尽繁华我理解了战士的苦难，没有奢华没有掌声，没有辉煌没有灿烂，只有守望者的奉献和那远去苦与泪的血与汗。

乔尔玛一片姣美的草原，乔尔玛一座壮美的青山，乔尔玛一条长长的天路，忘不了战士们当年困难与遗憾，望着蓝天上的朵朵白云，是不是战士年轻的英灵，走在弯弯曲曲的路上，是年轻士兵的生命支撑，我们没有理由不去努力不去苦干。让生命之花更加灿烂，为了那片草原和天空的湛蓝，铭记那座不朽的高山，和那片山峦中的无名草原。

乔尔玛的纪念碑

草原深处天山巍巍，喀什河畔鲜花含泪，天山公路的将士们，用生命的忠诚与汗水，铸就了，蓝天白云间最悲壮的精美。

乔尔玛的纪念碑，矗立在如画的大河山坠，鲜血化作了朵朵鲜花，灵魂在上任雨打风吹，英雄的青春，让青山翠绿草原风光更明媚。

乔尔玛的纪念碑，让牧场辽阔让大山的雄伟，让道路通畅，是游人的迷蒙如痴如醉，他告诉我们，今天幸福生活是多么格外珍贵。

筑路的士兵们，用年轻的身躯，托起了草原上的星星月亮，用血汗，托起了大山深处的长路，乔尔玛的纪念碑，在蓝天白云的天地间，闪烁着人性的光辉，乔尔玛的纪念碑，是青山大河，对英雄和雪山的赞美。

祖国不会忘记，英雄的人民军队，人民不会忘记，战士曾经的汗水，游人不会忘记，今天的幸福腾飞，大河不会忘记，士兵们远去的身背，青山不会忘记，那年的风霜雪雨，今日的红日朝晖。

乔尔玛的战士

茫茫草原深处，你是一朵小花，绵绵群山之中，你是一座白塔，你把寂寞，藏进原野，你用忠诚，书写蓝天里的彩华。

你用一条天路，温暖草原人家，你将青春汗水，溶进乔尔玛的油画，乔尔玛战士，喀什河水，述不尽对你的情，高高的雪山，装不了许多的话。

唯松涛林海，挺立对你的肃穆，如诗如画草原，在为你落泪，在把你敬仰把你夸，沉默的纪念碑，你可知道，谁为战士流泪，谁为战士献花，天山公路知道，哪里是战士的家。

亲人就在我身边

好长好长的路，一直通向天边，好高好高的山，一直贴近脸前，好美好美的景，一直印入脑海，好近好近的情，一直扎进心间。

牧场离我很远，但是心里很近，心手相牵，亲人就在眼前，我从来没有走远，你就在我身边，回望前天昨天，展望明天明年，还有风光无限的艳阳天。

青春回望

春天的美好在于，他有生命精湛的绽放，在于，他有激情四溢的花香，青春就该当畅想，青春就该当意志如刚，青春就该充满力量，青春就该充满希望，青春就该奋发图强。

每个人都有自己的青春，青春就该当激情澎湃，就该当汗水飞扬，青春就该有理想，就应该用双脚把土地丈量，青春应该奋勇直闯，青春应该敢打敢上，当然青春应该把握方向，青春最需要坚韧的力量。

我们不要，枉费心思地空想，青春赋予的热血胸膛，让理想在奋斗的路上张扬，让智慧在青春中闪亮。青春是浪漫的，你有思念，我有向往，你有情意，我有激昂，你有热烈，我有舒张，且不可虚晃时光，东摇西晃后悔无偿。

青春也忌讳反复无常，不着边际，不图实学，不脚踏实地，不奋发向上，不坚持不顽强，这样的青春注定空有悲壮。

不是所有的青春，都充满希望，卑鄙者的青春，注定没有好下场，未必年轻就是青春，你看人生的路上，处处有青春激情的风光。

青春回望，当乘着年轻斗志昂扬，青春回望，当奋力播种春光，当努力拼搏烈日骄阳，当用汗水浇铸金色的土壤。

当别人在青春中消受，而我们在青春中奋斗，当别人在靡靡之中荒唐，我们则在刻苦中奔忙，让青春插上飞翔的翅膀，在生命的交响中奏出华美的乐章。

清淡的素心

人应该有追求，我更加喜欢，清淡的素心，高雅的情趣，高贵的品质，志存高远，圣洁的灵魂，捧着一颗素心，面对嘈杂喧嚣的环境，默守那份朴素的情怀，做些有心灵寄托的事情。

写点东西是这样，做点心与文字的交融交流，或许将心灵神韵，组合成舒心的文章，做着心与情的深情对话，在梦里的书写路上，情洒着笔墨的芳香。

在伊犁的热土，做牛一样的辛勤耕耘者，讴歌草原赞美人民，颂扬社会正能量，传递文明新风尚，抒发着满满的诗情画意，书写时代的精神曙光。

请你不要等我

春天来了，花开袅娜，春风春雨的大地，惊雷响彻，请你不要等我，我已隐身在一条奔流的大河，夏日炎热，绿海烟波，草原已经沸腾了，茫茫葱绿的景色，请你不要等我，我已沉寂在一派壮美的日落，

秋风细雨，山乡似火，秋天浸染的山林，江山如画的辽阔，请你不要等我，我已置身于一片浩渺烟波。

冬日来临，银装素裹，你丰收喜悦在握，我收到了你的欢悦，请你不要等我，我已凝结成遥远的冰山一座。

雪莲花开了，你是云中的花朵，你静在高山之巅，我不想打搅你的圣洁，不愿袭扰你的岁月如歌，我情愿聚集你冰冷的坎坷。

我情愿成为守望你的一尊佛，月儿亮了，你在天上的银河，仰望苍穹的倩影，桂树下静怡生活，请你不要等我，我一直守候着你云中的穿梭。

田园景秀牧草云河，我循着夜色里的星光，化作为你喜爱的牛羊，化身为你田园的青禾，化作莽原的沙枣树一棵，只愿为你的丰收喜悦，只愿为你的寂寞而清坐。

请你不要等我，我云游四海没有着落，我身心不静居无定所，不想触碰你善良的期所，不愿你受到荆棘的折磨，只愿在你前行的路上，只愿在你，马兰花盛开的地方，为你悄悄地写作唱歌，带给你满园芳香与快乐。

天凉了起风了，请你不要等我，我已随五彩花开的云朵，轻轻地为你祈愿，愿你的生活如奔涌的浪花，愿你的日子星光闪烁，愿你的花朵开满云霄的秀色，愿阳光灿烂的路上你一路欢歌。

请你不要等我，我已化为了一座青山，我已融化进一条冰河，我已随云飘到了远方，我已不再是，你心目中的那个小伙，请你也为我祈愿吧，为一段过

往的生活，请你记住，草原上的一枝野花——勿忘我。

请你原谅我

如果哪一天，我被青春闪了腰，也拿一把琴在你的毡房前拨响，请不要耻笑我，那是因为你的歌声太悠扬，我情不自禁地有点近乎疯狂。如果哪一天，我被激情撞了腿，牵着马儿在你的毡房前不停地张望，请不要耻笑我，那是因为你家的毡房实在太漂亮，我忍不住心中波澜激荡。

如果哪一天，我也滚下一个山坡，坐在一个山坡上不停地歌唱，请不要说我荒唐，那是因为我太喜欢这片草原了，草原已经深深地印在了我的心上，如果哪一天，我一直凝望着你家的毡房，久久地坐在你家对面的山冈，请不要责备我的夸张，那是因为我实在太累太想，你美丽动人真诚善良，我够不上天上的星星和月亮。

如果哪一天，我不再在草原上游荡，请不要怀念我的模样，那是因为我已经走远，我的胆一向很小很紧张，我丢了魂，我的思念也随风去了远方，请你原谅我吧，请原谅我的过往，那匹马儿已经太老，那把琴已经太旧，那首老歌已经走远，不要把我看得太重，我实在没有担当。山月不知我心底的伤，草原上的故事还在随风飘荡，草原上月儿还是那般的明亮。

在琼库什台

琼库什台牧场，是个圣洁的地方，深山之中云雾之上，牧草青青遍野牛羊，一个一个的木屋小房，这是一个古老的村落，是最远角落的一个神秘村庄。

琼库什台的草场，原始自然博大宽广，草原绿得让你只想流泪，原始的小木屋充满幻想，那是天边最洁净的一片土壤，黑的流油的土地，生长着油油的青草，是人间最美的风光。

琼库什台牧民，自然纯朴恬静善良，世世代代在这里放牧，大山森林绿草牧歌悠扬，与白云相伴的有奶茶飘香。

还有点点炊烟妖娆的白色毡房，琼库什台的河流，婉转舒畅纯净冰凉，一股股山泉，翻过一道道梁，雪山森林水草兴旺，滋润着这里的山林，滋润着山花也滋润在我的心上。

在琼库什台，你的情会与草原相连，你的心会与这里碰撞，空灵的雪山你只想去亲吻，绿油油的草原好似在流淌，会激起你的思绪会让你忘记家乡。

　　在琼库什台，总像有一种神秘的力量，牵着你的灵魂在草原上游荡，圣洁的雪山在森林之上，心也随草原河流森林一起成长。

　　昂首雪山的圣洁，与天空一样安然无恙，这里的圣洁与安然，会纵使你去膜拜祈祷，只想默默地祝福只想静静地守望。

　　在琼库什台看木屋，一种神圣油然而生，神圣得让你激昂坚强，让你彻底甩掉心灵的受伤，重新拾起心里的奢望，在这里安静在这里思考，在这里寻山在这里找水，在这里树起心中那远方的向往。

　　琼库什台的山泉水，清净得可以让你心灵涤荡，洗去你所有的空虚与惆怅，在这儿足以为你疗伤，吸上这里浸入肺腑的空气，任你血管舒张血液膨胀，与山泉一起在草原上合唱。

　　琼库什台的怒云，朵朵舒张激荡，肆意地在天空碰撞，也如同飘浮的牛羊，在这里你能与神灵对话，在这里谁能不心花怒放，在这里谁能不激情澎湃，在这里谁会不热血飞扬，谁还能沉得住气，不去敞开胸怀，去拥抱草原上的姑娘，谁能不敞开双臂，去迎接天上的太阳。

　　只有静静的牛羊，他们会羞羞答答，因为他们没有思想，他们不需要去热爱，永远是默默地吃草，他们永远没有苦和伤，琼库什台，是人间的圣土，是心灵的暖房，是灵魂的伴侣，我匍匐在草地祈愿，我仰望着天上的月亮。

　　琼库什台，可以把一切收藏，可以为你打气，可以为你积蓄力量，可以为你把新航程点亮，他还可以让你与星星对话，神仙也会为你指点新的方向，琼库什台，除了云雾雪山森林草原，满满都是金色的太阳。

　　牧场的姑娘，美丽的衣裳，蓝天之下白云身旁，绿草如茵泉水清唱，故事的歌声传来幸福吉祥，让你心生激昂，只有跪下趴下，任心脏与青草碰撞。

　　森林密布在云雾之中，雪山伸展在蓝天之上，姑娘美若天仙，少年威武雄壮，我的心也好似长出了翅膀，在蓝天上翱翔，我匍匐在地祝福草原，祈祷草原的姑娘更加漂亮，祈祷草原的男儿更加强壮，祈祷草原永远没有污染，祈祷木屋里永远歌声嘹亮奶茶飘香。

琼库什台的思念

是谁的画卷遗落在了天边，是达·芬奇还是张大千，库尔代河岸秀美的经帆流年，是谁用笔墨留下的巨幅诗篇，即使圣贤的唐诗宋词，任你传神的笔墨纸砚，也写不出你如梦如画的惊艳，琼库什台啊，草原那边最揪心迷人的相见。

是谁拨动了我寂寞的心弦，是花的旋律舞的翩跹，心灵深处刻骨铭心的容颜，是谁撩起了我波澜的情缘，温暖的相拥芬芳的拂面，幸福的木屋小河的缠绵，还有云霞中一枝高贵的雪莲，琼库什台啊，再也走不出你青色的眷恋。

我托白云，我问鸿雁，除了琼库什台，哪有这么白的云，哪有这么浓的情，哪有这么蓝的天，我寄清风，我询花涧，除了琼库什台，哪有这么美的景，哪有这么绿的草，哪有这么深沉的思念。

琼库什台的祝愿

如果有一天，你感觉到了疲倦，请到那个叫，琼库什台的地方云走一番，走进云雾中的木屋山庄，走进悠悠的白云花团，走进遮天蔽日的森林迷茫，走近天边直插云端的雪山，走进近一片古老的圣地，让心和身体一起走进一个原始部落，或许那儿有你的奇遇，那是上天遗落在天边的画卷。

如果有一天，你感觉到了厌烦，请带上你心爱的人，到那个叫琼库什台的地方，云游草海神梦秘探，不为前世掠隐的遗憾，不为昨日琐碎的纠缠，只为今生的一个心愿，只为你和她的一个信念，或许那儿有你的意愿，到琼库什台去找回远方的顾盼。

如果有一天，你感觉到了幽怨，请带上你简单的行囊，到那个叫琼库什台的地方，寻思追踪梦回雪山，到那边的山野玩玩转转，或许那里的山庄有点简单，或许那里的道路有点偏远，但那里的阳光却更加灿烂。在琼库什台，你或许会找到灵魂的侣伴，在琼库什台有你崭新的追赶。

如果有一天，你感觉到了艰难，就到那个叫琼库什台的地方，逐云追月纵情一番，寻踪那边的草原，森林雪山小河潺潺，牧歌牛羊木屋山峦，天蓝得出奇的舒坦，水清得窒息地震撼，山村静得让你更加思念，或许那儿有你终身的许愿，白云下的草原绿得让你惊叹。

琼库什台密藏在深山，是神话传说里的村山，是梦境里飘浮的乐园，是天上人间的童话故事，或许那儿有你千年的呼唤，梵音缭绕云雾山巅，天上脚下一片洁净的云中草原。

有空没空，到琼库什台去转转，到那里去追风追雨，到那里去把心散散，到那里去感受静默，到那儿的草地上去滚去翻，到那里去看牛羊，到那里去与青松做伴，到那里去相思流泪，到那里去领略心灵的震颤。

在空旷的草原，任身体与草原绵缠，任灵与肉在毡房碰撞，任生命扬起新的风帆，让心在这片古老的土地上，重重地搅动一番，任思情走远思绪千万，云雾山中细雨微寒，转眼白云朵朵天河璀璨，数着星星喝碗奶酒，一首牧歌周身挥汗，山风带着牧草的芬芳，纯朴的境地让你身心舒展。几声牛羊叫，几许琴声远。

琼库什台呀，清新的空气让你肺腑都温暖，人生不过百年春秋，历史云烟终会驱散，在苍茫的自然间，我们只不过一粒微尘，来于尘土归于尘埃，到头来你会发现什么都不算，琼库什台会让你明白，我们心身皆归于森林草原河流雪山。

如果有一支竹笛，我一定会奏向草原，从天黑吹到天亮，吹到太阳升起吹过金色的天山。如果我是画家，我一定会画尽森林雪山，画星星月亮画小溪河畔，一直画到草原尽头的对岸。

如果我有女朋友陪伴，我一定会拾起那支拙笔，为她写一首诗，为她谱一首曲，为我心中的激越，纵情挥毫书案，将情与忧愁书写一段，写尽草海的情色，出我的悲凉与期盼，述说出我的郁闷与孤单。

有朋友的结伴，有星星月亮的草原，有奶酒的柔情，有歌声的缠绵，有古老木屋与现代交融的舒缓，有你有她有情人的举杯推盏，谁的心不会被融化，谁还会有忧伤，谁还会感到孤单，只有灵魂在草原上回环，只有深情在草原上呐喊，起一杯酒高高举过头，面向亲友面向草原，我发出来自心底的无限祝愿。

琼库什台我来了

踏着春的足迹，向着心灵的圣地，在你的五月，最美的花季，琼库什台我来了，我到雪山下面找你，踏着春风春雨，迎着晨光的沐浴，我驱车千里，一路风尘，一路凝泥，向着雪山的禁地，寻找一往情深的你。

你含情脉脉，我泪眼迷离，你温婉含蓄，我雄勃的朝气，在牛羊撒满的大地，在温馨和美的毡房，在如梦如幻的草原，我费了九牛二虎之力，终于在一个傍晚找到了你。

　　浩瀚的群山，芬芳的草地，梦幻的木屋，草原的馥郁，携着一碗奶酒的浓烈，我止不住豪情万里，敞开心胸，伸展开双臂，顷刻间，你就融化在了我的怀里，翻过多情绿雨的晨曦，越过莽原激情的寒意，直至心灵的冲击。

　　在你的春天，最迷人的时机，琼库什台我来了，寻着你的青春靓丽，我豪情万丈的涟漪，你韵味十足溢满香气，我洋溢着满眼惊喜。

　　在绿意葱茏的山脊，在茫茫无边的林地，沐浴你澄澈的湛蓝，吻着你白云的春熙，我好似情窦初开的少年，止不住心潮澎湃泪落如雨。

　　琼库什台我来了，来到了木屋毡房，来到了你的怀中，与你没有分毫的距离，没有一丝的刻意，只有怦然心动的呼吸，任你蓝天青草间地肆意。

　　琼库什台我来了，什么也无法，阻挡对你的一片真情，贴着你的芬芳身体，品着你的浓情潮汐，随你律动的旋律，感受着你高山的耸立，体味着你草原的艳丽。

　　起伏是你无边的山峦，婉转是你蕴美的身躯，绿色与湛蓝，衬托着你的灵气，峡谷河流，隐不住，你的姣美欲滴，松涛林海，透着你的神秘，贴着你的胸怀，我只有五体投地，我的心中全是，你芬芳神奇的记忆，我的脑海全是，你蓝天白云的崎岖，还有你蓝天下的，牛羊毡房绿野流云，和那骏马奔驰的一泻千里。

　　在你的怀抱，我找到了洁净与希冀，为了你美丽，我情愿在牧场流浪，即使一无所有地寻觅也在所不惜。

燃烧的夕阳红

　　心事重重的山路，思念悠悠的白云，一个转身，晚霞落红，将天地的尽头点燃，不禁让我泪流满面，是啊，人生何不是这般，我想到了人生的短暂，转眼之间，我们把青春化作了云烟，变成了落霞飞红的灿烂。

　　谁的青春没有燃烧，谁的岁月没有斑斓，好在，我们走过的路上，有我们挥舞的热汗，我们的幸福生活，靠的是我们双手的把赚，岁月可以夺去，我们的青春容颜，时光可以把我们两鬓霜染，但是，潮起潮落的云海里，有我们曾经的誓言，有我们不朽的七彩绚烂。

我们总是在找寻，我们总是想轰轰烈烈，总是对自己不满，到现在终于明白了，平平常常才是真，普普通通才是情，最曼妙的风景，就是你眼前的这一段。

我们总是在奔忙，总享受这样的鲜亮，总在追寻诗与远方，其实这些东西，就在你的身旁，就是你身边的人身边的事，老家身边的那个广场，就是你幸福的家园，就是你家里的客厅与书房，其他的一切都与你关系不大，不要总是无缘费劲的梦幻，不用为落幕而孤单，不用离去而长吁感叹。

让我落泪的那杯酒

有多少痛就饮多少酒，有多少爱就有多少愁，你就要高飞远走，叫我的心中怎么能好受，春夏秋冬岁月的牵手，有多少贴心的好朋友。

匆匆忙忙转眼去留，即使一千个拥抱也不够，我无法舍弃你的长路，你也无须再为我分忧，爱恨情愁随风而走，我将一杯酒轻轻扶杨柳。

真的好想攥住你的手，人生还有多少迷蒙的路，我不知道什么是天长地久，谁能主宰我们思想的自由。

唯有举起一杯酒，我们昂首咽下肚，任泪落似雨流，向着你将去的方向挥挥手，记住那个草原一杯忘情的酒，请记住这里，有一颗心在草原为你守候。

人的舌头

舌头人人皆有，柔软灵巧没有骨头，住温暖房屋，处口齿之后，宽大肥厚都是肉，前连着齿后接着喉，伸展如簧卷曲自由，想说什么随口即走，不费思量从不停留，什么都可以说，说过的什么都没有。

上知天文地理，下知鸡毛蒜皮，诸事全凭口中，那三寸不烂的舌头，可以天花乱坠，可以四海五洲，空口无凭无须分忧，来可起死回生，去可云卷云舒，古今中外上下千年，天下的事全凭游舌出口。

我特别反感，毒舌游走，如猛龙出喉，任意恩仇，好的说成坏的，假的说成真的，无的硬是说成了有，都是因为舌头，整得满面红光富得流油。

如今的人儿眼光浅，不看你做什么，只听谁说的风光时候，我真希望人的舌头，尝遍山珍海味，可解酸甜苦辣咸愁，除了说话唱戏，除了吃肉喝酒，还应该把心和脑坚守，还应该为道德真理而守候。

人生不需要赶路

人生不需要赶路，生命归上天所有，何必风雨兼程，完全可以停停走走，少些困扰何须忧愁，人生不需要赶路，生命进程自然携手，完全可以静心守候，何必风雪无阻，想好了你再走，没人和你抢进度，人生不需要赶路，生命历程同归殊途，何必奋勇不顾，也不必事事争优。

完全可以，精心把沿途风景记录，静品一杯茶，静听一首歌，慢走一程路，也许内心更丰厚，你也争第一，我也争第一，生活还有什么意义，你也争第一，我也争第一，第二第三是谁地，真的不必太在意，做好你自己是天经地义。

不一样的人生，不一样的感受，做最好的自己，把握合适的尺度，多为别人想想，多照顾好亲人和朋友，谁说不是最棒的丰收。

人生的模样

人生似花朵，盛开的是春夏，花落的是秋冬，但愿花开的时候尽情地绽放，花落之时沉默地舒张，埋下的种子是未来的希望。世事沧桑，我们收获着一份属于自己的模样。

人生是一本书，翻开的是故事回想，合上的是回忆风光，但愿我们的故事精彩无比，但愿我们的回忆幸福甜蜜，人生的旅途，记载着我们豪迈的过往，面对路途的苦痛与捉弄，我们无须彷徨紧张，永不言弃当然会有奇迹，向往之处苦尽甘来快乐往常。

人生四季如歌，不用极境疯狂，春天是风是雨有花香，夏天是云似花还宽广，秋天是叶是果有朝阳，冬天是累累收获与储藏。

四季交替寒暑来往，我们与春风夏花同舞，我们与秋月冬雪相伴，生命的美好让我们难以相忘，愿我们的人生四季激情澎湃，愿我们的春夏秋冬缤纷多彩，愿我们的生命像日月星辰一样的漂亮。

不要总是抱怨

总是抱怨，人生苦短，岁月多难，工作很累，生活很烦，总是抱怨，日子太难，命运多舛，业绩平平，没有发展。

总是抱怨，自己太一般，过得很难看，事业不见长，工作很平凡。其实你真该再看看，生活本是一条大河，命运就是河上的船，急难险阻常有的事，波涛滚滚向前传，顺风顺水没什么意思，云水翻腾前路宽，甩开膀子张开帆，多晒太阳多流汗，别再抱怨埋头干，大河的尽头天高地远，最美的风景让你心安，没有奋斗过的人生才遗憾。

认识和田

毛主席的一首词中，知道了和田，一唱雄鸡天下白，万方乐奏有于阗，如今的和田，开发有序富裕初现，已是南疆明珠，镶嵌于，塔克拉玛干沙漠南沿。

民风淳朴遗传千年，小城兴旺歌舞翩跹，黄沙绿浪人民勤奋，社会发展史无例前，库尔班大叔的塑像，是挥之不去的时代纪念。

一棵古老的核桃树，越千年的长天，昆仑山下的太阳，照耀一双古朴的大眼，黑纱蒙面，难掩美丽的容颜，闻名遐迩的羊脂玉，最能代表和田。

玉石一条街上，琳琅满目光彩耀眼，为各地的商客带来了金钱，我也淘了一块璞玉，尽管是墨色青边，作了我和田一行的纪念，感谢好朋友的热情不减，我当真情不变。

和田的军垦人家，守望着沃土良田，日复一日，年复一年，用青春汗水，滋润着沙漠边沿，化作了生命的胡杨一线，在漫漫黄沙绿浪中，为祖国撑起一片真情的蓝天。

日落

爱看，日初的朝阳，日出东方，朝气蓬勃，一天从这里开始，万物在阳光下生活，也爱看日落，日落，书写的是大气磅礴，描摹的是，用青春写就的赞歌。

爱庄严日落，那是因为，他有舒展的气魄，太阳划过天际气定神闲，从早走到晚从容不迫，献给大地的都是温暖，走过多少艰辛从来不去诉说。

谁说，最美的风景，不是天边的日落，有太阳从东方升起，就有光辉灿烂的日落，放光放彩照大地，燃烧自己是烈火，洒向人间都是爱，天空闪烁着灰烬的烈焰光波。

日落，是自然界最壮美的时刻，他的灿烂在于，从不评述自己的功绩与坎坷，太阳从不知疲倦即使歇息，也要给天边一个，精彩绝伦的波澜壮阔，照亮蜿蜒曲折波光粼粼，是一条生命不息的长河。

日落西天，岁月如歌，留在天边最后的，是地平线上的苍茫墨色，日落，告诉勤劳的人要休养生息，日落让自然界歇歇脚，迎接日落的，是圆圆的月亮，还有东方，红霞飞舞的青春云朵。

请记住晚霞中，那默默的日落，他是世界上，最美的故事传说，日出东方红霞浩荡，同样，日落西山可泣可歌，日出东方，源于山河尽头，生命不息精美绝伦的日落。

如果还有良心

如果还有良心，见了老人让个座，没有刻意，一点小事不需要怎的，如果还有良心，见了穷人就帮个急，不是人人的日子都好过，帮扶弱者吧不必谢意。

如果还有良心，谁摔倒了就悄悄把他扶起，不需要回报不需要记忆，莫信电视上专家讨论的议题，如果还有良心，多帮助孩子们好好学习，勤学上进好未来，孔孟之道有哲理。如果还有良心，积极社会做公益，多做好事多行善，公平公正是正道理，如今，利益至上成了社会风气，金钱成了唯一真理，那是什么狗屁，还标榜得花天酒地。

如果哪一天我走了

如果哪一天我走了，请不要为我流泪，其实这没有啥，我已经很累，只是换了个新的家，天地广阔世界很大，让我静静地休息一下。

如果哪一天我走了，请不要为我伤悲，其实这问题不大，我已经走完了人生路，在生命轮回中我走远了，草原很美天边云霞，我轻轻地来让我轻轻地走吧。

如果哪一天我走了，请不用为我惋惜，这是自然进化，请为我送一束鲜花，让鲜花陪伴我，花香的路上有你的思念，无限的天空有我的安榻。如果哪一天我走了，请记住那个憨厚的笑容，记住那个曾经的风华，请为我唱首歌吧，不要为我落泪，不用问我为啥，因为天那边的花已开，那边的种子要发芽，我去的地方是天堂，那里一样很飘洒。

如果哪一天我走了，请为我朗诵一首诗吧，其实这很正常，我已经很满足了，感谢曾经的拥有，感谢曾经温暖的你我他，我相信，朋友就是星星月亮，有星月的相伴，一定也是如诗如画。

我亲爱的朋友，就放心我去吧，请为我祝福吧，不用伤心把泪洒，你的情意我领了，在命运面前，我们谁也无法，你心安理得，给我一个微笑吧，不用太多地牵挂，无论你干啥，无论我在哪，我都会默默为你祈福，祝福你生命如花，祝福你事业如夏，祝福你爱情甜蜜，祝福你温暖有加，祝福你的运气如鸿，祝福你的生命，灿若金光般的云霞。

我相信，有雪山的地方，就有我为你送上的祝福，有草原的地方，就有我送你的鲜花，有田野的地方，就有我为你托福的佳话，有道路的地方，就有我为你，奉上的保佑及平安的牵挂，我为你雪中送炭，我为你的成绩喝彩，我为你成功的路上锦上添花。

如果你去山的那边

如果你去山的那边，请你捎上我给你做伴，山路弯弯千回百转，路上有人做伴你不会心烦，旅途困难多我为你做向导，听说山那边风景很美，我好想好想搭车去转转。

如果你去山的那边，请你捎上我给你做伴，山路上行车人烟稀少，我怕你在路上太寂寞，山高路险旅途遥远，我怕你一个人太孤单，捎上我或许还有点温暖。

如果你去山的那边，请你捎上我给你做伴，听说山的那边草很绿，我只想陪你去看看，听说山那边花已开，我总想去花丛里照个相，我好想去远处的山里游玩，如果你去山的那边，请你捎上我给你做伴，我只想告诉我心爱的人，山里风光好美，牧草长得好看，山里云彩很白天空很蓝，城市有灯火辉煌，草原有山花烂漫。

如果你去山的那边，请你捎上我给你做伴，山里的风景最好看，我想告诉我心爱的人，好看的风光都在高原，我想为心爱的人，唱首草原的牧歌，我想请你穿上，我保温保暖的衣衫。

山里的风挺大，山里的气温还挺寒，山里的景色非常灿烂，山高路很远，请你多保重，进山要学会保暖，请你带好行囊，像我一样也带上一把温馨的伞。

如果你是

如果你是河流，我就是你岸边的杨柳，为你的春天摇曳，为你固守岸坡的泥土，如果你是高山，我就是你巅峰的石头，为你顶风冒雪，为你把日晒冰霜承受。

如果你是航船，我就是你船上的桅杆，为你撑起风帆，让你乘风破浪航行更远，如果你是森林，我就是林中的一员，与你相依相伴，衬托你的透迤承挡你的风寒。

如果你是草原，我就是你的一个花瓣，增添你的秀色，任牛羊茁壮牧民灿烂，我亲爱的祖国，无论在哪里，我的心都离你不远，我亲爱的人啊，无论在哪里，你永远都在我的眼前耳畔。

假如是朋友

假如是朋友，就伸出你的手，需要的时候拉一把，需要的时候点个头，假如是朋友，就放开你的喉，有事没事聊聊天，大事小事吼一吼。

假如是朋友，就相伴一起走，小路大路多辅助，下坡上山手牵手，假如是朋友，就敞开你的胸，不用计较不结仇，多为彼此把情留。

假如是朋友，就不要太忧愁，好朋友胜亲人，怕什么路上有急流，假如是朋友，就大胆去分忧，相互学习加勉励，希望就在山前头。

假如是朋友，就尽量多交流，好商量好联系，相互提携有劲头，假如是朋友，就常常喝喝酒，一壶老酒叙春秋，朋友似酒喝不够。

假如是朋友，就莫怕苦与愁，朋友多了路好走，不分高低心自由，假如是朋友，电话常问候，友谊记心中，困难时候我迎头，假如是朋友，挽手向大路，忧伤愤慨丢脑后，奋勇同心搏激流，追赶时代新潮流，大步跟着太阳走。

如果岁月可以回头

如果岁月可以回头，我情愿还去走走，那时候的一程老路，不为别的，不用找回曾经的拥有，只为重新梳理思路，在风雨中不断攀岩，不抱怨不低头不因循守旧，让生命的历程更加富足，走向人生境界一个新的高度。

如果岁月可以回头，我还想去会会，那时候风雨同舟的老友，不为别的，只想和艰苦的过去，只想为那时候的寒流。与那时候的春风一起，痛饮一杯酒，豪情壮志筹，艰难困苦不会消磨人的意志，只能让我们更加努力更懂坚守。

如果岁月可以回头，我多想在春天里，和少年同伴牵牵手，无忧无虑也没有忧愁，在苍茫的大地仰望云头，重新拾起理想不停地奋斗，做自己想做的事，向亘古荒原披荆斩棘，在广阔的原野开垦播种，多种些粮食树木和杨柳，在人生的起点就知道加油。

如果岁月可以回头，我一定会更加珍惜，珍惜每一个亲朋好友，珍惜他们的相助，珍惜他们的情愁，在家中多陪陪父母，陪他们谈天说地，陪他们四海奔游，陪他们多说些知心话，理解读懂他们的所有感受，让他们因为我而笑的泪流，让他们因为我而衣食无忧。

如果岁月可以回头，我一定会，重新审视爱情的温度，爱情不仅是要有热度，也更要有深情与厚度，让爱与岁月青春一致，真正的爱，从来不用强求，真正的爱，是奉献而不是索求享受，爱不需携带杂念，爱要善良热烈而自由，爱可以奋不顾身，任爱的火焰把周身燃透，但爱无须私欲横加的理由，让心心相印的人永远聚首，让有情人终成眷属，让爱与生命携手紧扣，共叙风凛冬寒，共饮青春烈酒，共度冬夏春秋，让自己的爱随梦而来随心而走。

如果岁月可以回头，我一定会在，原来的村庄盖一幢大楼，供那些老人和孩子们，尽情地玩耍尽享倜傥风流，让适龄的年轻人都有工作，让农村的环境变得更优，教育我们的年轻人更有理想，让我们村的孩子们，都有一个更加美好的前途。

如果岁月可以回头，我一定会重走长征路，让自己的意志更加坚定，懂得今天幸福的源头，扬帆远航乘一叶扁舟，勇敢地在大海里搏击，公正地在蓝天里扬帆，在高山和田野里为生命加油。

如果岁月可以回头，我一定会读更多的书，意气风发豪情万丈风雨无阻，品味智者的激越浩瀚与深透，领略世界缤纷的爱恨情仇，在书中寻找重新定位，走向一条更加光明的前行道路。

如果岁月可以回头，我一定学习更多的知识，一定多与高人交朋友，我一定会写更多的文字，重新书写自然法律与民主，让贪官污吏不能出头，在学习中领悟科学的理由，让科学技术把新时代造就，在书写中让人生维度更加丰厚。

如果岁月可以回头，我一定会登上一座高峰，展一双浑厚的大手，任宽宽的肩膀负重承受，向黑恶势力挥舞神剑，奋勇搏击不惧风狂雨骤，为国为民多做些善事，让每一个穷人都有房住，让老百姓健康长寿，让祖国更加强大，扬一面红旗让世界发抖，让我们的军人和祖国的奉献者更有荣誉与尊严，让更多与我一样的俗人，可以自信地昂起高贵的头颅。

如果我是

如果是一颗砾石，就无怨无悔地在山里流浪，任风吹日晒随大河奔涌流淌，或聚或散任他而去，做个铺路的石子由生灵走过，做个砌墙的沙砾随人们瞻仰。

如果是一粒种子，就深埋在泥土里守望，不择肥沃还是贫瘠的土壤，静候季节的风雨，在泥土里生根发芽开花结果，滋养一方生灵的兴旺。

如果是一株小草，就默默地守候一片荒凉，不与花朵争艳不与大树争强，随季节的清风波荡，抖去身上的尘土奋发向上，尽力染绿一片原野或山冈。

如果是一枝花朵，就轻轻地在原野绽放，伴着春风夏雨尽放美丽，扮靓一方土地或簇拥景致一堂，花色褪去也尽力地结出果实，任果实的籽粒撒向四面八方。

如果是一滴露珠，就悄悄地拂在清晨的植株旁，用自己微小的身躯，慈润一棵小苗，随小苗在空中摇曳，伴小草快乐地成长。

如果是一缕春风，就轻吻那片冰凉的胸膛，吹去严冬寒风的冷霜，用暖润的湿气苏醒荒原，与原野一起清清地歌唱，带给大地一片春意荡漾。

如果是一条小溪，就围着牛羊和村庄，为鸟儿支起一个幸福天堂，为身边的土地带来一份滋润，目标不一定非要是海洋。

如果是一棵大树，就默默地守望在那里，任风吹雨打不惧烈焰骄阳，撑起一把大伞或成就一个地标的模样，为过往的生灵挡风遮雨或支起一片阴凉，即使死了立着是根柱，倒下也还是个栋梁。

如果我是一堆巨石，我就尽力地长在一个山上，不与植物争抢阳光，不要挡在一条路上，静静地立在山头，不声不响供人们仰望。

如果是一颗星星，就静静地闪烁在天上，不模仿繁星不炫耀自己的光亮，奋力闪耀与放射着磁场，守望着心中的方向，为纷繁的夜空撑起应有担当。

如果是天上的太阳，就尽情地燃烧自己放射光芒，让熊熊的烈焰翩翩起舞，任火焰的光辉把宇宙照亮，发光发热让自己化为灰烬，放光放彩为宇宙还有地球的沧海茫茫。

如果有来生，我一定做一个孝顺的儿子，每天陪伴着父母拉家常，陪伴父母的亲情守望，与父母相依相伴倾吐衷肠。

如果有来生，我真想生活在，一个没有污染的雪山旁，做一个纯粹的牧民，或者就在草原的山边，支起一座毡房，生活简简单单，森林牧场奶茶飘香，保护好草原放牧好牛羊，有草原陪伴的生活，人不会膨胀心儿不再流浪。

如果我是一朵云

如果我是一朵云，我定不会吝啬韶华青春，守在东方的每一个黎明，与星星月亮相伴，唤醒每一个清晨，情愿让太阳的光焰，把我化作万道霞光的风景。

如果我是一朵云，我一定随清风潜行，飘向西部那干涸的土地，带去一片雨露的真心，让每一株小草每一棵树木，每一片庄稼都得益我的滋润。

如果我是一朵云，我一定守望着草原的一片宁静，白云朵朵随风而形，蓝天似海洋牛羊像珍珠，百花盛开草原如梦如韵，幸福一方水土保佑一方牧民。

如果我是一朵云，我一定要造福一方的百姓，让我的家乡总是风调雨顺，孩子们因为我看到希望，农民因为我有好的收成，大地绿意葱茏青山树树成荫。

如果我是一朵云，我也不辞每一个黄昏，守在天边的地平线上，用红色的风尚为太阳送行，让你感受落霞与雁阵齐飞，秋水共长天一色的风情，晚霞多情直到太阳不见了踪影。

我要告诉我的亲人，不用担心云淡风轻，夜晚的天空并不寒冷，我在天上保佑你安宁，愿你每晚都有好的睡眠，让明天朝晖把你叫醒，为你安排又一个更加美好的行程。

如果我是一条河

如果我是一条河，我一定会在大河的源头，为母亲燃起一堆篝火，我把祝愿轻轻放在云朵，还要祝福雪山祝福草原，感谢上苍给予的一汪清澈。

如果我是一条河，我一定会在雪山脚下，拾起一支金色的话筒，对着太阳唱上一首劲歌，把他献给母亲也献给石头，感谢赋予我白云清泉的嘱托。

如果我是一条河，我一定会不负高山座座，向着远方一条迷蒙的山路，奔向天边奋勇直往积极开拓，不畏艰险不惧坎坷，去滋润富裕一片壮美的山河。

如果我是一条河，我一定会扑向一片原野，滋养一方无边的绿色，用爱去哺育草原，用情播洒一片诚挚的雨露，让那里的庄稼，结出饱满的果实，让那里的人民，收获更多的幸福与欢乐。

如果我是一条河，我不会停止一路清波，我会竭尽全力辛勤跋涉，向比远方更远的地方，扬起浪花万朵任星光闪烁。

让我过往的流域，从此没有干涸没有饥渴，直至哪一天，我也定格成为一个湖泊，任水里的鱼儿纵情，岸边的芳草撒泼，纵使流干了血脉，我也绝不吝啬。

用不屈的灵魂，浇灌脚下迷蒙的绿色，让万物繁荣因为有我，我要让那一往情深的山河，因为我而更加的壮美清澈，如诗如画如梦如歌。

如果我是作家
（为 76 团而做）

如果我是作家，我一定要为，格登山下的农场写一篇长话，写那里蓝天的高远，写那里望不断的天涯，写那里悠远无边的长路，写那里天地之间的儿女精华。

如果我是作家，我一定会，拾起一支神笔，让格登山的故事游走天下，一片草原风吹绿浪，格登山碑君临高峡，一条界河伸向远方，农场的条田隽永美丽如画。

如果我是作家，我一定要为，格登山下的儿女深情，写一首含泪的情歌，颂扬她的挺拔，赞美她的长发，为这片神圣的土地，与这里的油菜一起开花，为这里的，千层麦浪碧草牛羊，天涯农场崭新气象，扬起一幅红色曼妙的轻纱。

如果我是作家，我一定要为76团这片肥田沃土，写上一首诗，诗词里溢满，我想对她说的知心话，军垦儿女志在天涯，千年不变的承诺，远方哨所的铁塔，界河边上耕田牧马，用忠诚定国安邦，任青春汗水挥洒，戍守边关瀚海奇葩，立命安家春秋冬夏，将一片千古草原，建设成了，祖国西部原野的盛景佳话。

如果我是作家，我一定为边境线上的人们，写一幅图画。写他们的喜写他们的忧，写他们的情写他们的爱，写他们冬夏春秋的风吹雨打，写他们不朽的青春，写他们的意志像青松一样的挺拔。格登山上风雪交加，皇帝的御碑誉满华夏，祖国山河虎踞龙盘，边陲新城绿树红霞，一代一代的军垦战士，守望着祖国的边防线上，不辱使命岁月如歌生命如花。

如果有什么能让你喜欢

如果有什么能让你喜欢，我情愿，穷尽所能，为你抛弃所有的负担，如果有什么能让你喜欢，我不惜，倾其所得，为你流血流汗。

如果有什么能让你喜欢，我甘心，做一棵树，守着你梳洗的河畔，如果有什么能让你喜欢，我宁愿，矗立成一座，让你可以依靠的高山。

如果有什么能让你喜欢，我宁可，为你把血流干，即使生命也死而无憾，只要你喜欢，那厚重的土地，我为你耕种收获，那起伏宽阔的山峦，为你仰望游览，还有那条波澜的河川，总想围着你转，不想总让你再有抱怨与遗憾。

如果有一个地方（那拉提）

如果有一个地方，去了就很难忘，那一定是那拉提的山冈，绿草在流淌，牛羊在游荡，小河尽欢歌，百花分外香。

如果有一个地方，只一眼就把她的容颜，记在了心上，那一定是那拉提的碰撞，青山炊烟白毡房，密林曲径小河旁，阳光洒满绿色的草，惊世的骏马在飞翔。

如果有一个地方，还是人间的净土一方，那一定是那个叫，那拉提的那个牧场，白云天边牧歌宽广，诗情画意秘境天堂，情情的少年妩媚的姑娘，雪山脚下俊俏的模样。

我真想倾尽行囊，留在那个清新的牧场，在那拉提的怀抱，我哪也不会再想，她已在我的心中深深珍藏。

如果真有来生

如果真有来生，我情愿做一棵树，做你的依靠，为你支撑，累了在此歇个脚，困了就地养养神，如果真有来生，我情愿做一棵古藤，绕在你的身旁，为你系上一网真情，为你撑起一片绿荫。

如果真有来生，我情愿做一片绿叶，簇拥着你的花朵，捧出你光艳的绽放，为你的姣美而欢心，如果真有来生，我情愿做一颗星星，在你的身旁闪耀，默默地撑起一点光明，让你不再寂寞寒冷。

如果真有来生，我真想做一片祥云，夜晚伴着你的圆月，白天守着你的清晨，迎接你红霞满天的清新，如果真有来生，我愿采一朵雪莲，捧出我所有的真情，我愿化作一条彩虹，凝聚我的一片真心。

如果真有来生，就做你屋前的一弯清泉吧，伴着你的欢乐，随着你的庆幸，为你点亮波光的晶莹，如果真有来生，我愿做你的小毛驴，你让走就走，你让停就停，任你打任你骑，做什么全听你的命令。

如果命里有来生，我还是做一株小草，只要你高兴，为你纵情葱茏的绿意，抚平你的抑郁与忧心，如果真有来生，我愿化作一把伞，陪着你去天涯旅行，晴天撑开一束花朵，阴天成你躲雨的华亭。

如果真有来生，我一定倾其所能，风中为你呼为你喊，雨里为你笑为你欢，用我的毕生换来你的热情，如果真有来生，我愿化作任你呼唤的风雨，吹去你的泪眼迷离，滋润你的土地，给你一切想要的生命也行。

如果真有来生，我不想让你受半点委屈，你让我干啥我就干啥，你让我向东我绝不向西，把我的忧伤思念，化作一片神奇的祥云。

如果真有来生，我情愿做你身旁的，一棵树一枝花，一颗露珠一场春雨，一只小羊一只百灵，让你从此，不再孤独不再想念亲人。

如果真有来生，我愿做一座青山，定格为你的身影，守着你的静默，凝望着你的沉寂，为你的前世今生，不悲不喜不离不弃，矗立成永恒，托起草原上的一往情深，我亲爱的祖国啊，我的朋友，我家乡的亲人，我不知道，如何才能报答你的恩情。

如有来生，如有来生，不知道能不能，还生活在这片草原上，天天与牛羊做伴，时时与雪山相望，如有来生，不知道可不可以，还认这片土地做爹娘，做你相依相伴的儿子，做你尽忠尽孝的情王。

如有来生，我真的好想，一直矗立在你的身旁，做一棵守望雪山的青松，一片青油的草长在牧场，如有来生，我一定会竭尽全力，时刻守在你的心上，像一条欢腾河流，滋润你的沃土幸福你的向往，如有来生，我坚信，定会像你那样，忠诚干净坚守担当，纯洁质朴清纯清亮，驻守一片蓝天白云，托起一方绿意盎然的希望。

赛里木湖

尽管不是画卷，雪山倒影下，可以望见你，比画卷更美，一片静怡的湛蓝，恰好没起狂澜，草原深处，可以看见你，湖面飘来的风云变幻。

花海不用盛展，雪山映照明月如盘，牛羊如云鲜花盛绽，湖畔涌起草原的灿烂，赛里木湖啊，一片温馨的草原，赛里木湖啊，一条浪漫的雪山，赛里木湖啊，你留在我们心中的，除了那个远去的背影，还有湖面上的金光闪闪。

沙漠戈壁荒原绿地

伟大的祖国一日千里，荒山造林改变了大地，三北防护林，属世界奇迹，沙海戈壁造林植树惊天动地，我们生活的环境更加惬意。

上面传来好消息，首长满怀情趣，将造一百万亩林海，要发展五百万头牲畜，要在近两年内完成，需要我们快马加鞭，积极努力一切准备工作就绪。

只是我心生疑虑，我们的环境是否可以，哪儿生来那么多的牲畜，哪儿去找这么多的耕地，哪儿有这么丰富的水源，这样的发展是不是符合科学逻辑。

我咨询许多专家和书籍，我实在难为这样的大计，我只是担心劳民伤财，为了眼前的富裕，而伤害了子孙后代的利益，我更不明白这是谁的主意。

新疆特殊，大漠戈壁，这是自然上天的赐予，日照时数长干旱又少雨，蒸发量大得出奇，为保民生，我们开垦了大量土地，井打得越来越多，水引得越来越急。

农业大发展，生活大改变，但是这样的突然，可是有谁把科学顾忌，有谁研究，自然环境的承载能力，我只能激流而退沉默少语，目前我们的能力不及，相信后人绝对有这个能力。

山河知道你
（献给卡桑边防站的军人）

我叫不全你的名字，边防线上有你的雄姿，但你的忠诚，足以让我肃然起敬，你的奉献，是世界上最美的诗句。

我不知你来自哪里，巡逻的路上你是火炬，肩上一把钢枪，走向了大山深处的风雨，我默默地瞩目，向你真正地敬了一个军礼。

我叫不全你的名字，我也不知你来自哪里，但我知道，边防线有你的歌声欢喜，祖国知道，你播洒的浪漫和你的希冀。

不用说出你闪光的名字，不用告诉我你来自哪里，在墨香的书籍，在庄严的诗里，在共和国耀眼的史册上，你的名字比山还重，你的故事与歌声一起，点亮了一片荒原一座山脊。

看着你坚实的身躯，望着你绿色的军衣，我相信，没有人会忘记你的孤寂，你的青春已盛开成，祖国万里边疆最美的花季。

山河知道你，你名字永远不会远去，我知道你的国籍，你是这座大山，这条大河永远不灭的记忆。

山里的小路

山里的小路，弯弯曲曲万绪千头，千回百转曲径通幽，置身其中，常常被搅得，不知哪儿是出口，然而，正是这种崎岖与神秘，才让我有了探索的理由。

我喜欢山里的小路，一来是因为，城里有太多的高楼，一点风都不透，二是城市人口太稠，想找个清静的地方都没有。

而山乡就不同了，小路可以让你远离分忧，走在山中宁静的小路，你不用为了，满目的水泥垃圾，搞得千疮百孔周身寒透，望着远山近水草原森林，你不会有太多的忧愁与愤怒。

山里的小路，起起伏伏，但他有山清水秀，山里的小路，转弯抹角，但他让你精神通透，过一道坎上一个坡，当你穿过一片云雾之后，面前的一切，会在你眼底尽收，心若宽路亦宽水长流。

原来世界风光无限，全在风雨尽头的山间小路，原来生活如此美好，尽在你的心头，原来幸福生活，就像穿越的宇宙，于是你会重新昂首，无惧风狂雨骤风雨无阻。

山乡的夜晚

山乡的夜晚，出奇的安静，冷峻而深沉，静得月儿冷清，静得银河空灵，静得可以感觉，护佑我的神灵，静得可以窥见，繁星眨动眼睛，静得依稀可见，妩媚的风儿，和雨点的对话声。

几声犬吠，由远及近，树叶细碎，蛙鼓虫鸣，白云撩动着，穿行的月儿，你闻得见，情人的香影，只有几处的灯火，若影若明，沉寂的山乡，一片雨后的清新，恍惚中，我仿佛置身一片，空旷的圣殿，我的心被爱神引领。

习惯了，城市混淆在，车水马龙的嘈杂噪声，习惯了，灯火流明的歌舞升平，唯有山乡的夜晚，让我找到童真，唯有山乡夜晚，能让自己心凝与清醒。

山乡的夜晚啊，正是我，苦苦寻求的孤独人静，山乡的夜晚啊，正是我，苦苦迷恋的挚爱真情，山乡的夜晚啊，我找回了童年的情景，任时光穿越返璞归真。

大千世界，芸芸众生，满世界的铅华，默认云雾遮阴，且莫让喧嚣，淹没了心中的灯影，且莫嘈杂，遮住了一双明亮的眼睛。

感谢山乡，感谢那个夜晚的似水柔情，感谢山乡夜晚触心的宁静，感谢我惦念的山乡亲人，感谢那挥之不去的一往情深。

山乡的早晨

雨后的山乡，空气格外的清新，一帘烟雨空山静，薄雾缥缈传远情，绿树红墙的村落，沉浸在远古的安宁，久违的一声鸡名，化破了山乡的寂静，沉默的山乡，被曼妙的几点鸟叫，轻轻地轻轻地唤醒。

灯儿渐亮下地起身，刷牙洗脸扫地开门，那一定是山乡人，开始忙碌的身影，生火做饭烟雾似云，喂鸭喂鸡细语轻声，云雾与溪水知道，早起的山乡人在辛勤。

渐闻一阵拖拉机的轰鸣，是啊，时节到了春耕，山乡沸腾，在一片蒙蒙的黎明，山乡的早晨舒心而冷峻，云雾挽着林木，炊烟缓缓升腾，溪水哗哗作响，远处可见雪山的倩影。

山乡住宿清新幽静，可静听花开的声音，山乡散步气爽身轻，看得见草原的风韵，山乡儿女坦诚知性，对待朋友善良真心，说话干事干脆利索，喝酒爽快特别率真，朋友来了当然痛饮，透着山乡人的真情，同样都是早晨，唯山乡的早晨，自然而清馨，能够让你透心，唯山乡的早晨能让你的心，如此的放松清静，唯山乡的早晨，能唤醒你的激情，山乡的早晨，绿意在群山沸腾，所以山乡的人，总是神清气爽，纯朴的牧民农民，特别有精气神。

我也被山乡的风雨，被山乡的早晨，把心灵洗净，携山乡的晨雾，抖去一身征尘，重新上路迎接清晨，做什么都清爽，干什么都特别有劲。

老仆已走

近闻老仆已走，颇有几分滋味涌上心头，感觉他还不老，怎么说走就走了，几分悲凉几分痛苦，几分不舍几分忧愁，人的一生就是这么短暂。

一个转眼就是几度春秋，老仆是我工作中，结交的好朋友，他亦师亦父，他亦兄亦友，回顾二十余年所有走过的路，工作中互相支持，生活上没有企求，总体感觉相处不错，老仆工作认真负责，有全局的高度，做人也比较低调，非常忠厚，谁能想到，一个转身就没有了回头。

他退休之后，偶尔还能见到，或者听到他的问候，虽联系不多，却也彼此在心里携手，人的一生非常短暂，生活的道路谁能看透。一段工作一段友情，一路艰辛一程心路，老仆是我的好朋友，工作结友谊，生活有记录，悲欢离合天地相隔，有点埋怨自己最近和他联系不够，愿老仆一路走好，愿天堂有你的一帆风顺一路无愁。

感言： 老仆是指原伊犁地区农机局局长，伊犁州农机局副局长朴凡超同志。我任四师农机局局长期间与之接触较多。从朋友口中得知他已去世，不免心生感念以示哀悼。

今夜的雨为你而下（吐尔根）

又是四月满山杏花，大地苏醒景秀如画，我在初醒的吐尔根，遥想当年的那个刹那，溯流而上直至天涯，巩乃斯河水细雨情话，绿油油的牧场望不到边，漫山遍野都是杏花，喜鹊通情叽叽喳喳，红韵相间纷飞枝丫。

一场春雨浓情飘洒，还能想起那少年的牧马，还能想起那姑娘的脸颊，还能想起我被这烈酒击垮，还能想起你飘逸的长衣长发。

还能想起，那山那夜浪漫煮酒的杏花，今日的吐尔根啊，草原因你而绿，杏树为你而华，月儿也含情脉脉，清风为你而刮。

只是今夜的我，热泪为你而倾洒，不知为了什么，我怎么也没法，让自己平静地睡入梦榻，朋友，我想你了。今夜的小雨，是为你而下，今夜的情思，为你而骑上骏马，我披衣而席，思绪飘向了远方的那树红花。

男人应该拿得起放得下，我却像个痴情的傻瓜，是不是伊犁河水有太多的浪花，造就了伊犁男儿的纵情豪侠，是不是吐尔根的月亮有太多的情话，是不是杏花和雨的春风，是不是伊犁春天的骄阳，是不是杏花村里的天然油画。

来生还做你们的儿子

一场大雪席卷了高原，白了旷野，静了空山，晴日气冷天高云淡，只有那棵野生的大树，还挺立在北山，风中的一棵大树，早已远得不能再远。

大雪覆盖了一切，我已无法再驱车追赶，我的心，却如那棵突兀的大树，独立地迎着风雪严寒，寂静无声孤立无援。

风雪莽原漠风寒战，我默默地注视着远端，听荒野寒风的哭泣，任泪水在光影中弥漫，几分瑟瑟几分悲壮，几分无奈几分孤单。

父母远去的身影，年老体弱影只行单，我不知道如今的父母，在天国谁能与之陪伴，又有谁能知道我，此时此刻有多么的凄惨。

我的思念在风中呼唤，天地之间，谁懂我的心与泪寒，父母尚在的时候，我们还不懂得温暖，父母远去了，我们才知道啥叫为时已晚。

父母在家就在，父母去了心已散，父母在我们尚有归处，父母走了我已心无彼岸，我再也找不回转，父母在家时，其乐融融的灿烂，思念凝固了伊河两岸，面对原野我一片茫然，想念父母在家时的舒缓。

荒原洁白近影远山寒风呼啸山谷空梵唯有一片寒光盛蓝我不知道此时的父母是否可以看见我与旷野的群山突立孑然大雪覆盖了一切我却无法停止呐喊。

亲爱的爸爸妈妈，我此生枉然，你们来世再看，来生我还做你们的儿子，不让你们总为儿女操心，不让你们总在，把孩子所在地的天气预报翻看，不让你们再有任何抱怨。

此时的我，只有独自地面对山川，苦断肝肠的无界空泛，父亲母亲我想你们了，不知道天堂的路有多远，怎么才能了却我的心愿，怎样才能让你们过上舒心一点的日子，怎样才能看到你们笑容的璀璨。

还是过去那样平平凡凡，还是过去那样幸福一般，在我的心灵深处，父母还是过去那样的衣衫，人间总有那么多的忧心事，但愿天界的父母不再为旧事心烦。

雪后初晴旷野莽原，我的心在流泪呀，心烦意乱天涯望不断，我已无法表述自己的伤痛，只有任凌厉的寒风，刺痛我的孤单我的情感。

想起过去的农场

想起过去的农场，就想起那，一排排老式的营房，无拘无束的人们，其乐融融的模样，就想起那，无边无垠的条田，风吹涌起的麦浪，想起那，繁忙的劳动景象，想起那浓情欢腾的麦场，想起那过去的农场，就想起那，因陋就简的学校，想起那，老师的慈祥，和孩子们的书声琅琅。

想起那过去的农场，常有一股热泪，充盈我迷蒙的眼眶，那暖暖的炉火兴旺，土坯制作的火墙，温情朴素的聊天，邻里浩荡的心肠，那柴火炉灶飘来的饭香，还有晚风和煦的夏夜，大人和孩子们，看电影时的兴奋与渴望。

如今团场，已经改变了模样，到处都是现代化的景象，整齐划一的街道，片片林立的楼房，应有尽有的便捷与通畅，时移世易巨变沧桑，天翻地覆转瞬时光，幸福如花的生活，在老人孩子们脸上荡漾。

时代赋予的特征，新概念的时尚，日新月异幸福蜜糖，富裕起来的人们，常常被幸福迷茫，或许早已把过去的一切甩在了后堂，岁月如云感谢上苍，富足富裕吉祥安康，只是心中，常常被过去的往事挂肚牵肠。

我为今天的，福来福往纵情歌唱，我也思念着思念着，父母劳作一天，傍晚回家的景象，思念着夏夜，云中穿行的月亮，思念着父亲母亲，讲述老故事的芳华模样，每每想到此，就被一种思念直抵胸膛，谁说日月情谊长，我说老酒有分量，谁说炉火有故事，我说思情万千丈。

长长的思念，把我带入轻轻的梦乡，还有过往的连队团场，也不知为什么，我的心却总是，为少年的故事和景物感伤。

飞速发展如天上的虹，带给我们无限的希望，我站在历史起点的路上，总在回望，眷恋那过去的既往，也为我们未来而遥想，但愿，月色浓花正香，天空更明亮，但愿，天南海北的故乡人地久天更长。

走得再远也莫忘来时路，爬得再高也要懂得回望，别把旧事全忘光，世代传承四季轮辋，人类的历史就是这样螺旋向上。

离街的小酒馆

常常回味，岁月的苦涩与辛酸，常常抱怨，道路的曲折与艰难，离街的小酒馆，可以抹去你的眼泪，容得下，所有的疲惫与不堪。

总是匆忙，为太多迷茫而感叹，总在追赶，为风雨尽头的灿烂，离街的小酒馆，那个迷人的夜晚，盛满了，所有的温馨与期盼。

走遍天涯海角，多少离合悲欢，离街的小酒馆，沉醉的今世前缘，千年修来的祝愿，踏遍万水千山。难忘温暖浪漫，离街的小酒馆，带走了你和我，所有的遗憾愁怨。

我把驻地当故乡
（写在阿勒玛勒哨所）

守着一座高山，面对一片荒凉，一条弯曲的小路，送我到哨所边防，还是懵懂的少年，黝黑稚嫩的脸庞，一身骄傲的戎装，扛起祖国的希望。

手握冷冷的钢枪，时刻警惕着前方，星星伴我来站岗，明月寄我思故乡，好男儿志在四方，青春被哨所闪亮，为了遥远的亲人，为了故乡的爹娘。

为了蓝天里的白鸽，为了天上的圆月亮，守着寂寞荒凉，青春在边关飞扬，面对一方热土，我把驻地当故乡。

赤子心援疆情

莫说路途远，其实天很蓝，莫道大漠凉，其实路很宽，援疆是大爱，苦与累我无悔无怨，谁说孤雁单，其实梦很甜，谁说塞外寒，其实情意暖，援疆的春风绿染南北天山。

把壮美的年华洒向戈壁草滩，边疆腾飞有我青春的热汗，几载援疆路一世边关情，人生如诗岁月如歌，用激情书写边疆的灿烂。

创作感言：对口援疆，是新时期党和国家，为促进边疆经济社会跨越式发展，推进新疆民族团结、社会稳定、边防巩固而做出的重大战略部署。在中央统一部署安排下，国家机关和全国十九个省市，派出了一大批援疆干部和技术骨干分赴天山南北，出钱出力对口援建新疆各地州、市、县，兵团各师、农牧团场。广大援疆干部，克服重重困难，在天山南北的广袤大地上，历尽千辛万苦、沐浴大漠风沙，与新疆各族人民手拉手、心贴心，为当地的发展呕心沥血做出了卓越的贡献，与新疆各族人民结下了深厚的友情。

一批又一批援建干部们不畏艰险，勇于担当，真情奉献，不负重托的良好形象，成为了新疆各族人民的永久记忆，成为了新疆各地的座座丰碑。他们的功绩也深深印在了边疆的每一寸土地上。为了感谢这种援疆情意，我特别写了这点东西。感谢一直从事于音乐教育事业的关寿清老师的精心谱曲，感谢伊犁歌者索尼娅的深情演唱……

除了那拉提，哪儿能把我的灵魂安放

哪有这么蓝的天，哪有这么白的云，哪有这么圣洁的草原，哪有这么迷人的牧场，哪有这么绿的山，哪有这么净的水，哪有这么隽永的花香，哪有这么灵秀的山庄。

哪有这么棒的骏马，哪有这么美的牛羊，哪有这么纯粹的牧民，哪有这么豪放的阳光，哪有这么靓的毡房，哪有这么美的姑娘，哪有这么醇香奶酒，哪有这么抒情的歌唱。

哪有这么长情的路，哪有这么相思的河，哪有这么多情的人，哪有这么明媚的山冈，哪有这么如云似梦的心花怒放，哪有这么荡涤灵魂的森林浩荡。

那拉提啊，你是圣洁的天堂，那拉提啊，就是神话与梦想，除了那拉提，哪儿还能把我的灵魂安放。

春的草原
（致歌手阿春）

总在蓝天间祝愿，总在生命中顾盼，总在风云里找寻，总是在苦苦地追赶，总在为生活赞叹，总是那么的灿烂，总是那样的奔波，总有那么多的心愿。

只愿做一只羔羊，依偎着你的伟岸，只愿是一朵小花，朝夕与青松陪伴，只想拾起一支话筒，唱响一座独寂远山，只想燃烧成一个火团，紧靠着你的肩膀呼唤。

真诚和睦与善良相伴，追求平淡与幸福相安，双手扛起生活的重担，坚贞托起朝阳的灿烂，人生的路不尽相然，善良的人总有彼岸，不要问为了什么，且听降央卓玛的委婉，且看伊犁阿春的草原，歌声传遍了伊犁河畔，理想之花吉祥的天蓝。

翻开的日历

不偏不倚，无论你书写再多功绩，也不过一年，三百六十五个经历。不惊不喜，无论你有多么传奇，也终将淹没于历史云烟，留给岁月的总是无踪无迹。

它可以让岁月老去，也可以点燃新的生命火炬，瞬息之间沧桑巨变，往事已越过千年，沧海桑田历史云烟的崎岖，谁也无法阻止你的步履。

即使高台之上富贵无比，也不过日出日落或者日落日起，日历记载的都是人生履历，生生世世来来去去，有谁能够摆脱春秋不变的定律。

不管放在哪里，揭开华丽的外表，每一页未必都是欣喜，一餐年饭是最好的鼓励，对联可以寄托岁月的希冀，孩子们的日历，总是从欢庆开起，好吃好乐穿新衣，过年成为最美好的记忆。

对于成年人，最耀眼的日子，往往是生日和节气，为家人也为自己，想知道哪一天是星期几，因为那几个时日好休息好联系，农民最关心的，往往是二十四节气，想知道新历的年景，想知道什么时候立春，什么时候是清明谷雨。

播好种耕好地，等着春风春雨的好讯息，不知不觉中，翻动的日历，把我们唤回，到现实的生计，春夏秋冬循环罔替，我不知道，做出了哪些业绩，不知道留下了什么痕迹。

日历旧了可以再续，不知道过去的日子，为我们的生活，留下了什么值得纪念的东西，无论你愿意，还是不愿意，从左到右从右到左，日历还在那里，喧嚣掩盖不了，尴尬唏嘘的逝去，我们在翻动中慢慢老去，不知道哪些人和事还值得我们回忆。

地球还在转动，时间没有停息，日历里的记录，将沉睡不起，不用去问有什么意义，都是人间的悲喜剧，年轮的转动，把我们带到了一个又一个新的年底。

孩子们在慢慢长大，我们在默默地沉寂，六十年一个轮回，地球上的人类，总能创造新的奇迹，但愿新开的日历，牛羊满山绿野鲜花，不要纷乱不用吹嘘不要蝗虫遍地。

缪氏宗亲

缪氏宗亲，炎黄子孙，万里中华，血脉连根，先祖秦皇，一脉相承，洋洋洒洒，四海容身。江西故地，先民遗存，江城武汉，叶茂根深，世代交替，我辈新生，鹏程万里，杰出英明，古今圣贤，历数不尽。

缪氏宗亲，华夏精诚，千秋万代，五洲有灵，新才辈出，大事有成，互帮互助，友爱和平，八方有缘，天下同心。英雄辈出，怡美风情，古圣先贤，师出豪门，繁荣昌盛，美景良辰，忠勇善良，血脉英魂，昂扬志气，携手同心，子孙有为，誉满乾坤。

小燕子

春天的时候，你回来了，在北方，成双入对还在老屋檐下，忙忙碌碌口衔泥巴，廊檐纷飞叽叽喳喳。眼见着一窝小燕儿，在你辛劳的抚育下，渐渐地长大，幸福满满快乐如花。

尚未到深秋，你却要走了，去南方，来时一对走时一家，终日劳碌叫声也纷杂，你无须向我告别，进进出出上上下下，我知道此时你的心中，只有南方的百花。

我知道，来年的春天，你还要来我家，还住廊檐屋下，你会告诉我，许多南方的佳话。说你是故乡的游子，还是叫你南来的新客，那时候的北方，已是万里春光的风景嘉华，任你在草原上尽情把温暖挥洒。

过年

小时候喜欢过年，心里比蜜糖还甜，放鞭炮贴对联，有很多好吃的盛宴，有穿上新衣服的惊艳，也能看到父母们，劳碌时露出的笑脸，还可以收到不少的压岁钱。

工作以后，也喜欢过年，可以与父母亲人团聚，可以和许多旧时朋友见面，可以体味家乡的变化和新鲜。中年之后，同样喜欢过年，可以回味总结过去，那些可都是我，辛苦的成绩和经验，我也随着过年，走进了新的高度和前沿。

因为过年，我还可以认真休息几天，可以陪母亲聊天，可以回到父亲的过去和从前，还可以，给父母们带回去一点压岁钱。

年老了，同样也喜欢过年，多半是因为根脉相连，每每是友情相牵，喜欢和孩子们一起休闲，喜欢看晚辈们的成长与熟练，喜欢和亲人们一起述说往事，利用休假过年把旧事想念。

只是如今的过年，心平静得像湖面，少了年轻时的憧憬，缺了年货年味的场面，富裕的我们啥都不少，我们却很难回到激情的童年。

难忘今宵的歌曲，唱了一年又一年，日出日落花开花谢，四季交替的规律从来未变，岁月改变的只是我们的容颜，岁月无情风刀霜剑，风霜雪雨刻在了我们心间。

过年，让我们又平添长了一岁，让我们更深刻体会到了，人的一生，都是

生活的积累与体验。幸福痛苦苦辣酸甜，年年岁岁岁岁年年，人当懂珍惜人该知进退，人必谢冷暖人需有精神，

健康的人都很快乐，思念的人都很幸福，思想丰满人才真充实，我们在除旧迎新中向远向前，祖国山河天宽地阔空间无限。

天边的唐布拉

你好远好远，草原充满了梦幻，天地间的一条长路，我找到了今世前缘的心愿。天好蓝好蓝，朵朵白云长空婉转，在浩瀚草原的怀抱，我明白了人间的幸福祝愿。

你好宽好宽，博大无边牛羊弥漫，草原绿得让人心碎，在你的光影中，我把一切都看得很淡很淡。草海无边，喀什河两岸，鲜花繁茂直抵云端，骏马飞奔毡房点点，风吹绿浪森林雪山。

无边的唐布拉草原，心中最圣洁的灿烂，这儿的草原情深意长，这儿有神仙与我做伴，只有这个地方情最静，只有这个地方心最安，天地之间斟满一杯美酒，系向长空齐眉举案天地言欢。

人海苍茫风刀剑霜，我愿抛弃所有的财产与伪装，把草原的风月星空，与河流一起装进我的行囊，我要走进你，云雾山巅炊烟缭绕的毡房，情只为那片草原的诱惑，魂且为山穷水尽山高路远，那片醉人情迷的燃烧夕阳，那片摄人魂魄的河流山川。

多想回到从前

多想回到从前，回到小时候父母的身边，一家人其乐融融，围坐炉火谈天说地的笑颜，看家乡绿油油的麦田，晴朗朗的天。

多想回到从前，回到小时候的心手相牵，回到中学时的浪漫偏见，回到青年时期的风姿天仙。多想回到从前，回到那事业兴旺的正当年。那时候的我，也青春朝阳风度翩翩，那时候的我，也忙忙碌碌不畏艰险，那时候的我，也敢作敢为时事惊艳，那时候的天空，云朵都带着花瓣的香甜，我与相爱的人手挽手肩并肩。

时光如梭，瞬息之间，只是一个眨眼，世间万物已沧桑巨变，月光如银霜

染两鬓眉沿，哪里可以找回那个花季少年。我仿佛，闻到了星河里的酸或咸，我好似，可以把太阳心跳声听见，天空辽阔白云如朵，盛开的草原花香无边，只是回不到那老去的从前。

但我相信，任何变化都是悠闲，那只不过是，自然界的风云变迁，地之远天之遥，万事万物都尽在运动中画圈。我们，无须为一点变换而泪眼，自然规律任我们去体验，生命就是这个模样，其实当年的你我还在某个原点。尽管回不到从前，但往事可作为怀念，酸甜苦辣都是味，我们完全可以在，天地之间，尽览大河奔流朝霞无限，找到生命光亮的群山之巅。

阿克塔斯的爱恋

特克斯河水蜿蜒在无尽的天边，我分明看见了你如画的笑脸，阿克塔斯草原的花儿开得正红，我悉心听见了你琴声的爱恋，美丽的姑娘邵奇凯，你走了一年又一年。

遥远的天边仰望高飞的鸿雁，夕阳印红了那如诗的长天，我在你曾经的草原上流连，清清的小溪流过袅袅炊烟。

美丽的姑娘邵奇凯，我等了你一年又一年。

啊，我多想再看看你的容颜，我多想走进你家的花田，美丽的姑娘邵奇凯，我的思念你可否听见。我多想走进你家的毡房，我多想回到美丽的从前，美丽的姑娘邵奇凯啊，泪水诉说着对你的思念。

多想再看看你的微笑

多想再看看你的微笑，多想再听听你的唠叨，多想再牵着你的手走走，多想再吃口你饭菜的味道。可惜，待我明白这些的时候，一切机会都再也没有了，亲爱的父亲母亲，原谅儿子愚蠢与不孝。

多么思念你的身影，多么怀念你的操劳，多么思念你在家时的一切，多想再看看你慈祥的目光，多想再有你的一个温馨拥抱。可惜待我明白这些的时候，父母身影已经远远地走了，亲爱的父亲母亲，今生今世我不知道再到哪儿去找。

还能回想起你累弯了的腰，还能感受到你温暖的心跳，只是一个转身，你们就都到天国去了，亲爱的父亲母亲，你们的恩情我不知道何以回报。

人生在世时光太少，世事苍茫我啥也不知道，还没有看清楚你灰白的发梢，转瞬之间等我明了，一切的一切都已经太晚了。

亲爱的父亲母亲啊，我要把你们的恩情记牢，只有来世只等来生，我要把你们找到，我做牛做马也要把你们的恩情相报。

我好想拥抱

我好想拥抱星星，他让世界充满了想象，我好想拥抱月亮，他打开了我思念的天窗，我好想拥抱海洋，他让我的心胸更加宽广，我好想拥抱家乡，他让我的生命充满了希望，我好想拥抱河流，他让我的生命更加鲜亮，我好想拥抱脚下的土地，是他给予了我的一切，让我在这里生在这里长。

我好想拥抱我的朋友，是你们让我的生活，快乐善良勇敢坚强，我好想拥抱亲爱的父母，是父母给予我生命，养育我成人，让我长得健健康康，我想给父母一份幸福的回望。

我好想拥抱我的老师，老师辛勤的付出，才有了我生命的方向，我好想拥抱火红的太阳，你是我的朝霞晨露，你是我的春风春雨，你是我变幻的风云四季，没有你的滋润就没有世界，你的光辉把世界照亮。

我亲爱的朋友，我好想好想，激情地拥抱你，拥抱你的微笑，拥抱你的温柔，拥抱你的芬芳，我要满怀地拥抱你，拥抱你热烈的天地，拥抱你幸福的河流，拥抱你温暖的身躯，拥抱你灿烂的阳光。

我亲爱的祖国，我亲爱的家乡，是你让我的生命幸福高昂，是你让我的生活处处花香，是你让我人生充满了快乐，是你给予我的一切，是我生命的幸福源泉，你让我的生活充满了力量。

人海苍茫

人海苍茫，深浅的路上，走过匆匆岁月，却总是空空的行囊，除了疲惫忧伤，不知道还有什么留在身旁。青春年少，蒙眬起航，旅途充满了艰辛希望，转身就是半世人生，生活却还是东游西荡，命运如同浮萍飘浮在云雾之上。

总是在跋涉，总是那么的迷茫，谁见过我的泪水，谁知道我的心酸，谁懂我汗水浸透的衣裳。云雾遮不住，半身流淌的时光，追逐的脚步散落在夜幕，唯有一双追寻的眼睛，和那澎湃涌动的炽热胸膛。

重担压弯了肩膀，行色匆匆模样，疲惫不堪的悲怆，到头来还是两手空空，怎么才能回到从前的村庄。得意失意，希望失望，繁忙情网，惆怅荒凉，只有脸庞的迷茫，两眼仰望故乡的天空，我期盼着夜空晴朗的天亮。

其实，不远就是家乡，心安之处便是阳光，不知什么时候我才能归航。人生的路曲曲弯弯，我不知道前路还有多长，在装满星空的草原，我知道，这儿是歇脚安神的好地方，我将敞开心扉拥抱这儿的天苍。

天上的西藏

如果，没有一颗虔诚的心，你最好不要上西藏，因为怕你难以承受，那圣洁天地的高亢，和那天空的缺氧，以及那个可以灼伤皮肤的太阳。

如果，你没有坚定的思想，最好也不要上西藏，因为西藏的天地，容不得半点虚伪彷徨，怕你因为进退得失而感伤，怕你难以实现满心利禄的欲望，和那无边无界的荒唐。

如果世界上，还有超凡的纯洁，还有脱俗的纯粹，和真诚的向往，那一定是在西藏的路上，神山圣水可以启迪心灵，还有无名的湖无尽的路，信徒们磕着长头的景象，还有艰难跋涉所展现的力量。

如果，不是祝愿与祈祷，谁还上西藏，西藏的天地，是为圣洁的灵魂准备的，西藏有世界最广阔高原，西藏是人世间最美的天堂。

西藏的土地至纯而高昂，西藏的天空崇美而悲壮，西藏山谷的空灵，有人世间最难以想象的敞亮，雪山之巅的震撼，江河湖泊泛起的蓝光，时时刻刻都在告诉你生命的空荡。人世间，没有什么东西至高无上，去西藏感受灵魂的纯洁与悲壮。

年轻的梦想

年轻的梦想，有不少荒唐，但那时候的梦，也多光彩鲜亮，年轻时的梦，有许多奢望，有些梦，或许一辈子也无法实现，但那些都充满了春天的芳香。

因为年轻的心，让梦想舞动翅膀，年轻的梦想，托起了东方的天亮，有些梦，即使永远也无法回望，但至少，我们曾经拥有过他的善良。

曾经的梦想，走得很远，都飞得很高，却从未曾，放开怀抱，相拥浪漫的花香，梦里都是香吻，梦醒却再也没了歌唱。总想，把年轻的梦，拖得更远更长，我始终相信，有梦的地方，都充满了希望，不用怕前路茫茫，是梦就该及早上路，不用怕分别时候的悲伤。

更尽一杯酒吧，趁年轻早点扬帆起航，让甜蜜的梦，坚定我们的信心，听完最后一个音符的回荡，让痛苦的梦更增添我们的力量。我相信，我们平生的每一步，都是朝着，明天那个更加光明的方向。

请跟随梦想，走到天涯海角，一个阳光灿烂的地方，走到山光湖色，一个没有人烟的地方，走到一个，只有音乐与诗歌的殿堂，那里没有尔虞我诈，没有你争我抢，没有刀枪，没有朝三暮四的所谓远大理想。

生活中，有多少爱可以重来，有些梦，一旦错过就不要悲伤，有些梦，一旦走就成了故事，有些梦，一别就再也没了回荡。有些梦，一生只有一次，只是一次闪光，有些梦，做过了，就够我们一辈子回望，有些梦，会伴随我们一生，有些梦，那永远都只是一个假想。

梦里有些东西，未必都是真的，梦里没的东西，也许够我们用一生奔忙，人生的梦，要用多少汗水泪水，陪伴着我们的成长。是梦就要努力，就要脚踏实地，就要有强健的臂膀去飞翔，要用汗水去浇灌你的愿望，否则，再多再美的梦也都是空空一场。

掠食者的梦想，酒肉相伴，所有的财富都纳入其囊，独裁的中世纪帝王，梦里梦外，都是花天酒地日夜风光，不过梦醒时分或许就是悲怆。

朝圣的路上

朝圣的路上，庄严而悲壮，寂静的旷野，神圣浩荡山野苍茫，天地之间，一条长路直向雪山，神灵保佑着这净土一方。

路的静默山的空旷，河流大川白云飘荡，被放大了的心胸，也随草原雪山白云蓝天，走进了纯净空灵的天堂。

庄严圣洁的西藏，云绕经殿的佛香，缓缓转动的经桶，盛满了虔诚的奢望，风中飘荡的经幡，盛尽了菩萨的慈祥。

我凝望着那个信徒，心灵匍匐在地上，洗空头脑闭目思望，我在静静地祈祷着，祈祷神灵祈祷雪山，祈祷神灵保佑雪山，祈祷神山护佑着人民。

我相信，这是最华丽的祈祷，一定能够感动上苍，让这一方土地的儿女，不再有愚昧落后哀伤，让路过这里的人们，从此变得菩萨心肠，变得干净朴实善良。充满了无限美好的遐想，让人生的旅途充满了悲壮。

一座一座的高山，宽厚善良经幡飘扬，我猜不透，另外一个世界轮回的网，只有走不完的转经路，还有经桶经幡诵读的信仰，还有佛家弟子起伏的肩膀。

信徒们总是，虔诚地俯下身体祈祷，那诵经的庄严，孤独寂寞桀骜挺立高昂，充满神秘向往，点一盏酥油灯把西藏珍藏。

我像一个信徒，沿着天路，蜿蜒盘旋趋向天堂，一个令人向往的地方。我更像一个囚徒，盘绕着山梁，心里装着重重的行囊，去朝拜一个神圣的殿堂。

圣洁的西藏，只有朝圣者懂得他的高昂，让心灵在这里得到净化，天地之间我得到了封赏，在离太阳最近的山上，一次次被某种力量，直接撞击着我愚钝的胸膛。

脚下的土地，能融化我的心脏，蓝色的湖水，可以洗去我今世前缘的悲伤，那些虔诚的藏民告诉我一个个故事，我停车驻足在一片古老的村庄。

有人说，只有到了西藏，你才明白了虔诚，只有礼膜了西藏，你才更加珍惜沧桑，你才真正懂得了向往，阳光下的布达拉宫，可以容纳所有朝圣者的悲凉。让多少追梦人奔跑在路上，你可以放下一切磕长头，你可以重重地把身体匍匐在地上，让高原的寒风凛冽划过我的躯体，我会把心里装满信仰，多做好事，让自己高尚与善良。

让那些伪君子掏出翻晒肚肠。雅鲁藏布江水呦你清流到海洋，珠穆朗玛西藏容不得独裁者的伪装。

走着走着

人生的路上，有很多传说，都是在，不停地奔波跋涉，都是在默默地走着。从春到夏，从冬到秋，在春风里的播种，到秋日里的收获，我们都在，时光的隧道里穿梭。

命运的安排，谁也无法摆脱，我们都在，不同的路上奔波，无论你多么顺遂，也无论你多么蹉跎，多月的尽头都差不多，我们皆是匆匆的过客。

我们都是，从寒冬就启程，或在黑夜里跋涉，走着走着草就绿了，走着走着花就开了，走着走着头就白了，走着走着就散了伙。

不同的旅途，可能少许不同的风景，有些人，走成了一团火，有些就走成了一条河，有些人走成了一座山，有些人走成了一座佛。

无论怎么走，无论是什么结果，我们在路上，不要忘记了初衷，也不要迷失了本色。

花开的时节，莫要贪杯，做护花使者，播种的地方，要努力流汗，不要把青春吝啬，走到白云深处，静静地拥抱蓝天，莫要辗转反侧。在喧嚣的城市，我们积极工作，在寂静的农村，我们努力地生活，无论什么场合，我们都，有风有雨有热情，有苦有汗有火热。

人生的路上，有很多的诱惑，要用盛放的心情，拭目那纵横阡陌，静观一朵花的绽放，凝望一溪水的清波，欣赏一朵云从眼前飘过，细看一双燕儿怎么做窝。

我们都，向往宁静的生活，诗情画意丹青水墨，在山上的我们，多关爱，留意一株细小的花朵，在山下的我们多留意，阳光下那一树的花硕，任时光流逝我们岁月成歌，我们始终，把梦想与希望在手中紧握。

切莫让滚滚红尘，把我们的纯洁淹没，嘈杂的环境，我们必须懂得，那一望无际的欢乐，都是过眼云烟，都大不过是喜怒哀乐，水中月镜中花，抵不了三两朋友，和一杯清冽的茶，学会在丛林深处，找到心中的一片宁静与平和。

只要心中有爱，遍地都是花朵，只要心中有春天，又何惧荒芜的沙漠，只要心里有目标，哪儿没有一条美丽的河。人生都是一条不归的路，但愿我们都不要走火入魔，走着走着散了的要释怀，走着走着相聚的要珍惜，或聚或散本就是一首歌，心中有爱脚下就是山河，我们都生活在阳光的花园，没有什么，能够束缚住我们善良的双手双脚。

后 记

人生本是一程路或是一本书，一程路记载我们的经历，一本书讲述我们的故事。路的沿途有绮丽的风雨，书中多是遇见的记忆。我们把路上的点滴汇集，就成了一本书；书本所有记录整理，就是那一程路。

日出而作日落而息的农民，一生汗水相伴清贫默守，最终将生命融入故土，成就了乡村山水的一幅画一张图。而历经风霜雪雨磨砺的一本书，是我们生命历程最好归途的一段心路。

感谢岁月给予我的风雨，感谢时代赋予我的丰裕经历，让我可以用一本书来和我与我的朋友对话，讲述我旅途的心绪。再长的路都远不过家的方向和生命的尽头。同样再厚的书也盛不满我们所走过的路。生命的历程是一条自然的路，永不停歇没有尽头，不是所有的路都由鲜花铺就，无须过多地忧愁。我喜欢在路上的无拘无束，喜欢品味泥泞山间的征途，喜欢一切景物被我甩掉在身后，再崎岖的路上都会有风景，再多的险阻都终将被我们穿透，一切灿烂也终归被平淡所拥有，路还是要靠我们一步一步地去走，走着走着就成了一本书的厚度。

人生没有满足的时候，正是这种好奇心才有了我们不断前行的动力。才奠定了我们精神的富有，我的生命中有许多好朋友，一本书一程路陪伴我与好友风雨同舟。当我手捧这本书的时候，不禁心中腾起一股热流，只想感谢不为回首。感谢朋友为此书的付出与携手。我是个甘守平庸的人，虽不循规蹈矩倒也墨守成规埋头行路。

对生活质量从来没有过高的希求。所以，书如其人平淡似水，只是平铺直叙的感受。由于水平有限，怕诗集质量不高，缺乏你所要的思想深度，敬请读者批评指正，原谅我的局限不足和不到不周。

我把深情的谢意高高举过头。在此特别鸣谢：为我写序的亚楠和蒋晓华两位老师，为我诗集设计出谋划策的侯广慧、唐志春、刘赟、刘晓娟、郭晓君和陈彩华，为诗集逐字逐句校对的霍艳萍、王云辉为提供封面图片的皱学普老师等几位好友。谢谢你们了。向你们致以深深的敬意。

缪顺义

2021 年 1 月

280